SUSAN HOWATCH

# Die dunkle Küste
# Das Schloß am Meer

*Autorin*

Susan Howatch, 1940 in der englischen Grafschaft Surrey geboren, studierte in London Rechtswissenschaft und arbeitete dann in New York als Sekretärin, bis sie sich nur noch dem Schreiben widmete. Seit ihrer Rückkehr nach England lebt sie in Salisbury.

Susan Howatch im Goldmann Taschenbuch:

Der Zauber von Oxmoon. Roman (9123)
Die Erben von Penmarric. Roman (42578)
Die Herren auf Cashelmara. Roman (42275)
Die Reichen sind anders. Roman (41355)
Die Versuchung. Roman (42360)
Geheimnis im Moor. Roman (7301)
Geheimnis im Moor / Der ungebetene Gast.
Zwei Romane in einem Band (13158)

# SUSAN HOWATCH

# Die dunkle Küste

# Das Schloß am Meer

Zwei Bestseller
in einem Band

GOLDMANN

*Umwelthinweis:*
Alle bedruckten Materialien dieses Taschenbuches
sind chlorfrei und umweltschonend.
Das Papier enthält Recycling-Anteile.

Der Goldmann Verlag
ist ein Unternehmen der Verlagsgruppe Bertelsmann

Genehmigte Ausgabe 4/97


Originaltitel: »The Dark Shore«
Übersetzung: Leni Sobez


Originaltitel: »The Waiting Sands«
Übersetzung: Uta Szyszkowitz

Umschlaggestaltung: Design Team München
Satz: IBV Satz- und Datentechnik, Berlin
Druck: Elsnerdruck, Berlin
Verlagsnummer: 13175
JP · Herstellung: Heidrun Nawrot
Made in Germany
ISBN 3-442-13175-8

1 3 5 7 9 10 8 6 4 2

# Die dunkle Küste

Aus dem Englischen
von Leni Sobez

# PROLOG

Unter den vielen Millionen Menschen von London fühlte Jon sich allein.

Draußen summte und pulsierte das nächtliche Leben der Großstadt, doch in seinem unpersönlichen Hotelzimmer herrschte Stille.

Er ging über den dicken Teppich zum Fenster. Sechs Stockwerke tiefer kroch ein Bus wie ein rotes Rieseninsekt die Berkeley Street entlang, und ganze Rudel von Taxis fuhren unmittelbar am Hoteleingang vorüber, ehe sie in südlicher Richtung zum Piccadilly einschwenkten.

Die Abgeschlossenheit des Raumes isolierte ihn.

Die Politur der Möbel schimmerte sanft im Lampenlicht. Die weißen Kissenbezüge des Bettes waren makellos glatt. Seine Koffer standen sauber ausgerichtet an der Wand.

Jon war allein in dieser riesigen, unpersönlichen Stadt, ein Fremder, der in ein Land zurückgekehrt war, das er fast vergessen hatte.

Die Hoffnung, durch seine Rückkehr in die Stadt, in der er geboren war, die Verbindung mit der Vergangenheit wiederaufzunehmen, kam ihm plötzlich wahnwitzig vor.

Er packte nur die notwendigsten Dinge aus und zündete sich dann eine Zigarette an. Auf dem Bett lag die Abendzeitung. Im Innenteil, auf der Klatschspalte, lächelte ihm sein Foto entgegen.

Als er das Blatt angewidert aufhob, kam es ihm einen Augenblick lang vor, als wäre das Foto das Bild eines Fremden. Der Text darunter schien einen Mann zu betreffen, den er nicht kannte.

In dem Artikel hieß es, er sei ein kanadischer Millionär.

Seine Mutter wurde erwähnt und ihre Beziehungen zur Londoner High Society, die allerdings schon lange zurücklagen. Weiter wurde berichtet, daß er in Kürze zum zweitenmal heiraten werde. Seine Verlobte sei Engländerin. Mit diesen vagen Angaben glaubte der Kolumnist offenbar dem Informationsbedürfnis der Londoner Gesellschaft Genüge getan zu haben.

Jon zerriß die Zeitung und zerknüllte die Fetzen. Seine Mutter hatte den Bericht bestimmt schon vor einer Stunde gelesen, als das Blatt in das große Haus in der Halkin Street geliefert wurde.

Also wußte sie, daß er in London war.

Ob sie überhaupt daran interessiert war, ihn nach diesen zehn Jahren wiederzusehen?

Wahrscheinlich nicht, denn er hatte ihr in dieser Zeit niemals geschrieben.

Sarah hatte es wie ein Schock getroffen, als er ihr erzählte, daß er seiner Mutter keine Briefe schrieb. Dabei war die Erklärung doch so einfach. Sarah konnte es nur nicht verstehen, denn sie war in einer glücklichen Familie aufgewachsen. Jede noch so kleine Abweichung von ihrem Lebensstil zeigte, wie verletzlich sie war, wenn man sie aus jener kleinen, heilen Welt herausnahm, die ihre Eltern für sie geschaffen hatten.

Aber gerade ihre Unverdorbenheit hatte Jon als besonderen Vorzug empfunden. Hauptsächlich aus diesem Grund wollte er sie auch heiraten.

Er konnte sich schon alles ganz genau vorstellen. Tagsüber würde er in seiner Welt aus Mietwohnungen und Bilanzen leben, aber abends würde Sarah auf ihn warten...

Sarah würde von Dingen sprechen, die er liebte. Nach dem Abendessen würde er sich ans Klavier setzen, und der Abend würde ihnen Ruhe und Frieden bringen. Mit seiner Liebe konnte er ihr zeigen, wie dankbar er ihr für diesen Frieden war. Er würde sie vor den Härten des Lebens schützen, und Sarah würde ihn dafür lieben. Sie brauchte ihn noch nötiger als er sie. Alles würde jedenfalls ganz anders sein als in der Vergangenheit.

Plötzlich zuckte die Erinnerung an Sophia wie ein Blitz durch sein Gehirn.

Nein!

An Sophia wollte er nicht denken. Er ertrug die Erinnerung an sie nicht.

Aber die Gedanken ließen sich nicht wegschieben.

Da er nun in London war, würde er auch Justin treffen, und sobald er Justin sah, würde er unwillkürlich an Sophia denken.

Unsinn!

Justin war neunzehn Jahre alt. Sein Interesse würde sich auf schnelle Sportwagen und flotte Partys, hübsche Mädchen und Kricket im Sommer beschränken. Quälende Erinnerungen an die Vergangenheit würde es also kaum geben.

Das Telefon läutete.

In der Stille des Zimmers klang das Läuten aufdringlich laut.

Jon beeilte sich, den Hörer abzunehmen. Er ließ sich aufs Bett fallen und lehnte sich zurück.

»Ein Gespräch für Sie, Mr. Towers«, meldete die Zentrale.

Es knackte in der Leitung, dann folgte Schweigen.

»Hallo?« fragte Jon.

Plötzlich war jeder Nerv in ihm gespannt. Am anderen Ende der Leitung hörte er jemanden atmen.

»Hallo?« rief er nochmals. »Wer ist dort?«

Auf seiner Stirn und im Nacken spürte er kalten Schweiß. Er wußte nicht, weshalb er auf einmal Angst hatte und wovor.

Und dann flüsterte eine weiche Stimme in den Hörer: »Willkommen zu Hause, Mr. Towers. Weiß Ihre Verlobte, daß Sie vor zehn Jahren Ihre Frau umgebracht haben?«

# Erster Teil

## I

Um ein Haar hätte Justin Towers sich keine Abendzeitung gekauft. Seine Augen brannten, als er um halb sechs das Büro verließ, wo er Stunde um Stunde über Zahlen gebrütet hatte.

Die Heimfahrt in der U-Bahn war ihm ein Greuel. Er haßte den abendlichen Berufsverkehr, haßte es, in überfüllte Waggons gepfercht zu sein, haßte auch den endlosen Strom gesichtsloser Menschen, die sich an ihm vorbeiquetschten.

Die U-Bahn war sein täglicher Alptraum.

Voll schmerzlicher Sehnsucht dachte er an die Tage seiner Kindheit mit dem blauen Himmel über der wogenden See, an die gelben Mauern und weißen Fensterläden von Clougy.

Die Vision ging rasch vorüber. Unentschlossen stand er an einem der zahllosen Eingänge zur U-Bahn. Er glaubte in den Dieselabgasen ersticken zu müssen, und das Röhren der Züge in den Tunnels dröhnte schmerzhaft in seinen Ohren.

Da sah er einen Bus, der zum Ludgate Circus fuhr. Als die Ampel für ihn auf grünes Licht schaltete, war er mit ein paar Sprüngen an der Haltestelle und stieg ein.

Am Green Park hatte er es endgültig satt, diesem Moloch Verkehr wehrlos ausgeliefert zu sein. Er verließ den Bus und ging zur U-Bahn-Station.

Er war entsetzlich müde.

Aus Langeweile kaufte er dann doch an einem Zeitungskiosk die Abendzeitung.

Auf dem Bahnsteig überflog er die Börsenberichte und legte die Zeitung wieder zusammen, als der Zug einfuhr.

In einem Wagen fand er eine ruhige Ecke und begann, die Titelseite zu lesen.

Aber schon wieder störte ihn die Menge; und dann vergaß

er plötzlich die Zeitung und sah Clougy vor sich, wie es an jenen strahlenden Sommertagen vor langer Zeit ausgesehen hatte.

Die Landschaft stand klar und deutlich vor seinem geistigen Auge. Flip lag auf dem Rücken und spielte mit Fliegen und Schmetterlingen. Der Rasen war tiefgrün, weich und glatt. Aus den offenen Fenstern des Hauses klang leises Klavierspiel.

Eine Frau lehnte im weißlackierten Schaukelsofa. Neben ihr stand auf einem schmiedeeisernen Tischchen eine Schüssel mit Kirschen.

Wenn er zu der Frau lief und um ein paar Kirschen bat, lachte sie und sagte: »Justin, du wirst zu fett.«

Dann zog sie ihn an sich und küßte ihn. Danach konnte er Kirschen haben, soviel er wollte.

An den Hunger jener Tage erinnerte er sich sehr deutlich. Er aß zuviel Kuchen und Leckereien, denn er hatte immer Hunger.

Einmal meinte der Mann, der im Haus immer so wundervoll Klavier spielte, sie müßten allmählich ein wenig Sport treiben, bevor Justin zu fett würde und sich überhaupt nicht mehr bewegen könnte.

Damals begannen sie mit ihren täglichen Spaziergängen zum Strand, den gewundenen Pfad entlang, zu der kleinen, ruhigen Bucht. Über hohe Felsstufen mußte ihn der Mann hinwegheben. Am Strand gab es große Geröllbrocken und kleine Granitsteine, an denen die Wellen leckten.

Sie lagen in der Sonne und sahen der ewig gleichen Bewegung des Meeres zu.

Manchmal sprach der Mann auch, und das liebte Justin besonders. Der Mann malte mit seinen Worten bunte Bilder für ihn, wodurch die Welt plötzlich reich und erregend und voll strahlender Farben wurde.

Ab und zu schwieg der Mann auch. Das war dann enttäuschend, wenn auch nur bis zu einem gewissen Grad, denn schon die Gegenwart des Mannes war erregend, und der Spaziergang zum Strand und zu den Flat Rocks war immer ein Abenteuer, ein durch Gefahr erhöhtes Glück.

Auch dem Mann schienen die Spaziergänge Freude zu machen. Selbst wenn sie in Clougy Gäste hatten, fand er immer Zeit und Gelegenheit, mit Justin als einzigem Begleiter sich ein paar Stunden der Einsamkeit zu gönnen.

Darauf war Justin grenzenlos stolz gewesen.

Hätte der Mann es gewünscht, dann wäre Justin ihm bis ans Ende der Welt gefolgt.

Doch dann war jenes Wochenende gekommen. Und plötzlich war die Welt grau und voll Schmerz und Schrecken und Trauer gewesen.

Später konnte er sich dann nur noch an seine Großmutter erinnern, die in dem hellblauen Kostüm sehr elegant und sehr selbstbewußt ausgesehen hatte.

»Du kommst jetzt mit zu mir und bleibst bei mir, Liebling«, hatte sie gesagt. »Freust du dich? In London zu wohnen ist viel interessanter, als in einem so gottverlassenen Nest zu leben.«

Und als er ein trauriges Gesicht machte, sagte sie: »Was? Hat es dir dein Vater denn nicht erklärt? Natürlich kannst du jetzt nicht mit ihm ins Ausland gehen. Er will, daß du in England aufwächst und eine gute Erziehung bekommst. Und auf keinen Fall kann er dort, wo er hingeht, ein neunjähriges Kind brauchen. Das verstehst du doch gewiß, nicht wahr?«

Sehr viel später erklärte sie ihm auf seine Fragen: »Warum er nicht geschrieben hat? Nun, weißt du, Liebling, er schreibt niemals Briefe. Du lieber Himmel! Wer sollte das sonst wissen, wenn nicht ich? Aber zu Weihnachten und zu deinem Geburtstag wird er dir wohl sicher etwas schicken – falls er es nicht vergißt. Natürlich ist es ziemlich wahrscheinlich, daß er nicht daran denkt. Meinen Geburtstag hat er auch immer vergessen. Aber das lag vielleicht daran, daß er im Internat war.«

Der Vater hatte ihn tatsächlich vergessen. Das war entsetzlich. Noch entsetzlicher war, daß Justin niemals mehr von ihm gehört hatte.

Der U-Bahn-Zug donnerte durch den Tunnel, und plötzlich war Justin wieder in der Gegenwart.

Der Hemdkragen klebte ihm am Hals.

Es hatte keinen Sinn, an die Vergangenheit zu denken. Sie war vorbei, abgeschlossen und vergessen. Er würde seinen Vater niemals wiedersehen. Und Justin hatte auch kein Verlangen mehr danach. Es gab keine Verbindung mehr zwischen ihnen.

Am Hyde Park stiegen etliche Fahrgäste aus. Erst jetzt fand Justin eine Möglichkeit, die Zeitung in der Mitte zu falten und eine Seitenhälfte nach der anderen zu lesen.

Und dann fiel sein Blick auf das Foto, dessen Bildlegende mit den Worten begann: *Jon Towers, kanadischer Grundstücksmillionär…*

Es traf ihn wie ein Schock.

Ihm wurde fast übel, als er an der Station Knightsbridge ausstieg. Er mußte sich kurze Zeit auf eine der Bänke setzen, ehe er die Treppe nach oben schaffte.

Jemand bot ihm Hilfe an, so kalkweiß sah er aus.

Oben schien ihm das Straßenpflaster in Wellen entgegenzukommen. Er warf die Zeitung in einen Abfallkorb und machte sich zum Haus seiner Großmutter in den Consett Mews auf.

## 2

Camilla öffnete die oberste Schublade ihres Toilettentisches und schüttete aus einem Fläschchen zwei Tabletten in ihre Hand. Sie sollte eigentlich nur eine nehmen, aber gelegentlich konnte eine weitere sicher nicht schaden. Nach ihrer Auffassung waren die Ärzte eher zu vorsichtig als zu großzügig.

Nachdem sie die Tabletten mit etwas Wasser geschluckt hatte, besserte sie sorgfältig ihr Make-up aus. Die Fältchen um Augen und Mund waren besonders wichtig, aber als sie ihr Gesicht im Spiegel prüfte, stellte sie fest, daß sich die Spuren des Schocks trotz der Schminke noch immer auf ihrem Gesicht abzeichneten.

Sie mußte wieder an Jon denken. Wenn es nur möglich wäre, ihn von Justin fernzuhalten.

Jon schien nur wegen seiner Verlobten in England zu sein, vielleicht aber auch aus geschäftlichen Gründen. Vielleicht hatte er gar nicht die Absicht, jemanden aus seiner Familie zu sehen. Justin würde andererseits entsetzlich darunter leiden, wenn er wüßte, daß sein Vater in London war und keinen Versuch machte, sich mit ihm zu treffen.

Der Zorn schnürte ihr plötzlich die Kehle zu und brannte schmerzhaft hinter ihren Augäpfeln.

Nur ein Ungeheuer wie Jon, überlegte sie, brachte es fertig, nach zehn Jahren nach England zu kommen, ohne seine eigene Mutter wissen zu lassen, daß er im Land war.

»Es ist ja durchaus nicht so, daß ich ihn sehen wollte«, sagte sie laut, »und mir ist es verdammt egal, ob er mich besucht oder nicht. Es geht mir nur um das Prinzip...«

Tränen rollten über ihre Wangen. Das neue Make-up war hoffnungslos verdorben.

Sie stand auf und tappte tränenblind zum Fenster.

Angenommen, Justin erfuhr, daß sein Vater in London war. Angenommen, er versuchte Jon zu treffen und würde unwiderstehlich von ihm angezogen. Justin war zwar erwachsen, ein vernünftiger junger Mann von neunzehn Jahren, der sich nicht allzu leicht beeinflussen ließ, schon gar nicht von einem Vater, der sich nicht um ihn gekümmert hatte. Aber Jon war daran gewöhnt, alles unter seinen Einfluß zu bekommen, was sich in seiner Reichweite befand.

Doch wenn er wirklich versuchen sollte, ihr Justin wegzunehmen – nein, das würde er wohl nicht tun.

Was hatte Jon je für Justin getan?

Sie, Justins Großmutter, hatte ihn aufgezogen. Justin gehörte ihr, nicht Jon, und Jon mußte das einsehen.

Die Erinnerung war ein brennender Schmerz. So war es immer gewesen, von Anfang an, dachte sie. All diese Kindermädchen, und keines konnte etwas mit ihm anfangen. Auf mich hat er ohnehin nie gehört. Immer mußte er versuchen, allen anderen seinen Willen aufzuzwingen, damit sie genau das taten, was er wollte und wie er es wollte.

Sie hatte ihn ein Jahr zu früh ins Internat geschickt, weil sie nie mit ihm fertig wurde.

Verbittert dachte sie daran, daß sie ihm nie gefehlt hatte. Ja, er hatte seine Unabhängigkeit geradezu genossen. Im Internat hatte er neue Gebiete erforschen können, neue Jungen, die man beherrschen und unterdrücken konnte, Lehrer, die man beeindrucken oder verspotten mußte, ganz wie es ihm gerade paßte. Und dann hatte er das Klavier entdeckt.

»Mein Gott!« sagte sie laut in die Stille hinein. »Dieses schreckliche Klavier!«

Er hatte als Fünfjähriger einmal eines gesehen und zu spielen versucht, doch dabei war natürlich nichts herausgekommen. Von da an hatte er jedoch nicht mehr geruht, bis er das Instrument beherrschte.

Sie erinnerte sich seiner ununterbrochenen Übungen und des Krachs, der ihre Nerven so ruiniert hatte.

Nach dem Klavier waren dann die Mädchen drangewesen. Jedes Mädchen war eine Herausforderung für ihn gewesen. Es mußte erobert werden. Und sie hatte sich ständig Sorgen gemacht, wenn er sich wieder einmal an ein ganz unmögliches Ding gehängt hatte. Wie weh hatte es getan, wenn er sie für diese Sorgen auch noch auslachte und verspottete. Auch die Drohung, er müßte sich an seinen Vater um Hilfe wenden, wenn er einmal in Schwierigkeiten käme, hatte nichts genützt.

Noch jetzt hörte sie sein Lachen.

Neunzehn Jahre alt war er schließlich gewesen, als er diese Affäre mit der kleinen griechischen Hure gehabt hatte, die in einer miesen Kneipe in Soho bediente.

Diese Wahnsinnsheirat!

Damit hatte er sich seine sämtlichen Chancen in der City verbaut.

Sie wußte heute nicht mehr genau, wer sich damals mehr

geärgert hatte, sie oder ihr erster Mann. Aber Jon war das ohnehin gleichgültig gewesen. Er hatte nur gelacht, seinen Eltern den Rücken gedreht und sie einfach stehengelassen.

Von da an hatten sie ihn kaum mehr gesehen.

Die Gedanken und Erinnerungen huschten in ununterbrochener Folge durch ihr Gehirn: ihre Weigerung, seine Frau zu akzeptieren; Jons Gegenschlag, der darin bestand, daß er sich ans andere Ende Englands zurückzog; Verbindung mit seiner Mutter hatte, er dann nur noch aufgenommen, wenn es ihm gepaßt hatte, zum Beispiel, als Sophia tot war.

»Ich gehe ins Ausland«, hatte er gesagt. »Du wirst dich doch um Justin kümmern, ja?«

Das war alles gewesen.

»Du wirst dich doch um Justin kümmern« – als sei sie ein bezahlter Dienstbote.

Warum hatte sie eigentlich – ganz gegen ihre Absicht – zugesagt? Sie hätte ihm am liebsten die unfreundliche Antwort an den Kopf geworfen, er solle sich jemand anderen suchen, der für ihn die dreckige Arbeit machte, aber sie hatte sich dann doch bereit erklärt, das zu tun, was er wünschte.

Von jener Zeit an war Justin bei ihr, und Jon befand sich in Kanada.

Sie hatte es nie für möglich gehalten, daß Jon sie so völlig aus seinem Leben verbannen könnte. Sie hatte zwar niemals mit regelmäßigen Briefen gerechnet, aber doch wenigstens mit einer gelegentlichen Nachricht, da sie sich ja schließlich um seinen Sohn angenommen hatte. Aber nicht ein einziger Brief war für sie gekommen. Unglaublich! Immer hatte sie auf die nächste Post, die nächste Woche gewartet, aber immer vergebens.

Die Tränen liefen ihr über die Wangen und lösten ihr Make-up vollends auf. Sie mußte neues auftragen. Sie wollte nicht schwach erscheinen und war daher zornig. »Er macht mich wütend«, sagte sie laut.

Tatsächlich, es machte sie wütend, daß er nach alldem, was sie für ihn getan, nicht ein Wort des Dankes gefunden hatte.

Sie sah auf die Uhr. Justin würde bald nach Hause kommen. Mit ungeduldigen, ungeschickten Bewegungen wischte sie mit Kosmetikpapier die Tränen ab und griff nach der Puderdose. Sie mußte sich beeilen. Justin durfte sie nicht so sehen.

Zum drittenmal konzentrierte sie sich auf ihr Make-up.

Ob wohl irgend jemand von Jon gehört hatte, seit er nach Kanada gegangen war?

Vielleicht hatte er Marijohn geschrieben.

Aber auch von Marijohn hatte sie seit ihrer Scheidung von Michael nichts mehr gehört. Michael hatte sie zufällig bei einer Weihnachtsfeier getroffen. Sie hatte ihn immer sehr gern gehabt. Jon hatte niemals etwas an ihm gelegen, denn ihm war ein anderer schrecklicher Kerl immer lieber gewesen.

Wie hatte er doch geheißen?

Den Namen las man so häufig in der Klatschspalte gewisser Boulevardblätter.

Ach, ja, Alexander; Max Alexander hatte er geheißen.

Ein Schlüssel drehte sich in der Haustür. Jemand betrat die Halle.

Er war zu Hause.

Ein letzter Tupfer mit der Puderquaste, ein letzter Blick in den Spiegel, dann ging sie auf den Balkon hinaus.

»Justin?«

»Hallo!« antwortete er aus dem Wohnzimmer.

Es klang ruhig und unbekümmert.

»Wo steckst du denn?«

»Ich komme schon.«

Er weiß es nicht, dachte sie. Er hat die Zeitung noch nicht gelesen. Es wird alles gut werden.

Sie betrat das Wohnzimmer. An den hohen Fenstern bauschten sich im Luftzug die Vorhänge.

»Ah, da bist du ja!« sagte Justin.

»Wie geht es denn, mein Liebling? Schöner Tag gewesen?«

»Hm. Leidlich.«

Sie gab ihm einen Kuß und sah ihn prüfend an.

»Sehr zufrieden klingt das nicht«, stellte sie fest.

Er sah weg, ging zum Kamin, nahm eine Zigarettenschachtel in die Hand, legte sie wieder zurück und ging zum Fenster.

»Deine Pflanzen gedeihen doch sehr schön, nicht wahr?« fragte er geistesabwesend und sah in den Patio hinunter.

Doch plötzlich drehte er sich um. Es traf sie unvorbereitet. Jede Linie ihres Gesichtes spiegelte die Anspannung wider.

»Justin...«

»Ja«, antwortete er ruhig. »Ich habe die Zeitung gelesen.«

Er ging zum Sofa, setzte sich und schlug die *Times* auf.

»Das Foto ist nicht sehr ähnlich, oder? Warum ist er eigentlich in London?«

Seine Großmutter antwortete nicht. Er überflog die Gesellschaftsnachrichten, dann die anderen Spalten. Nichts war zu hören als das Rascheln der Zeitung.

»Was gibt es zu essen, Gran?« fragte er nach einer Weile. »Steak?«

»Justin...«

Camilla kam zum Sofa, und ihre Hände flatterten.

»Ich weiß«, sagte sie mühsam mit hoher Stimme, »ich weiß, wie du dich fühlen mußt...«

»Das glaube ich nicht ganz, Gran, denn um ehrlich zu sein – ich fühle nichts. Er bedeutet mir nichts.«

Sie sah ihn an.

Er erwiderte ruhig ihren Blick und beschäftigte sich erneut mit der *Times*.

»Ah, ich verstehe!« sagte Camilla und wandte sich ab. »Du wirst dich natürlich nicht mit ihm in Verbindung setzen?«

»Natürlich nicht. Und du?«

Er legte die Zeitung zusammen und stand auf.

»Ich gehe nach dem Essen aus, Gran. Gegen elf bin ich zurück. Ich versuche leise zu sein.«

»Ja«, antwortete sie langsam. »Ja. Ist in Ordnung, Justin.«

Die Tür schnappte hinter ihm ins Schloß.

Sie war allein im Zimmer. Es erleichterte sie zu wissen, daß er so vernünftig dachte. Trotzdem blieb eine gewisse Eifersucht. Von ihren Sorgen verwirrt, verglich sie die Selbstgenügsamkeit ihres Enkels mit Jons unablässiger Betonung seiner Unabhängigkeit.

## 3

Eve kaufte nie eine Abendzeitung, da sie gewöhnlich keine Zeit hatte, sie zu lesen. Die Fahrt von ihrem Büro am Piccadilly zu ihrer Wohnung in der Davies Street war zu kurz, und zu Hause mußte sie sich immer beeilen, ihr Bad zu nehmen und sich anzuziehen, um auszugehen. Blieb sie einmal zu Hause, hatte sie für eine Dinnerparty zu kochen. Zeitungen spielten somit in ihrem Leben eine recht unbedeutende Rolle.

An jenem Abend hatte sie sich gerade angezogen und gab sich nun der komplizierten Beschäftigung hin, ihr Make-up aufzutragen, als ein unerwarteter Besucher ihre ganze Zeitrechnung über den Haufen warf.

»Ich wollte nur mal schnell bei dir vorbeisehen. Hoffentlich störe ich dich nicht. Du sagst es mir doch, wenn ich im Weg bin?«

Mindestens zehn Minuten hatte sie gebraucht, um ihn loszuwerden, und dann ließ er auch noch einen Wust von Abendzeitungsblättern zurück, als wollte er dem Raum seinen Stempel aufdrücken, wo er doch schon ihre kostbare Zeit über Gebühr in Anspruch genommen hatte. Eve schob die Zeitung unter ein Kissen, stellte in der Küche die leeren Gläser in eine versteckte Ecke und gab sich dann Mühe, endlich ihrer Erscheinung den letzten Glanz zu verleihen.

Doch schließlich hatte sie sich ganz umsonst abgehetzt, denn der Mann verspätete sich.

Um die Wartezeit totzuschlagen, holte sie die Zeitung unter dem Kissen heraus. Sie war nützlich, um darin den Schinken einzuwickeln, der seit dem letzten Wochenende an Frische eingebüßt hatte. Auf dem Küchentisch schlug sie die Zeitung auf. Sie wollte sich gerade zum Kühlschrank umdrehen – eine Sekunde später war der Schinken jedoch vergessen.

*Jon Towers, kanadischer Grundstücksmillionär…*

Towers!

Nein, das war doch nicht möglich!

Sie nahm das Blatt auf, und dabei glitt der Rest der Zeitung zu Boden.

Jon! Jon Towers! Das war doch dieser Mann –

*Kanadischer Grundstücksmillionär…*

Nein, es mußte doch ein anderer sein. Aber Jon war nach jenem grauenhaften Wochenende in Clougy nach Übersee gegangen.

Clougy!

Wie komisch, daß ihr der Name wieder eingefallen war.

Sie sah dieses gelbe Haus mit den weißen Fensterläden noch genau vor sich, den tiefgrünen Rasen, den Hügel, der zu beiden Seiten des Hauses zur Bucht abfiel. Wo Füchse und Hasen sich gute Nacht sagen, hatte sie damals gedacht. Vier Meilen zur nächsten Stadt, zwei Meilen zur Landstraße, ganz am Ende eines Fahrweges. Aber sie hatte ja niemals mehr dorthin gehen müssen. Dieses eine Mal reichte sowieso für ein ganzes Leben.

*Bleibt in London – englische Verlobte…*

Wahrscheinlich wohnte er in einem der bekannten eleganten Hotels. Es wäre doch bestimmt ziemlich einfach, ihn zu finden, falls – man ihn finden wollte. Aber das wollte sie ja gar nicht.

Oder vielleicht doch?

Jon Towers! Diese Augen!

Sie starrte das ein wenig unklare Foto an. Man sah in diese Augen und vergaß, daß man Rückenschmerzen hatte, daß es zog, vergaß die vielen ermüdenden Dinge, die einen peinigen können. Man konnte das Klavier hassen und die Musik als sinnlosen Krach empfinden, aber man mußte ihm zuhören, sobald er die Hände auf die Tasten legte. Er lachte oder machte irgendeine belanglose Handbewegung, und man konnte keinen Blick von ihm wenden.

Ein Weiberheld, hatte sie gedacht, als sie ihn kennenlernte, aber am Abend hatte Max dann zu ihr gesagt: »Jon? Du lieber Gott! Hast du's denn nicht bemerkt? Er ist in seine Frau verknallt. Komisch, was?«

Ja, seine Frau.

Eve legte die Zeitung weg und hob die verstreuten Seiten auf. Ihre Beine waren schwer und steif. Sie fröstelte. Sie stopfte die Zeitung in den Abfallkübel und ging zurück in das stille Wohnzimmer.

Jon Towers war also wieder in London. Der hatte Nerven!

Aber vielleicht wäre es recht amüsant, Jon wieder zu begegnen? Schade, daß er sie wahrscheinlich völlig vergessen hatte, daß er jetzt ein ganz fremdes Mädchen heiraten wollte, das sie wahrscheinlich nicht kannte. Aber es wäre trotzdem interessant, diese Augen und den kraftvollen Körper wieder einmal zu sehen. Ob sie nach diesen zehn Jahren noch immer jene Erregung in ihr hervorrufen konnten wie damals? Oder könnte sie ihm jetzt mit unbeteiligter Kühle gegenübertreten? Vielleicht war es damals nur eine sexuelle Anziehung gewesen, die jetzt ihre Wirkung verloren hatte. Vielleicht war da aber noch etwas anderes gewesen? Sie hatte es damals Max zu erklären versucht, wußte aber heute noch nicht genau, was sie hatte erklären wollen.

»Nein, es ist nicht nur Sex, Max«, hatte sie damals gesagt. »Es ist noch etwas anderes. Nicht nur Sex.«

Max hatte seine blasierte, zynische Miene aufgesetzt.

»Nein? Weißt du das ganz bestimmt?«

Max Alexander!

Sie ging zum Telefon und schlug das dicke Londoner Telefonbuch auf.

## 4

Max Alexander lag im Bett. Es gab nur einen einzigen Platz, der ihm noch lieber war als das Bett: der Steuersitz eines Rennwagens. Sein Arzt hatte ihm geraten, in dieser Saison auf

Rennen zu verzichten, und so blieb ihm mehr Zeit für das Bett.

An jenem Abend erwachte er eben von einem kurzen Schlummer und griff nach einer Zigarette, als das Telefon klingelte. Nur aus Neugier hob er den Hörer ab.

»Hallo, Max!« sagte eine ihm unbekannte Frauenstimme am anderen Ende. »Wie geht es dir?«

Er zögerte, denn er ärgerte sich. Immer diese Weiber mit ihrem geheimnisvollen Getue!

»Hier ist Flaxman 9811«, antwortete er trocken. »Sie müssen die falsche Nummer gewählt haben.«

»Du hast aber ein kurzes Gedächtnis, Max«, sagte die Stimme am anderen Ende. »Seit Clougy ist doch nicht so schrecklich viel Zeit vergangen, oder?«

Es dauerte eine ganze Zeit, ehe er höflich sagen konnte: »Seit wann, sagten Sie?«

Er war sichtlich verdutzt.

»Clougy, Max. Clougy! Du hast doch deinen Freund Jon Towers nicht vergessen?«

Lächerlich, daß ihm ihr Name nicht einfiel!

Vage erinnerte er sich eines biblischen Namens.

Ruth? Esther?

Zum Teufel! In der Bibel gab es wahrscheinlich jede Menge weiblicher Namen, aber ihm fiel außer diesen beiden keiner ein. Wenn man auch ein Vierteljahrhundert lang keine Bibel mehr aufschlägt –

»Oh, du bist es!« sagte er aufs Geratewohl. »Und ist die Welt derzeit freundlich zu dir?«

Weshalb, zum Teufel, rief sie überhaupt an?

Nach dieser Sache in Clougy hatte er sie nicht mehr gesehen. Jeder war seine eigenen Wege gegangen. Und zehn Jahre war es überdies her. Zehn Jahre sind eine sehr lange Zeit.

»Seit zwei Jahren wohne ich in der Davies Street«, hörte er sie sagen. »Ich arbeite jetzt bei einer Firma am Piccadilly. Diamantenhändler. Chefsekretärin, weißt du.«

Als ob ihn das interessierte!

»Natürlich hast du die Zeitungsnotiz über Jon gelesen«, fuhr sie fort, ehe er noch etwas sagen konnte. »In der Abendzeitung.«

»Jon? Wieso?«

»Ah, du hast die Zeitung noch nicht gesehen? Er ist in London.«

Plötzlich bestand die Welt nur noch aus einem elfenbeinfarbenen Telefonhörer und einem Stich unter dem Herzen.

»Er bleibt einige Tage. Ich denke, er ist geschäftlich hier. Ich überlegte mir nur eben, ob du schon davon gehört hast. Hat er dir geschrieben, daß er kommt?«

»Die Verbindung riß ab, als er ins Ausland ging«, antwortete Alexander brüsk und legte den Hörer auf, ohne ihre Antwort abzuwarten.

Erstaunt stellte er fest, daß er schwitzte. Sein Herz arbeitete so angestrengt, daß die Ärzte den Kopf geschüttelt hätten. Er legte sich in die Kissen zurück und versuchte, bewußt und langsam zu atmen.

Es war furchtbar mit diesen Frauen! Immer mußten sie einen mit so unerwarteten Nachrichten überfallen. Sicher machte ihnen so etwas teuflischen Spaß und war die Würze ihres Lebens. Und diese Frau hatte sich in ihrer Rolle als Klatschtante besonders gut gefallen.

»Jon Towers«, sagte er laut.

Das half ihm, die Vergangenheit Stück für Stück zurückzuholen. Allmählich gelang es ihm auch, die Lage ruhig, leidenschaftslos und desinteressiert zu betrachten.

An Jon hatte er sehr lange nicht mehr gedacht. Wie mochte es ihm in Kanada ergangen sein? Und warum war er nach all diesen Jahren wieder zurückgekommen?

Er hatte immer den Eindruck gehabt, Jon würde nach dem plötzlichen Tod seiner Frau nie mehr zurückkehren.

Alexander erstarrte, als er an Sophias Tod dachte. Noch jetzt konnte er sich genau der amtlichen Leichenschau, der Ärzte, der Vernehmungen bei der Polizei erinnern, als wäre es erst gestern gewesen. Die Jury war zu dem Ergebnis gekommen, daß der Tod ein Unglücksfall gewesen war, obwohl die Möglichkeit eines Selbstmordes nicht ganz ausgeschlossen wurde. Jon hatte damals sein Geschäft in Penzance verkauft und war zwei Monate später nach Kanada geflogen.

Alexander zündete sich eine Zigarette an und rauchte bedächtig vor sich hin. Seine Erinnerungen wurden zunehmend klarer.

Er war mit Jon zur Schule gegangen. Obwohl sie nicht viel gemeinsam hatten, interessierten sich beide für Autorennen, und sie besuchten einander in den Ferien. Jons Mutter war eine ziemlich snobistische Dame und gesellschaftlich sehr in Anspruch genommen. Jon hatte oft mit ihr gestritten. Seine Eltern hatten sich scheiden lassen, als er sieben war. Sein Vater mußte ziemlich reich und exzentrisch gewesen sein. Er hatte seine Zeit auf botanischen Expeditionen verbracht, so daß Jon ihn kaum jemals sah. Mütterlicherseits hatte Jon wohl noch einige Verwandte gehabt, aber er hatte nur eine einzige gesehen, ein Mädchen namens Marijohn, die ein Jahr jünger als Jon war.

Er war jetzt weit weg in einer anderen Welt. Eine strahlende Sonne und ein tiefblauer Himmel spiegelten sich im Wasser.

Marijohn!

Niemand hatte je ihren Namen abgekürzt.

Marijohn Towers. Sie hatte blendend ausgesehen. Ein paarmal war er sogar mit ihr ausgegangen, hatte aber nichts erreicht. Es hatte zu viele andere Männer mit demselben Ehrgeiz gegeben, und sie schien viel ältere Männer zu bevorzugen. Verstanden hatte er sie außerdem auch niemals. Ein wenig Geheimnis um eine Frau war sicher reizvoll, aber undurchdringlich durfte es nicht werden.

Schließlich hatte Marijohn dann einen Rechtsanwalt geheiratet. Niemand hatte gewußt, weshalb sie gerade ihn gewählt hatte, denn er war ein ziemlich durchschnittlicher Knabe gewesen, ein wenig langweilig und schrecklich konventionell. Michael hatte er geheißen, Michael Sowieso. Sie waren inzwischen geschieden. Alexander wußte nicht, wie es den beiden ging.

Jon und Sophia hatten noch vor Marijohn und Michael geheiratet.

Die Zigarette schmeckte ihm nicht, und plötzlich wollte er auch nicht mehr an die Vergangenheit denken.

Sophia war in einem Café in Soho Kellnerin gewesen. Jon war damals neunzehn, als er sie kennenlernte und kurze Zeit später heiratete. Seine Mutter hatte die Nase gerümpft, und sein Vater hatte sofort eine Expedition abgebrochen und war nach England zurückgeflogen. Es hatte schrecklichen Streit gegeben, und das Ende davon war, daß der Vater Jon aus seinem Testament gestrichen hatte und zu seiner Expedition zurückgekehrt war.

Jon hatte das nichts ausgemacht. Er hatte sich von seiner Mutter ein paar tausend Pfund geliehen und damit in Penzance, Cornwall, einen Grundstückshandel angefangen. Das Geld hatte er bald zurückgezahlt. Er kaufte Landhäuser in günstig gelegenen Teilen von Cornwall, renovierte sie und verkaufte sie mit gutem Nutzen. Damals war Cornwall gerade aktuell, und für einen jungen, tüchtigen Mann mit Geld lag das Geschäft auf der Straße. Jon war aber an großen Verdiensten gar nicht interessiert gewesen. Er hatte keinen anderen Wunsch gehabt, als mit seiner Frau und seinem Flügel in einem schönen Haus zu wohnen. Natürlich hatte sich dieser Wunsch erfüllt. Jon hatte immer bekommen, was er sich wünschte.

Ja. Wenn er eine Frau haben wollte, brauchte er nur den Finger krumm zu machen, und sie kam. Wollte er Geld, dann floß es wie von selbst auf sein Bankkonto. Wollte er einen Freund, dann war der richtige Mann zur Stelle.

Als Jon einige Zeit weg war, kam es Max Alexander so vor, als wäre ein Bann von ihm genommen, und er hatte darüber nachgedacht, ob Jon wirklich einmal sein Freund gewesen war.

Jon und Sophia hatten nur ein Kind gehabt. Der Junge war

ziemlich fett gewesen und hatte keinem Elternteil ähnlich gesehen.

Und dann fielen Alexander die Wochenendpartys in Clougy ein.

Den ganzen Sommer hindurch fuhren Jons Freunde am Freitag nach Clougy. Es war eine ziemlich weite Fahrt, und mancher übernachtete unterwegs. Aber man fuhr gern nach Clougy, denn Jon und Sophia waren gute Gastgeber, und ihr Haus war ein friedliches Fleckchen für ein langes Wochenende.

Für Sophia, die immer in Großstädten gelebt hatte, mochte es dort vielleicht ein wenig zu still gewesen sein. Es gab keinen Zweifel daran, daß jenes schöne, abgelegene Haus an der See sie bald gelangweilt hatte, obwohl es Jon über alles liebte.

Sophia war üppig und träge gewesen, hatte langsame Bewegungen gehabt und unter einer nur mühsam verborgenen Langeweile gelitten.

Arme Sophia! Es wäre vielleicht besser gewesen, sie wäre in ihrem Café geblieben und hätte nicht das hektische Leben von Soho zugunsten jenes stillen Hauses am Meer aufgegeben.

Die Felsen in der Bucht, von denen sie gestürzt war, waren gefährlich gewesen, obwohl man Stufen in den Fels gehauen hatte, denn sie waren sehr glatt, wenn es geregnet hatte, und wenn die Klippe auch nicht sehr steil war, so war sie doch zerklüftet. Erst am Strand lief sie in sanften Terrassen aus.

Ja, dort an den Klippen war es unbeschreiblich schön gewesen. Jon war oft mit dem Jungen dort spazierengegangen.

Er erinnerte sich ganz klar. Er war mit Eve zu einer der fröhlichen Partys gekommen, die Sophia so sehr geliebt hatte. Außer ihnen, Jon, Sophia und dem Kind waren noch Michael und Marijohn dagewesen. Ein weiteres Paar hatte in letzter Minute abgesagt.

Das Haus war ein altes Farmhaus gewesen, das Jon umgebaut hatte. Es hatte gelbe Mauern und weiße Fensterläden gehabt. Ein wunderschönes Fleckchen Erde und so nahe am Meer!

Nach dem Unglück hatte er sich überlegt, ob Jon wohl das Haus verkaufen würde. Doch das tat Jon nicht; nur sein Geschäft in Penzance verkaufte er.

Das Haus schenkte er Marijohn.

## 5

Kaum war Michael Rivers an jenem Abend zu Hause, als er auch schon den Wagen aus der Garage holte und sich auf die Reise nach Surrey machte. In Guildford nahm er in einem Gasthaus einen kleinen Imbiß und fuhr dann sofort weiter.

Es war kurz nach sieben, als er in Anselm's Cross ankam. Die Julisonne stand noch flammend über den grünen Fichtenwäldern auf den Hügeln ringsum.

Man empfing ihn überrascht, fast ablehnend. Der Dienstag war sonst kein Besuchstag; darin war die Mutter Oberin sehr eigen. Handelte es sich allerdings um eine dringende Sache, so konnte man schon eine Ausnahme machen.

»Sie werden natürlich erwartet?« fragte man ihn.

»Nein«, antwortete Rivers, »aber ich glaube, sie wird mich sehen wollen.«

»Einen Augenblick, bitte«, sagte die Frau und verließ in einem Wirbel von schwarzen Röcken und Schleiern den Raum.

Nach einer Viertelstunde kehrte die Frau zurück.

»Bitte, folgen Sie mir«, forderte sie den Mann auf.

Das Schweigen erstickte ihn fast. Er stellte sich vor, wie es wohl sein mochte, wenn man endlose Stunden mit seinen eigenen Gedanken in diesem von der Welt abgeschlossenen Haus allein war. Schweiß des Entsetzens stand auf seiner Stirn. Er zwang seine Gedanken in eine andere Richtung, dachte an das Leben, an die mit Büroarbeit vollgestopften Tage, an die Abende im Klub, an die Wochenenden beim Golfspiel und in der freien Natur. Da hatte er keine Zeit zum Sinnieren, und das war gut so. Früher einmal hatte er gelegentlich ein wenig Einsamkeit geschätzt, aber jetzt wollte und konnte er sich nur noch mit anderer Leute Angelegenheiten beschäftigen, und Einsamkeit gab es für ihn nicht mehr.

Die Nonne öffnete die Tür. Sie schloß sich hinter ihm, als er die Schwelle überschritten hatte, und die Schritte entfernten sich.

»Michael!« rief Marijohn und lächelte ihn an. »Welch eine reizende Überraschung.«

Sie stand auf und kam ihm entgegen. Ein Streifen Sonne fiel durchs Fenster und auf ihr schönes Haar.

Die Kehle war ihm plötzlich wie zugeschnürt. Hilflos stand er vor ihr, unfähig zu reden, unfähig, sich zu bewegen, fast unfähig, sie anzusehen.

»Lieber Michael«, sagte sie freundlich, »komm und setz dich! Was hat dich hierhergeführt? Schlechte Nachrichten? Sonst wärst du doch kaum nach einem langen Arbeitstag so weit gefahren.«

Sie hatte seine Bedrückung gespürt.

Es gelang ihm, ihr gegenüber am Tisch Platz zu nehmen. Dann suchte er nervös nach seinen Zigaretten.

»Macht es dir etwas aus, wenn ich rauche?« murmelte er.

»Absolut nicht. Hast du auch eine für mich?«

Erstaunt sah er sie an. Sie lächelte.

»Ich bin doch keine Nonne«, erinnerte sie ihn. »Ich habe mich nur hierher zurückgezogen.«

»Natürlich«, erwiderte er ungeschickt. »Das vergesse ich immer wieder.«

Er bemerkte, daß sie immer noch den Ehering trug. Ihre Finger waren lang und schlank, genauso wie früher.

»Dein Haar ist grauer, Michael«, bemerkte sie. »Du arbeitest anscheinend noch immer zuviel.« Sie inhalierte den Rauch der Zigarette. »Wie eigenartig das schmeckt! Komisch! Wie ein seltenes Gift, das einen langsam umbringt. Wann warst du das letztemal da, Michael? Vor sechs Monaten, ja?«

»Sieben. Es war zu Weihnachten.«

»Ja, natürlich. Hast du noch die alte Wohnung? Westminster, nicht wahr? Komisch, in Westminster kann ich mir dich nicht vorstellen. Du solltest wieder heiraten, Michael, und in eine hübsche Vorstadt ziehen. Wie geht es denn deinen Freunden? Hast du Camilla gesehen? Ich erinnere mich, du solltest sie doch auf einer Weihnachtsfeier treffen?«

Endlich gewann er seine Sicherheit zurück.

Er war ihr dankbar, daß sie so ununterbrochen redete, bis er sich wieder gefangen hatte. Es war fast so, als hätte sie gewußt –

Nein, das war unmöglich!

»Nein, ich habe Camilla nicht mehr gesehen«, erwiderte er.

»Oder Justin?«

Sie wußte es sicher. Seine Kopfhaut prickelte.

»Nein, auch Justin hast du nicht gesehen«, antwortete sie für ihn.

Sie sprach nun langsamer und hielt den Blick auf irgendeinen fernen Gegenstand gerichtet.

»Ich glaube, ich verstehe. Du bist gekommen, um mit mir über Jon zu sprechen.«

Die Stille war wie eine riesige Flutwelle, die sie von allen Seiten her einschloß. Er versuchte sich einzureden, sie sei nur eine Klientin, mit der er Geschäfte zu besprechen hatte, aber ihm fehlten die richtigen Worte.

»Er ist zurückgekommen«, sagte er.

Sie sah ihn zum erstenmal voll an.

»Ja?«

Wieder dieses düstere Schweigen. Sie sah auf ihre Hände, und ihre langen Wimpern warfen richtige Schatten auf die Wangen. Diese Wimpern bewirkten jenen verschleierten Blick, den er einst so sehr gefürchtet hatte.

»Wo ist er denn?«

»In London.«

»Bei Camilla?«

»Nein. Im *Mayfair*.«

Es war wie bei einer Besprechung mit Klienten. Plötzlich fiel ihm das Reden leichter.

»Es stand in der Abendzeitung. Man nennt ihn darin einen

kanadischen Grundstücksmillionär, was mir ja ziemlich unglaubhaft vorkommt, aber er war zweifellos der Mann auf dem Foto. Auch Camilla war erwähnt. Der Name des Hotels war nicht angegeben, aber ich habe die größten Häuser angerufen. Ich nahm nicht an, daß er bei Camilla wohnen würde, denn als ich sie zuletzt sah, sagte sie, sie würde nicht einmal seine kanadische Adresse kennen und hätte keinerlei Verbindung mit ihm.«

»Ah, ich verstehe. Stand sonst noch etwas in der Zeitung?«

»Ja. Es hieß, er sei mit einer Engländerin verlobt und wolle demnächst heiraten.«

Sie sah zum Fenster hinaus und in den klaren, blauen Himmel. Dann lächelte sie.

»Ich freue mich«, sagte sie, und ihr Lächeln galt auch ihm. »Das ist eine wundervolle Nachricht. Ich hoffe, er wird sehr glücklich.«

Er mußte wegsehen.

Und plötzlich hatte er es eilig, dieser bedrückenden Stille zu entrinnen, um in den grellen Lärm Londons zurückzukehren.

»Willst du, daß ich...?«

Sie unterbrach ihn.

»Nein. Es ist nicht nötig, daß du ihn meinetwegen triffst. Es war nett von dir, den weiten Weg hierherzufahren. Du kannst jetzt nichts mehr tun.«

»Falls du irgendwie Hilfe brauchen solltest...«

»Ich weiß, Michael. Und ich bin dir sehr dankbar.«

Wenig später brach er auf. Ihre ausgestreckte Hand übersah er, denn der Abschied erschien ihm so viel zu formell. Eine Minute später steckte er den Zündschlüssel ein und knipste das Autoradio an. Er ließ es aufbrüllen, ehe er sich auf die Rückfahrt nach London machte.

## 6

Nachdem er gegangen war, blieb Marijohn noch lange an dem Holztisch sitzen und sah zu, wie die Nacht hereinbrach. Dann kniete sie nieder und betete.

Um elf Uhr ging sie zu Bett, aber eine Stunde später war sie noch immer wach.

Der Mond schien durch das Fenster und warf lange, schlanke Schatten an die nackten Wände.

Sie setzte sich auf und lauschte. Ihr Geist öffnete sich. Dann ging sie zum Fenster und machte es auf, als könnte die frische Nachtluft ihr helfen zu verstehen.

Im geschlossenen Hof draußen war es sehr still, noch ruhiger als in ihrem eigenen Zimmer, aber der Friede wirkte jetzt nicht besänftigend auf sie. Ihr Kopf schien sich auszudehnen, der Atem blieb ihr in der Kehle stecken. Sie war versucht zu schreien.

Keuchend lief sie zur Tür und riß sie auf. Der Schweiß brach ihr aus sämtlichen Poren. Doch jenseits der Tür war nur der verlassene Korridor, der sie fast erstickte mit seinem Frieden.

Sie begann zu rennen. Ihre Füße machten kaum ein Geräusch auf dem Steinboden. Und plötzlich rannte sie die Klippen entlang an der blauen, glitzernden See, und sie rannte zu jenem Haus mit den weißen Fensterläden, und Luft war um sie, frische Luft.

Sie war frei.

Die Szene verschwamm vor ihrem Geist. Sie stand im Garten des alten Hauses in Surrey, und eine Rose wuchs neben ihr. Sie pflückte sie und riß die Blütenblätter ab. Und plötzlich war ihr Geist wieder weit offen, und sie hatte Angst. Niemand, dachte sie, der diese Begabung nicht hat, kennt diese Schrecken. Und niemand kann sich vorstellen, welch ein Schmerz das ist, diese dunklen Kämpfe nicht zu verstehen, zu wissen, daß der eigene Geist einem nicht allein gehört.

Sie kniete nieder und versuchte zu beten. Doch ihr Gebet verlor sich im Sturm, und sie konnte nichts tun, als ihrem Geist zu lauschen.

Dann kam die Dämmerung. Sie ging zur Mutter Oberin und sagte ihr, sie wolle noch am gleichen Tag das Haus verlassen, und sie wüßte nicht, ob sie je zurückkehren würde.

## 7

Den Leuten am Empfang gelang es nicht, den anonymen Anrufer zu finden.

»Sie müssen«, erklärte Jon. »Es ist sehr wichtig.«

Es sei unmöglich, sagte der höfliche Mann. Ein Ortsgespräch aus einer Telefonzelle ließe sich zwar als Tatsache feststellen, aber darüber hinaus sei jede weitere Information unmöglich.

»War es ein Mann oder eine Frau?«

»Ich fürchte, das kann ich nicht sagen. Sehen Sie, Sir...«

»Was sagte er denn? War es eine hohe oder eine tiefe Stimme? Hatte er einen Akzent? Sie müssen das doch wissen. Es war schließlich erst vor ein paar Minuten.«

»Nein, Sir. Ich weiß es nicht. Es ist sehr schwierig zu sagen, Sir, denn es war kaum mehr als ein Flüsterton. Er fragte nach Ihnen, Sir. ›Mr. Towers, bitte‹, sagte er. Ich antwortete: ›Einen Augenblick, bitte.‹ Und dann verband ich ihn mit Ihnen, Sir.«

Jon hob die Schultern, drehte sich um und ging zur Bar.

Der Mann am Empfang wischte sich die Stirn trocken, murmelte seinem Kollegen etwas zu und ließ sich auf den nächsten Stuhl fallen.

Jon bestellte einen doppelten Scotch on the rocks und zog sich mit seinem Drink in eine ruhige Ecke zurück. Nach kurzer Zeit fiel ihm etwas ein. Er trank sein Glas leer, drückte seine Zigarette aus und kehrte in sein Zimmer zurück, um ein Telefongespräch zu führen.

Aber es meldete sich eine fremde Stimme.

Hatte sie wieder geheiratet, oder war sie ausgezogen?

Er überlegte einen Augenblick.

Lawrence, der Familienanwalt, würde sicher wissen, wo sie zu finden war, denn ein Lawrence zieht nicht mehr um. Er mußte jetzt so gegen fünfundsiebzig sein. Und sicher war er mit seinem georgianischen Haus in Richmond und seiner stets mürrischen Haushälterin, die gestärkte Kragen und Manschetten trug, noch mehr verwachsen als vor zehn Jahren.

Wenige Minuten später meldete sich eine tiefe, angenehme Stimme, die jede einzelne Silbe mit nachdrücklicher Bedachtsamkeit aussprach.

»Lawrence, ich möchte mich mit meiner Mutter in Verbindung setzen«, sagte Jon. »Sie können mir doch sicher ihre Adresse geben? In der Halkin Street scheint sie nicht mehr zu wohnen. Und vielleicht können Sie mir in kurzen Zügen erzählen, was alles geschehen ist, während ich in Übersee war.«

Lawrence sprach eine Weile, und Jon faßte, weil ihm die Ausdrucksweise des alten Herrn zu umständlich war, dessen Mitteilungen kurz zusammen in der Frage: »Ihr zweiter Mann starb also, und sie zog vor fünf Jahren um nach Consett Mews Nummer fünf, sagten Sie?«

»Ja, genau. Und tatsächlich...«

»Ah, ich verstehe. Noch etwas, Lawrence. Ich muß unbedingt mit meiner Kusine Marijohn Verbindung aufnehmen. Eigentlich wollte ich meine Mutter anrufen und nach Marijohns Adresse fragen, aber wenn ich jetzt schon mit Ihnen spreche, können Sie mir vielleicht auch sagen, wo sie ist?«

Der alte Mann überlegte.

»Das heißt also, daß Sie es auch nicht wissen«, stellte Jon nach zehn Sekunden fest.

»Wenn ich ehrlich sein soll – nein, ich weiß es nicht. Natürlich könnte Rivers es Ihnen sagen. Netter Kerl, der junge Rivers. Schade, daß die Ehe nicht hielt. Sie wissen doch von der Scheidung, ja?« Einige Sekunden lang herrschte gespanntes

Schweigen. »Die Scheidung war – Moment – vor sechs Jahren. Nein, vor fünf. Wissen Sie, mein Gedächtnis ist auch nicht mehr das, was es war. Rivers hat die Sache schrecklich mitgenommen. Ich traf ihn zufällig einmal im Juristenklub, als der Prozeß gerade lief. Die Scheidung war einfach. Sie hat ihn ja verlassen und es nicht bestritten. Der Richter war hochanständig. In zehn Minuten war alles vorüber. Sie brauchte nicht einmal zum Termin zu kommen. Sind Sie noch da, Jon?«

»Ja«, antwortete Jon. »Ja, ich bin noch da.«

Marijohn, Marijohn, Marijohn, ging es ihm durch den Kopf, und plötzlich war der ganze Raum voll Trauer.

Lawrence erzählte noch einiges mit der Gründlichkeit und Weitschweifigkeit des hohen Alters und lud Jon schließlich zum Wochenende in sein Haus zu einem Dinner ein.

»Ich fürchte, Lawrence, im Moment geht es nicht«, lehnte Jon höflich ab. »Wenn ich darf, rufe ich Sie wieder an. Vielleicht können wir dann etwas vereinbaren.«

Er ließ sich auf das Bett und in die Kissen zurückfallen. Das weiße Leinenzeug schmiegte sich kühl an seine Wange. Frische Bettwäsche hatte er immer über alles geliebt. Und nun fielen ihm auch das Doppelbett im Schlafzimmer von Clougy ein, die weißen, einladenden Laken, Sophias dunkles Haar, das über die Kissen fiel, ihr nackter, voller, warmer Körper.

Er stand auf, ging ins Badezimmer, kehrte ins Schlafzimmer zurück und lief dann rastlos zwischen Fenster und Türen auf und ab.

Du mußt Marijohn finden, sagte er zu sich selbst. Zu Michael Rivers kannst du nicht gehen, also mußt du deine Mutter fragen. Ruf sie in den Consett Mews an. Vielleicht siehst du dann auch gleich Justin. Auch mit Justin mußt du unbedingt reden. Justin!

Aber dieser Anruf! Wer kann das nur gewesen sein?

In erster Linie muß ich Marijohn finden.

Er ging aus und fuhr mit dem Taxi zu den Consett Mews. Es war eine sehr kurze Fahrt.

Es war dunkel in den Mews. Das einzige Licht kam von einer altmodischen Laterne in einer Ecke. Über der Tür Nummer 5 brannte kein Licht.

Langsam ging er über das holprige Kopfsteinpflaster und drückte kräftig auf die Klingel.

Vielleicht kommt Justin an die Tür, dachte er. Wie er wohl jetzt aussehen mochte? Damals war er klein, dick und kurzbeinig, und seine kleine Hand lag vertrauensvoll in der großen seines Vaters, wenn sie in Clougy über den Klippenpfad gingen.

Die Tür ging auf. Das Gesicht der Frau in Hausgehilfinnenuniform kannte er nicht.

»Guten Abend«, sagte Jon. »Ist Mrs. Rivington zu Hause?«

Die Hausgehilfin zögerte.

»Wer ist es denn?« rief eine Stimme von drinnen, und im selben Moment, als Jon die Schwelle überschritt, kam Camilla in die Halle heraus.

Schmerzliche Liebe beengte ihm die Brust und schnürte ihm die Kehle zu, aber die Vergangenheit schob sich wie ein Nebelschleier zwischen ihn und sie.

Er hatte ihr nie etwas bedeutet. Immer war sie zu sehr damit beschäftigt gewesen, neue Liebhaber und neue Ehemänner zu finden, darauf bedacht, keine dieser ermüdenden Cocktailpartys auszulassen und jede gesellschaftliche Gelegenheit wahrzunehmen. Es gab ja Kindermädchen, die ihr die Arbeit abnehmen konnten, und wenn einem ein Kind im Weg war, dann schickte man es eben ein Jahr zu früh ins Internat.

Er hatte ihre Haltung akzeptiert und sich ihr so gut wie möglich angepaßt. Nach zehn Jahren der Trennung gab es keinen Schmerz mehr darüber.

»Hallo!« sagte er und hoffte, sie werde nicht weinen und auch keine melodramatische Szene aufführen, um eine Liebe zu demonstrieren, die es ja doch nicht gab. »Ich dachte, es sei am besten, dich gleich zu besuchen. Du wirst ja in der Zeitung gelesen haben, daß ich hier bin.«

»Jon!«

Sie legte ihre Arme um ihn, und als er ihre Wange küßte, bemerkte er, daß sie weinte.

Diese rührende Familienszene ließ sich also doch nicht vermeiden. Er war sieben, als sie ihn ins Internat schickte, aber sie hatte geweint, als er gehen mußte. Das hatte er ihr nie verziehen, weil sie die Trauer nicht gefühlt hatte, die sie zu fühlen vorgab. Und jetzt schien alles wieder von vorn anzufangen.

Er trat einen Schritt zurück und lächelte sie an.

»Ich glaube, du hast dich überhaupt nicht verändert. Wo ist Justin? Ist er hier?«

Ihre Miene änderte sich fast unmerklich. Sie ging ihm voran in das Wohnzimmer.

»Nein, er ist nicht hier. Er ging nach dem Abendessen aus und sagte, gegen elf Uhr sei er wieder zurück. Warum hast du nicht angerufen, um zu sagen, daß du uns besuchen willst? Daß du schreibst, habe ich sowieso nicht erwartet, aber anrufen hättest du doch können.«

»Ich wußte noch nicht, ob ich heute Zeit haben würde zu kommen.«

Sie waren nun im Wohnzimmer, und er erkannte die alten Bilder, den Eichenschrank, das blaßfarbene Weidenmusterporzellan.

»Wie lange wirst du bleiben?« fragte sie. »Bist du geschäftlich hier?«

»Ja, auch«, erwiderte Jon. »Aber ich werde vor allem hier heiraten. Meine Verlobte kommt in zehn Tagen von Toronto herüber, und dann werden wir so bald wie möglich eine ganz ruhige Hochzeit arrangieren.«

»Oh«, sagte sie, und er hörte die Schärfe in ihrer Stimme. »Bin ich zur Hochzeit eingeladen? Oder soll sie so ruhig sein, daß nicht einmal die Mutter des Bräutigams erwartet wird?«

»Du kannst natürlich kommen, wenn du willst.«

Er nahm eine Zigarette aus dem Behälter auf dem Tisch und zündete sie mit dem eigenen Feuerzeug an. »Aber wir wollen wirklich nur eine ganz ruhige Hochzeit. Sarahs Eltern wollten in Kanada eine gesellschaftliche Affäre daraus machen, aber das kann ich nicht ertragen, und auch Sarah wollte es nicht. Deshalb beschlossen wir, in London zu heiraten. Ihre Eltern werden von Kanada herüberfliegen, und ein paar ihrer Freundinnen kommen, sonst aber niemand.«

»Ach, ich verstehe«, sagte seine Mutter. »Wie interessant! Und hast du ihr von deiner Ehe mit Sophia erzählt?«

Er warf ihr einen scharfen Blick zu. Es befriedigte ihn, sie tief erröten zu lassen. Unvermittelt fragte er: »Hast du heute abend im *Mayfair* angerufen?«

»Ich?«

Er sah, wie verwirrt sie war.

»Nein. Ich wußte ja gar nicht, daß du im *Mayfair* wohnst. Warum fragst du?«

»Ah, nichts.«

Er inhalierte den Rauch seiner Zigarette und musterte eine neue Porzellanfigur auf der Kredenz.

»Wie geht es Michael und Marijohn?« fragte er dann beiläufig.

»Sie sind geschieden.«

»Wirklich?« Es klang überrascht. »Und warum?«

»Sie wollte nicht mehr mit ihm zusammenleben. Zweifellos gab es auch einige Affären. Er ließ sich scheiden, weil sie ihn verlassen hatte.«

Statt sich dazu zu äußern, zuckte er nur mit den Schultern. Er wußte genau, daß ihr eine Bosheit auf der Zunge lag.

»Und wo ist Marijohn jetzt?« erkundigte er sich, ehe sie etwas sagen konnte.

»Warum?« fragte sie nach einer Pause.

Er sah sie fest an. »Warum? Ich will sie sehen.«

»Ah, so. Deshalb bist du wohl auch nach England gekommen und hast dich heute hier sehen lassen. Sonst hättest du dir diese Mühe wohl nicht gemacht.«

Oh, schon wieder eine hysterische Szene! dachte Jon bedrückt.

»Nun, dann hast du allerdings deine Zeit verschwendet. Ich

habe keine Ahnung, wo sie steckt, und mir ist es auch verdammt egal. Michael ist der einzige Mensch, der mit ihr noch in Verbindung steht.«

»Wo wohnt er denn jetzt?«

»In Westminster«, erwiderte Camilla mit harter Stimme. »Grays Court, Nummer 16. Aber du gehst doch nicht wirklich zu Michael?«

Jon klopfte die Zigarettenasche ab und stand auf.

»Du willst doch nicht gehen? Du lieber Himmel, du bist doch eben erst gekommen!«

»Ich besuche dich ein andermal. Im Augenblick ist meine Zeit sehr knapp.«

Er war bereits in der Halle, ehe sie ihm folgen konnte, doch aus einem unbestimmten Gefühl heraus blieb er mit einer Hand auf der Haustürklinke stehen, drehte sich nochmals zu ihr um und lächelte sie an.

»Jon!« sagte sie, »Jon, mein Liebling...«

Alle Schärfe war aus ihrer Stimme geschwunden.

»Sag Justin, er soll mich anrufen, sobald er nach Hause kommt, ja?« Er drückte sie einen Augenblick an sich und küßte sie. »Nicht vergessen! Ich muß heute noch mit ihm sprechen.«

Sie trat einen Schritt zurück. Er öffnete die Tür.

»Du willst ihn aber doch heute nicht mehr sehen, oder?« fragte sie sarkastisch. »Ich denke, so groß ist dein Interesse an ihm sicher nicht.«

Er drehte sich abrupt um und trat auf die Straße hinaus. »Natürlich will ich ihn sehen«, sagte er über die Schulter. »Kannst du dir das nicht vorstellen? Justin war der Hauptgrund für meine Rückkehr.«

# 8

Michael Rivers war nicht zu Hause. Irgendwie war Jon darüber erleichtert. Er hatte kein Bedürfnis nach einem Wiedersehen mit Michael Rivers gehabt.

Langsam ging er die Treppe hinunter. Da schwang die Haustür auf, und ein Mann kam herein und drückte die Tür hinter sich ins Schloß.

Es war dunkel im Treppenhaus. Jon stand bewegungslos im Schatten und hielt den Atem an. Er wußte, daß dieser Mann Michael Rivers war.

»Wer ist da?« fragte der andere scharf.

»Jon Towers.«

Auf der Fahrt nach Westminster war er zu dem Entschluß gekommen, keine Zeit mit höflicher Konversation zu verschwenden, denn die zehn Jahre hatten nichts an seinem Verhältnis zu dem anderen Mann geändert.

»Entschuldige, daß ich dich so überfalle«, sagte er und trat aus dem Schatten in das Zwielicht der Abenddämmerung. »Ich muß sofort wissen, wo Marijohn sich aufhält, und niemand außer dir scheint ihren Aufenthaltsort zu kennen.«

Er stand nun näher bei Rivers, sah ihn aber noch immer nicht genau. Im Zwielicht konnte Jon vor allem nicht den Augenausdruck des anderen erkennen. Er fühlte sich deutlich unbehaglich. Einem schmerzenden Schlag ähnlich traf ihn die Erinnerung und dann eine ihm selbst unerklärliche Woge des Mitleids.

»Es tut mir leid, daß es schiefgegangen ist«, sagte er. »Es muß schlimm gewesen sein.«

Langsam drehte sich Rivers zum Tisch um und sah die Post durch, die für die Mieter des Hauses dort bereitgelegt wurde.

»Ich fürchte, ich kann dir nicht sagen, wo sie ist«, sagte er betont deutlich.

»Du mußt es doch wissen – und mußt es mir sagen«, drängte Jon. »Ich muß sie sehen.«

Der Rücken des Mannes bewegte sich nicht.

»Bitte!«

Jon liebte es nicht, jemanden um etwas zu bitten.

»Es ist sehr wichtig. Bitte, sag es mir!«

Der Mann hob einen Umschlag auf und öffnete ihn.

»Ist sie in London?«

Rivers warf einen Blick auf die Rechnung und schob sie in den Umschlag zurück.

»Schau, Michael...«

»Geh zum Teufel!«

»Wo ist sie?«

»Schau, daß du verschwin...«

»Du mußt es mir sagen. Sei doch nicht so entsetzlich stur! Es handelt sich um eine dringende Sache. Du *mußt* es mir sagen.«

Der Mann wandte sich der Treppe zu. Jon folgte ihm. Der andere drehte sich um, und da sah Jon zum erstenmal seine Augen.

»Du hast in meinem Leben zu viel Unruhe gestiftet, Jon Towers, und auch Marijohn hast du, weiß Gott, zu viel angetan. Wenn du glaubst, ich sei ein solcher Narr, dir ihre Adresse zu sagen, dann bist du verrückt. Du wärst zufällig der letzte Mensch auf der ganzen Erde, dem ich sagen würde, wo sie ist. Zum Glück für Marijohn weiß es außer mir niemand. Und jetzt verschwinde von hier, ehe ich mich vergesse und die Polizei rufe.«

Die Worte waren kaum mehr als ein Flüstern gewesen. Jon trat einen Schritt zurück.

»Dann warst es also du, der mich heute im Hotel angerufen hat?«

Rivers starrte ihn an. »Ich hätte dich angerufen?«

»Ja. Anonym natürlich. Dieser Willkommensgruß war nicht gerade herzlich.«

Rivers musterte ihn scharf und drehte sich dann angewidert um. »Ich weiß nicht, wovon du sprichst«, hörte Jon ihn sagen.

Rivers ging weiter die Treppe hinauf.

»Ich bin ein Anwalt und kein Irrer, der anonyme Telefonanrufe macht.«

Die Treppe knarrte noch einmal, und dann stand Jon allein mit seinen Gedanken in der dämmerigen Halle.

Er verließ das Haus. Mit eiligen Schritten lief er am Big Ben vorbei zum Embankment. Der Verkehr röhrte, die Lichter blendeten ihn, die Auspuffgase beengten seine Lungen. Und plötzlich wußte er, daß auch eine körperliche Anstrengung den Aufruhr in seinem Innern nicht zu besänftigen vermochte.

Erschöpft blieb er stehen, lehnte sich ans Geländer und sah hinunter in die Fluten der Themse.

Marijohn, Marijohn! dachte sein Gehirn ununterbrochen, besorgt und voll Trauer. Marijohn!

Wenn er nur wüßte, wer dieser Anrufer war!

Seine Mutter konnte es nicht gewesen sein. Jener Anrufer mußte dieses schreckliche Wochenende in Clougy miterlebt haben. Und seine Mutter konnte auf keinen Fall – nein – nicht in Worte fassen. Worte sind so unwiderruflich, so schrecklich in ihrer Endgültigkeit.

Aber Michael Rivers konnte es auch nicht gewesen sein. Und natürlich auch nicht Marijohn.

Blieben also nur noch Max und das Mädchen, das Max damals mitgebracht hatte, diese große, überhebliche Blondine, die er Eve genannt hatte.

Armer Max! Er war der Überzeugung, er wüßte alles über Frauen, und blieb doch immer nur ein zweitklassiger Don Juan, der sich selbst an der Nase herumführte. Klar, einen Autorennfahrer fanden die Frauen interessant, um so mehr, als er genug Geld hatte, diese Rennen als Liebhaberei zu betreiben.

Jon ging zur U-Bahn-Station Charing Cross hinunter und betrat die nächste Telefonzelle.

Sicher war es Eve gewesen. Anonyme Anrufe sehen Frauen ziemlich ähnlich. Aber was wußte sie eigentlich? Vielleicht war es nur ihre Art schwarzen Humors, und sie wußte absolut gar nichts. Oder aber es war der erste Schritt zu einer Erpressung. In diesem Fall –

Er fand die Nummer und wählte sie.

Gegen Mitternacht wollte er Sarah anrufen. Es war dann sechs Uhr in Toronto, und Sarah saß wahrscheinlich am Klavier.

Endlich wurde der Hörer abgenommen, und Sarahs Bild verschwand.

»Max?«

Die Stimme bestätigte es.

»Hier ist Jon, Max. Vielen Dank, daß du mich angerufen hast. Wie wußtest du, wo ich zu finden war?«

Das Schweigen war lang und bedrückend.

»Tut mir leid«, sagte Max Alexander endlich, »aber ich habe keine Ahnung, wer...«

»Towers.«

»Jon Towers! Du lieber Gott, welch eine Sensation! Aber was soll das mit diesem Telefonanruf sein?«

»Hast du mich denn nicht im Hotel angerufen und mich ziemlich – herzlich willkommen geheißen?«

»Mein lieber Freund, ich wußte gar nicht, daß du in London bist, ehe mich jemand anrief und mir sagte, es stünde in den Abendzeitungen.«

»Wer hat dich denn angerufen?«

»Das Mädchen, das ich an jenem Wochenende mit nach Clougy gebracht hatte, als...«

»Eve?«

»Ja, natürlich! Eve Robertson. Ich hatte ihren Namen glatt vergessen. Ja, es war Eve.«

»Wo wohnt sie jetzt?«

»Ich glaube, sie hat etwas von Davies Street gesagt. Sie arbeitet am Piccadilly für einen Diamantenhändler. Wieso willst du das wissen? Seit diesem Wochenende in Clougy hatte ich jede Verbindung mit ihr verloren.«

»Warum hat sie dich dann angerufen?«

»Gott weiß, warum. Jon! Was soll das alles eigentlich?«

»Ah, nichts, Max. Spielt keine Rolle. Können wir uns in den nächsten Tagen einmal treffen? Lange her, seit wir uns zuletzt gesehen haben. Kannst du morgen abend um neun im *Hawaii* sein? Dann kannst du mir alles erzählen. Bist du verheiratet, oder verteidigst du noch immer erfolgreich deine Unabhängigkeit?«

»Nein«, antwortete Max. »Ich habe niemals geheiratet.«

»Gut, dann also wir beide zum Dinner morgen im *Hawaii*. Keine Frauen. Meine Tage als Witwer sind gezählt. Bald werde ich mich wohl wieder nach richtigen Männergesprächen sehnen. Hast du in der Zeitung von meiner Verlobung gelesen? Ich habe im vergangenen Frühjahr in Toronto eine Engländerin kennengelernt und beschlossen, mich von bezahlten und unbezahlten Haushälterinnen zu trennen. Und Amerikanerinnen und Kanadierinnen habe ich bis obenhin satt. Du mußt Sarah unbedingt kennenlernen.«

»Ja«, antwortete Alexander, »es würde mich freuen. Hat sie Ähnlichkeit mit Sophia?«

»Ja«, sagte Jon fast wütend. »Ja, körperlich gesehen. Falls du morgen nicht kommen könntest, dann ruf mich, bitte, im Hotel an.«

Er legte den Hörer auf und lehnte sich an die Tür. Er fühlte sich erschöpft, nicht geistig, sondern gefühlsmäßig.

Wie sollte er Marijohn finden?

Eve schien diesen anonymen Anruf gemacht zu haben. Wenigstens kannte er ihren Namen und wußte, wo sie wohnte. Er nahm den Hörer ab und wählte die Auskunft.

## 9

Eve war wütend. Sie war es nicht gewöhnt, daß man sie versetzte, und auch der Anruf bei Max, von dem sie sich einiges versprochen hatte, war ein Mißerfolg gewesen. Zum Teufel mit Max! Zum Teufel mit sämtlichen Männern, mit allen und allem!

Aus Langeweile und Zorn schüttete sie den dritten Drink in sich hinein. Da läutete das Telefon.

»Eve?« Die Männerstimme klang hart.

Sie setzte sich aufrechter.

»Ja?« Sie war sofort hellwach. »Wer spricht dort?«

»Eve, hier ist Jon Towers«, sagte die Stimme auf der anderen Seite.

Vor Überraschung warf sie ihr Glas um, und die Flüssigkeit wurde zu einem dunklen Flecken auf dem Teppich.

»Oh, hallo, Jon!« rief sie.

Ihre Stimme klang merkwürdig kühl.

»Ich las in der Zeitung, daß du wieder in London bist. Wie hast du erfahren, wo ich wohne?«

»Ich habe eben mit Max Alexander gesprochen.«

Sie wartete darauf, daß er wieder zu sprechen begann, und während sie wartete, fiel ihr wieder ein, wie ungemein anziehend der Mann gewesen war. Die Stimme frischte ihr Gedächtnis deutlich auf.

»Hast du jetzt zu tun, oder kann ich dich sehen?« fragte er.

»Das wäre nett«, sagte sie erfreut. »Vielen Dank, ja. Warum?«

»Könntest du mich in einer Viertelstunde im *Mayfair* besuchen?«

»Sicher. Das Hotel ist direkt um die Ecke.«

»Ich warte in der Halle«, sagte er. »Du brauchst nicht erst beim Empfang nach mir zu fragen.«

Und dann war nur noch das Summen der Leitung in ihrem Ohr.

## 10

Während er zum Piccadilly ging, dachte Jon über Sarah nach. Sollte er sie bitten, ihre Reise noch ein paar Tage zu verschieben, bis er die Sache mit Eve geklärt hatte? Von den Vorfällen in Clougy durfte Sarah nie etwas erfahren. Ihr naives Vertrauen zu den Menschen war etwas Wunderbares. Das, was damals geschehen war, würde sie nie verstehen und daran zugrunde gehen. Denn war ihrem Leben erst einmal der sichere Grundstein entzogen, dann konnte nichts mehr ihren Zusammenbruch verhindern.

Trotz des starken Verkehrs fühlte er sich einsam, denn Sorgen quälten ihn. In Kanada hätte er gearbeitet oder sich an den Flügel gesetzt, bis diese trübe Stimmung wieder verflogen war, aber hier hatte er nichts zur Ablenkung als die Zerstreuungen einer fremden Stadt. Er wollte sich weder betrinken, noch wollte er Zuflucht bei einer Frau suchen, denn anschließend hätte er sich geschämt, weil Sarah traurig gewesen wäre. Und alles war erträglicher als der Schmerz in ihren Augen. Nein, Sarah konnte er nicht weh tun.

Wenn er nur Marijohn finden könnte! Irgend jemand mußte doch wissen, wo sie war.

Die Gedanken kreisten in seinem Kopf, ungerufene bedrückende Gedanken, doch das Gefühl der Trauer und Unrast war zu vage, um seinen Ursprung erkennen zu lassen.

Als er das Hotel betrat und zum Empfang ging, um seinen Schlüssel zu holen, spürte er, daß er beobachtet wurde. Er drehte sich um, und im selben Augenblick sah er die große, hochmütige Blondine, die eben ihre Zigarette ausdrückte und ihm dann mit einem kühlen Lächeln entgegensah.

Er erkannte sie sofort. Gesichter vergaß er nie. Ihm fiel sogar ein, was Sophia damals in Clougy gesagt hatte.

»Ich bin neugierig, mit wem Max diesmal aufkreuzt«, hatte sie gesagt.

Eine Stunde später war Max dann in einem feuerroten Bentley mit dieser eleganten, verwöhnten Blondine vorgefahren.

Jon schob den Zimmerschlüssel in die Tasche und ging auf sie zu.

»Ja, ja«, meinte sie mit einem schiefen Lächeln, als er nahe genug war. »Es ist lange her.«

»Sehr lange.« Er spielte angelegentlich mit dem Zimmerschlüssel in seiner Tasche. »Nachdem ich mit Max gesprochen hatte, dachte ich mir, ich sollte mich mit Ihnen in Verbindung setzen.«

Sie hob kaum merkbar die Brauen, als verstünde sie ihn nicht ganz. »Nur deshalb, weil ich Max anrief und ihm sagte, daß du in der Stadt bist?« fragte sie.

Die Halle wimmelte von Menschen.

»Wenn wir uns unterhalten wollen, kommst du am besten mit nach oben«, schlug er vor. »Hier sind wir nicht ungestört.«

Ihre anfängliche Verwirrung wich einer Befriedigung, als wäre ihr diese angedeutete Entwicklung nur angenehm.

»Fein«, sagte sie eine Spur weniger kühl als vorher. »Dann geh du voran, bitte!«

Das Mädchen bewegte sich mit einer leichten Grazie. Ihre schmalen Lippen waren blaß geschminkt, und die langen, dichten Wimpern über ihren schönen Augen konnten nicht ganz echt sein. Ihr blondes Haar umrahmte weich ihr Gesicht und war dann einfach zu einem Knoten geschlungen.

Als sie im Lift nach oben fuhren, spürte sie seinen prüfenden Blick, aber sie wich ihm nicht aus.

Im Zimmer schlüpfte Eve aus dem Mantel. Jon bot ihr eine Zigarette an. Dabei beobachtete er sie genau und versuchte ihren Gesichtsausdruck zu enträtseln, doch das war sehr schwierig. Neugier, eine Spur Ironie und die Andeutung einer Spannung, die ihre Haltung nicht ganz natürlich erscheinen ließ. Rein gefühlsmäßig irritierte ihn etwas. Deshalb ließ er sich Zeit und machte, um unauffällig sondieren zu können, Konversation.

»Du scheinst dich seit jenem Wochenende in Clougy nicht verändert zu haben«, sagte er.

»Nein? Ich hoffe doch. Damals war ich sehr jung und sehr dumm.«

»Ich sehe nichts Dummes darin, daß du Max heiraten wolltest. Die meisten Frauen würden gern reiche Männer heiraten, und ein Rennfahrer wirkt immer besonders aufregend.«

»Jung und dumm war ich deshalb, weil ich nicht einsah, daß Max – wie viele andere Männer auch – nicht zum Heiraten gemacht ist.«

»Warum heiraten, wenn man das, was man will, auch mit einer Lüge beim Hotelempfang haben kann?« fragte Jon und setzte sich ihr gegenüber auf einen Stuhl. »Manche Frauen haben auf die Dauer gesehen wenig zu bieten.«

»Und die meisten Männer sind daher an einer Dauer nicht interessiert.«

Er lächelte, sprang auf und ging zum Fenster.

»Die Ehe beruht so lange auf Dauerhaftigkeit«, antwortete er, »bis die Partner sich zur Scheidung entschließen.«

Er setzte sich wieder und bemerkte, wie fasziniert sie ihn anstarrte. Er wunderte sich wieder einmal darüber, daß die Frauen ihn anscheinend so überwältigend attraktiv fanden.

»Ich würde gern deine Verlobte kennenlernen«, sagte sie unvermittelt. »Nur so, aus Interesse.«

»Du würdest sie nicht mögen.«

»Warum? Hat sie Ähnlichkeit mit Sophia?«

»Nein, absolut nicht.« Er strich mit den Fingern über die Armlehne seines Sessels. »Du mußt Sophia gehaßt haben, nicht wahr? Wäre ich nicht so sehr mit meinen eigenen Sorgen beschäftigt gewesen, hätte ich vielleicht die Zeit gefunden, dich zu bedauern. Max hat dir keinen Gefallen getan, als er dich mit nach Clougy brachte.«

Sie hob die Schultern. »Das ist doch längst vorüber.«

»Wirklich? Als du mich heute anriefst, hatte ich den Eindruck, du würdest gern wieder an die Vergangenheit anknüpfen.«

Sie starrte ihn verständnislos an.

»Hast du mich denn heute abend nicht angerufen?« Er drückte seine Zigarette aus, trat neben sie, nahm ihr die ihre aus der Hand und zerdrückte sie ebenfalls. »Und jetzt wirst du mir sagen, was, zum Teufel, du zu spielen vorhast.«

Sie lächelte – das heißt, es war eigentlich nur die Andeutung eines Lächelns – und schob eine Haarsträhne aus dem Gesicht, als überlegte sie, was sie sagen wollte, als fände sie nicht die richtigen Worte.

Er wurde ungeduldig, schließlich zornig. Es fiel ihm schwer, seinem Zorn nicht die Zügel schießen zu lassen. Sie schien seine Gereiztheit zu spüren, denn sie sah zu ihm auf. Am liebsten hätte er sie bei den Schultern gepackt und kräftig durchgeschüttelt.

»Verdammt!« sagte er leise. »Verdammt...«

In diesem Moment klingelte das Telefon. Er griff an ihr vorbei nach dem Hörer.

»Jon«, sagte er und zu ihr gewandt: »Es ist mein Sohn.«

»Ein Anruf für Sie, Mr. Towers. Von Toronto. Eine Miß Sarah...«, erklärte die Zentrale.

»Einen Augenblick, bitte!« Er legte den Hörer zwischen die Kissen. »Geh ins Badezimmer!« sagte er zu der Frau. »Es ist ein privater Anruf für mich. Warte dort, bis ich fertig bin.«

»Aber...«

»Raus!«

Ohne ein weiteres Wort ging sie.

»Danke«, sagte er, als die Tür ins Schloß gefallen war, »verbinden Sie mich jetzt, bitte!«

Und dann war Sarahs sanfte Stimme da.

»Jon?« fragte sie, als könnte sie es nicht fassen, daß sie quer über den Atlantik mit ihm sprechen konnte.

»Sarah!«

In seiner Kehle steckte ein Knäuel, und seine Augen brannten. »Sarah, ich wollte dich anrufen...«

»Ja, ich weiß«, sagte sie glücklich, »aber ich konnte es einfach nicht mehr erwarten, und da dachte ich mir, ich könnte dich zuerst anrufen. Jonny, Tante Mildred ist eine Woche früher nach London gekommen, und nun habe ich schon früher als erwartet eine vollwertige Anstandsdame. Ist es dir recht, wenn ich übermorgen nach London fliege?«

## 11

Ein paar Augenblicke lang blieb Jon bewegungslos auf dem Bettrand sitzen, nachdem er den Hörer zurückgelegt hatte. Dann kam Eve aus dem Badezimmer und blieb unter der Tür stehen.

»Du gehst besser«, sagte er. »Tut mir leid.«

Sie zögerte erst, schlüpfte aber, ohne ein Wort zu sagen, in ihren Mantel. Trotzdem fragte sie: »Wie lange bleibst du in London?«

»Ich weiß es noch nicht.«

Sie spielte mit dem Verschluß ihrer Handtasche, als wüßte sie selbst nicht genau, was sie wollte.

»Vielleicht können wir uns noch mal treffen, wenn du Zeit hast«, schlug sie schließlich vor. »Du hast doch meine Telefonnummer?«

Er stand auf und sah ihr in die Augen. Sie wußte sofort, daß sie etwas Falsches gesagt hatte. Ihre Wangen brannten. Und plötzlich war sie wütend. Auf ihn, auf seine beiläufige Einladung in sein Hotel, auf die Art, wie er sie praktisch hinauswarf, wütend besonders deshalb, weil seine lässige Art ihr rätselhaft erschien, und das war etwas, das sie faszinierte und gleichzeitig ihren Zorn herausforderte.

»Nun, dann eine recht schöne Hochzeit«, flötete sie mit ihrer sanftesten, süßesten Stimme und setzte dazu ihre eisigste Miene auf, als sie zur Tür schwebte. »Ich hoffe, daß deine Verlobte weiß, wen sie heiratet.«

Sie hatte noch die Befriedigung, ihn blaß werden zu sehen. Dann knallte die Tür hinter ihr zu, und Jon war mit seinen Gedanken wieder allein.

## 12

Nach einer ganzen Weile erst sah er auf die Uhr. Es war schon Mitternacht vorüber. Justin hätte vor mindestens einer Stunde anrufen sollen. Vielleicht hatte Camilla vergessen, es ihm zu bestellen? Oder vielleicht hatte sie es ihm absichtlich nicht gesagt, rein aus Bosheit? Vielleicht wußte sie sogar, wo Marijohn war? Aber nein! Rivers hatte selbst erwähnt, er sei der einzige, mit dem Marijohn in Kontakt sei. Michael Rivers –

Er nahm den Hörer ab und bat die Zentrale um ein Gespräch mit den Consett Mews Nummer fünf. Es dauerte ein paar Minuten, bis die Zentrale sich wieder meldete.

»Ihre Nummer, bitte, Mr. Towers!«

Er hörte die Telefonklingel läuten, aber niemand meldete sich. Zehnmal, elfmal, zwölfmal. Endlich!

»Knightsbridge 5-7-8-1.«

Er kannte die Stimme nicht. Sie klang ruhig, vornehm und beherrscht.

»Ich möchte gern mit Justin Towers sprechen«, sagte Jon.

»Am Apparat.«

Allmächtiger Gott! dachte Jon, und zu seinem Erstaunen stellte er fest, daß seine rechte Hand geballt war.

Sein Herz raste. Er mußte tief Atem holen, ehe er weitersprechen konnte.

»Justin«, flüsterte er.

»Ja, ich bin noch am Apparat.«

»Hat deine Großmutter dir gesagt, daß ich heute in den Mews war?«

»Ja, das hat sie.«

»Warum hast du mich dann nicht angerufen, als du zurückkamst? Sagte sie dir nicht, du solltest mich anrufen?«

»Doch, sie sagte es mir.«

Diese ruhige Stimme war eine einzige Ablehnung. Aber vielleicht war der Junge auch nur schüchtern.

»Schau mal, Justin, ich würde dich sehr gern sehen. Ich habe viel mit dir zu besprechen. Kannst du nicht morgen früh zu mir ins Hotel kommen? Wann wäre es dir möglich?«

»Ich fürchte, morgen kann ich nicht«, erwiderte die Stimme ruhig. »Ich bin morgen nicht in London.«

Jon war, als hätte ihm jemand einen eiskalten Schwamm ins Gesicht geworfen. Seine Finger umschlossen den Hörer fester. »Justin, weißt du, weshalb ich nach Europa gekommen bin?«

»Meine Großmutter sagte, du wolltest hier heiraten.«

»Das hätte ich auch in Toronto tun können. Ich kam hauptsächlich deswegen nach England, weil ich dich sehen wollte.«

Justin antwortete nicht. Vielleicht war dieser Alptraum Wirklichkeit, vielleicht war er ganz einfach nicht an seinem Vater interessiert.

»Ich möchte dir einen geschäftlichen Vorschlag machen.« Verzweifelt versuchte er, zu dieser unpersönlichen Stimme Kontakt zu finden. »Ich müßte ganz dringend und so schnell wie möglich mit dir sprechen. Kannst du nicht deine Verabredung für morgen absagen?«

»Gut«, antwortete die Stimme nach einer Pause. »Es wird gehen.«

»Kannst du mit mir frühstücken?«

»Ich fürchte, am Samstagvormittag stehe ich nicht früh genug auf.«

»Und Mittagessen?«

»Ich – weiß es nicht bestimmt.«

»Gut. Komm nach dem Frühstück so früh wie möglich. Wir können uns dann eine Weile unterhalten. Und vielleicht kannst du mit mir etwas später auch zu Mittag essen.«

Justin sagte zu.

»Fein! Und vergiß nicht, zu kommen, Justin. Also, bis morgen!«

Er brauchte eine ganze Weile, bis er aufstehen und ins Badezimmer gehen konnte. Dort bemerkte er die Schweißperlen auf seiner Stirn. Seine Hände zitterten.

Das hat meine Mutter getan, dachte er. Sie hat den Jungen gegen mich aufgehetzt, wie sie es mit mir und meinem Vater gemacht hat. Wenn ich morgen Justin sehe, dann begegne ich einem Fremden, und sie ist schuld daran.

Er fühlte sich untröstlich, so als habe er alle seine Ersparnisse von der Bank abgehoben, damit ein anderer sie ihm stehlen konnte. Mit dem Gefühl der Untröstlichkeit ging er zu Bett.

Doch er konnte nicht schlafen. Die Gedanken wirbelten und kreisten in seinem Kopf, formten sich zu Worten und Sätzen und wurden schließlich zu Spannung und Schmerz.

Aber es waren ja nur noch zwei Tage, dann würde Sarah nach London kommen.

Hoffentlich machte Eve ihm keine Schwierigkeiten.

Und Marijohn mußte er finden. Zum Teufel mit diesem Michael Rivers! Wie konnte man ihn zum Reden bringen? Mit Geld? Mit Drängen oder Drohen? Nein, sicher nicht. Doch irgendwie mußte auch ein Rivers zu packen sein. Vielleicht war Marijohn im Ausland? Camilla hatte gesagt, es hätte Affären gegeben. Nein, keine Affären. Keine wirklichen, richtigen Affären. Justin konnte vielleicht wissen, wo sie steckte. Justin –

Besser nicht an Justin denken.

Und dann war plötzlich Clougy in seinen Gedanken, die Sehnsucht nach der sanften Brise, nach den weißen Fensterläden auf der gelben Mauer und dem sicheren Bewußtsein des Friedens. Aber all das war mit Sophia gestorben.

Er vergrub sein Gesicht in den Kissen. Erst jetzt wußte er, wie sehr er sein Haus in Cornwall geliebt hatte.

Er stand auf und ging zum Fenster.

Ich möchte über Clougy sprechen, über Sophia, warum unsere Ehe zerbrach, obgleich ich sie so unendlich geliebt habe. Ich möchte über meine Freundschaft mit Max sprechen, warum wir uns erleichtert trennten und ohne ein Gefühl des Bedauerns unsere eigenen Wege gingen, ohne je einen Blick zurückzuwerfen. Und über Michael, der mich nie mochte, weil ich mich nie in praktische Formen pressen ließ, und über Justin, den ich so liebte, weil er immer fröhlich und so gemütlich war in seiner Plumpheit, weil er das Leben liebte und es so erregend fand wie ich. Und ich möchte mit Marijohn sprechen. Denn nur mit ihr kann ich über Clougy sprechen, nur mit ihr.

Krank vor Sehnsucht ging er wieder zu Bett und wälzte sich noch stundenlang auf dem Laken. Erst kurz vor Tagesanbruch konnte er einschlafen.

## 13

Nach dem Frühstück setzte er sich mit einer Zeitung in die Halle und wartete auf Justin. Es wurde zehn Uhr, halb elf.

Vielleicht kommt er gar nicht? Aber dann hätte er doch sicher angerufen? Nein, er mußte kommen. Er hatte es doch versprochen.

Neue Gäste kamen an, alte reisten ab. Ein paar Schweden standen am Empfangstisch. Ein anderer Ausländer kam dazu. Italiener vielleicht? Oder Spanier?

Der Fremde fragte nach Mr. Jon Towers.

»Ich denke, Sir«, antwortete der Mann am Empfang, »Mr. Towers sitzt links hinter Ihnen.«

Der junge Mann drehte sich um.

Seine dunklen Augen blickten ernst und wachsam, sein Gesicht strahlte heitere Ausgeglichenheit aus. Es war nicht besonders hübsch, doch etwas ungewöhnlich im Schnitt. Jon erkannte jetzt die kleine Stupsnase, die hohen Wangenknochen, nicht aber den weitgeschwungenen, ernsten Mund und die magere Kieferpartie.

Sehr ruhig und ohne jede Eile kam ihm der junge Mann entgegen. Jon stand auf.

»Hallo!« sagte Justin und streckte höflich die Hand aus. »Wie geht es dir?«

Jon nahm die Hand, ließ sie aber sofort wieder fallen. Vor

zehn Jahren, überlegte er, hatte es keine Fremdheit zwischen uns gegeben, keine leeren Höflichkeitsphrasen, keine bedeutungslosen Gesten. Ein wenig unsicher lächelte er den jungen Mann an.

»Aber du bist ja so mager, Justin!« Etwas Besseres fiel ihm nicht ein. »So schlank! Geradezu stromlinienförmig.«

Der junge Mann lächelte und hob die Schultern. Das erinnerte ihn schmerzhaft an Sophia.

Sie setzten sich. Jon zündete sich eine Zigarette an.

»Was tust du?« fragte er. »Arbeitest du?«

»Ja. Im Versicherungsgeschäft.

»Macht es dir Spaß?«

»Ja.«

»Wie ging es dir in der Schule? Wo warst du zum Schluß? Hat es dir dort gefallen?«

Justin beantwortete seine Fragen. Es gab so wenig zu sagen. Jon fühlte sich fast krank vor Enttäuschung und Trauer.

»Ich glaube, es ist dir lieber, wenn ich gleich zur Sache komme«, sagte er daher unvermittelt. »Ich kam hierher, um dich zu fragen, ob du nicht Lust hättest, in Kanada zu arbeiten, um dann später eine Filiale meines Geschäftes in London zu übernehmen. Diese Filiale besteht im Augenblick noch nicht, aber ich werde sie in den nächsten drei Jahren gründen. Wenn du dich gut einarbeitest, werde ich dir, wenn ich mich zurückziehe, natürlich das gesamte Geschäft übergeben. Ich handle mit Grundstücken. Es ist ein Geschäft im Wert von einigen Millionen Dollar.«

»Ich glaube«, antwortete Justin, »ich würde nicht gern in Kanada arbeiten.«

Ein Mann und eine Frau neben ihnen lachten. Das störte Jon.

»Hast du dafür einen ganz bestimmten Grund?« fragte er.

»Nun« – Justin hob wieder die Schultern –, »in England gefällt es mir eigentlich recht gut. Meine Großmutter ist sehr lieb zu mir, ich habe viele Freunde und so weiter. Außerdem arbeite ich gern in London, und ich habe auch erfreuliche

Aussichten in der City.« Während er sprach, wurde er rot und sah auf den Boden hinunter. »Und dann ist da noch ein Grund.« Er schien gespürt zu haben, daß das, was er vorher gesagt hatte, nicht reichte. »Ein Mädchen. Ich möchte nicht weggehen und dieses Mädchen hier zurücklassen.«

»Dann heirate doch und bring deine Frau mit nach Kanada.«

Verblüfft sah Justin auf. Da wußte Jon, daß sein Sohn gelogen hatte.

»Aber ich – kann nicht...«, stammelte Justin.

»Oh, ich war neunzehn, als ich heiratete. Du bist alt genug und solltest wissen, was du willst.«

»Wir – sind ja noch nicht einmal verlobt.«

»Dann kann sie nicht so wichtig sein, daß du dir die Möglichkeit eines Millionengeschäftes in Kanada entgehen lassen dürftest. Freunde findest du in Kanada neue. Und deine Großmutter war freundlich zu dir, sagtest du. Na, und? Willst du dein Leben lang an ihren Rockschößen hängen? Und die guten Aussichten in der City – die haben andere junge Männer auch. Ich biete dir weit bessere, einmalige, erregende, dynamische. Willst du niemals dein eigener Herr sein? Hast du keine Lust, dich dieser Herausforderung zu stellen, um zu gewinnen? Was erhoffst du dir vom Leben? Die Stagnation, die Langeweile von neun bis fünf? Oder willst du die Erregung der Millionengeschäfte rund um die Uhr? Du liebst London. Ich biete dir die Möglichkeit, in drei Jahren wieder hierher zurückzukehren, aber zwanzig mal reicher zu sein als irgendeiner deiner Freunde. Ist das nichts? Ich hätte nicht gedacht, daß du eine solche Möglichkeit ausschlagen würdest.«

Die dunklen Augen blickten ausdruckslos, Justins Gesicht zeigte keine Bewegung.

»Ich glaube, für den Grundstückshandel habe ich kein Talent«, sagte er schließlich.

»Weißt du denn etwas davon? Schau mal, Justin...«

»Ich will nicht«, antwortete Justin rasch. »Du wirst einen anderen finden. Warum muß es gerade ich sein?«

»Du lieber Himmel!« Jon war fast außer sich vor Zorn und Enttäuschung. »Was ist denn mit dir los, Justin? Verstehst du denn nicht, was ich dir mit alldem sagen will? Ich war zehn Jahre von dir getrennt, doch jetzt will ich alles ändern und dir geben, was ich dir geben kann. Ich will dich in mein Geschäft hereinnehmen, damit wir uns nie mehr trennen müssen, damit ich dich immer um mich haben kann, um dich für die verlorenen Jahre zu entschädigen. Verstehst du das denn nicht?«

»Ja«, antwortete Justin hölzern. »Aber ich fürchte, ich kann dir nicht helfen.«

»Hat deine Großmutter mit dir gesprochen? Hat sie dich gegen mich beeinflußt? Was hat sie gesagt?«

»Sie hat nie von dir gesprochen.«

»Das ist ausgeschlossen.«

Justin schüttelte den Kopf und sah auf die Uhr.

»Nein!« bestimmte Jon. »Du gehst jetzt nicht. Erst will ich wissen, was hier gespielt wurde.« Er drückte Justin wieder auf seinen Stuhl. »Ich habe das Recht, Fragen zu stellen, ob es dir nun paßt oder nicht. Und du gehst hier nicht weg, ehe ich eine klärende Antwort habe.«

Der Junge sagte noch immer nichts, aber der Trotz in seinen Augen war einer Angst und einem Mißtrauen gewichen, die Jon nicht verstand.

»Warum hast du mir eigentlich niemals auf meine Briefe geantwortet?« fragte Jon unvermittelt.

»Briefe?«

»Du erinnerst dich doch noch daran, wie ich dich in Clougy abholte und wir uns verabschiedeten?«

Das Mißtrauen schwand aus Justins Augen, nur die Angst blieb. »Ja«, sagte er.

»Ich habe dir damals erklärt, ich könnte dich nicht mitnehmen, da ich kein Heim für uns hätte und keine Hilfe, die dich versorgt. Und ich wollte, daß du in eine englische Schule gehst. Ich versprach dir zu schreiben, und du versprachst mir, meine Briefe zu beantworten und mir zu erzählen, was du tust.«

Justin nickte nur.

»Sechs Briefe schrieb ich dir anfangs, schickte dir auch ein Geburtstagsgeschenk, aber du hast nie geantwortet. Warum nicht, Justin? Warst du gekränkt, weil ich dich nicht mitnehmen konnte? Es geschah zu deinem Besten, mein Junge. Leider fraß mich dann das Geschäft mit Haut und Haaren auf, so daß ich nicht einmal mehr für ein kurzes Wochenende Zeit fand. Sonst wäre ich nämlich längst einmal gekommen. Und da ich kein Wort von dir zu hören bekam, dachte ich auch, es wäre besser, nicht weiter zu schreiben, denn meine Briefe könnten dir weh tun, fürchtete ich. Ich schickte dir also zu Weihnachten und zum Geburtstag immer nur Geld auf das Bankkonto deiner Großmutter. Was ist eigentlich los, Justin? Hängt es mit Clougy zusammen?«

»Ich muß gehen«, sagte Justin verstört. »Bitte, ich muß gehen.« Er stand auf und taumelte auf die Schwingtür zu. Er schien nichts zu sehen und nicht zu wissen, wohin er ging.

Dann war Jon wieder allein. Der Mißerfolg beengte sein Herz.

## 14

Es war elf Uhr, als Justin in den Consett Mews ankam. Seine Großmutter schrieb Briefe und sah erstaunt auf, als er das Wohnzimmer betrat.

»Justin!«

Er bemerkte, wie sich ihre Miene fast unmerklich veränderte, als sie ihn ansah. »Liebling, was ist denn geschehen? Was hat er gesagt? Hat er...?«

»Was geschah mit den Briefen, die mir mein Vater vor zehn Jahren aus Kanada schrieb?« fragte er mühsam.

Sie errötete, und er sah die häßlichen Flecken unter ihrem Make-up. Es stimmt, dachte er. Er hat mir geschrieben. Sie hat mich immer angelogen.

»Briefe?« fragte sie. »Aus Kanada?«

»Sechs Briefe. Und er schickte auch ein Geburtstagsgeschenk.«

»Hat er das gesagt?«

Es war nur eine matte Verteidigung. Sie hob ihm beschwörend die Hände entgegen.

»Ich habe es doch nur zu deinem Besten getan, mein Junge. Du hättest dich nur aufgeregt, wenn du seine Briefe gelesen hättest. Er hat dich doch allein gelassen, ist ohne dich nach Kanada gegangen...«

»Hast du die Briefe gelesen?«

»Nein. Nein, ich...«

»Sechs Briefe schrieb mir mein Vater, und du hast sie vernichtet, damit ich glauben sollte, er hat mich ganz vergessen.«

»Justin, du verstehst nicht...«

»Weil du nie einen Brief von ihm bekamst, durfte ich auch keinen bekommen. Du hast mich angelogen und mich betrogen. Tag für Tag, Jahr für Jahr.«

»Justin, es war doch alles nur zu deinem Besten!«

Sie ließ sich erschöpft auf einen Stuhl fallen. Plötzlich war sie alt, eine Frau mit tiefen Falten, gebeugten Schultern und zitternden Händen.

»Dein Vater hat nur für sich Interesse«, flüsterte sie. »Er benützt die Menschen nur. Wenn du ihn liebst, so verschwendest du deine Liebe, weil du ihm nichts bedeutest. Ich war ihm manchmal von Nutzen, denn ich bot ihm, als er jung war, ein Heim, und später habe ich mich um dich gekümmert. Aber all das hat ihm nichts bedeutet. Du kannst ihm von Nutzen sein, wenn du ihm bei seinem Geschäft hilfst. Oh, du brauchst mir nicht zu erzählen, weshalb er dich sehen wollte! Du bist ihm gleichgültig. Nur Nutzen...«

»Du hast nicht recht«, erklärte ihr Justin. »Ich bin ihm nicht gleichgültig. Aber das verstehst du nicht. Und ich glaube nicht, daß du ihn jemals besser verstanden hast als mich.«

»Justin!«

»Ich gehe mit ihm nach Kanada.«

»Nein, das kannst du nicht! Bitte, Justin, sei vernünftig! Du zerstörst alles, was du dir hier aufgebaut hast, nur weil du zehn Minuten lang mit einem Mann gesprochen hast, den du kaum kennst. Bitte, sprich nicht so!«

»Ich habe meinen Entschluß bereits gefaßt.«

Camilla sah ihn an. Die Jahre flossen ineinander, und plötzlich war der Junge vor ihr Jon, der mit ruhiger, trotziger Stimme zu ihr gesagt hatte: »Ich habe mich entschlossen. Ich werde heiraten.«

»Du bist ein Narr, Justin!« fuhr sie ihn an. »Du weißt ja nicht, was du tust. Du kennst deinen Vater ja gar nicht.«

Er wandte sich ab und ging zur Tür. »Ich will nichts dergleichen mehr von dir hören.«

»Natürlich!« rief Camilla. »Du warst ja auch noch zu klein, um dich an Clougy zu erinnern und an das, was dort passierte.«

»Halt den Mund!« schrie er und wirbelte herum. »Halt endlich deinen Mund!«

»Ich war nicht dabei, aber ich kann mir genau vorstellen, was passierte. Er hat deine Mutter in den Tod getrieben, weißt du das? Die Jury sagte, es wäre ein Unfall gewesen, aber ich weiß, es war Selbstmord. Die Ehe war zerbrochen, und ihr war nichts mehr geblieben. Ich habe ja von Anfang an gewußt, daß diese Ehe nichts taugt. Nach ein paar Ehejahren hört auch die stärkste sexuelle Anziehungskraft auf, und da war es ganz natürlich, daß sie ihn langweilte. An ihr selbst war ihm nie etwas gelegen, nur im Bett hatte sie ihm etwas bedeutet. Deshalb hielt er auch nach einer anderen Frau Ausschau. Sie mußte ganz anders sein, unerreichbar, damit ihre Eroberung aufregender wurde. Und eine solche Frau war an jenem Wochenende, als deine Mutter starb, in Clougy. Natürlich wußtest du nicht, daß er und Marijohn...«

Justin preßte die Hände auf die Ohren, stolperte in die Halle hinaus und versetzte der Tür einen Fußtritt, daß sie zuknallte. Er rannte die Treppe hinauf in sein Zimmer und packte sofort seine Koffer.

## 15

Mittag.

Jon saß in seinem Hotelzimmer und arbeitete an einem Inserat für die Spalte *Persönliches* in der *Times*.

Ob er sich noch mal mit Rivers in Verbindung setzen sollte?

Vor ihm lag der Zettel mit Eves Telefonnummer. Er mußte sie noch mal sehen, um endlich die Sache mit dem anonymen Anruf zu klären.

Wenn er nur Marijohn finden könnte. Alles andere wäre dann einfacher. Er knüllte den Zettel mit der Telefonnummer zusammen und warf ihn über den Tisch, als das Telefon läutete.

»Eine Dame ist hier, die Sie sehen möchte, Mr. Towers.«

»Hat sie ihren Namen genannt?«

»Nein, Sir.«

Das konnte Eve sein. Vielleicht war sie jetzt bereit, die Karten offen auf den Tisch zu legen.

»Gut, ich komme hinunter«, sagte Jon.

Er sah das Geld in seiner Brieftasche nach und ging zum Lift. Unten in der Halle ging er zu der Gruppe von Ledersesseln, die zwischen dem Empfang und dem Eingang zur Bar stand.

Er spürte ihre Nähe, ehe seine Augen sie sahen. Erleichterung mischte sich mit strahlender Freude, als er ihr entgegenging und sie ihn anlächelte.

Marijohn! Marijohn!

## Zweiter Teil

### 1

Den Atlantikflug verbrachte Sarah mit einem Gedichtband und einem Krimibestseller, verstand jedoch weder von dem einen noch von dem anderen auch nur ein Wort, so daß sie beide Bücher weglegte. Als sie dann unter den Tragflächen der Maschine das unendliche Lichtermeer von London erblickte, zog sich ihr Herz vor schmerzlicher Sehnsucht nach Jon und Vorfreude auf das Wiedersehen zusammen.

Sie liebte Jon und hatte keinen anderen Wunsch, als ihn zu heiraten. Manchmal war er ihr allerdings ein Rätsel. Sie verstand ihn, wenn er fröhlich, erregt, nervös, traurig oder nur schlechter Laune war, nicht aber dann, wenn er – wie sie es bezeichnete – seine *Abstandslaune* hatte. Dann wußte sie nicht, wie sie sich verhalten, was sie tun sollte. Diese Abstandslaune erzeugte in ihr immer das Gefühl, versagt zu haben. Sie hoffte, in England würde es anders sein, da er nicht von seinen Geschäften bedrängt wurde. Am liebsten hätte sie ihn nach der Ursache dieser Stimmung gefragt, da sie es nicht ertragen konnte, wenn er so weit weg und für sie und die Welt unerreichbar, ihr gegenüber gleichgültig war.

Auch als sie ihn in London angerufen hatte, war er in jener Abstandslaune gewesen. Sie hatte sich zwar um Fröhlichkeit bemüht – und vielleicht hatte sie sogar Jon getäuscht –, aber sie hatte geweint, als sie den Hörer zurücklegte. Ihren Eltern war ihre Traurigkeit selbstverständlich nicht entgangen.

»Sarah, Liebling, wenn du auch nur den geringsten Zweifel hast... Natürlich ist es ein großes Glück für dich, Jon zu heiraten. Und du weißt, wir haben ihn gern. Aber er ist so viel älter als du, und es ist immer schwierig, außerhalb der eigenen Generation...«

Es war natürlich ungeschickt von Sarah, daß sie angesichts dieser Plattheiten die Geduld verlor und sich zu einer schlaflosen Nacht in ihrem Zimmer einsperrte. Am nächsten Tag hatte sie dann für die Reise nach London gepackt. Abends hatte sie auf seinen Anruf gewartet, aber der war nicht gekommen.

Ihre Mutter war schließlich der Meinung gewesen, Sarahs Traurigkeit hätte ihre Ursache in einer gewissen vorhochzeitlichen Nervosität, und so verbrachte sie überraschenderweise fünf Minuten mit einem Gespräch über die Intimseite der Ehe, das von zahlreichen bedeutungsschweren Pausen unterbrochen wurde. Von diesem Gespräch hatte sich Sarah in einem Kino zu erholen versucht, aber der Breitwandfilm war so weitschweifig gewesen, daß sie gelangweilt und mit Kopfschmerzen vorzeitig das Kino verlassen hatte.

Es war also fast eine Erleichterung gewesen, als Sarah endlich das Flugzeug nach London besteigen konnte.

Und nun schwebten die Lichter immer näher. Ein winziger Aufprall, und sie standen fest auf englischem Boden.

Die Luft war feucht und kühl, und die Zollprozeduren machten sie erneut nervös. Doch dann stand sie endlich in der großen Halle und hielt nach Jon Ausschau.

Er war nicht da.

Etwas mußte schiefgegangen sein. Wollte er die Verlobung lösen? Oder hatte er einen Unfall gehabt, war verletzt, lag im Sterben, war tot?

»Du lieber Himmel!« rief Jon hinter ihr. »Ich hielt dich erst für ein weißes Laken. Was hat dich denn so erschreckt, Liebes?«

Sie wurde ganz schwach vor Erleichterung, und Tränen standen in ihren Augen.

»O Jon, Jon!« flüsterte sie.

Er war jetzt nicht in Abstandslaune. Er strahlte, und seine Arme waren stark, und seine Küsse vertrieben alle Sorgen und Hirngespinste.

»Oh, du siehst geradezu erschreckend verrucht aus mit diesen grünen Lidschatten, Liebling. Und sicher bin ich jetzt über und über mit dem teuersten Lippenstift Kanadas bedeckt, ja?«

Das war richtig. Sie küßte ihn noch mal, nahm dann ein Taschentuch aus der Tasche und rieb die Lippenstiftspuren von seinem Gesicht.

»So, und jetzt gehen wir«, bestimmte er. »Im *Hilton* wartet das Dinner auf uns. Wir haben noch unendlich viel zu besprechen, ehe ich dich bei Tante Mildred abliefern muß. Ist das alles Gepäck? Oder hat meine Kleopatra für die zahllosen Koffer eine eigene Maschine gechartert?«

Die Fahrt durch London wärmte Sarah das Herz. Ihre Hand lag in der Jons. Sie genoß die Fahrt durch ihre Lieblingsstadt mit den breiten, hellerleuchteten Straßen, durch die sie dem Glanz einer üppigen Welt entgegenfuhr.

»Und wie fühlt sich meine Kleopatra jetzt?« fragte er zärtlich.

»Sicher besser als sie, denn du bist mir lieber als Marc Anton, und London ist viel schöner und interessanter, als Alexandria je gewesen sein kann.«

Er lachte und war glücklich. An der Schwelle zum *Hilton* zögerte sie einen Moment, denn dieser raffinierte Luxus war ihr noch fremd. Im Speisesaal gab sie sich jedoch alle Mühe, diesen Luxus alltäglich zu finden.

Jon bestellte das Essen und die Weine und legte dann die Karten weg.

»Sarah«, sagte er, »ich habe viel mit dir zu besprechen.«

Das war auch ganz natürlich. Schließlich standen die Hochzeit, die Flitterwochen vor der Tür. Sie erwartete erregende, atemberaubende Pläne.

»Zuerst muß ich mich noch entschuldigen, weil ich dich gestern nicht angerufen habe. Es gab einige Schwierigkeiten, und meine Familie hat mich ganz mit Beschlag belegt.«

Er sah sie an, und sie lächelte.

»Und dann... Weißt du, vorgestern am Telefon war ich, glaube ich, nicht besonders nett. Ich hatte so viele andere

Dinge im Kopf, und dein Anruf kam so überraschend. Dabei habe ich mich riesig gefreut, daß du früher als erwartet nach London kommen konntest.«

»Ja, du kamst mir ein wenig – merkwürdig vor.«

»Ich weiß. Siehst du, als ich ankam, entdeckte ich, daß meine Mutter umgezogen war. Es kostete mich einige Zeit, ihre neue Anschrift herauszufinden – und sie dann zu besuchen. Ich sprach auch mit Justin...«

»Oh?« Sie kannte Jons Plan, ihn nach Kanada einzuladen. »Geht es ihm gut? Und was hat er gesagt?«

»Er kommt nach Kanada. Erst hat er ein wenig gezögert, aber jetzt ist, Gott sei Dank, alles abgemacht. Ja, und dann mußte ich noch weitere Leute treffen – Max Alexander zum Beispiel, einen alten Freund, und verschiedene alte Bekannte. Seit meiner Ankunft hatte ich kaum eine freie Minute.«

»Das kann ich mir denken, Jonny. Und wie steht es mit der Hochzeit und den Flitterwochen? Hast du schon bestimmte Pläne gemacht?«

»Darüber möchte ich eben mit dir sprechen.«

Der erste Gang wurde aufgetragen, der erste Wein kredenzt.

»Weißt du«, erklärte er und sah sie voll an, »ich möchte dich sofort heiraten. Ich kann eine Sonderlizenz beantragen, dann geht es sehr schnell. Anschließend machen wir Flitterwochen in Spanien, Italien, Paris – wohin du eben willst. Danach bleiben wir noch ein paar Tage in England, ehe wir mit Justin nach Kanada zurückfliegen.«

In ihrem Kopf wirbelten die Gedanken durcheinander.

»Aber Jon, meine Eltern sind doch nicht da«, wandte sie erregt ein. »Und ich habe noch lange nicht alles für meine Brautausstattung gekauft. Ich wollte mit Mami die letzten Sachen kaufen.«

»Ach, zum Teufel mit dieser Brautausstattung! Ich nehme dich auch in einem Zuckersack. Außerdem – einkaufen kannst du auch ohne deine Mutter. Dein Geschmack ist eher besser als der ihre.«

Sie schluckte heftig.

»Kannst du wirklich nicht ohne deine Eltern heiraten?«

»Ich – wollte nur ihnen gegenüber fair sein, Jon. Natürlich hätte ich es gern, wenn – sie hier wären. Aber wenn... Ach, ich verstehe es nicht! Warum ist die Hochzeit plötzlich so eilig?«

Er sah sie fest an, und sie wurde rot. Sie hatte Angst vor seiner Abstandslaune, Angst davor, ihre Eltern zu kränken, Angst vor der Hochzeit und vor der Brautnacht.

»Jon, ich...«

»Entschuldige!« sagte er und drückte ihre Hand. »Ich war ungeduldig und selbstsüchtig. Deine Eltern sollen selbstverständlich hier sein.«

»Vielleicht war ich auch selbstsüchtig«, gab sie beschämt zu. »Ich wollte eine stille Hochzeit...«

»Aber sie soll nicht so ruhig sein, wie ich das vorgeschlagen habe, nein?« Er war keineswegs böse. »Ist schon in Ordnung, Liebling. Wir machen es so, wie du es haben willst. Für dich ist die Hochzeit an sich viel wichtiger als für mich. Das ist ganz natürlich.«

»Ja, wahrscheinlich«, pflichtete sie ihm ein wenig verlegen bei. »Du warst ja schließlich schon einmal verheiratet.«

»Und deshalb bin ich so blasiert«, scherzte er.

Eine Weile aßen sie schweigend weiter.

»Sarah«, sagte er dann plötzlich. »Egal, wann wir heiraten, ich muß vorher noch mit dir ein paar Worte über Sophia sprechen.«

Sie nahm einen Schluck Wein, um ihre Erregung zu überspielen.

»Wenn du nicht willst, mußt du nicht über sie sprechen, Jon. Ich würde es verstehen.«

»Ich will nicht, daß du dir einen Komplex zulegst.« Er legte das Besteck weg und lehnte sich zurück. »Sophia war kein exotisches Wesen, dem du dich nur auf Zehenspitzen nähern konntest. Sie war ein ganz gewöhnliches Mädchen mit sehr viel Sex-Appeal. Ich heiratete sie, weil ich Sex mit Liebe verwechselte. Der Fehler wird oft gemacht. Wir waren einige Zeit sehr glücklich, doch dann wurde ihr die Ehe ziemlich langweilig. Ich konnte sie nicht mehr so lieben und ihr auch nicht mehr so vertrauen wie zu Beginn unserer Ehe. Wir stritten sehr viel. Ich dachte schon an eine Scheidung, als sie verunglückte.

Für alle, die damals in Clougy waren, war dieser Unfall schrecklich. Man berichtete in der Zeitung darüber, und es entstanden Gerüchte. Man behauptete sogar, ich hätte sie umgebracht. Irgendein bösartiger Schwachkopf hatte gehört, daß wir uns nicht besonders gut vertrugen, und daraus hatte er dramatische Schlüsse gezogen.

Sophia ist über die Felsen gestürzt und hat sich das Genick gebrochen. Es war ein Unfall. Die Jury meinte allerdings, es könnte auch Selbstmord gewesen sein, weil sie in Clougy nicht glücklich gewesen war. Doch die Selbstmordtheorie ist lächerlich. Sie wußten nicht, wie lebenslustig Sophia gewesen war. Ihr Tod war ein Unfall. Eine andere Erklärung gibt es nicht.«

Sie nickte. Ober kamen und gingen.

»Und außerdem«, fuhr Jon fort, »weshalb hätte ich sie töten sollen? Eine Scheidung ist eine kultiviertere Methode, eine ungeliebte Frau loszuwerden, und ich hatte keinen Grund, der Scheidung einen Mord vorzuziehen.« Er begann zu essen. »Aber ich komme vom Thema ab«, fuhr er fort. »Ich wollte dir eigentlich nur sagen, daß du niemals einen Vergleich mit Sophia zu scheuen hast, denn ein solcher Vergleich wäre unmöglich und unsinnig. Sophia liebte ich nur auf eine Weise – dich aus vielen Gründen. Das verstehst du doch, nicht wahr?«

»O ja, Jon«, antwortete sie. »Ich verstehe.«

Aber insgeheim dachte sie, auch wenn sie diesen Gedanken nie laut aussprechen würde, daß Sophia im Bett sehr gut gewesen sein mußte.

Jon lächelte sie über den Tisch hinweg an. »Willst du mich jetzt immer noch heiraten?« fragte er.

Sie lächelte zurück, und plötzlich war alles unwichtig außer ihrem Wunsch, ihn glücklich zu machen.

»Ja«, antwortete sie impulsiv, »ich will dich heiraten. Wir wollen nicht auf meine Eltern warten, Jonny. Ich habe es mir anders überlegt. Wir wollen so schnell wie möglich heiraten.«

## 2

Um halb zwölf rief Jon an jenem Abend eine Londoner Telefonnummer an.

»Alles in Ordnung«, sagte er. »Wir heiraten diese Woche, fliegen für zehn Tage nach Paris, bleiben anschließend ein paar Tage in London, um Justin abzuholen, und fliegen dann nach Kanada zurück. So ist die Gefahr nicht so groß, daß Sarah etwas von diesem anonymen Anruf erfährt. Sie braucht es nicht zu wissen.«

Er hörte eine Weile zu.

»Ja, das habe ich. Sie stellt keine Fragen wegen Sophia. Ich hielt mich an deinen Vorschlag... Aber wie soll ich das erklären? Es sieht sehr komisch aus, wenn ich dorthin zurückkehre, besonders nach dem, was ich ihr heute gesagt habe... Ja, natürlich. Doch, das klingt vernünftig... Gut. Wir sehen uns also in etwa zwei Wochen. Wiedersehen, Darling. Und denk an mich, ja?«

## 3

Das Hotel in Paris war sehr groß und sehr behaglich und elegant. Sarah fühlte sich trotz ihres fröhlichen Lächelns sehr klein, verloren und nervös. Der vorzüglichen Mahlzeit tat sie wenig Ehre an. Sie war zu unruhig und konnte nicht essen.

Anschließend gingen sie noch aus, doch es war noch nicht allzu spät, als sie wieder ins Hotel zurückkehrten.

Sie hatten eine Suite im ersten Stock. Jon ging in das Badezimmer. Sarah zog sich langsam aus. Sie hörte die Dusche im Bad und wußte, daß sie einige Minuten Zeit hatte.

Sie versuchte nicht an Sophia zu denken. Und trotzdem überlegte sie: Was hat Sophia wohl in der Hochzeitsnacht getan? Sicher hat sie nicht zitternd bei einem exotischen Dinner gesessen und mit ungeschickten Fingern an ihren Kleidern herumgefummelt. Vielleicht hatte Jon schon vor der Ehe mit Sophia zusammengelebt. Er hatte Sarah nie um so etwas gebeten, aber sie war ja auch anders als Sophia, nicht so attraktiv und fremdartig.

Sie setzte sich im Nachthemd an den Frisiertisch und beschäftigte sich mit ihrem Haar. Wie hatte Sophia wohl ausgesehen? Das hatte sie Jon nie gefragt. Sie mußte dunkel gewesen sein wie Justin, wahrscheinlich schlank und sehr schön. Dunkler und schlanker als ich, und natürlich schöner. Nein, ich darf nicht mehr an Sophia denken!

Jon kam aus dem Bad und warf seine Kleider achtlos auf einen Stuhl. Er war nackt.

»Ich bade wohl lieber«, sagte Sarah zu ihren Fingernägeln. »Macht es dir etwas aus?«

»Nicht im geringsten«, antwortete Jon, »nur wird es uns beiden nachher im Bett heiß werden.«

Das Badezimmer war eine Zuflucht aus Wärme und Dampf. Es dauerte lange, bis das Wasser eingelaufen war, noch länger brauchte sie, um sich zu waschen. Sie trödelte mit dem Abtrocknen herum und setzte sich dann auf den Hocker, weil Tränen in ihre Augen stiegen. Es gelang ihr nicht recht, sie zurückzuhalten. Und plötzlich überfiel sie ein heftiges Heimweh. Der Raum verschwamm vor ihren Augen, und sie heulte zum Steinerweichen, wie sehr sie sich auch dagegen zu wehren versuchte.

Wie sollte sie je in das Schlafzimmer zurückkehren können? Da drückte Jon auch schon auf die Klinke der verschlossenen Tür.

»Sarah?«

Sie antwortete nicht und weinte leise weiter.

»Kannst du mich nicht hineinlassen?«

Sie gab keine Antwort. »Bitte, Sarah!«

Sie wischte die Tränen ab, stolperte zur Tür, schloß sie auf, kehrte zum Hocker zurück und wartete auf einen Zornesausbruch.

»Sarah«, hörte sie ihn sagen, »Sarah, mein Liebling!«

Und dann nahm er sie ganz zart in die Arme, als wäre sie ein kleines schutzbedürftiges Wesen, und drückte sie fest an sich. Sie hatte nie geahnt, wie zart und zärtlich er sein konnte.

»Du denkst wohl an Sophia?« flüsterte er ihr ins Ohr. »Bitte nicht! Sarah, denk bitte nicht an sie! Niemals mehr, hörst du?«

Ihre Angst schwand dahin. Als er sich über sie beugte und sie leidenschaftlich küßte, zerfloß sie in seligem Vergessen.

## 4

Zehn Tage später kehrten sie nach London zurück. Jon verbrachte zwei Stunden mit Transatlantikanrufen wegen dringender geschäftlicher Angelegenheiten. Sein Vertrauensmann, den Sarah in Kanada kennengelernt hatte, kam nach Europa und speiste mit ihnen am ersten Abend in London in einem vornehmen Restaurant. Am folgenden Tag aßen sie mit Camilla in Knightsbridge zu Mittag. Auf der Rückfahrt zum Hotel wandte sich Sarah bestürzt an Jon.

»Wo war denn Justin?« fragte sie. »Niemand hat ihn erwähnt, und ich wollte nicht fragen.«

»Es gab eine kleine Unstimmigkeit, als er beschloß, mit uns nach Kanada zu gehen, um bei mir zu arbeiten. Er gab seine Stellung in der City auf, und ich sagte ihm, er sollte ein wenig Urlaub machen. Jetzt ist er in Cornwall bei meiner Kusine.«

»Oh, ich verstehe.«

Das Taxi verließ den Hydepark. Die Sonne brannte auf den geschorenen Rasen. Es war sehr heiß.

»Ich hätte es ganz gern«, sagte Jon und sah zum Fenster

hinaus, »wenn du diese Kusine kennenlernen würdest. Wir könnten einen Wagen mieten und dieses Wochenende nach Cornwall fahren und ein paar Tage auf dem Land verbringen, ehe wir nach Kanada zurückfliegen.«

Sehnsüchtig sah Sarah hinauf zum wolkenlosen Himmel, dachte an goldenen Sand und das Meer.

»Oh, das klingt ja verlockend, Jon! Ich würde gern ein wenig länger in England bleiben. Das Wetter ist so schön.«

»Würdest du wirklich gern dorthin fahren?«

»Sehr sogar. Wo lebt deine Kusine?«

»Ja... Zufällig wohnt sie eben jetzt in Clougy.«

Das Taxi mußte an einer Ampel halten. Das Rot wurde zu Gelb. Röhrend starteten ein paar Wagen vor ihnen.

»Als ich vor zehn Jahren von hier wegging, wollte ich dieses Haus nie mehr im Leben sehen. Fast hätte ich es verkauft. In letzter Minute ließ ich die Absicht jedoch fallen und schenkte es meiner Kusine. Es ist ein so reizendes, einmalig schön gelegenes Haus. Ich liebte es bei meinem Weggang noch immer so sehr, daß ich es nicht übers Herz brachte, es an einen Fremden zu verkaufen. Meine Kusine ist ein paarmal im Jahr dort und vermietet es im Sommer zeitweise. Ich sah sie kurz vor deiner Ankunft in London. Und als sie von Clougy zu sprechen begann, hatte ich plötzlich Sehnsucht nach seiner Schönheit und hoffte, ich könnte es vielleicht wieder so friedlich erleben wie früher. Meine Kusine schlug vor, wir sollten für ein paar Tage kommen. Willst du? Oder hast du etwas dagegen?«

»Nein«, antwortete sie automatisch. »Ich habe nichts dagegen. Für mich sind ja keine Erinnerungen mit dem Haus verbunden. Wenn du willst, Jon, dann fahren wir. Nur das ist doch wichtig.«

Aber gleichzeitig überlegte sie, warum er dorthin zurückkehren wollte. Sie verstand es nicht, und das verwirrte sie.

»Ach, weißt du, und meine Kusine habe ich so lange nicht gesehen und werde sie vermutlich auch nie wiedersehen. Sie würde auch dich so gern kennenlernen.«

»Du hast mir noch nie von ihr erzählt«, war alles, was Sarah sagen konnte. »Gehört sie zu jenen Verwandten mütterlicherseits, die du nicht zur Hochzeit einladen wolltest?«

»Nein. Marijohn ist meine einzige Verwandte von meines Vaters Seite her. Bis ich sieben war, verbrachten wir die meiste Zeit zusammen. Dann ließen meine Eltern sich scheiden, und mein Vater schickte sie in ein Klosterinternat. Sie war sein Mündel, weißt du. Ich sah sie von da ab, bis ich fünfzehn war, sehr selten. Zu diesem Zeitpunkt kehrte mein Vater nach London zurück und holte Marijohn aus dem Internat. Bis zu meiner Heirat sahen wir uns dann wieder oft; in Cornwall nur noch selten. Ich hatte sie immer sehr gern.«

»Warum hast du sie nicht zur Hochzeit eingeladen?«

»Ich machte ihr den Vorschlag, aber sie konnte nicht kommen. Ich weiß gar nicht, weshalb ich dir noch nicht von ihr erzählte. Natürlich verlor ich, als ich in Kanada war, den Kontakt mit ihr und rechnete nicht einmal, sie zu sehen, als ich nach London kam. Aber sie hörte von meiner Ankunft, und wir trafen uns. Weißt du, in den beiden Tagen vor deiner Ankunft passierte so vieles, daß ich alles vergaß, nur nicht die Pläne für unsere Hochzeit. Doch heute früh schien die Sonne so wunderschön, daß mir ihre Einladung nach Clougy wieder einfiel. Würdest du gern hinfahren? Oder ist dir London lieber? Sag ruhig, was du meinst.«

»Ich würde gern ein paar Tage an der See verbringen«, antwortete sie. Ich verstehe so vieles noch nicht an Jon, überlegte sie, und er kennt mich in- und auswendig. Doch kennt er mich wirklich? Dann müßte er doch eigentlich wissen, daß ich nicht wünschen kann, jenes Haus zu besuchen, in dem er mit seiner ersten Frau lebte. Aber vielleicht bin ich nur zu empfindlich. Wenn er ein Familienheim hätte, würde ich auch dort leben, ohne zu fragen, wie oft er vorher verheiratet war. Und leben will er ja in Clougy nicht, nur einen Besuch machen, um seine Kusine zu sehen. Ich muß mich zusammenreißen.

»Erzähl mir von deiner Kusine, Jon«, bat sie, nachdem sie das Taxi verlassen hatten. »Wie war ihr Name?«

Doch dann kam Jons Geschäftspartner dazwischen, so daß Marijohns Name erst sehr viel später am Nachmittag wieder erwähnt wurde.

»Wir bekommen morgen einen Wagen«, berichtete Jon und lachte sie an. »Wenn wir frühzeitig wegfahren, schaffen wir die Strecke in einem Tag. Jetzt herrscht ja noch kein Wochenendverkehr.«

»Und deine Kusine? Freut sie sich?«

»Ja«, antwortete Jon vergnügt. »Sie freut sich riesig.«

## 5

Als Jon den Wagen in das nach Clougy führende Sträßchen lenkte, vibrierte sein ganzer Körper vor Erregung. Sarah spürte sie, konnte sie aber nicht teilen. Die etwas sterile, schwermütige Schönheit der Moore Cornwalls war ihr zunächst fremd.

»Ist es nicht wundervoll?« fragte Jon immer wieder, und seine Augen funkelten vor erwartungsvoller Freude.

Doch merkwürdigerweise – allmählich steckte seine Erregung sie tatsächlich an. Die Kargheit der Landschaft erschien ihr fast klassisch in ihrer Einfachheit.

Kurz darauf ging es bergab, und sie ließen die Gebäude des Flughafens von St. Just, die letzte Bastion der Zivilisation, hinter sich. Sie fuhren durch ein grünes Tal mit weit verstreuten Bauernhäusern. Die Weiden waren mit grauen Steinmauern eingefaßt. Das Sträßchen wurde zur Fahrspur und merklich steiler. Die See versteckte sich hinter sanft abfallenden Hügeln.

Schließlich wurde die Fahrspur zu einem steinigen Holperpfad. An einem Bauernhaus entdeckte Sarah den Wegweiser *Nach Clougy*.

Jon mußte sehr vorsichtig fahren. Von der See her wehte eine leichte Brise. Das hohe Gras zu beiden Seiten des Pfades wiegte sich im Wind. Der Himmel war tiefblau und wolkenlos.

»Hier ist das Wasserrad«, flüsterte Jon kaum hörbar, »und dort liegt Clougy.«

Der Pfad wurde wieder ein wenig breiter und endete in einer Zufahrt. Als Jon den Motor abstellte, hörte Sarah das Wasser, das über das stillgelegte Mühlrad stürzte.

»Wie ruhig es hier ist«, stellte Sarah fest. »Wie friedlich nach dem Trubel von London.«

Jon war schon ausgestiegen und ging auf das Haus zu. Sie folgte ihm, blieb dann aber stehen und sah sich erst einmal um.

Sie blickte auf einen tiefgrünen, nicht sehr großen Rasenplatz mit Schwingsitzen an einer Seite. Der kleine Garten war von Rhododendronbüschen eingefaßt, und ein paar Bäume hatten durch den ständigen Seewind bizarre Formen angenommen. Vor ihr stand das gelbe Haus mit den weißen Fensterläden.

Ein Vogel sang, eine Grille zirpte, und das Wasser rauschte. Sonst war es totenstill.

»Sarah!« rief Jon.

Fast verzaubert von der Stille und dem Frieden ging sie langsam weiter, bis sie entdeckte, daß er im Schatten der Veranda auf sie wartete.

Sie fühlte sich klein und verletzlich, als sie den besonnten Fahrweg überquerte, denn sie sah, daß er nicht allein war. Sie fühlte sich wehrlos, als ein Ausstellungsstück, das unbarmherzig von kritischen Richtern begutachtet wurde.

Wie lächerlich!

Ihr goldenes Haar schimmerte. Sarah sah die weit auseinanderliegenden Augen, den Bogen des schönen Mundes.

Unentschlossen blieb sie stehen und wartete auf Jon. Sie spürte die unendliche Stille der Landschaft und wartete auf etwas, das jenseits ihres Verstehens lag.

Jon lächelte die Frau an. Er sagte kein Wort, aber das spielte keine Rolle. Und plötzlich fiel es Sarah auf, daß die beiden, solange sie in Hörweite war, kein Wort gewechselt hatten. Ob Jon seine Kusine wohl geküßt hatte? Ob sie einander wohl in die Arme gefallen waren?

In diesem Augenblick trat die Frau aus dem Schatten in das volle Sonnenlicht.

»Hallo, Sarah«, sagte sie. »Ich freue mich so, daß ihr gekommen seid. Willkommen in Clougy, meine Liebe! Ich hoffe, du wirst dich hier sehr glücklich fühlen.«

## 6

Das Schlafzimmer war buchstäblich mit Sonne gefüllt. Sarah ging zum Fenster.

In der Bucht unter ihr schimmerte das von grünen Hügeln eingerahmte Wasser. Sie hielt den Atem an, weil der Anblick so bezaubernd schön war. Sie freute sich, gekommen zu sein, und schämte sich jetzt ihrer mißtrauischen Gedanken.

»Hast du alles, was du brauchst?« fragte Marijohn und war ganz fürsorgliche Gastgeberin. »Sag es, bitte, falls noch etwas fehlt. Das Abendessen ist in etwa einer halben Stunde fertig, und wenn du baden willst – es ist genügend heißes Wasser da.«

»Oh, danke sehr«, antwortete Sarah lächelnd.

Jon kam gerade den Korridor entlang, als Marijohn das Zimmer verließ.

»Wann gibt es Abendessen?« fragte er. »In einer halben Stunde, ja?«

Marijohn mußte wohl genickt haben, denn Sarah hörte sie nicht sprechen.

»Wir kommen hinunter, sobald wir fertig sind.«

Er kam in das Schlafzimmer, schloß die Tür hinter sich, gähnte herzhaft und streckte sich behaglich wie eine Katze.

»Nun?« fragte er dann, »gefällt es dir hier?«

»O ja, es ist wunderschön hier, Jon«, antwortete sie lachend.

Er schlüpfte aus den Schuhen, zog das Hemd über den Kopf und streifte die Hosen ab. Genießerisch legte er sich auf das Bett.

»Was soll ich denn zum Abendessen anziehen?« fragte sie. »Wird sich Marijohn umziehen?«

»Ich weiß es nicht«, antwortete er. »Ist es wichtig?«

Dann schwieg er, und seine Finger glitten glättend über das frische Leinen. Das Schweigen bedrückte sie. Fast hatte sie vergessen, wie seine Abstandslaune sie immer deprimiert hatte.

»Komm zu mir!« sagte er plötzlich.

Sie zuckte unwillkürlich zusammen.

»Du lieber Himmel, was hast du denn? Bist du so erschrokken? Warum denn nur?«

»Oh, es ist nichts, Jon. Wirklich nichts.«

Er zog sie zu sich auf das Bett und küßte sie. Seine Hände taten ihr weh. Sie wollte ihm nicht angehören, solange er in dieser Abstandslaune war. Sie brauchte es auch nicht, denn ganz unvermittelt stand er auf, öffnete einen Koffer und leerte den ganzen Inhalt auf den Boden.

»Was suchst du denn, Lieber?« fragte sie.

Er hob die Schultern. Schließlich nahm er ein Hemd und zog es an.

»Du mußt schrecklich müde sein von dieser langen Fahrt«, meinte er.

»Ein wenig.«

Sie schämte sich, wußte aber nicht, wie sie das erneute Schweigen überbrücken sollte.

»Sex interessiert dich noch immer nicht sehr, was?« fragte er dann plötzlich unvermittelt.

»Doch«, erwiderte sie leise und war nahe am Weinen. »Es ist nur alles noch ziemlich neu für mich, und ich mag es eben nicht, wenn du mir weh tust.«

Er schwieg, wusch sich und zog dann frische Hosen an. Tränenblind kramte sie nach einem Kleid, das sie statt Rock und Bluse tragen wollte.

»Bist du fertig?« fragte er.

»Ja, fast.«

Sie wagte es nicht, sich noch mit dem Lippenstift aufzuhalten. Gerade konnte sie noch schnell über die Haare bürsten, ehe sie Jon in das Wohnzimmer nach unten folgte.

Marijohn war schon da, aber Justin blieb unsichtbar.

Sarah setzte sich. Ihre Kehle war wie zugeschnürt. Sie war sehr traurig.

»Was willst du trinken?« erkundigte sich Marijohn bei Sarah.

»Ist egal. Sherry oder einen Martini.«

»Ich habe trockenen Sherry. Willst du den? Und du, Jon?«

Jon hob die Schultern.

Du lieber Gott, was wird Marijohn denken, überlegte Sarah. O Jon!

Marijohn wartete nicht auf seine Antwort und reichte ihm ein Glas Whisky mit Soda.

»Ich habe mich gefreut, Justin hier zu haben«, sagte sie. »Es war geradezu faszinierend, ihn erneut kennenzulernen. Weißt du noch, wie wir uns seinerzeit die Köpfe zerbrachen, wem er wohl gleichsähe? Und dabei gibt es doch gar keinen Zweifel.«

Jon sah sie voll an.

»Er ist ganz wie du, Jon. Manchmal ist er mir geradezu unheimlich.«

»Er sieht mir absolut nicht ähnlich«, widersprach er.

»Das Aussehen hat doch wirklich nichts damit tun. Sarah, hier, nimm doch einen Cocktailbiskuit. Justin ist eigens nach Penzance gefahren, um sie zu besorgen. Wir müssen sie also wenigstens versuchen, Jon, und du wirst dich endlich setzen. Warum rennst du so herum? Ich bin ja vom Zuschauen schon erschöpft. Eine wunderschöne Abendstimmung heute, nicht wahr? Sicher malt Justin wieder einmal heimlich eines seiner Aquarelle. Du mußt ihn danach fragen, Jon. Sie sind nämlich wirklich gut. Mir erscheinen sie wenigstens sehr gut, aber ich verstehe ja nichts davon. Malst du, Sarah?«

»Ja«, antwortete Jon, ehe Sarah etwas sagen konnte.

Er legte seine Hand auf die ihre. Sie war glücklich, daß die Abstandslaune wieder vorüber war.

»Von den Impressionisten und Renaissancemalern kennt sie jeden und...«

»Jon, du übertreibst ja!« protestierte Sarah lachend, und da erst bemerkte sie, wie golden das Abendlicht schimmerte.

Nach dem Abendessen ging Jon mit Sarah zur Bucht hinunter, um den Sonnenuntergang zu beobachten.

Es war eine kleine, von Felsen eingeschlossene Bucht mit Kiesstrand. Jon zeigte ihr sofort die Finne eines Atlantikhais, der sich langsam die Küste entlang zum Cape Cornwall bewegte.

»Es tut mir so leid«, sagte er plötzlich.

Sie nickte zum Zeichen, daß sie ihn verstand. Dann setzten sich beide. Er legte einen Arm um ihre Schultern und zog sie an sich. »Wie gefällt dir Marijohn?« fragte er.

Sie überlegte einen Augenblick und beobachtete das wechselnde Licht auf dem Meer.

»Sie ist sehr – ungewöhnlich«, antwortete sie ein wenig unbeholfen, denn es fiel ihr nichts Besseres ein.

»Ja, das ist sie«, bestätigte er.

Es klang ruhig und zufrieden.

»Jon«, begann Sarah nach einer Weile des Schweigens, und er sah sie fragend an. »Wo ist Sophia...?«

»Nicht hier«, antwortete er sofort. »Weiter südlich an den Klippen, die nach Sennen führen. Die Klippen sind dort ziemlich flach und sandig. Man hat im letzten Krieg Stufen in den Fels gehauen, die nun zu den flachen Felsplatten hinunterführen. Aber keine Angst, dorthin gehe ich nicht mit dir.«

Die Sonne verschwand am Horizont. Sie blieben noch eine Weile und ließen sich von der See verzaubern. Erst als es fast ganz dunkel war, kehrten sie zum Haus zurück.

Marijohn kam ihnen ein Stück entgegen.

»Max hat angerufen, Jon. Er sagt, du hättest ihn für ein paar Tage nach Clougy eingeladen.«

»Ja, das habe ich. Als ich ihn in London traf, erwähnte er, er müßte eine Tante in Cornwall besuchen, und da sagte ich ihm, vielleicht wäre ich um diese Zeit in Clougy. Du lieber Himmel, das ging mir gerade noch ab, daß Max mit irgendeinem verdammten Weib im neuesten Rennwagen aufkreuzt! Hat er seine Telefonnummer angegeben?«

»Ja. Er hat von Bude aus angerufen.«

»Wahrscheinlich werde ich ihn ja zum Abendessen einladen müssen – oder über Nacht. Nein, ich mag nicht. Mir reichen seine ewigen Weibergeschichten noch von damals.«

»Vielleicht kommt er allein.«

»Max und allein? Lächerlich! Er wüßte ohne Frau doch gar nichts mit sich selbst anzufangen.«

»Er hat aber nichts von einer Frau gesagt.«

»Sag mal«, fragte Jon, »willst du ihn heiraten?«

»Du hast ihn doch in London eingeladen. Ich sehe nicht ein, wie du jetzt sagen kannst, er soll sich zum Teufel scheren.«

»Ich kann tun, was mir paßt«, erklärte Jon. »Sarah, ich habe dir doch von Max erzählt, ja? Hast du etwas dagegen, wenn er morgen zum Abendessen kommt und hier übernachtet? Nein? Wirklich nicht? Gut. Dann soll er eben kommen. Aber ich glaube, du bist müde. Geh zu Bett, ja? Ich rufe Max lieber gleich an, solange ich noch in einigermaßen gastfreundlicher Laune bin.«

Sarah war froh, daß sie zu Bett gehen konnte, denn sie war tatsächlich sehr müde. Als sie oben in der Diele einen Augenblick stehenblieb und hinuntersah, bemerkte sie, daß Marijohn lächelnd zu ihr hinaufblickte. Gleich darauf ging sie ins Wohnzimmer zurück zu Jon.

Sarah blieb stehen. Sie wußte selbst nicht, warum. Dann huschte sie leise die Treppe hinab, ging auf Zehenspitzen zur geschlossenen Wohnzimmertür und lauschte.

Jon war nicht am Telefon.

»Eine Sache ist mir noch immer rätselhaft«, hörte sie ihn sagen, und sie schämte sich entsetzlich, weil sie lauschte. »Dieser anonyme Anruf am Tag meiner Ankunft in London, daß ich Sophia ermordet hätte. Wer könnte es nur gewesen sein? Michael, Max oder Eve? Aber dann hätte doch eigentlich eine Erpressung folgen müssen. Sonst war der Anruf doch sinnlos.«

Eine lange Pause.

»Was meinst du?« fragte Jon scharf.

»Ich versuchte, es dir vor dem Abendessen zu sagen.«

Erneutes Schweigen.

»Nein«, sagte Jon endlich. »Das glaube ich nicht. Es kann nicht sein. Du meinst doch nicht...?«

»Doch«, antwortete Marijohn, und ihre Stimme schien von weither zu kommen. »Es war Justin.«

## 7

Justin verpackte eben sein Malgerät, als er vom Haus her Klavierspiel hörte. Als er näher kam, brach die Musik ab, und eine Terrassentür öffnete sich mit einem Klicken. Er sah eine Gestalt aus den Schatten der Rhododendronbüsche treten. Automatisch und ohne zu zögern huschte Justin hinter einen Felsen. Schritte näherten sich. Justin verbarg sein Malgerät hinter einem Felsbrocken und wartete.

»Ah, hier bist du!« sagte Jon und trat aus der Dunkelheit. »Ich dachte mir schon, du könntest hier gemalt haben.«

»Nein, ich bin spazierengegangen.«

Justin starrte auf das Meer hinaus. Sein Vater setzte sich neben ihm auf einen Stein und nahm sein Zigarettenetui heraus.

»Justin, ich möchte dich etwas fragen. Kann ich auf eine ehrliche Antwort rechnen?«

»Natürlich«, erwiderte Justin, und seine Handflächen wurden schweißfeucht.

»Erinnert dich dieser Platz hier zu sehr an deine Mutter?«

»Meine Mutter?«

Seine Stimme klang ein wenig überrascht, aber seine Augen

sahen plötzlich nicht mehr die nachtdunkle See vor sich, sondern die Schüssel mit den Kirschen, und er hörte, wie eine Frauenstimme ungeduldig sagte: »Aber Justin, du wirst zu fett!«

Er räusperte sich. »Ja, ein bißchen erinnert er mich an sie, aber nicht so, daß es mich stören würde. Ich bin froh, daß ich gekommen bin. Mir war, als käme ich nach langer Zeit in der Fremde wieder nach Hause.«

»Du hast deine Mutter sehr geliebt, nicht wahr?«

Justin schwieg.

»Ich wußte nicht«, sagte Jon, »daß du mich für ihren Tod verantwortlich machtest.«

Entsetzen überfiel Justin. Er stemmte seine Handflächen auf die Steine neben sich und starrte blicklos auf den Boden.

»Was ist los, Justin?« fragte sein Vater leise. »Warum hast du geglaubt, ich hätte sie ermordet? Hast du etwas gehört? Hast du uns vielleicht einmal streiten gehört?«

Justin schüttelte den Kopf.

»Was dann? Warum?«

»Ich...«

Er hob die Schulter und war froh, daß die Dunkelheit seine Tränen verbarg.

»Ich – weiß es nicht.«

»Aber du mußtest doch einen Grund haben. Ohne Grund hättest du mich nicht angerufen.«

»Ich habe dich gehaßt, weil du nicht geschrieben hattest, weil ich glaubte, du würdest nicht einmal jetzt, wo du doch in London warst, mit mir Kontakt aufnehmen. Aber jetzt ist alles anders.« Er holte tief Atem. »Es tut mir leid. Ich meinte es nicht so.«

Jon dachte nach und schwieg.

»Woher weißt du, daß ich angerufen habe?« fragte Justin.

»Marijohn hat es vermutet. Sie sagt, du bist mir so ähnlich, daß sie dich gut verstehen könnte.«

»Das begreife ich nicht, denn ich bin dir absolut nicht ähnlich.«

Sie schwiegen lange.

»Als ich zehn war«, erzählte Jon später, »machte mein Vater einen seiner seltenen Besuche in London. Aus der Zeitung erfuhren wir, daß er kam, denn seine Expeditionen waren ziemlich berühmt. Meine Mutter sagte den ganzen Abend über, er würde sich bestimmt nicht die Mühe machen zu kommen. Daraufhin schickte ich ein Telegramm in sein Hotel und teilte ihm mit, ich sei tot. Du kannst dir das Chaos vorstellen, das sich daraus ergab. Meine Mutter weinte und sagte, sie könnte sich nicht vorstellen, wer so grausam sein kann, einen so makabren Witz zu machen, und mein Vater legte mich kurzerhand übers Knie und schlug mich windelweich. Das habe ich ihm nie verziehen. Ich hätte das Telegramm nie geschickt, wenn er mich nicht so vernachlässigt hätte. Er hat mich im Grunde nur für seine eigenen Versäumnisse bestraft.«

Justin schluckte hart. »Du hast mich aber nicht vernachlässigt.«

»Doch. Ich hätte es nicht aufgeben dürfen, als du meine Briefe nicht beantwortetest. Sag, Justin, warum hast du geglaubt, ich hätte deine Mutter ermordet?«

»Ich – weiß, daß sie dir nicht – treu war.«

Er schloß die Augen, um die Gefühle, die ihn vor zehn Jahren beherrscht hatten, wieder ins Leben zu rufen.

»Ich wußte, daß ihr Streit hattet. Darum konnte ich euch beide nicht mehr zugleich richtig lieben. Es war wie in einem Krieg, in dem man sich für eine Seite entscheiden muß. Ich entschied mich für dich, denn du hattest immer Zeit für mich, warst stark und gut zu mir, und ich bewunderte dich mehr als sonst irgend etwas auf der ganzen Welt.

Damals, als sie starb, machte ich dich nicht für ihren Tod verantwortlich. Und ich dachte, ich könnte dir meine Loyalität am besten dadurch beweisen, daß ich zu dir hielt. Als du dann nach Kanada gingst und ich so lange nichts von dir hörte, begann ich allmählich zu glauben, ich hätte falsch geurteilt, und allmählich haßte ich dich. Deshalb rief ich dich im Hotel an, als du nach London kamst.«

»Aber Justin, ich habe deine Mutter nicht getötet! Es war ein Unfall. Das mußt du mir glauben, denn es ist die Wahrheit.«

Justin drehte ihm langsam das Gesicht zu.

»Warum hast du geglaubt, ich hätte sie getötet, Justin?«

Die Nacht war still. Die beiden Menschen saßen bewegungslos da.

Einen Augenblick hatte Justin den geradezu verzehrenden Wunsch, die Wahrheit zu erzählen, aber die sich selbst anerzogene Verschlossenheit ließ es nicht zu. Er hob die Schultern und sah wieder auf die dunkle See hinaus.

»Ich dachte«, erklärte er ausweichend, »du müßtest sie so gehaßt haben, daß du sie in den Tod gestoßen haben könntest. Ich wußte, daß ihr sehr viel Streit hattet, und ich war damals nur ein verwirrtes Kind, das gar nichts begriff.«

Stimmte es, daß sein Vater darüber erleichtert schien? Der Zweifel hatte Justins Sinne geschärft. Ich muß es wissen, sagte er sich. Ich muß die Wahrheit finden, ehe ich nach Kanada gehe.

»Gehen wir ins Haus zurück?« schlug er vor. »Es wird kühl, und ich habe keine Jacke dabei. Marijohn und Sarah werden sich wundern, wo wir stecken.«

## 8

Sarah gab vor zu schlafen, als Jon gegen halb zwölf heraufkam. Er schlüpfte ins Bett und seufzte müde.

Am liebsten hätte Sarah ihn in die Arme genommen und ihn gefragt: »Jonny, warum hast du mir von diesem anonymen Anruf nichts erzählt? Und warum bist du, nachdem Marijohn gesagt hatte, daß Justin angerufen haben muß, ans Klavier gegangen und hast jenes Mozartsche Rondo gespielt, von dem ich weiß, daß du es nicht magst? Du hättest mit Marijohn darüber sprechen müssen. Es ist alles so seltsam, so rätselhaft. Ich möchte dich so gern verstehen, dir so gerne helfen –«

Aber sie sagte nichts, denn sie hätte sonst ja zugegeben, daß sie gelauscht hatte. Und außerdem war Jon sofort eingeschlafen.

Klavierspiel weckte sie. Es war schon neun Uhr vorbei. Als sie über den Korridor ins Bad ging, hörte sie, daß er wieder dieses Mozart-Rondo spielte.

Sie beeilte sich mit dem Bad, zog kurze Hosen und eine Bluse an und ging hinunter in das Musikzimmer.

Jetzt spielte er das Menuett aus der 39. Symphonie, aber durch sein Spiel ähnelte es einer Burleske.

»Hallo!« rief sie. »Seit wann liebst du Mozart?«

Sie küßte ihn auf die Stirn. Dann sah sie auf und bemerkte Marijohn auf dem Fensterplatz.

Jon gähnte und ging von klassischer Musik zu einem modernen Musical über.

»Das Frühstück ist fertig, Liebling«, sagte er beiläufig. »Justin ist im Eßzimmer. Er wird dir alles zeigen.«

Sarah wußte nicht recht, warum sie sich unbehaglich, fast genarrt fühlte. Das unbehagliche Gefühl warf einen Schatten auf den Morgen. Ja, sie fühlte sich bedrückt.

Sie betrat das Speisezimmer und wußte, daß sie keinen Hunger hatte.

»Guten Morgen«, sagte Justin. »Hast du gut geschlafen?«

»Ja«, log sie. »Sehr gut sogar.«

Sie setzte sich und sah zu, wie Justin ihr Kaffee eingoß. In diesem Augenblick fiel ihr wieder der anonyme Anruf ein, in dem Justin seinen Vater beschuldigt hatte, seine Mutter ermordet zu haben.

»Auf der Heizplatte stehen Würstchen und Eier. Willst du nicht etwas Warmes essen?« fragte Justin höflich.

»Nein, danke.«

Jon ging vom Musical zu Chopin über.

»Wirst du heute vormittag malen?« fragte Sarah Justin.

»Ich weiß es noch nicht. Vielleicht.« Er sah von seiner Zeitung auf und rührte seinen Kaffee um. »Warum?«

»Ich dachte, ich könnte vielleicht selbst auch einen Versuch machen«, erklärte sie und strich Marmelade auf ihren Toast. »Und ich wollte dich um Rat fragen, wo ich die besten Sujets für Aquarelle finde.«

»Ah, ich verstehe.« Er zögerte ein wenig. »Und was ist mit meinem Vater?«

»Ich glaube, er legt einen musikalischen Tag ein.«

Justin nickte.

»Spielt Marijohn auch Klavier?«

»Nein, ich glaube nicht.«

»Aber das Instrument ist sehr gut gestimmt.«

»Ja. Sie wußte doch, daß er kommen würde.«

»Bis gestern nachmittag wußte er es nicht sicher.«

Er sah sie an.

»Oh, sie wußte es schon länger! Sie ließ ja eigens einen Mann von Penzance kommen, der vergangene Woche das Klavier stimmte.«

Das Gefühl der Unbehaglichkeit schmerzte allmählich. Sarah mußte sich zur Ruhe zwingen, um den Kaffee nicht zu verschütten, denn ihre Hand zitterte, als sie die Tasse zum Mund führte.

Dann hörte das Spiel auf. Schritte kamen den Korridor entlang. Im nächsten Augenblick betrat Jon das Eßzimmer.

»Wie geht es dir, mein Liebling?« fragte er, küßte sie lächelnd und trat an das Fenster, um in den Garten hinauszuschauen. »Was hast du für heute vor? Etwas Besonderes?«

»Nein, ich dachte, ich könnte vielleicht ein bißchen malen, aber...«

»Wunderbar! Laß dich von Justin mitnehmen. Marijohn muß in Penzance einkaufen, und ich habe versprochen, sie hinzufahren. Oder willst du mitkommen? Das Städtchen wird von Touristen überfließen und sehr laut sein. Bleib du besser hier und tu, was du magst, ja?«

Er lächelte sie an.

»Gut, Jon.«

»Fein. Justin, du gibst auf sie acht und benimmst dich wie ein Musterknabe, ja?« Er ging zur Tür. »Marijohn?«

Aus der Küche gab Marijohn Antwort. Jon schloß die Tür hinter sich und ging zur Rückseite des Hauses, zur Küche.

»Willst du noch Kaffee?« fragte Justin.

Sarah schüttelte den Kopf.

Justin stand auf. »Entschuldige mich, bitte. Ich richte mein Malgerät her. Wann willst du weggehen?«

»Oh – ist eigentlich egal. Wann du willst.«

»Ich sage dir, wenn ich soweit bin.«

Sie trödelte noch eine Weile mit dem Frühstück herum, ehe sie nach oben ging, um ihr Malgerät aus einem der Koffer auszupacken. Da rief Jon herauf: »Wir fahren jetzt, Liebes. Willst du wirklich hier bleiben?«

»Ja. Ich bin gleich fertig.«

»Na, dann viel Vergnügen!«

Türen fielen zu, ein Motor heulte auf, Reifen knirschten auf dem Kies.

Sie ging hinunter. Im Wohnzimmer fand sie Justin in korrekter englischer Sportskleidung. Er war für sie immer noch ein Fremder.

»In welche Richtung willst du denn gehen?« fragte er. »Wir können Marijohns Wagen nehmen und nach Sennen, Cape Cornwall oder zum Kenidjack Castle fahren. Um Kenidjack gibt es wundervolle Sujets. Würde dir das gefallen!«

»Ja, das klingt sehr verlockend«, antwortete sie.

Sie sprachen nicht viel auf der Fahrt nach Kenidjack. Am Ende der Straße parkten sie hoch oben auf den Klippen den Wagen und kletterten an den Hängen herum, um die besten Ausblicke auf die ungemein reizvolle Landschaft zu finden. Die See war tiefblau. Dort, wo der Klippenpfad sich steil um die Felsen wand und die verwitterten Steine der alten Mine vor ihnen lagen, waren die Lichtverhältnisse besonders gut.

Keuchend von der Anstrengung setzte sich Sarah. Die Schönheit des Ausblicks begeisterte sie.

»Ich habe Limonade und Kekse mitgenommen«, sagte Justin, der auf seine Fürsorglichkeit stolz war. »Es war ziemlich anstrengend, nicht wahr?«

Schweigend tranken sie ein wenig Limonade.

»Für Hunde muß das hier ein Paradies sein«, meinte Sarah nach einer Weile. »Jede Menge Platz, um herumzurennen und Hasen zu jagen.«

»Wir hatten auch einen Hund. Einen Schäferhund. Er hieß Flip. Das ist eine Abkürzung für Philip. Er wurde nach dem Herzog von Edinburgh benannt. Meine Mutter war, wie die meisten Fremden, eine ergebene Verehrerin des Königshauses. Aber leider ließ ihn meine Mutter dann einschläfern, weil er eines ihrer besten Cocktailkleider zu Fetzen zerrissen hatte. Ich weinte die ganze Nacht hindurch. Als mein Vater nach Hause kam, gab es deswegen einen sehr heftigen Streit.« Justin packte ein Skizzenbuch aus. »Ich habe jetzt keine Lust für Aquarelle. Vielleicht mache ich eine Kohleskizze als Vorlage für ein Ölbild.«

»Darf ich ein paar deiner Sachen sehen?«

Er zögerte. »Sie werden dir kaum gefallen. Anderen als Marijohn habe ich sie bisher nie gezeigt. Aber sie ist ja auch anders.«

»Warum ist Marijohn anders?« fragte Sarah.

»Nun ja, sie ist eben anders als andere Menschen. Das hier ist die Bucht. Du wirst sie kaum erkennen.«

Sarah hielt den Atem an. Er wurde blutrot.

Das Bild war ein Wirbel aus Grau und Grün, der Himmel von Sturmwolken zerrissen, der Fels dunkel und zerklüftet wie ein Tiermonstrum aus einem Alptraum. Es strahlte eine wilde Kraft aus und war zugleich von bestürzender Schönheit.

Das war Jon, wenn er Rachmaninoff spielte. Könnte Jon malen, dann würden seine Bilder ebenso aussehen.

»Es ist sehr gut, Justin«, sagte sie ehrlich überzeugt. »Ich weiß nicht, ob ich es mag, aber es ist ungewöhnlich und eindrucksvoll. Kannst du mir sonst noch etwas zeigen?«

Er legte ihr noch drei weitere Blätter vor. Seine Ohren waren hochrot vor Freude. Er erzählte, daß er schon als Schuljunge mit diesem Hobby begonnen hätte.

»Aber Zahlen sind meine eigentliche Leidenschaft«, berichtete er.

Sie sah ihn fragend an.

»Mathematik, Kalkulationen und so weiter. Deshalb bin ich auch ins Versicherungsgeschäft gegangen. Aber es ist leider ziemlich langweilig.«

Jon hatte auf die gleiche Art von seiner ersten Stellung in der City erzählt, fast mit gleichen Worten. Auch die Handbewegungen Justins erinnerten sie an Jon.

»Du bist ganz anders, als ich gedacht habe«, sagte er unvermittelt, ohne aufzusehen. »Und ganz anders als die Leute, die immer nach Clougy kamen.«

»Und wahrscheinlich auch ganz anders als deine Mutter«, sagte sie und beobachtete ihn.

»O ja«, gab er zu. »Selbstverständlich.« Er begann zu zeichnen. »Meine Mutter hatte keine Interessen oder Hobbys. Ihr war leicht langweilig, und die Wochenendpartys waren das, wofür sie eigentlich lebte. Meinem Vater lag nichts an diesen Partys. Er ging lieber mit mir spazieren. Sie kochte exotische Menüs und veranstaltete mitternächtliche Schwimmpartys in der Bucht.«

»Es waren auch Gäste hier, als sie starb?«

»Ja. Onkel Max kam am Freitagabend aus London. Er hatte einen neuen Wagen, den er vorführen wollte. Er nahm mich auf eine Fahrt mit. Kennst du Onkel Max?«

»Nein. Ich habe ihn noch nicht kennengelernt.«

»Er und mein Vater lachten immer viel zusammen. Meine Mutter hielt ihn für einen Langweiler. Sie war nur an sehr gutaussehenden Männern interessiert und behandelte alle Männer, die nicht wie ein Omnibusheck aussahen, ausgesprochen schlecht. Onkel Max war sehr häßlich, aber er hatte trotzdem immer viele Freundinnen. Meine Eltern überlegten jedesmal: Wen wird Max diesmal mitbringen? Natürlich hatte er jedesmal ein anderes Mädchen dabei. An dem Morgen, als Max erwartet wurde, hatten sie sich auf eine kleine Rothaarige mit wasserblauen Augen geeinigt. Aber es kam eine große, schlanke, sehr elegante Blondine, die Eve hieß. Ich mochte sie nicht, weil sie mich einfach übersah.«

Er schlug das Skizzenbuch zu, setzte seine Sonnenbrille auf und lehnte sich an einen grasigen Buckel, um in den Himmel hinaufzusehen.

»Onkel Michael kam mit Marijohn. Sie hatten, glaube ich, geschäftlich in Cornwall zu tun gehabt. Onkel Michael war Marijohns Mann. Ihn nannte ich Onkel, sie aber nie Tante, ich weiß auch nicht, weshalb. Er war nett, aber anders als Onkel Max. Leute wie er lesen in der U-Bahn die *Times.* Manchmal spielte er auf dem Rasen mit mir Kricket. Und Marijohn... Um ehrlich zu sein, ich mochte sie damals nicht besonders, vielleicht weil sie nie für mich Interesse zeigte. Aber jetzt ist das anders. In den vergangenen beiden Wochen war sie reizend zu mir, und jetzt mag ich sie sehr gern. Vor zehn Jahren mochte niemand Marijohn, nur mein Vater. Onkel Max ging ihr immer aus dem Weg, und Eve, die große Blonde, redete kein Wort mit ihr, weil Marijohn viel schöner war als sie. Onkel Michael liebte sie natürlich, küßte sie vor den anderen Leuten und hatte immer ein besonderes Lächeln für sie. Du weißt ja, was man als kleiner Junge so bemerkt. Das waren alle Gäste an jenem Freitagabend. Vierundzwanzig Stunden später war meine Mutter tot.«

Sie hörten die Brandung, und die Möwen kreischten. Eine sanfte Brise streichelte sie.

»Und war es eine nette Party?« fragte Sarah.

»Nett?«

Justin richtete sich auf und stützte sich auf einen Ellbogen.

»Schrecklich war sie. Alles ging schief. Onkel Max stritt mit der großen Blonden. Daraufhin sperrte sie sich im Schlafzimmer ein, und Onkel Max stieg in seinen Wagen, um sich seinen Zorn von der Seele zu fahren. Da erschien meine Mutter. Sie wollte, er sollte sie nach St. Ives mitnehmen, wo sie frischen Schellfisch kaufen wollte. Aber damit war mein Vater nicht einverstanden, und der nächste Streit war fällig. Sie fuhr aber trotzdem. Mein Vater ging dann mit mir zu den Klippen.

Er redete kein Wort. Bald kam uns Marijohn nach, und mein Vater schickte mich zum Haus zurück, um zu fragen, wann das Mittagessen fertig wäre. Wenn wir Gäste hatten, war immer ein Mädchen zur Hilfe da. Als ich zum Haus kam, suchte Onkel Michael gerade nach Marijohn. Ich sagte ihm, wo sie war. Dann ging ich wieder hinunter zum Strand. Mein Vater kam mir entgegen, nahm mich mit zurück und setzte sich ans Klavier. Er spielte sehr lange. Das wurde mir langweilig, und ich verzog mich in die Küche. Damals hatte ich ständig Hunger.

Kurze Zeit später kamen Onkel Michael und Marijohn zurück und schlossen sich im Wohnzimmer ein. Ich sah durchs Schlüsselloch und versuchte zu lauschen, hörte aber nichts. Mein Vater, der mich erwischte, wurde furchtbar wütend und vertrimmte mich. Daraufhin flüchtete ich zur Bucht.

Meine Mutter und Onkel Max kamen nicht zum Mittagessen, und zu Eve mußte ich ein Tablett hinauftragen. Eine Stunde später hatte sie es noch nicht angerührt, und ich setzte mich auf die Treppe und aß alles auf.

Meine Mutter kam mit Onkel Max zum Tee zurück. Ich hatte Angst, weil ich mit einem schrecklichen Streit rechnete. Aber es geschah nichts. Die Stimmung war merkwürdig. Ich kann sie gar nicht beschreiben. Vater spielte Klavier, und Marijohn war bei ihm, soviel ich mich erinnere. Onkel Michael war zum Fischen gegangen.

Nach dem Tee ging meine Mutter mit Onkel Max an die Bucht hinunter zum Baden. Und noch immer geschah nichts. Ich folgte ihnen, aber meine Mutter schickte mich weg. So schloß ich mich Onkel Michael an. Wir unterhielten uns eine Weile. Später ging ich zum Haus zurück und holte mir etwas aus der Speisekammer, weil ich nicht wußte, ob ich mit den Großen essen durfte.

Endlich kam dann auch Eve herunter und fragte nach Onkel Max. Ich sagte, er wäre mit Mutter beim Schwimmen, worauf sie zur Bucht spazierte.

Um acht gab es Abendessen. Meine Mutter kochte sehr gut.

Es gab Seezungenfilet mit Hummer garniert, Krabben und Garnelen. Ich nahm mir dreimal. Sonst aß kaum jemand etwas. Eve war wieder in ihrem Zimmer. Meine Mutter redete praktisch als einzige, aber schließlich verstummte auch sie. Und dann …«

Er schwieg und blieb bewegungslos sitzen. Die Hände hatte er flach auf die Erde gelegt.

»Ja, was war dann?«

»Dann redeten Marijohn und mein Vater; hauptsächlich über Musik. Ich verstand kein Wort, die anderen anscheinend auch nicht. Meine Mutter wollte mich zu Bett schicken. Ich versprach, beim Geschirrspülen zu helfen. Das war immer meine Ausrede, um länger aufbleiben zu können. Ich ging dann sofort zur hinteren Küchentür wieder hinaus. An diesem Abend erlaubte meine Mutter es aber nicht, und Onkel Michael brachte mich hinauf. Ich warf von der Treppe aus noch einen Blick zurück und sah, daß mein Vater in einen roten Pullover schlüpfte, als wollte er noch weggehen.

›Was guckst du denn?‹ fragte Onkel Michael.

Ich wollte ihm nicht sagen, daß ich heimlich aufstehen wollte, um ihn am Strand zu suchen.

Onkel Michael las mir eine Geschichte vor. Als er ging, war ich noch lange wach und hörte den Plattenspieler unten. Ich glaube, es war eine Sinfonie. Als die Musik aufhörte, beschloß ich, zu den Felsen hinunterzugehen. Ich stand auf und zog mich an.

Der Mond stand schon hoch am Himmel. Es war bereits ziemlich spät. Plötzlich sah ich einen Schatten auf der Zufahrt. Ich huschte hinaus und folgte ihm.

Mir war unheimlich, als jemand vom Strand her auf mich zukam, und ich versteckte mich hinter einem Felsen.

Es war Eve. Sie atmete schwer, als wäre sie gerannt und hätte geweint. Gesehen hat sie mich nicht.«

Er schwieg und spielte mit dem kurzen Gras. Dann nahm er seine Sonnenbrille ab. Sarah bemerkte den düsteren Ausdruck in seinen dunklen Augen.

»Ich ging den Klippenpfad entlang. Ein ganzes Stück. Aber der Schatten, dem ich folgte, hatte zu viel Vorsprung, und der Lärm der See hätte meine Stimme übertönt. Einmal mußte ich auch noch stehenbleiben, um Atem zu holen. Dabei schaute ich mich um und sah jemanden, der mir folgte. Ich versteckte mich im Farnkraut. Die andere Person ging vorbei.«

Die zauberhafte Stille des Sommermorgens schloß sie ein, und sie schwiegen ziemlich lange.

»Wer war das?« fragte Sarah schließlich beklommen.

»Meine Mutter«, antwortete Justin. »Ich sah sie nie wieder.«

## 9

Als sie nach Clougy zurückkehrten, stand der Wagen in der Zufahrt, aber das Haus schien leer zu sein. In der Küche brutzelte etwas im Bratrohr, und auf dem Herd standen zwei Töpfe. Auf dem Tisch lag ein Blatt Papier.

»Justin!« rief Sarah.

Justin packte sein Malgerät weg und meldete sich mit einem: »Ja?«

»Marijohn bittet dich, von der Farm Milch zu holen.«

Sarah legte den Zettel zurück und ging in die Halle hinaus. In diesem Augenblick kam Justin die Treppe herunter.

»Wo sie wohl sind?« sagte Sarah.

Er sah nach, ob er genügend Geld eingesteckt hatte.

Vielleicht sind sie zum Strand gegangen«, meinte sie.

»Möglich.« Er schob den Geldbeutel wieder in die Tasche. »Willst du mitkommen zur Farm?«

»Nein, ich gehe zum Strand und sage ihnen, daß wir zurück sind.«

Er nickte und trat in den Sonnenschein hinaus. Der Kies knirschte unter seinen Füßen. Sarah folgte ihm ein Stück und bog dann zur Bucht ab. Nur das Rauschen des Wassers, das über das stillstehende Mühlrad stürzte, war zu hören. London schien tausend Meilen entfernt zu sein.

Der Pfad teilte sich nach einer Weile. Eine Spur führte zu den Klippen hinauf, die andere zur Bucht hinab. Langsam ging sie hügelabwärts und näherte sich der brandenden See und dem Kreischen einer einzelnen Möwe.

Die Einsamkeit war vollkommen. Am Strand blieb sie stehen und suchte die Felsen ab, aber weder Jon noch seine Kusine waren zu sehen. Sie kletterte ein Stück die Klippe hinauf, um einen besseren Blick über die Bucht zu haben. Es war Ebbe. Die Felsbrocken weit draußen lagen frei.

Sie ging um einen großen Felsen herum, von wo aus sie die Bucht nicht mehr sehen konnte. Der Pfad schlängelte sich durch dichtes Heidekraut. Unter ihr lagen die Felsen, unzählige Felsbrocken; die einen riesig, die andern klein, bizarr, rundgewaschen und seltsam aufeinandergetürmt, als würde eine unsichtbare Hand sie festhalten.

Der Pfad teilte sich dann erneut. Ein Weg verlief in gleicher Höhe weiter, der andere führte über die Klippen zum Strand hinunter.

Sarah blieb stehen. Hier waren die Felsen größer, glatter, flacher. Eine Art Treppe reichte bis ans Wasser heran. Kleine Tümpel und winzige Zuflüsse spiegelten den blauen Himmel wider, und die sanften Wellen spülten zärtlich über die Felsen und kleinen Tanglagunen.

In diesem Augenblick bemerkte sie Jons rotes Hemd. Es lag auf den Felsen zum Trocknen und war mit Kieselsteinen beschwert, damit der Wind es nicht ins Wasser wehen konnte.

Vorsichtig ging sie weiter. Die Klippe war nicht sehr steil und auch nicht hoch, aber Sarah mußte erst ihren Weg erkunden. Eine der Stufen fehlte, eine andere schien lose zu sein. Der Sand zeigte keine Fußspuren.

Und plötzlich wurde sie zornig.

Hier war Sophia also gestorben, dachte sie. Das waren die Flat Rocks. Und Jon war hierher zurückgekommen, war absichtlich dorthin zurückgekehrt, wo seine Frau starb. Und Marijohn hatte ihn dazu verleitet. Er wäre nicht nach Clougy gegangen, wenn er nicht sie hätte sehen wollen. Jon hatte ihr gesagt, wie sehr er das Haus geliebt hatte; aber das war eine Lüge gewesen. Er war zurückgekehrt, um Marijohn wiederzusehen. Aus keinem anderen Grund. Ihre Wangen brannten, und Tränen stiegen ihr in die Augen.

Warum weine ich? fragte sie sich. Warum bin ich so unglücklich? Warum bin ich so davon überzeugt, daß Jon nicht Clougy, sondern nur seine Kusine besuchen wollte? Und warum sollte er sie nicht sehen wollen? Bin ich eifersüchtig? Warum bin ich so zornig? Warum? Weil Jon mich angelogen hat. Er hatte diese Fahrt schon lange geplant, ehe er davon sprach. Deshalb ließ Marijohn ja auch das Klavier stimmen. Sie wußte, daß er kommen würde. Er bespricht mit Marijohn Dinge, von denen er mich ausschließt. Marijohns Gesellschaft war ihm heute lieber als die meine.

Sie trocknete ihre Tränen ab. Nein, sagte sie sich, so geht es nicht. Vertrauen ist die Grundlage einer jeden Ehe, und ich habe Vertrauen zu Jon. Es ist lächerlich, im Heidekraut zu stehen und zu weinen. Sie würde einfach zu ihnen hinuntergehen.

Sie fand auch einen Weg und kletterte dem roten Hemd entgegen.

Marijohn ist nicht wie andere Leute, hatte Justin gesagt. Marijohn konnte mit Jon reden, wenn er in dieser Abstandslaune war. Sie wurde mit ihm fertig. Marijohn –

Die Kletterei war schwieriger, als sie vermutet hatte, und auf einmal hatte sie das rote Hemd aus den Augen verloren. Sie blieb stehen, um sich zu orientieren. Da hörte sie Jon lachen.

Ihr Herz hämmerte. Das kam nicht von der Anstrengung des Kletterns, aber eine andere Ursache wollte sie nicht wahrhaben. Langsam bewegte sie sich vorsichtig weiter. Man sollte sie nicht vorzeitig sehen.

Vor ihr lag jetzt ein großer, weißer, von Wind und Wetter rund gewaschener Felsen. Er fühlte sich kühl an unter Sarahs heißen Händen. Sie sah über die Schulter des Felsens hinunter und atmete erleichtert auf.

Marijohn lag auf einem flachen Felsen und genoß die Sonne. Sie trug einen weißen Badeanzug. Die Sonnenbrille hatte sie auf die Nasenspitze geschoben, die Arme hinter dem Kopf gekreuzt. Jon saß in einer schwarzen Badehose in einiger Entfernung am Rand der Lagune und ließ die Füße ins Wasser baumeln.

Sarah wollte ihn eben anrufen, als er erneut schallend lachte und mit den Füßen ins Wasser platschte.

Marijohn setzte sich auf und nahm die Sonnenbrille ab. Ihr Gesicht konnte Sarah nicht sehen, nur ihren tiefgebräunten Rücken und das schimmernde Haar.

Als Jon sich umdrehte, duckte sich Sarah hinter den Felsen, damit er sie nicht entdeckte.

»Ich weiß nicht«, hörte sie ihn sagen, »warum ich so glücklich bin. Es gibt gar keinen besonderen Grund.«

»Ich weiß es«, antwortete Marijohn.

Dann schwiegen sie wieder.

Sarah spähte um den Felsen. Jon stand jetzt und sah auf die See hinaus. Marijohn war einige Schritte von ihm entfernt. Das Wasser schlug gegen die Felsen. Die Flut kündigte sich an. Doch sonst geschah nichts.

Sarah blieb es unverständlich, weshalb sie plötzlich von so panischer Angst überfallen wurde. Sie vermochte kaum noch zu atmen.

»Warum kommst du nicht nach Kanada?« fragte Jon seine Kusine.

»Mein lieber Jon«, antwortete sie, »welchen Sinn hätte das nach deiner Meinung?«

»Ich weiß es auch nicht.«

Es klang enttäuscht, irgendwie verloren.

»Über dieses Thema haben wir schon oft genug gesprochen, Jon. Hier – als deine Frau tot war.«

»Um Himmels willen hör auf, von Sophia zu reden!« schrie er. »Nicht wieder diese Szene!«

Er lehnte an einem Felsen und hatte die Hände zu Fäusten geballt.

»Marijohn«, sagte er nach einer Weile etwas ruhiger, »wir haben nie mit Worten davon gesprochen, weder früher noch jetzt, und wir sollten auch jetzt nicht darüber sprechen.«

»Ja, ich weiß«, antwortete sie rasch. »Und ich verstehe dich.«

»Aber warum, Marijohn? Warum? Du lieber Gott, warum?«

Sie sah ihn an. Der Bann war gebrochen.

Sie versteht ihn nicht, dachte Sarah. Und es war, als hätte sie mit dieser Erkenntnis einen Sieg errungen, den sie nicht zu erklären vermochte.

»Ja«, sagte Jon, »warum? Warum hast du Sophia töten müssen?«

Eine Welle brach sich an den Felsen und störte die Ruhe der Lagune.

Sarah hörte von oben einen Ruf. Sie sah hinauf. Justin stand auf der Klippe und winkte. Sarah duckte sich rasch und versteckte sich hinter einer bizarren Felsgruppe. Sie zitterte am ganzen Körper. Der Schock hatte sie überwältigt. Wie betäubt saß sie da. Erst als die Flut gegen die Felsen unter ihr donnerte, stand sie auf und stolperte tränenblind den Pfad entlang nach Clougy.

## 10

Als Justin mit der Milch von der Farm zurückkam, traf er den Postboten.

»Nur zwei Briefe heute«, berichtete der Mann und rieb sich mit einem riesigen Taschentuch die Stirn trocken. »Einer ist für Mrs. Rivers, der andere für Sie. Himmel, heut ist's aber heiß! Ist aber gut. Hat zu viel geregnet.«

Justin pflichtete ihm höflich bei. Im Haus angekommen, stellte er die Milch ab und sah die Briefe an.

Der für Marijohn kam aus London. Vielleicht war er von Michael Rivers, der, wie Justin wußte, noch immer Marijohns

Angelegenheiten erledigte. Auf dem anderen Umschlag prangte eine große ausgeglichene Schrift, die er nicht kannte. Er war an *J. Towers, Esq., Clougy, St. Just, Penzance, Cornwall* adressiert. Auch er kam aus London.

Justin riß ihn auf. Wer mochte ihm schreiben? Er setzte sich auf die Treppe. Die Unterschrift des Briefes war kurz. *Eve*, stand darunter. Da erst bemerkte Justin, daß der Brief gar nicht für ihn bestimmt war.

Automatisch las er:

*Lieber Jon,*

*vergangene Woche aß ich mit Max in London zu Abend. Er wollte wissen, weshalb du ihn nach meiner Adresse gefragt hast. Wir unterhielten uns ziemlich lange über die Zeit vor zehn Jahren, und schließlich erzählte er mir, daß Du wieder in Clougy bist und er Dich dort besuchen will. Ich dachte mir, es sei vielleicht gut, wenn ich Dich warne, denn er weiß mehr, als Du glaubst. Wenn Du mehr dazu hören willst, dann besuche mich doch. Ab Samstag bin ich unter der oben angegebenen Adresse und Telefonnummer zu erreichen. Ich bleibe ein paar Tage in St. Ives und reise nicht vor Dienstag ab. Eve.*

Dreimal las Justin den Brief. Dann schob er ihn in den Umschlag zurück und steckte ihn in seine Brieftasche.

## 11

Ein silbergrauer Rolls-Royce stand in der Zufahrt, als Sarah zurückkam. Durch die Wohnzimmerfenster klang Lachen.

Ohne gesehen zu werden, huschte sie die Treppe hinauf und wusch sich die Tränenspuren vom Gesicht. Als sie wieder vor dem Frisiertisch stand, hörte sie Jon unten sprechen.

»...kann mir nicht vorstellen, wo sie steckt. Weißt du sicher, Justin, daß sie zur Bucht hinunter wollte?«

Justins Antwort verstand sie nicht. Sie lugte vorsichtig durch die Vorhänge hinunter.

»...besser suchen, falls sie sich verlaufen hat.«

Tränen verdunkelten ihr den Blick. Sie ging zum Frisiertisch zurück.

»Sie hat sich bestimmt nicht verlaufen«, hörte sie jetzt Marijohn sagen. »Wahrscheinlich macht sie nur einen Spaziergang.«

»Das muß ja eine Amazone sein!« ließ sich eine unbekannte Stimme vernehmen. »Den ganzen Morgen auf den Klippen in Kenidjack und anschließend zur Abwechslung auf den Klippen von Clougy. Jon hat gar nichts davon gesagt, daß seine Frau so sportlich ist.«

»Das hat er nicht, weil sie's nicht ist«, erklärte Marijohn.

»Na, Gott sei Dank! Aber wie sieht sie denn aus? Ist sie hübsch? Jon sprach von einer Ähnlichkeit mit Sophia.«

»Justin!« Marijohn drehte sich um. »Willst du...«

»Er ist verschwunden. Aber erzähl doch! Ist sie...«

»Du siehst sie noch früh genug.«

»Ist Jon sehr verliebt?«

»Er hat sie ja geheiratet.«

»Warum hast du eigentlich nicht wieder geheiratet? Was hast du nach der Scheidung getan? Warst du im Ausland? In London habe ich dich nie gesehen.«

»Ich habe einige Zeit in Paris gearbeitet, aber dort war's so langweilig, daß ich es kaum ein Jahr aushielt. Willst du Eis in deinen Drink? Nein? Ja, und dann kam ich nach England zurück.«

»Sofort nach Clougy?«

»Nein. Warum auch? Ich sah mich erst ein wenig um. Aber schließlich hat Clougy viele glückliche Erinnerungen für mich.«

»Oh«, sagte der Mann, und Sarah konnte sich deutlich seine hochgezogenen Brauen vorstellen.

»Ich muß schon sagen«, fuhr Max Alexander fort, »ich hätte nie geglaubt, daß Jon nach der Sache mit seiner Frau hierher zurückkommen würde. Spricht er je von ihr?«

»Nein. Diese Tür hat er zugemacht. Warum hat er dich eigentlich gebeten zu kommen?«

»Das weiß ich selbst nicht. Ich hoffte, du könntest es mir sagen.«

»Was meinst du damit?«

»Schließlich war Jon doch ganz verrückt nach Sophia. Eine Frau wie sie... Jeder Mann wäre ihr...«

»Sophia existiert nicht mehr. Jon hat sich ein ganz neues Leben aufgebaut, in dem Sophia keinen Platz mehr hat.«

»Er ist verheiratet mit einer Frau, die...«

»Männer bleiben meistens an einem Frauentyp hängen, doch das hat nichts zu bedeuten. Die Liebe ist schließlich nicht nur sexuelle Anziehung und körperliche Gemeinschaft.«

»Aber eine enge Beziehung zwischen Mann und Frau ist doch ohne Sex undenkbar«, wandte er ein.

»Nicht jedes Verhältnis zwischen Mann und Frau hängt allein vom Sex ab.«

»Ganz im Gegenteil! Allein vom Sex, möchte ich sagen. Sieh dir doch Jon an! Er kannte eine Menge Frauen, aber keine interessierte ihn, wenn sie ihn nicht physisch anzog.«

»Warum sollte Jon auf Sex verzichten? Die meisten Männer brauchen ihn. Aber was ist schon so Besonderes am Sex? Mit wirklicher Vertrautheit hat er meistens wenig zu tun. Warum sollte Sex also Anfang und Ende aller Dinge sein? Er ist nichts, nutzlos.«

Max Alexander zögerte ein wenig, ehe er schallend lachte.

»Das klingt ganz nach dem Standpunkt einer Frau«, meinte er.

»Möglich«, erklärte sie kurz. »Ich muß jetzt sehen, ob das Mittagessen schon ganz verbrannt ist. Entschuldige mich, bitte.«

Dann herrschte wieder Schweigen.

Sarah klammerte sich an die Kante des Frisiertisches und starrte in den Spiegel. Ihre dunklen Augen blickten düster, ihr Mund war verkniffen, ihre Haare sahen unordentlich und strähnig aus.

Automatisch griff sie nach dem Lippenstift. Nur weg von

hier, dachte sie. Jon, ich will weg von hier. Weg, weg, weg! Und diesen Max will ich nicht sehen. Ich kann solche Männer nicht ertragen, die nichts anderes kennen als Sex. Ich will weg, Jon! Ich will vor allem weg von deiner Kusine. Sie mag mich nicht, das spüre ich, und ich hasse sie. Ich hasse sie. Jon, ich muß weg, ich muß dem allen entrinnen. Sie mag mich nicht, ja, sie verachtet mich, das weiß ich. Sie verachtet mich ebenso, wie sie Sophia verachtet hat.

Nein, nicht an Sophia denken! Doch warum nur diese Lügen? Jon, du hast mir geschworen, ihr Tod wäre ein Unglücksfall gewesen. Du hast mich belogen, Marijohns wegen. Ich will weg von hier, Jon, denn ich fürchte mich hier, und ich will dieser Angst entkommen.

Sie ging in den Korridor hinaus. Draußen war es kühl. Das Geländer fühlte sich glatt und kalt an, denn ihre Hand war heiß. Sie überquerte die Halle und betrat das Wohnzimmer.

Der Mann wandte sich um. Sie sah den humorvollen Zug um seinen Mund, die weit auseinanderstehenden blauen Augen, die ehrlich und vertrauenswürdig dreinsahen, die gebrochene Nase, Spuren plastischer Chirurgie von der Schläfe bis zum Kiefer. Die Falten um den Mund würden mit der Zeit tiefer werden. Es waren Kummerfalten. Er sah ein wenig älter aus als Jon.

Sie war verlegen und sah ihn nur an. Auch er hatte Schwierigkeiten, die richtigen Worte zu finden.

»Guter Gott!« sagte er endlich, und seine blauen Augen drückten ehrliches Staunen aus. »Himmel, Sie sind ja noch schrecklich jung! Ich dachte, Sie wären in Jons Alter. Niemand hat mir gesagt, wie jung Sie sind.«

Sie lächelte gezwungen. »So jung bin ich nun auch wieder nicht!«

Auch er lächelte. Ob er wohl der Meinung war, sie gleiche Sophia?

»Wo ist Jon?« fragte sie, weil ihr sonst nichts einfiel.

»Er ging weg, um Sie zu suchen«, erklärte Max Alexander.

»Oh! Dann müssen wir uns verfehlt haben.«

Sie griff nach einer Zigarette, und er gab ihr Feuer.

»Wann sind Sie denn angekommen?«

»Vor einer halben Stunde. Justin war allein zu Hause, deshalb ging ich erst einmal zur Bucht hinunter. Man hat mich anscheinend noch nicht zum Mittagessen erwartet. Jon sagte mir, Sie beide würden heute in Penzance noch Freunde besuchen.«

»Wirklich? Ich meine...« Sie errötete und lachte. »Ich habe Jon seit dem Frühstück nicht mehr gesehen. Er fuhr mit Marijohn nach Penzance zum Einkaufen...«

»Ah, da muß er es dann ausgemacht haben. Ich überlegte mir gerade, was ich mit mir anfangen soll. Marijohn sagte, sie hätte zu tun, und Justin fährt mit ihrem Wagen nach St. Ives. Vielleicht gehe ich schwimmen. Sonst bade ich ja nur im Mittelmeer, aber manchmal hat man spartanische Anwandlungen. Ah, da kommt ja Jon!«

Er lief durch die offene Verandatür und warf zur Begrüßung beide Arme hoch. »Jon, warum hast du mir nicht erzählt, daß deine neue Frau so jung und schön ist?«

## 12

»Ich will aber nicht«, sagte sie zu Jon. »Macht es sehr viel aus, wenn ich nicht mitkomme? Ich bin ziemlich müde.«

Die geschlossenen Fensterläden machten das Schlafzimmer kühl und dämmrig.

»Wie du willst«, antwortete Jon. »Ich traf diesen Burschen zufällig, als ich heute früh in Penzance war. Ich machte seinerzeit ziemlich viele Geschäfte mit ihm. Er lud uns zu einer Fahrt mit seinem Motorboot ein, und ich dachte, es würde dir Spaß machen.«

»Tut mir so leid, Jon.«

»Wenn du müde bist, mußt du natürlich ausruhen. Mach dir keine Gedanken.« Er küßte sie auf die Stirn. »Vielleicht kommt Marijohn mit. Ich frage sie.«

»Sie sagte zu Max, sie wäre sehr beschäftigt.«

»Das wäre eine höfliche Lüge, damit er sich nicht an sie hängt. Ich will mal hören, was sie sagt.«

»Wenn du nicht allein gehen willst, Jon, dann...«

»Nein, du ruhst aus. Das ist wichtiger. Ich muß diesen Burschen jedoch unbedingt treffen und sein neues Motorboot bestaunen. Ich habe es schon versprochen. Wenn Marijohn nicht mitkommen will, fahre ich allein.«

Es stellte sich heraus, daß Marijohn nicht mitkommen wollte. Er verabschiedete sich von Sarah mit einem Kuß.

»Gegen sechs Uhr bin ich wieder zurück«, versprach er. »Schlaf gut!«

Aber sie konnte nicht schlafen. Sie zog Hosen und eine Bluse an und ging hinunter.

Justin war nach St. Ives gefahren, und Marijohn ruhte auf dem Rasen. Sie hatte Schreibzeug bei sich. Alexander war nirgends zu sehen.

Sarah wollte von Marijohn nicht entdeckt werden und verließ darum das Haus durch die Hintertür. Fünf Minuten später erreichte sie die Bucht.

Alexander hatte sein Hemd und die Schuhe ausgezogen und saß auf einem der Felsen. Er hatte ein Buch in der Hand und die Sonnenbrille auf der Nase. Er hörte ihre Schritte, drehte sich um und winkte ihr zu.

»Oh!« rief er, »ich dachte, Sie schliefen.«

»Nein. Einen so schönen Nachmittag kann man doch nicht verschwenden.« Sie kletterte zu ihm herunter. Es war noch Flut. Die Brandung donnerte gegen die Felsen. Der Gischt sprühte zu ihnen empor.

Alexander war schon tief gebräunt. Brust und Schultern schienen muskulös, zeigten aber die Tendenz, Fett anzusetzen. Jon dagegen hatte harte, kräftige Muskeln. Wie oft mochte man Alexander früher mit Jon verglichen haben, und wie oft war dieser Vergleich zu seinem Nachteil ausgefallen?

»Erzählen Sie mir ein bißchen von sich selbst«, bat er und schlug sein Buch zu. »Wie kommen Sie nur nach Kanada?«

Erst fiel es ihr schwer, von sich zu erzählen, doch allmählich ließ die Anspannung nach. Dann berichtete er von seiner Rennfahrerlaufbahn.

»Es hat ja einen mörderischen Reiz, mit dem Tod um die Wette zu fahren, aber jetzt habe ich mehr oder weniger genug davon«, erklärte er abschließend.

»Und was tun Sie jetzt?« erkundigte sie sich.

»Das hängt davon ab, wie lange ich lebe«, meinte er lakonisch. »Ich habe Herzbeschwerden. Vielleicht lebe ich nur so in den Tag hinein und zahle meine Steuern, bis ich tot umfalle.«

Was sollte sie darauf antworten? Sie hatte das Gefühl, daß er bei weitem nicht so ruhig und entspannt war, wie er erscheinen wollte.

»Es muß Ihnen seltsam vorkommen, nach so langer Zeit wieder hier zu sein«, sagte sie plötzlich. »Freuen Sie sich, daß Sie hier sind?«

Sie konnte seine Augen nicht sehen, denn die dunklen Gläser schirmten sie ab.

»Ich habe mich gefreut, Jon wieder einmal zu sehen«, erwiderte er. »Ich war richtig erstaunt, als er mich anrief. Er möchte das Kriegsbeil begraben, sagte er. Sie wissen doch, daß es eines gab?«

»Ja«, sagte sie, ohne zu zögern. »Jon erzählte mir davon.«

»Natürlich. Ehrlich gesagt, ich wunderte mich, daß er Clougy besuchen wollte. Als er mich einlud, konnte ich deshalb nicht widerstehen. Ich muß herauskriegen, warum er zurückgekommen ist.« Er spielte mit seinem Buch und riß eine Ecke von dem Schutzumschlag ab. »Ich wußte nicht, daß Marijohn hier lebt.«

»Jon wollte sie vor unserer Rückkehr nach Kanada unbedingt sehen.«

»Das kann ich mir denken.«

»Jon hat mir alles erzählt. Über sich und Marijohn.«

Max Alexander sah sie scharf an. »Ich wußte gar nicht, daß es da etwas zu erzählen gab«, antwortete er.

»Nun ja. Sie haben doch einen großen Teil ihrer Kindheit zusammen verbracht, nicht wahr?«

»Ja. Sicher. Sie haben einander sehr gern.« Er setzte sich auf. »Und was halten Sie von Marijohn?«

Sarah setzte zur Antwort an, aber er kam ihr zuvor. »Sophia haßte sie. Hat Jon Ihnen das auch gesagt? Es war ja eigentlich egal, denn Jon betete den Boden an, auf dem Sophia ging. Sie konnte tun, sagen und wünschen, was sie nur wollte. Eine beneidenswerte Lage, nicht wahr? Aber leider wußte Sophia das Glück nicht zu schätzen. Sie untergrub ihre Position so nachdrücklich, bis sie eines Tages keine mehr hatte. Aber natürlich hat Jon Ihnen das alles erzählt, nicht wahr?«

Er beobachtete das tobende An- und Abschwellen der Flut.

»Sophia tat mir leid«, fuhr er ruhig fort. »Ich war aber, glaube ich, der einzige, dem sie leid tat. Marijohn verachtete sie, Jon war sie gleichgültig geworden. Und Michael, diese Säule der Gesellschaft, rümpfte immer nur die Nase über diese Ausländerin, die zwar sehr sexy war, aber nicht mehr Moral besaß als eine Streunkatze. Mir tat sie einfach leid. Sie wußte zum Schluß nicht mehr, was sie tun sollte. Schließlich hatte sie Jon ja nicht mit einer anderen im Bett erwischt, und er hatte sie auch nicht geschlagen oder sonstwie schlecht behandelt. Das, was nicht stimmte, war nicht faßbar. Sie wußte nur plötzlich, daß ihr Ehemann sie nicht mehr liebte, doch sie ahnte nicht einmal, wie es soweit gekommen war.«

»Vielleicht hatte sie es verdient. Wenn sie Jon betrog...«

»Nein. So war es nicht. Sie benahm sich wie ein verwöhntes Kind, war trotzig und beklagte sich, aber betrogen hat sie ihn nicht. Sie flirtete natürlich und machte Jon damit die Hölle heiß, aber sonst... Sie war doch hier am Ende der Welt festgenagelt. Und ich glaube, sie hat Jon bei allem Trotz und allen Klagen geradezu verehrt. Erst als sie erkannte, daß sie ihn verloren hatte, da wurde sie ihm im Versuch, ihn zurückzugewinnen – untreu. Sie war unglaublich sexy und versuchte, ihn damit in ihr Bett zurückzuziehen, aber er blieb gleichgültig. Für eine Frau wie Sophia, deren einzige Waffe der Sex war, die nur mit ihrer Weiblichkeit zu kämpfen verstand, muß das eine entsetzliche Niederlage gewesen sein. Als ihr klar wurde, daß sie nichts mehr hatte, daß sie am Ende der Straße angelangt war, und sah, daß ihm das ganz egal war...«

»Aber – er hat sie doch sehr geliebt«, wandte Sarah ein.

»Ich will Ihnen lieber genau erzählen, wie sich alles zutrug, dann können Sie sich selbst ein Urteil bilden.

Ich kam an jenem Wochenende mit einer Freundin namens Eve nach Clougy. Damals stimmte schon nicht mehr alles zwischen Eve und mir, und wir stritten ziemlich viel. Nach dem Frühstück am Samstag schloß sie sich ein, und ich setzte mich in den Wagen. Autofahren beruhigt mich immer nach einer unerfreulichen Szene. Ich wollte gerade losfahren, da kam Sophia aus dem Haus. Gott, ich sehe sie noch genau vor mir! Sie trug hautenge schwarze Hosen und ein Oberteil, das die Taille freiließ, ja eigentlich kaum etwas bedeckte. Ihre Haare fielen wie bei Brigitte Bardot lang und lose auf die Schultern.

›Ah, Max!‹ rief sie. ›Fährst du nach St. Ives? Nimm mich mit!‹

Es klang wie eine Einladung ins Bett. Natürlich sagte ich, sie solle einsteigen.

Da kam Jon aus dem Haus und rief ihr etwas zu, aber sie gab keine Antwort. Er näherte sich deshalb dem Wagen.

›Sophia, ich habe mit dir zu reden‹, sagte er, aber sie erklärte nur, sie müßte zum Abendessen Schellfisch haben, den sie in St. Ives kaufen wollte.

›Hast du sie aufgefordert?‹ wandte Jon sich wütend an mich. ›Oder hat sie sich selbst eingeladen?‹

›Jon, mein Liebling, spiel dich nicht so auf‹, sagte Sophia, ehe ich noch antworten konnte.

Jon zitterte vor Wut.

›Glaubst du, ich hätte nicht bemerkt, wie du mit Max geflirtet hast?‹ schrie er. ›Und Eve hätte es auch nicht bemerkt? Du hast doch gehört, wie sie gestritten haben. Ich will nicht, daß meine Frau sich wie eine Hure benimmt, wenn ich Gäste habe. Entweder du steigst jetzt sofort aus dem Wagen und hörst auf, die Prostituierte zu spielen, oder mit diesen Wochenendpartys ist es ein für allemal aus.‹

Ich wollte vermitteln, hatte aber keinen Erfolg.

Sophia warf ihm vor, er wäre nur eifersüchtig und sie sähe nicht ein, weshalb ich sie nicht mitnehmen dürfte, um Schellfisch zu kaufen. Sie tat so, als wäre Jon ein elender Kleinigkeitskrämer.

Ja, und da saß sie dann in meinem Wagen. Trotzig und mit Schmollmündchen. Du lieber Himmel, jeder Ehemann hätte da weiß Gott was alles vermutet! Ich wußte nicht recht, was ich tun sollte, denn sie weigerte sich auszusteigen. Verzweifelt grübelte ich nach einer taktvollen Ausrede. In diesem Moment nieste jemand auf der Veranda. Es war Justin, der alles mit angehört hatte. Armer Kerl! Für ihn schien eine ganze Welt einzustürzen.

›Komm, Justin‹, sagte Jon. ›Wir gehen hinunter zu den Flat Rocks.‹

Justin sah vertrauensvoll zu ihm auf und legte seine Hand in die seines Vaters. Dann spazierten sie über den Rasen davon.

Sophia und ich fuhren nach St. Ives. Es war ein heißer Tag, fast so wie heute. Wir kauften den Schellfisch und fuhren dann weiter zu einer der Buchten, um zu baden. Niemand war in der Nähe. Es war eine winzige, versteckte Bucht, die man nur bei Ebbe erreichen konnte.

Ich entschuldige nicht, was ich getan habe, denn schließlich habe ich die Frau meines besten Freundes verführt, und dafür gibt es keine Entschuldigung. Natürlich hatte Sophia die Bucht gekannt, sich zuerst ausgezogen und mich zuerst berührt, aber hätte ich ein bißchen Anstand und Vernunft besessen, hätte nichts zu passieren brauchen. Doch vielleicht bin ich sowieso kein sehr anständiger Mensch. Denn ich habe mich auch ein klein wenig rächen wollen. Sehen Sie, wenn ich ein Mädchen mitbrachte, dann brauchte es nur Jon zu sehen, und ich war auch schon gestorben. Darum fing ich auch mit den Autorennen an. Doch bald darauf begann er sich ebenfalls dafür zu interessieren. Ich verschaffte ihm also die richtigen Verbindungen, und dann fuhr er besser als ich. So war es immer.

Es war nicht Jons Fehler, er war eben so konstruiert. Und an mir fraß der Groll, wenn ich es auch nicht zugab. Als seine Frau sich mir anbot, zögerte ich daher keinen Augenblick lang.

Gegen vier Uhr kamen wir nach Clougy zurück. Es war so still, daß wir erst dachten, das Haus wäre leer. Aber dann hörten wir das Klavierspiel.

Sophia lief den Korridor entlang und riß die Tür auf. Ich folgte ihr. Sie blieb stehen. Ich sah, daß Jon nicht allein war. Marijohn war bei ihm. Die Stimmung war seltsam. Sie saß glücklich und entspannt am Fenster, Jon auf dem Klavierhokker, ebenso entspannt und glücklich. Zwischen ihnen lag eine Entfernung von mindestens zwei Metern.

›Hast du den Schellfisch bekommen?‹ erkundigte sich Marijohn.

Ihre Augen waren sehr klar und blau. In diesem Augenblick ging mir auf, wie sehr Marijohn Sophia verachtete.

›Wo ist Michael?‹ fragte Sophia, und Marijohn sagte, sie wüßte es nicht.

›Wollte er nicht fischen?‹ fragte Jon.

Und sie lachten beide. Dann fing Jon wieder zu spielen an. Es war, als würden wir beide gar nicht existieren.

›Ich gehe mit Max zur Bucht hinunter‹, sagte Sophia schließlich, doch Jon nahm kaum Notiz davon.

›Aber seht zu, daß ihr keinen Sonnenbrand bekommt‹, warnte Marijohn boshaft. ›Heute ist es sehr heiß.‹

Sophia kochte vor Zorn, sagte aber nichts. Erst unten an der Bucht bemerkten wir, daß Justin uns gefolgt war. Armer Kerl! Sie jagte ihn weg. Er sah so unglücklich und verloren drein, als er hinter den Felsen verschwand.

Wir schwammen ein wenig und redeten. Sophia sprach hauptsächlich über Marijohn. Danach weinte sie.

›Ich hasse sie‹, schluchzte sie. ›Immer, wenn sie kommt, geht alles schief.‹

Sie war verzweifelt. Ich versuchte sie zu trösten, nahm sie in die Arme. In diesem Moment tauchte Eve auf, die mich suchte und in dieser kompromittierenden Situation fand. Es gab erneut Streit, und abends kam Eve nicht zum Essen herunter.

Das Abendessen war schrecklich. Sophia hatte die Küche überwacht und spielte die fürsorgliche Gastgeberin. Sie war wieder strahlender Laune und sehr gesprächig. Ich tat mit, so gut ich konnte. Gelegentlich stand mir sogar Michael bei. Marijohn und Jon sagten kein Wort. Nach einiger Zeit redeten auch wir weniger, und es herrschte schließlich ein bedrückendes Schweigen. Jons und Marijohns Schweigen ist schwer zu beschreiben, so seltsam war es. Es wirkte irgendwie verschwörerisch.

Nach einer Weile des allgemeinen Schweigens begann Marijohn dann zu sprechen. Aber sie redete nur mit Jon; über Musik. Wir verstanden nichts. Zehn Minuten hielten sie den Dialog durch, dann schwiegen sie wieder.

Sophia schickte dann das Kind zu Bett. Justin wehrte sich, und so brachte ihn Michael hoch. Ich hatte den Eindruck, er wollte nur diesem gespannten Schweigen entkommen. Wir standen auch alle auf, und Jon ging in die Halle hinaus. Er zog einen roten Pullover an und sagte: ›Marijohn und ich machen einen Spaziergang zur Bucht.‹

Zehn Minuten später kamen sie zurück und gingen ins Musikzimmer. Michael kam gerade die Treppe herunter und gesellte sich zu ihnen. Und ich half Sophia in der Küche beim Geschirrspülen. Der Plattenspieler war eingeschaltet.

›Ich gehe und schaue mal nach, was sie tun‹, sagte Sophia.

›Nein, laß sie in Ruhe!‹ riet ich. ›Michael ist ja bei ihnen.‹

›Ich möchte aber wissen, was er sagt.‹

Sie ließ sich nicht zurückhalten. In der Halle flüsterte sie mir noch zu, daß wir uns später treffen würden, wo wir miteinander reden und nicht belauscht werden könnten.

›Um zehn Uhr bei den Flat Rocks‹, sagte sie und schlich ins Musikzimmer.

Ich stand allein in der Halle. Jons roter Pullover lag über der Eichentruhe neben der Tür. Er sah wie eine Blutlache aus.

Ich ging zur Bucht hinunter und sah eine Weile aufs Meer hinaus. Dann wurde es ziemlich kalt, und ich kehrte ins Haus zurück, um etwas Warmes anzuziehen. Gegen zehn spazierte ich über den Klippenpfad zu den Flat Rocks und wartete auf Sophia.

Ich wartete einige Zeit, aber Sophia kam nicht. Ich hörte den Schrei, als ich gerade überlegte, was sie wohl aufgehalten haben könnte. Natürlich beeilte ich mich sehr, aber als ich sie erreichte, war sie schon tot.«

Er schwieg lange. Dann nahm er die Sonnenbrille ab und Sarah sah erst jetzt seine Augen.

»Arme Sophia!« wiederholte er. »Es war schrecklich, daß ihr das zustoßen mußte. Sie hat mir immer sehr, sehr leid getan.«

## 13

Die Kirchturmuhr am Hafen schlug drei, als Justin in St. Ives einfuhr. Im Städtchen herrschte Touristentrubel, und er kam nur langsam vorwärts. Erst nach langem Suchen fand er einen Platz für den Wagen. Er wanderte zum Hafen und ging dann das steile Sträßchen hinauf, das zum Kamm des Hügels führte.

Er fragte nach Eve und wurde einen Stock höher geschickt.

»Kommen Sie nur herein«, sagte die Frau, die ihm geöffnet hatte. »Zweite Tür rechts.«

Die Frau sah ihm nach, als er die Treppe hinaufstieg. Oben blieb er eine Weile stehen. Ihm war ganz heiß geworden. Doch schließlich hob er die Hand, um an der zweiten Tür rechts zu klopfen.

Die Tür öffnete sich sofort. Er war wieder der kleine Junge, der das unberührte Tablett leergegessen hatte.

Sie schien ihn nicht zu erkennen und enttäuscht zu sein. Doch plötzlich spiegelte sich Verwirrung in ihrem Gesicht, und er bekam vor Verlegenheit rote Ohren.

»Wen suchen Sie?« fragte sie.

Er schluckte. All die Worte, die er sich so sorgfältig zurechtgelegt hatte, waren vergessen. Er starrte zu Boden. Sie hatte weiße Sandalen an, sah kühl und elegant aus, und ihre sportliche Kleidung war für ein paar Ruhetage weit weg von London viel zu schick.

»Moment!« sagte sie. »Ich kenne Sie doch.«

Er räusperte sich und blickte langsam zu ihr auf. Sie sah verwirrt drein, aber nicht feindlich, und ihm wurde wohler.

»Sie sind Justin«, sagte sie.

Er nickte.

»Kommen Sie herein«, forderte sie ihn auf.

Es war ein kleiner Raum. Vom Fenster aus sah man auf die Hausdächer weiter unten. Dazwischen schimmerte die blaue See.

»Sie sehen Ihren Eltern nicht sehr ähnlich, was?« fragte sie und schnippte die Asche ihrer Zigarette in einen Souvenir-aschenbecher. »Ich hätte Sie fast nicht erkannt, so schlank sind Sie geworden.«

Er lächelte ein wenig verlegen und setzte sich auf die Bettkante.

»Warum sind Sie gekommen?« fragte sie. »Hat Ihr Vater Sie hergeschickt?«

»Nein. Ich machte Ihren Brief an ihn irrtümlich auf und gab ihn dann nicht weiter. Warum wollen Sie meinen Vater in den Flitterwochen stören?«

»Und was versuchen Sie für eine Rolle zu spielen?« herrschte sie ihn an.

Seine ganze Schüchternheit fiel von ihm ab. »Sie wollten mit ihm über das sprechen, was vor zehn Jahren in Clougy passierte. Und Sie wollten über Max sprechen...«

»Mit Ihrem Vater. Nicht mit Ihnen.«

»Ich weiß mehr, als Sie glauben.«

Sie lächelte ihn zweifelnd an. »Wieso? Damals waren Sie doch noch ein Kind. Sie konnten gar nicht verstehen, was vorging. Was wissen Sie davon?«

»Ich sah, wie meine Mutter starb.«

Ihre Augen weiteten sich vor Verblüffung.

»Ich sah alles. Verstehen Sie jetzt? Ich folgte dem Mörder über die Klippe und sah, wie er meine Mutter hinunterstieß in den Tod.«

## 14

Kurz nach fünf kehrte Sarah von der Bucht zurück und sah nach, ob Jon schon da war. Alexander blieb unten. Ein blauer Hillman stand hinter Maxens silbergrauem Rolls-Royce in der Einfahrt. Wer mochte das sein?

In der Halle war es kühl und dämmrig. Vor dem Spiegel drückte Sarah ihre Frisur zurecht, ehe sie die Wohnzimmertür öffnete.

Marijohn saß am Schreibtisch zwischen den Fenstern. Sie hatte einen Kugelschreiber in der Hand. Links hinter ihr stand ein großer Mann und sah ihr über die Schulter. Er sah unauffällig gut aus, hatte ruhige Augen und einen klar gezeichneten Mund. Er und Marijohn blickten auf, als Sarah den Raum betrat.

»Oh, du bist es!«

Marijohn legte den Kugelschreiber weg.

»Michael, das ist Sarah. Sarah, das hier ist Michael Rivers.«

Er musterte sie mit den Augen eines erfahrenen Anwalts, doch dann kam Wärme in seinen Blick, und ein Lächeln lag um seinen Mund. »Darf ich Ihnen noch zur Hochzeit alles Gute wünschen?« fragte er. »Besser verspätet als niemals, nicht wahr?«

»Oh, vielen Dank«, erwiderte sie ein wenig schüchtern. »Ich wollte nur fragen, ob Jon schon zurück ist. Ich dachte...«

»Nein, er ist noch nicht da«, erwiderte Marijohn. »Sag mal, mein Lieber, wie viele Unterschriften muß ich jetzt noch leisten?«

»Nur noch das hier.«

Justin hatte ihr gesagt, Michael Rivers hätte seine Frau sehr geliebt. Seltsam, daß sie jetzt geschieden waren.

»Fein«, sagte Rivers. »Das nehme ich morgen alles mit nach London.«

»Wohnst du hier in der Nähe?«

»Bei den Hawkins in Mullion.«

»Wohnen sie noch immer in dem kleinen Häuschen am Hafen?«

»Nein, sie...«

Er lauschte. Auch Marijohn horchte. Auf dem Kies draußen waren Schritte zu hören.

»Das ist Jon«, sagte Rivers. »Ich muß jetzt gehen. Ich rufe dich dann an und sage dir, wie alles gelaufen ist, ja?«

Aber Marijohn hatte ihm nicht zugehört. Die Schritte waren schon auf der Veranda und näherten sich der vorderen Haustür.

»Jon!« rief sie.

Die Tür ging auf.

»Hallo!« sagte Jon und schien gar nicht überrascht zu sein. »Wie geht es dir, Michael? Sarah, mein Liebling, geht es dir wieder besser?«

Er beugte sich zu ihr hinunter und küßte sie.

»Viel besser«, erklärte sie und drückte seine Hand.

»Warum hast du nicht angerufen, daß du kommst?« wandte sich Jon an Rivers. »Bleibst du zum Abendessen? Nein? Ruf doch deine Freunde an und sag ihnen, du bleibst bei uns. Es macht ihnen sicher nichts aus.«

»Ich fürchte, es geht nicht«, lehnte Rivers freundlich ab. »Trotzdem vielen Dank.«

»Marijohn, überrede ihn doch zu bleiben«, schlug Jon vor.

Jeder Nerv seines Körpers schien gespannt zu sein. Er barst geradezu vor Leben und Energie.

»Du hättest doch auch gern, daß er zum Abendessen bleibt, nicht wahr?« fuhr er hartnäckig fort.

Marijohn sah Rivers groß an.

»Oh, bitte!« sagte sie nur. »Ja?«

Michael hob die Schultern und machte eine hilflose Geste. Sie lächelte ihn strahlend an, und er schmolz vor ihr dahin.

»Wann haben wir zuletzt zusammen zu Abend gegessen?« fragte sie.

Und er hob wieder die Schultern, und Sarah sah, daß er nickte.

»Und wo ist Max, Sarah?« fragte Jon.

»Noch unten an der Bucht. Sonnenbaden.«

»Und Justin?«

»Wahrscheinlich noch in St. Ives«, sagte Marijohn und ging zur Verandatür. »Michael, komm doch heraus und setz dich auf den Schaukelsitz! Vergiß endlich einmal deine staubigen Akten. Jon möchte mit Sarah ein wenig allein sein.«

Das hat sie nur gesagt, um auf Michael Eindruck zu machen, schoß es Sarah durch den Kopf. Und Jon spielt mit. Oder er hat das Thema für den heutigen Abend gestellt, und sie spielt ihren Part. Michael muß zum Dinner bleiben, um zu beweisen, daß die Vergangenheit tot und begraben ist. Sie müssen ihm zeigen, daß sie nichts zu verbergen haben. Aber wie konnten sie sich so aufeinander abstimmen, wo doch nicht einmal Marijohn gewußt hatte, daß Michael zu erwarten war? Doch Jon hatte es gewußt. Michaels Wagen stand ja draußen. Aber der Wagen war keine zehn Jahre alt! Und doch hatte Jon gewußt –

»Komm mit hinauf, Darling!« bat Jon. »Unterhalte dich ein bißchen mit mir, ja? Ich möchte duschen und mich umziehen. Erzähl mir, was du alles getan hast.«

Sie gingen hinauf, und sie hockte am Rand der Badewanne, während er duschte und sich mit dem Handtuch trockenrieb. Er erzählte von seiner Fahrt nach Penzance, vom Motorboot und dem Ausflug.

»Und jetzt will ich wissen, was du getan hast. Du hast den

ganzen Tag kaum ein Wort mit mir gesprochen. Liebst du mich eigentlich noch?«

Ein Knäuel steckte ihr in der Kehle, und etwas zog ihr die Brust zusammen.

»O Jon!« war alles, was sie sagen konnte.

Und dann lag sie auch schon in seinen Armen und preßte ihr Gesicht an seine Brust. Er küßte ihr die Tränen von den Augen und streichelte sie.

»Sarah, was ist denn, Kindchen? Habe ich dich irgendwie gekränkt?«

»Ich – Jon«, stammelte sie, »ich – habe einen großen Wunsch.«

»Sag es! Du sollst es haben, egal, was es ist.«

Sie holte tief Atem und kämpfte gegen ihre Tränen.

»Ich – ich würde gern nach Kanada zurückfliegen, Jon. Ich will nicht hier bleiben. Ich möchte heim. Bitte, Jon, laß uns heimfliegen! Es tut mir schrecklich leid, aber...«

»Das verstehe ich nicht. Warum willst du nicht bleiben? Ich wollte sogar noch eine Woche anhängen.«

Sie konnte nicht mehr weinen. Sie konnte ihn nur anstarren. Also ist alles wahr, dachte sie. Max hat nicht gelogen. Es ist etwas zwischen ihnen, das nicht benennbar ist. Es stimmt.

»Ich dachte, dir gefällt es hier. Was ist denn los? Sag es mir!« drängte er.

Sie schüttelte den Kopf und murmelte nur: »Marijohn.«

»Was ist mit Marijohn?« fragte er viel zu schnell.

»Sie mag mich nicht.«

»Quatsch!« rief er. »Unsinn! Sie hält dich für sehr hübsch und sagt, du wärst genau die richtige Frau für mich. Sie ist froh, daß ich ein so reizendes Mädelchen geheiratet habe.«

Sie versuchte sich aus seinem Griff zu befreien.

»Nein, du bleibst hier.«

Das Badetuch glitt ihm von den Hüften, und er zog sie mit sich aufs Bett. Sie klammerte sich an ihn in einem leidenschaftlichen Gefühlsausbruch und hatte gleichzeitig Angst, er könnte sie zurückweisen.

»Sarah!« sagte er erstaunt.

Und dann floß seine Leidenschaft mit der ihren zusammen. Erschöpft und mit tränenfeuchten Augen lag sie anschließend neben ihm.

»Ich liebe dich«, flüsterte sie. »Ich liebe dich.«

Er hielt die Augen geschlossen, als schmerzte ihn etwas.

Für ihn gibt es keine Entspannung, dachte sie, keinen Frieden. Auch für mich nicht. Wir sollten jetzt schlafen, aber wir können nicht. Hier finden wir keine Ruhe, keinen Frieden.

»Jon«, bat sie erneut. »Bring mich von hier weg! Bitte, laß uns morgen nach London, nach Kanada fahren, wohin du willst. Nur bring mich weg von hier.«

»Warum?« fragte er, und seine Stimme klang feindselig. »Warum? Gib mir einen guten Grund dafür!«

Sie schwieg. Er zog sie an sich.

»Bitte, noch ein paar Tage«, bat er liebevoll. »Bitte! Wenn du mich liebst, gibst du mir noch ein paar Tage. Ich kann jetzt noch nicht.«

Sie versuchte nach dem Warum zu fragen, doch sie brachte kein Wort über die Lippen. Statt dessen ging sie ins Bad und wusch sich. Als sie zurückkam, lag er noch so da wie zuvor. Sie zog sich stumm an. Auch als sie vor dem Spiegel saß und sich kämmte, sagte sie noch nichts.

»Sarah«, sagte Jon schließlich traurig. »Bitte, Sarah!«

Sie drehte sich zu ihm um. »Ist Marijohn deine Geliebte?«

Seine Augen wurden ganz dunkel.

»Nein. Natürlich nicht«, antwortete er. »Und sie war auch niemals meine Geliebte.«

»Hattest du ein Verhältnis mit ihr, als Sophia verunglückte?«

»Nein!« rief er und sprang vom Bett auf. »Nein!« wiederholte er und griff nach ihrer Schulter und schüttelte sie. »Nein, nein, nein!«

»Jon!« mahnte sie. »Scht, Jon!«

»Wenn du deshalb von hier wegwolltest, dann kannst du deinen Plan vergessen«, sagte er gereizt. »Zwischen Marijohn und mir ist nichts dergleichen. Sie…« Er zögerte. »Sie lehnt jede Form der körperlichen Liebe ab. Hast du das noch nicht bemerkt? Sie erträgt nicht einmal eine unabsichtliche Berührung von einem Mann. Hast du nicht gesehen, wie sehr ich es zu vermeiden versuche, sie zu berühren? Hast du nicht bemerkt, daß ich sie zur Begrüßung nicht einmal küßte? Hast du gar nichts bemerkt?«

Seine Hände zitterten.

»Ach, ich verstehe«, sagte sie.

Aber er wußte, daß sie nichts verstand.

Sie sah die Verzweiflung in seinen Augen, die Enttäuschung.

## 15

Als Sarah herunterkam, war es ganz ruhig in der Halle. Die anderen mußten wohl alle noch im Garten sein. Max Alexander war auch nirgends zu sehen.

Sie stand unter der offenen Haustür und sah zu den Hügeln hinauf, lauschte dem Rauschen des Wassers am Mühlrad und ging dann ins Wohnzimmer.

Sie hatte sich geirrt. Rivers und Marijohn waren nicht mehr im Garten. Als Sarah das Zimmer betrat, drehte sich Rivers zur Tür um, und auch Marijohn sah ihr entgegen.

»Oh, Verzeihung!« sagte Sarah. »Ich dachte…«

»Ist schon in Ordnung«, antwortete Rivers leichthin. »Kommen Sie nur herein! Wir fragten uns eben, ob Max von der Flut aus der Bucht gespült wurde.«

Marijohn stand auf. Sie trug ein einfaches, glattes Leinenkleid und kein Make-up und keinen Schmuck. Sogar den Ehering hatte sie abgelegt. Sie sah großartig aus.

»Wo willst du hin?« fragte Rivers.

»Ich muß mich um das Abendessen kümmern.«

Sie verschwand durch die Tür zur Halle. Rivers bot Sarah einen Drink an, doch diese lehnte ab. Was hatten die beiden wohl miteinander gesprochen, ehe sie so ins Zimmer geplatzt war?

Sarah überlegte angestrengt, wie sie wohl die Konversation einleiten könnte, als Rivers sie fragte: »Ist Jon oben?«

»Ja, er ist noch oben.«

»Hm. Ja.«

Er stand am Sideboard und füllte sein Whiskyglas mit Soda auf.

»Wollen Sie wirklich keinen Drink?«

Sarah schüttelte den Kopf.

»Wie lange bleiben Sie denn hier?«

»Das weiß ich noch nicht.«

Abrupt drehte er sich zu ihr um. Er schien zu wissen, was in ihr vorging.

»Sie möchten lieber weggehen?« fragte er.

»Nein«, log sie, denn sie war zu stolz, es zuzugeben. »Nein. Mir gefällt es hier ausgezeichnet.«

»Ich würde an Ihrer Stelle nicht zu lange hier bleiben.«

Sie hob die Schultern, als wäre ihr seine Meinung gleichgültig, und erklärte: »Jon will noch ein paar Tage hier bleiben.«

»Das kann ich mir denken.«

Er nahm einen Schluck von seinem Drink. Sie sah, wie seine Finger sich um den Stiel seines Glases krampften.

»Ich ahnte nicht, daß Sie beide kommen würden«, sagte er nach einer Pause. »Und ich glaubte auch nicht, daß er Marijohn wiedersehen würde. Sie war nämlich entschlossen, ihn nicht wiederzusehen. Das weiß ich. Ich nehme an, er hat sie überredet.«

Sarah starrte ihn verständnislos an. Aus der Küche hörte sie das Klappern von Geschirr.

»Ich weiß«, fuhr er fort, »daß *er* sie sehen wollte, denn er bat mich um ihre Adresse. Selbstverständlich sagte ich sie ihm nicht. Ich wußte nämlich, daß es für sie unheilvoll werden könnte, wenn sie...«

Auf der Treppe waren Schritte zu hören. Jon pfiff eine Musicalmelodie vor sich hin.

»Hören Sie!« drängte er. »Ich muß mit Ihnen sprechen. In unser beider Interesse, verstehen Sie? Ich muß mit Ihnen reden.«

»Aber ich verstehe nicht. Weshalb…?«

»Sie müssen Jon von hier wegbringen. Ich kann Marijohn nicht zwingen wegzugehen. Wir sind ja nicht mehr verheiratet. Aber Sie können Jon zureden. Soll das… Sicher, Sie können es. Fliegen Sie mit ihm nach Kanada! Gehen Sie irgendwohin, nur weg von hier.«

»Wieso von hier?«

»Von Marijohn.«

Das Pfeifen verstummte, die Tür ging auf.

»Sarah? Ah, da bist du ja! Komm mit mir zur Bucht hinunter, Max retten.«

»Ich glaube«, sagte Rivers, »er kommt eben durch die Gartentür.«

»Ja, tatsächlich!« rief Jon.

Er lief Max entgegen.

»Wo hast du gesteckt, du Schuft? Wir dachten, du hättest dich in einem Tümpel ertränkt.«

Rivers trat rasch neben Sarah, die Jon folgte.

»Kommen Sie nach dem Abendessen mit auf einen Spaziergang«, flüsterte Rivers Sarah zu. »Ich erkläre Ihnen dann alles.«

Sie schüttelte den Kopf.

»Sie müssen! Ich glaube, Sie begreifen nicht, in welcher Gefahr Sie sind.«

Sie fühlte, wie sie blaß wurde.

Jon stürmte in das Wohnzimmer, um Drinks zu mixen. Alexander folgte ihm. Er trug eine anzügliche Miene zur Schau.

»He, Michael!« rief er. »Wie in alten Zeiten! Wie geht es dir? Noch immer Anwalt, was?«

Es folgte eine etwas wirre Unterhaltung. Max beschrieb die Vorzüge seines neuen Wagens, und Jon zog Sarah auf ein Sofa und küßte sie.

»Geht es jetzt besser?«

Sie nickte. Er nahm ihre Hand und hielt sie fest. Sie hörte nicht, was die anderen sprachen, sie wußte nichts als nur das eine, daß Jon ein Fremder für sie war, dem sie kein Vertrauen schenken durfte. Hatte sie sich das Unglücklichsein jemals so vorgestellt? Dieser Schmerz ist allumfassend, absolut.

Etwas später kam Marijohn.

»Jon, weißt du, ob Justin zum Abendessen wieder hier ist?« fragte sie.

Er hob die Schultern. »Keine Ahnung. Ich denke aber schon.«

»Ich gehe noch ein bißchen in den Garten. Abendessen in einer halben Stunde«, sagte sie.

»Noch einen Drink, Jon?« fragte Alexander.

Jon gab keine Antwort. Sarah drückte sich an ihn.

»Jon!« flüsterte sie.

»Willst du mitkommen, Michael?« fragte Marijohn. »Ich gehe nur zur Bucht und wieder zurück.«

»Nein«, antwortete Rivers. »Ich kann meinen Whisky nicht im Stich lassen. Und danach brauche ich noch einen.«

»Schau mich nicht so an, Marijohn«, beklagte sich Max. »Ich habe heute mein Tagesquantum Sport schon hinter mir.«

Jon stand auf, zögerte und griff nach einer Schachtel Zigaretten.

»Willst du sie begleiten, Jon?« fragte Rivers freundlich.

»Eigentlich nicht«, erwiderte er, zündete seine Zigarette an und ging zum Kamin, um dort die Figuren und Krüge auf dem Sims neu zu ordnen.

Er sah hinter Marijohn drein, die langsam über den Rasen ging, wandte sich dann aber vom Fenster ab und ließ sich in den nächsten Sessel fallen.

»Warum gehst du nicht mit ihr?« fragte Rivers. »Du brauchst uns doch nicht zu unterhalten. Geh doch mit Marijohn. Sarah ist sicher eine bewundernswerte Gastgeberin.«

Jon sah dem Rauch seiner Zigarette nach.

»Wir waren heute schon unten«, sagte er.

»Oh. Bei den Flat Rocks zufällig?«

»Ich möchte nur wissen, was Justin in St. Ives zu tun hat«, sagte Max dazwischen.

»Nein, nur in der Bucht«, antwortete Jon.

»Seltsam. Marijohn sagte mir, sie wäre heute noch nicht unten gewesen.«

»Sarah«, sagte Max, »wissen Sie eigentlich, was Justin in St. Ives zu tun hat?«

»Es kostet dich doch eine Menge Zeit, wenn du Marijohn immer bei jeder Kleinigkeit persönlich besuchen mußt. Oder suchst du gute Entschuldigungen für deine Besuche?« fragte Jon.

»Wenigstens ist mein Grund hierherzukommen, wesentlich besser als der deine. Auf jeden Fall stichhaltiger«, erwiderte Rivers.

»Himmel!« brummte Max. »Warum geht denn keiner von euch mit Marijohn zur Bucht hinunter? Michael, dich hat sie doch gefragt. Warum drückst du dich davor? Du bist doch eigens gekommen, um sie zu sehen.«

Jon warf seine Zigarette in den Kamin und stand auf.

»Komm, Sarah! Wir beide gehen ihr nach.«

Alle sahen Sarah an.

»Nein«, sagte sie laut. »Nein, ich will nicht mitkommen. Ich bleibe lieber hier.«

Jon hob die Schultern. »Wie du willst«, meinte er gleichgültig und schlenderte, ohne sich auch nur einmal umzusehen, durch die Verandatür und über den Rasen.

## 16

Die weißen Häuser von St. Ives badeten in der Sommersonne. Die See war still und ruhig. In einem der Häuser auf halber Höhe des Hügels saß Justin mit einer Tasse dampfenden Kaffees in der Hand und wunderte sich darüber, daß er einer fremden Frau seine Lebensgeschichte erzählt hatte. Allerdings hatte sie ihn nach den Nachwirkungen dieses schrecklichen Wochenendes in Clougy ausgefragt.

Anfangs war er ziemlich reserviert gewesen. Doch allmählich war er aus sich herausgegangen, denn sie hatte ihn nicht ausgelacht. Irgendwie empfand er sogar so etwas wie Vertrauen zu ihr.

»Sie haben bisher keinem Menschen erzählt, was Sie damals sahen?« fragte sie schließlich.

»Ich dachte, meinem Vater würde es ja doch nichts nützen.«

»Und Sie sind überzeugt, daß er Sophia nicht getötet hat, ja?«

»Davon bin ich überzeugt, denn er hat es mir gesagt. Es muß ein anderer gewesen sein. Und ich muß herausbekommen, wer es war.«

Sie dachte eine Weile nach und beobachtete den Rauch ihrer Zigarette, der sich im Licht der Sonnenstrahlen zu einem goldenen Nebel auflöste.

»Damals dachte ich«, sagte sie leise, »Jon könnte sie getötet haben, aber dieser Verdacht kam nur daher, weil sie ihm an jenem Wochenende wirklich sehr viel angetan hatte.

Vergangene Woche rief Max mich nun an und lud mich zum Abendessen ein. Ich wußte genau, daß er sich mit mir darüber unterhalten wollte, weshalb Jon nach Clougy zu gehen beabsichtigte. Wir trugen wirklich jedes kleinste Fetzchen unserer Erinnerungen zusammen. Max erklärte, er wollte Jons Einladung nach Clougy annehmen, um herauszubekommen, was da vorgeht. Er war überzeugt gewesen, daß Jon Sophia umgebracht hatte, aber zu dieser Theorie paßte nicht recht, daß Jon seine neue Frau dorthin brachte. Ich nahm mir deshalb ebenfalls ein paar Tage Urlaub, um zur Hand zu sein, falls Max etwas entdecken sollte. Aber je mehr ich über alles nachdenke, desto mehr komme ich zu der Ansicht, man soll nicht schlafende Hunde aufscheuchen. Schließlich sind inzwischen zehn Jahre vergangen, und Jon ist wieder verheiratet. Mir gefiel plötzlich der Gedanke nicht mehr, daß Max nur deshalb nach Clougy fuhr, um eine Vergangenheit, die besser begraben bleiben sollte, heraufzubeschwören.«

»Und deshalb haben Sie meinen Vater gewarnt?«

»Ja. Ich dachte, er müßte Maxens Motive für dessen Besuch in Clougy kennen.« Sie drückte ihre Zigarette aus. »Merkwürdig, wie sehr Max davon überzeugt ist, daß Sophia ermordet wurde. Schließlich hat damals doch kein Mensch von Mord gesprochen, oder? Die Jury entschied, es wäre ein Unglücksfall gewesen. Aber vielleicht waren wir alle derselben Meinung wie Max und wagten nur nichts zu sagen. Denn jeder von uns hatte nämlich ein Motiv, sie umzubringen; deshalb schwiegen wir. Was ist los? Haben Sie denn nicht vermutet, daß ich auch ein Motiv hatte, Ihrer Mutter den Tod zu wünschen?«

Er schüttelte den Kopf und ließ sie nicht aus den Augen.

»Ich war von Anfang an eine Außenseiterin. Alle – außer Sophia – stammten aus einer anderen Welt; selbst Sophias Caféhauswelt in Soho war nicht die meine. Damals war ich achtzehn und kannte Max noch nicht lange. Ich wußte nur, daß er reich war und in einer teuren, aufregenden Welt lebte. Natürlich verliebte ich mich in ihn. Das fällt einem nicht schwer, wenn man achtzehn ist und mit dem Kopf in den Wolken herumspaziert.

Er nahm mich an diesem Wochenende mit nach Clougy. Ich schwelgte in romantischen Träumen. Clougy habe ich aber, glaube ich, vom ersten Augenblick an nicht gemocht. Jon fand ich interessant, aber die anderen Leute langweilten mich. Jon schien mich indessen völlig zu übersehen, denn er war mit seiner Frau und seiner Kusine vollauf beschäftigt. Seine Kusine – nun, wir hatten einander nichts zu sagen, sprachen faktisch zwei verschiedene Sprachen. Ihr Mann war nett. Allerdings viel zu höflich, um noch freundlich zu sein. Auch er schien in seinen persönlichen Problemen aufzugehen, und Sophia mochte ich absolut nicht. Aber es war keine aktive Abneigung. Mir erschien sie nur recht vulgär.

Eine Stunde nach unserer Ankunft begann Sophia mit Max zu flirten. Ich nahm es nicht ernst, und das war mein Fehler. Am nächsten Morgen gab es zwischen Max und mir einen erbitterten Streit, und er verschwand mit Sophia nach St. Ives, angeblich zum Einkaufen. Ich glaube, ich war niemals mehr so unglücklich wie damals. Am Spätnachmittag kamen sie zurück. Erinnern Sie sich noch, daß Sie mir damals sagten, die beiden waren zum Schwimmen an die Bucht gegangen? Ich bin den beiden daraufhin gefolgt. Ich hörte sie reden, ehe ich sie sah. Mit ihrem häßlichen ausländischen Akzent erklärte sie Max, daß sie Clougy gründlich satt hätte und unbedingt weg von Jon und nach London zurückkehren wollte. Max wäre ihr Retter, sagte sie und unterbreitete ihm ihre Pläne: eine kleine Luxuswohnung in Mayfair, ein nettes Verhältnis, vielleicht auch eine nette Scheidung. Gott, wie ich sie haßte! Ich kann das gar nicht beschreiben. Als ich bemerkte, daß Max von ihren Plänen nicht übermäßig entzückt war, hätte ich am liebsten schallend gelacht. Erst versuchte Max ihr den Plan einigermaßen höflich und zartfühlend auszureden, doch dann wurde er ziemlich deutlich und erklärte ihr, daß er keine Luxuswohnung und kein nettes Verhältnis mit der Frau seines besten Freundes, keinen Skandal und keine Klage wegen Ehebruchs wollte. Nun, auf keinen Fall wollte er Sophia in London dauernd am Hals haben. Er wollte überhaupt kein Verhältnis mit ihr, weil er annahm, daß sie bald ausposaunen würde, daß sie seine Geliebte sei.

›Schau mal‹, sagte er, ›dein Spiel kann ich nicht mitspielen. Du suchst dir besser einen anderen Liebhaber.‹

Ich schloß erleichtert die Augen, während Sophia zischte: ›Ich muß hier weg. Du verstehst nicht. Ich werde wahnsinnig, wenn ich noch länger bleibe. Wenn du mich nicht nach London mitnimmst oder mir Geld gibst, daß ich anderswo bleiben kann, dann werde ich dich in ganz London unmöglich machen und deine Freundschaft mit Jon in Fetzen zerreißen.‹

›Weder das eine noch das andere wird dir gelingen‹, antwortete Max lachend.

›Wirklich nicht?‹ fragte sie herausfordernd. ›Dann laß es doch darauf ankommen.‹

›Ich werde darüber nachdenken‹, lenkte Max ein. ›Wir reden später noch mal drüber. Nach dem Abendessen treffen wir uns an den Flat Rocks, wo wir ungestörter sind.‹

In diesem Augenblick kam ich hinter den Felsen hervor. Max sah sofort, daß ich alles mitgehört hatte. Er wurde schrecklich wütend, weil ich ihm nachspioniert hatte, und ich warf Sophia alle Schimpfnamen an den Kopf, die mir einfielen, denn ich gab ihr an allem die Schuld. Sie lachte nur, was mich noch wütender machte.

Ziemlich aufgelöst rannte ich zum Haus zurück und heulte in meinem Zimmer zum Steinerweichen, denn ich wußte, mit Max war nun alles aus. Einige Wochen hindurch hatte ich mir vorgemacht, daß er mich liebte, aber ich war nur sehr dumm und sehr blind gewesen. Nun ja, mit achtzehn – da macht man leicht Fehler, nicht wahr?

Da ich wußte, wann er sich mit Sophia treffen sollte, wollte ich wenigstens versuchen, zuvor noch ein paar Worte mit ihm zu reden. Vielleicht würde er doch nicht auf Sophia hören, wenn ich ihm sagte, wie sehr ich ihn noch immer liebte. Leider kannte ich den Weg zu den Flat Rocks nicht.

Als ich hinunterkam, war es schon spät. Im Musikzimmer fand eben eine heftige Auseinandersetzung statt, aber die interessierte mich nicht. Ich hielt nach Max Ausschau und sah, wie er gerade in Richtung Bucht entschwand. Auf halbem Weg blieb er jedoch stehen. Als er umkehrte, sah er mich. Ich fragte ihn, wohin er ginge. Er hob die Schultern und sagte, er wolle ins Haus zurück.

›Hast du nicht eine Verabredung mit Sophia?‹ fragte ich. ›Warum gehst du wieder zurück?‹

Er antwortete: ›Es ist kälter, als ich dachte. Ich muß mir eine Wolljacke holen.‹

Ich ging mit und bat ihn, doch von Sophia die Hände zu lassen und sofort mit mir nach London zurückzukehren, aber er hörte nicht. Er ließe sich keine Vorschriften machen, sagte er, und er könne sein Leben auch ohne mich recht gut organisieren. Dann ging er ins Haus hinein, um eine Wolljacke zu holen. Ich blieb an der Gartentür stehen, weil ich ihm wieder folgen wollte, was ich dann auch tat. Aber er muß mich gesehen haben. An der Weggabelung hatten wir erneut einen heftigen Streit. Ich ließ ihn daraufhin allein zu den Flat Rocks gehen und setzte mich auf einen Felsen am Weg, um mich wenigstens ein bißchen zu beruhigen.

Im Musikzimmer brannte noch Licht, aber niemand war im Zimmer. Ich stand in der Halle, als Jon die Treppe herunterkam.

›Marijohn‹, rief er, als er mich sah, aber dann erkannte er mich. ›Wo ist Marijohn?‹ fragte er. ›Wohin ist sie gegangen?‹

Ich schüttelte den Kopf. Er sah sehr blaß aus.

›Ich muß Marijohn finden.‹

Er sagte das mehrmals.

›Wo sind denn alle anderen? Und wo ist Max?‹

Ich sagte es ihm. Er ging sofort zur Haustür, blieb nur noch einen Augenblick an der Truhe stehen, als suchte er etwas, und lief dann die Auffahrt entlang.«

Die Asche ihrer Zigarette fiel auf den Teppich.

»Ich habe Ihre Mutter nicht ermordet«, sagte sie nach kurzem Schweigen. »Ich hätte es tun können. Aber ich ging wieder in mein Zimmer hinauf und blieb dort, bis mir Max die grausame Neuigkeit erzählte.«

Beide schwiegen, und sie sah lange zu Boden. Als sie den Blick wieder hob, bemerkte sie zu ihrem Erstaunen, daß er sich in äußerster Konzentration vorbeugte und sie mit den dunklen Augen forschend ansah.

»Mein Vater war also im Haus, als Sie von der Bucht zurückkehrten?« fragte er.

»Ja. Das sagte ich Ihnen doch.«

»Und was hatte er an?«

»Was er anhatte? Du lieber Himmel, ich hab' wirklich keine Ahnung! Mir war in jener Nacht nicht so zumute, daß ich auf Kleider geachtet hätte. Warum?«

»Trug er eine rote Wolljacke?«

»Ich glaube nicht. Nein, bestimmt nicht. Er war, glaube ich, in Hemd und Hosen. Ja, jetzt fällt es mir wieder ein. Ich bemerkte sogar, daß sein Hemd am Hals nicht zugeknöpft und seine Haut schweißfeucht war. Er sah entsetzlich erschüttert und verstört drein. Er war weiß wie ein Laken und fragte nur immer nach Marijohn.«

## 17

Als es dunkel war, entschuldigte sich Sarah bei den anderen und sagte, sie wolle jetzt in ihr Zimmer gehen. Aber sie ging nicht hoch, sondern schlich sich aus dem Haus und wartete im Schatten neben der Gartentür. Es dauerte nicht lange, da erschien Rivers unter der Tür.

Er huschte leise über den Rasen.

»Sarah?« fragte er.

»Ja«, antwortete sie. »Hier bin ich.«

»Gut.«

Er kam näher. Sie spürte seine Überlegenheit. Erleichtert stellte sie fest, daß dieser Mann wohl mit jeder Situation fertig werden konnte. Er hatte sein Leben lang Probleme anderer Menschen gelöst; ja, vielleicht war er der einzige Mensch, der ihre Probleme voll verstand.

»Wir müssen ein Stück vom Haus weggehen«, flüsterte er. »Ich will auf keinen Fall, daß uns jemand belauschen kann.«

»Vielleicht zur Bucht hinunter?«

»Nein. Dort würden sie zuerst nach uns suchen. Wir gehen die Klippen hinauf.«

Rivers ging voran. Die Nacht war dunkel. Schwarze Wolken hingen am Himmel.

»Aber bitte nicht zu weit!« bat Sarah.

»Nur um die nächste Wegbiegung.«

Es war wirklich sehr dunkel. Sarahs Füße verfingen sich mehrmals im Heidekraut. Sie stolperte ein paarmal.

»Hier bleiben wir«, sagte er endlich.

Unterhalb des Weges war eine kleine Felsgruppe. Er half ihr hinunter, und sie setzten sich und sahen auf die See hinaus. Er bot ihr eine Zigarette an, doch sie schüttelte den Kopf.

»Darf ich rauchen?« fragte er, und sie nickte.

Wie höflich er ist, dachte sie. Er benimmt sich wie in einem Londoner Salon und nicht wie auf einer Klippe weit weg von allen Menschen.

»Wie haben Sie Jon kennengelernt?« erkundigte er sich.

»Bei einem Freund meiner Familie«, antworte sie. »Frank hatte mit Jon geschäftlich zu tun. Jon hatte ein Mädchen dabei, das ich nicht kannte. Damals ahnte ich nicht einmal, daß Jon an mir interessiert sein könnte, aber schon am nächsten Tag rief er an und lud mich in ein Konzert ein. Ich ging mit. Nun, Frank war schon ein wenig enttäuscht, aber ich freute mich, daß ich Jon wiedersah.«

»Ja, so etwas sieht Jon absolut ähnlich«, bemerkte Michael und starrte lange auf die Asche seiner Zigarette. »Ich lernte Jon und Marijohn kennen, als der alte Towers starb. Ich war damals Junior in der Anwaltsfirma, die seine Interessen wahrnahm, und half bei der Testamentsabwicklung. Marijohn war achtzehn. Ich werde nie vergessen, wie ich sie kennenlernte. Ein paarmal ging sie mit mir aus, aber sie hatte sehr viele Freunde, die alle mehr Geld hatten als ich, älter waren und weltmännischer als ich. Marijohn zog nämlich ältere Männer vor. Trotzdem hoffte ich, bis ich auf einer Party ein paar Leute über sie sprechen hörte und erfuhr, daß sie absolut wahllos mit den Männern schlief, die sie am meisten verwöhnten.

Ich kümmerte mich daraufhin längere Zeit nicht mehr um sie, doch vergessen konnte ich sie nicht. Gelegentlich rief ich sie an, um zu erfahren, mit wem sie gerade zusammenlebte. Es war eine höllische Zeit für mich. Ihr war das natürlich gleichgültig.

Doch plötzlich änderte sich alles. Eine ihrer Affären ging schief. Sie wurde schwanger, wollte das Kind loswerden, hatte aber kein Geld. Da kam sie zu mir. Und ich half ihr. Ich kümmerte mich um alles und bezahlte die Ärzte. Ich, ein Rechtsanwalt, gab mich zu einem Verbrechen her! Aber niemand erfuhr etwas davon.

Sie war damals schwerkrank, doch allmählich erholte sie sich wieder, und ich brachte sie aufs Land, damit sie noch kräftiger wurde. Mit mir schlafen konnte sie aber nicht.

Nach einer Woche verließ sie mich und kehrte nach London zurück. Ich folgte ihr und entdeckte, daß sie nach Cornwall zu gehen beabsichtigte.

›Ich will Jon sehen‹, erklärte sie mir.

Ich sehe sie heute noch vor mir. Sie trug ein dunkelblaues Kleid, das ihr viel zu weit war, weil sie so mager geworden war, und ihre Augen waren sehr blau und klar.

›Ich muß ein wenig mit Jon allein sein‹, sagte sie. ›Wenn ich zurückkomme, bleibe ich vielleicht bei dir, und du kannst dich dann um mich kümmern.‹

Ich hatte ihr wiederholt den Vorschlag gemacht, sie solle mich heiraten, aber sie meinte, sie müßte warten, bis sie von Jon zurückkomme.

›Du würdest auch dann nicht verstehen, was das mit uns beiden zu tun hat, wenn ich dir alles lang und breit erklären würde‹, fügte sie hinzu.

Einige Wochen später kam sie aus Cornwall zurück und war bereit, mich zu heiraten. Sie war wie verwandelt und sah auch viel besser aus als je zuvor. Die Hochzeit verlief sehr ruhig. Jon und Sophia kamen nicht, obwohl sie eingeladen worden waren.

Einige Zeit waren wir recht glücklich; ja, diese ersten sechs Monate waren so unbeschreiblich schön und friedlich, daß ich auch dann nicht auf sie verzichten würde, wenn alles, was danach kam, noch viel schlimmer gewesen wäre.

Eines Tages kam Jon von Penzance nach London. Und von da an wurde alles anders. Lange Zeit wurde mir nicht einmal klar, daß meine Ehe allmählich zerbröckelte. Marijohn wurde immer kälter, zog sich immer mehr zurück. Und je kälter sie wurde, desto mehr wollte ich sie. Und je mehr ich sie wollte, desto kälter wurde sie. Schließlich wollte sie sogar ein eigenes Schlafzimmer. Ich warf ihr vor, sie hätte etwas mit Jon, er käme ja oft genug nach London und würde sie ebenso oft nach Clougy einladen.

›Er ist ja auch der einzige Mann von allen, die mir begegnet sind, der nicht mit mir ins Bett gehen will‹, antwortete sie.

Ich lachte und antwortete, das würde er verdammt gern tun, wenn er nicht so in seine Frau vergafft wäre.

›Das verstehst du nicht‹, erklärte sie mir. ›Die Frage, daß ich mit ihm ins Bett gehe, stellt sich überhaupt nicht.‹

Das war merkwürdig. Für mich war das ein Schock.

›Was, zum Teufel, soll das heißen?‹ fuhr ich auf.

Und sie erwiderte: ›Ich kann nicht beschreiben, wie friedlich es ist. Es ist die vollkommenste Sache der Welt.‹

Ich hatte Angst, und das schien sie zu spüren. Aber ich wußte gar nicht, wovor ich Angst hatte. Ich versuchte, die Barriere zwischen uns zu zerreden, aber sie nannte alles, was ich sagte, nur Unsinn.

›Mir ist egal, was du denkst‹, sagte sie wörtlich. ›Dein Gerede ändert nichts an der Tatsache, daß der Sex für mich keine Bedeutung mehr hat. Er erscheint mir unwichtig, ja lächerlich. Es tut mir leid, Michael.‹

Sie schien es zu meinen. Aber ich liebte sie noch immer. Ich versuchte sie zu verlassen – doch ich konnte nicht. Und dann kam jene letzte Einladung nach Clougy.

Ich war entschlossen, Jon zur Rede zu stellen. Ich glaubte damals zwar, daß er ganz in seiner Frau aufging, aber wir waren noch keine fünf Minuten in Clougy, da wußte ich schon, daß Sophia ihn bis zum Äußersten trieb, daß sie seine Liebe zu ihr auf eine unerträgliche Probe stellte, bis er ihre Launenhaftigkeit und ihr oberflächliches Wesen nicht mehr ertragen konnte.

Als er sich von Sophia abwandte, da schien es, als würde er sich gleichzeitig Marijohn zuwenden.

Ich war außer mir und wollte mit Marijohn weg, aber sie

weigerte sich. Als ich mit Jon redete, gab er vor, keine Ahnung zu haben, was ich von ihm wollte. Doch Sophia war es, die schließlich das ganze Unheil auslöste.

Sie hatte eine Affäre mit Max. Jon war mit Marijohn im Musikzimmer, während Sophia mit Max nach St. Ives fuhr. Ich wollte nicht der unerwünschte Dritte sein und ging zum Fischen, denn ich wußte nicht, was ich tun sollte. Der Junge kam und unterhielt sich eine Weile mit mir. Er lenkte mich wenigstens ein bißchen ab. Zum Abendessen kehrte ich ins Haus zurück.

Sophia war ziemlich verlegen. Sie redete viel, und die anderen schwiegen. Als sie zu reden aufhörte, begannen Jon und Marijohn sich zu unterhalten. Von uns übrigen nahmen sie keine Notiz.

Ich begriff, daß Sophia wußte, was los war, und Stunk machen wollte.

Auch der Junge spürte offensichtlich die Spannung.

Da ich von den anderen ohnehin wegwollte, brachte ich ihn zu Bett. Ich las ihm vor und blieb etwa eine halbe Stunde bei ihm. Doch ich konnte nur immer an Sophia denken und überlegte, was sie wohl vorhatte. Würde sie sich von Jon scheiden lassen oder er von ihr? Was würde dabei herauskommen? Und inwiefern würde es Marijohn beeinflussen? All diese Überlegungen schmerzten mich unsäglich. Mir war, als wollten sie mir das Herz sprengen.

Als ich wieder hinunterkam, waren Jon und Marijohn im Musikzimmer und spielten Schallplatten. Sophia war mit Max in der Küche. Ich schloß hinter mir die Tür.

›Sophia weiß es‹, sagte ich, ›darüber seid ihr euch doch klar?‹

Jon sah mich scharf an.

›Was weiß sie?‹ fragte er.

Ich sagte, sie sollten doch andere nicht für dumm halten, und Marijohn meinte, ich sollte mich nicht so aufspielen.

›Vielleicht betrügst du mich tatsächlich nicht mit meiner Frau‹, sagte ich zu Jon, ›aber ihr benehmt euch jedenfalls so.

Und eure Behauptung, es wäre nichts dahinter, nimmt euch Sophia nicht ab. Ihr müßt aufhören, und zwar sofort, denn euer Spiel ist gefährlich.‹

Sie sahen zuerst sich, dann mich an, und ich wußte sofort: Sie verstanden einander wortlos. Trotz aller physischen Intimität zwischen Sophia und Jon war sie für ihn immer eine Fremde geblieben. Dieses Einvernehmen zwischen Jon und Marijohn ließ sich nicht in Worte fassen, nur spüren. Sophia konnte es nicht begreifen. Sie fühlte nur, daß es zwischen den beiden etwas gab, das sie ausschloß.

›Schau, Michael‹, begann Jon, aber in diesem Augenblick kam Sophia herein.«

Michael schwieg und sah auf die dunkle See hinaus.

»Bitte, nicht weitererzählen!« flüsterte Sarah. »Bitte, nicht!«

Aber er hörte nicht auf sie, er lauschte einem anderen Geräusch.

»Ich dachte, ich hätte eben etwas gehört«, sagte er, horchte, erzählte dann aber gleich weiter: »Es war eine schreckliche Szene. Ich weiß nicht mehr, was sie alles gesagt hat. Schließlich verließ Jon jedenfalls den Raum und ging über den Rasen davon. Marijohn verschwand in ihr Zimmer, und ich blieb allein mit Sophia.

Ich versuchte ihr gut zuzureden, doch sie wollte mich nicht anhören. Statt dessen lief sie nach oben und zog andere Schuhe an. Damals wußte ich noch nicht, daß sie mit Max an den Flat Rocks verabredet war.

Da also mit Sophia nicht zu reden war, suchte ich Marijohn, fand sie aber nicht.

Nach Sophias Tod glaubte ich zuerst, alles würde sich wieder einrenken. Marijohn und Jon sprachen lange miteinander. Ich weiß nicht was, aber sie beschlossen jedenfalls, sich im Guten zu trennen. Sophias Tod mußte sie sehr erschüttert haben. Sie wußten, so konnten sie nicht weitermachen. Jon ging nach Kanada, Marijohn kam mit mir nach London. Aber sie blieb nicht lange, und wir lebten auch nicht wie Mann und

Frau zusammen. Eine Weile war sie sogar in Paris, kam jedoch wieder zurück. Sie konnte sich nirgends und mit niemandem seßhaft machen. Meine Liebe wies sie zurück. Und schließlich wandte sie sich der Religion zu. Sie lebte in einem Kloster, als Jon vor wenigen Wochen nach London kam.«

Er warf seine Zigarette weg, die noch einmal aufglühte und dann erlosch.

»Sie verstehen also«, sagte er langsam und nachdrücklich, »wie wichtig es ist, daß Sie Jon von hier wegbringen. Es wird sich alles wiederholen. Ist Ihnen das nicht klar? Wir sind alle hier in Clougy wie damals, nur die Freundin von Max fehlt. Sie spielen Sophias Rolle.«

Schritte knirschten in der Nähe, dann flammte eine helle Taschenlampe auf.

»Was, zum Teufel, versuchst du meiner Frau einzureden, Michael Rivers?« dröhnte Jons harte Stimme gefährlich in der Dunkelheit.

## 18

»Bleiben Sie doch noch, und essen Sie mit mir zu Abend!« schlug Eve vor. »Ich kenne keinen Menschen in diesem Nest!«

»Nein, das geht nicht«, lehnte Justin ab. »Ich muß nach Clougy zurück.« Und weil seine Worte ein bißchen zu grob geklungen hatten, fügte er rasch hinzu: »Ich versprach, rechtzeitig zum Abendessen zu Hause zu sein.«

»Rufen Sie an und sagen Sie, Sie hätten etwas vor.«

»Nein!« Er wurde rot und schüttelte den Kopf. »Es tut mir sehr leid, aber ich muß zurück. Ich habe mit meinem Vater etwas zu besprechen. Es ist schrecklich wichtig.«

»Hängt es mit dem Tod Ihrer Mutter zusammen?« fragte sie. »Ist es etwas, was ich Ihnen sagte? Wissen Sie jetzt bestimmt, daß er sie nicht umgebracht hat?«

»Ja. Und ich glaube, ich weiß jetzt auch, wer es getan hat.«

Er öffnete die Tür, blieb aber stehen und sah sie nochmals an. Sie lächelte.

»Dann kommen Sie eben, wenn Sie Zeit haben, um mir zu erzählen, was passiert ist.«

Plötzlich war er wieder schüchtern. Er dankte ihr verlegen, dann ging er.

Das goldene Licht des Abends tat ihm wohl. Er schritt rasch die Straße entlang, und das letzte Stück zum Parkplatz am Hafen rannte er.

Die See war ein dunkelblauer Spiegel, der goldene Lichter vom Himmel einfing, und weit weg brachen sich die kleinen Wellen an den Sanddünen von Hayle.

Er keuchte, als er beim Wagen ankam. Nervös suchte er nach seinem Schlüssel. Er fürchtete schon, er hätte ihn verloren, als er ihn in der Innentasche seiner Jacke fand. Am ganzen Körper war ihm der Schweiß ausgebrochen.

St. Ives war mit Touristenbussen vollgestopft, die alle gegen Abend die Stadt verlassen wollten. Er brauchte endlos lange, bis er endlich die Landstraße erreichte. Und dann begann plötzlich der Motor zu stottern und zu spucken und – erstarb. Justin sah nach der Benzinuhr. Der Tank war fast leer.

Er stieg aus, schlug die Wagentür zu und machte sich auf den Weg zur nächsten Tankstelle.

## 19

Rivers stand auf. Er hatte es nicht eilig.

»Mach um Himmels willen die Taschenlampe aus!« sagte er ruhig und nur leicht gereizt. »Ich kann ja nichts sehen.«

Es klickte, und gleich darauf herrschte tiefste Dunkelheit.

»Sarah!« sagte Jon.

Sie bewegte sich nicht. Sie versuchte es, doch ihre Glieder gehorchten ihr nicht.

»Sarah, was hat er zu dir gesagt?«

Rivers trat einen Schritt vorwärts, und sie wußte, daß er ihr damit Sicherheit geben wollte. Ihr Mund war trocken, als wäre sie lange Zeit gerannt.

»Sarah!« schrie Jon. »Sarah!«

»Du lieber Himmel, Jon«, sagte Rivers ebenso ruhig und leicht gereizt wie zuvor, »reiß dich doch zusammen! Ich schlage vor, wir gehen alle zum Haus zurück und reden vernünftig miteinander, ehe wir uns hier in dunkler Nacht und auf einer Klippe allerhand Grobheiten an den Kopf werfen.«

»Dann geh du!« knirschte Jon und versuchte an Rivers vorbeizukommen, doch Rivers wich nicht zur Seite. »Laß mich vorbei!«

»Beruhige dich doch!« riet Rivers, noch immer ruhig. »Sarah fehlt nichts, außer daß sie einen Schock erlitten hat.«

»Geh mir aus dem...«

Sie rangen miteinander. Doch als es Sarah endlich gelang aufzustehen, ließ Michael Jon los und trat zur Seite.

»Sarah!« rief Jon und versuchte sie an sich zu ziehen.

»Laß mich!« wehrte sie ihn ab.

»Sarah, es ist nicht wahr, was er über Marijohn sagte. Es ist alles nicht wahr, was er sagte.«

Aber sie antwortete nicht.

Jon wirbelte zu Rivers herum. »Was hast du ihr eingeredet?«

Rivers lachte.

»Gib Antwort! Was hast du Sarah gesagt?« Jon packte Rivers bei den Schultern. »Was hast du gesagt?«

»Ich sagte ihr so viel, daß sie Clougy so schnell wie möglich verläßt. Nicht mehr.«

»Was, zum Teufel, willst du...?«

»Ich erzählte ihr zum Beispiel nicht, daß Sophias Tod kein Unfall war. Auch nicht, daß jemand sie vom Klippenpfad hinuntergestoßen hat, jemand, der einen guten Grund hatte, sie zum Schweigen zu bringen.«

»Du! Du!« keuchte Jon wutentbrannt.

»Jon!« schrie Sarah angstvoll.

Er drehte sich nach ihr um. Seine Brust hob und senkte sich.

»Hat er es dir gesagt?« fragte er leise.

Sarah lehnte sich gegen den Felsen. Sie war so erschöpft, daß sie nicht mal mehr nicken konnte. Wie aus einer anderen Welt hörte sie das Gelächter. Rivers machte sich über Jons Angst lustig. Ihre ganze Haut prickelte.

Jon wirbelte wieder zu Rivers herum.

»Wie konntest du das tun?« schrie er. »Du liebst doch Marijohn. Wir haben doch vor zehn Jahren vereinbart, daß niemand die Wahrheit erfahren soll. Du selbst sagtest, es wäre am besten für Marijohn, wenn niemand erführe, daß wir...«

Er schwieg plötzlich.

»Jon!« warnte Rivers.

»Ja«, sagte Sarah leidenschaftlich, »was denn? Daß du und sie...«

»Daß wir beide Geschwister sind«, flüsterte Jon. »Mein Gott, wußtest du das etwa nicht?«

## 20

Justin fand einen Wagen, der ihn zur Tankstelle mitnahm. Er hatte gerade soviel Geld bei sich, daß er den Mechaniker bezahlen konnte, der mit einer Benzinkanne zu seinem Wagen zurückfuhr. Die Sonne war schon untergegangen. Ein dünner Nebel zog auf.

»Jetzt müßt's wieder stimmen«, sagte der Mechaniker, als er den Tankdeckel aufschraubte. »Probieren Sie's mal!«

Der Starter wimmerte, aber der Motor sprang nicht an.

»Muß an der Benzinzufuhr liegen«, meinte Justin, »denn es war ja noch Benzin drinnen, nach der Benzinuhr wenigstens.«

»Komisch!« meinte der Mechaniker und klappte die Motorhaube hoch. »Wollen mal sehen...«

## 21

Sarah rannte. Das Heidekraut zerkratzte ihre Beine. Sie keuchte, bis sie die Lichter von Clougy sah und wußte, daß sie der erstickenden Dunkelheit entronnen war.

Max Alexander kam in die Halle heraus, als sie durch die Vordertür taumelte. Mit geschlossenen Augen lehnte sie sich an die Wand, um wieder zu Atem zu kommen.

»Sarah, was ist los? Ist Ihnen etwas passiert?« fragte Max.

Sie ließ sich auf die Treppe fallen. Es war ihr egal, daß er ihre Tränen sah. Ein herzzerbrechendes Schluchzen erschütterte ihren ganzen Körper.

»Sarah!« sagte er zart, kniete neben ihr nieder und legte ihr einen Arm um die Schultern, »sagen Sie mir, was passiert ist! Wenn ich Ihnen helfen kann...«

»Wo ist Marijohn?«

»In der Küche, glaube ich. Geschirr spülen. Warum?«

»Max, wollen Sie – können Sie...?«

»Ja, was? Sagen Sie mir nur, was ich tun soll.«

»Ich – ich möchte weg von hier. Können Sie mich nach St. Ives fahren? Oder nach Penzance? Irgendwohin – und zwar jetzt sofort?«

»Ja, aber...«

»Ich muß allein sein. Nachdenken. Bitte, helfen Sie mir.«

»Ah, ich verstehe. Ja, natürlich. Gut, ich fahre den Wagen nach vorn. Und Sie packen ein Köfferchen, ja?«

Sie nickte, und er half ihr aufstehen.

»Geht es?« fragte er.

»Ja«, antwortete sie. »Ja. Vielen Dank.«

Er wartete, bis sie die obere Diele erreichte, dann ging er zur Haustür. Sie hörte seine Schritte auf dem Kies.

In ihrem Zimmer holte sie den kleinsten Koffer aus dem Schrank und überlegte, was sie einpacken sollte. Doch plötzlich spürte sie, daß sie nicht allein im Zimmer war. Sie drehte sich um. Es war Marijohn.

»Was ist?« fragte Sarah unsicher. »Was willst du?«

Die Tür fiel ins Schloß. Marijohn drehte den Schlüssel um und stellte sich vor die Tür. Unten begann das Telefon zu läuten. Niemand nahm den Hörer ab.

»Ich hörte eben deine Unterhaltung mit Max«, sagte Marijohn. »Da wußte ich, daß ich mit dir reden muß.«

Das Schweigen hing schwer zwischen ihnen.

»Wenn du jetzt Jon verlassen würdest, wäre das das Dümmste, was du tun könntest«, sagte Marijohn schließlich. »Nichts, was in der Vergangenheit geschehen ist, ändert etwas daran, daß er dich liebt und braucht.«

Sie ging zum Fenster und sah in die Nacht hinaus.

»Sophia machte einen großen Fehler«, fuhr sie dann fort. »Er liebte sie, aber sie warf ihm diese Liebe ins Gesicht. Sie liebte ihn nie wirklich; sie verstand ihn nicht. Aber du liebst und verstehst ihn doch, nicht wahr? Ich weiß, daß du's tust. Du bist anders als Sophia. Das wußte ich in dem Augenblick, als ich dich sah.«

Sarah vermochte kaum zu atmen. Sie grub ihre Fingernägel tief in ihre Handballen, bis sie schmerzten.

»Ich will, daß Jon glücklich ist«, sagte Marijohn. »Mehr will ich nicht. Ich dachte, es mache ihn glücklich, wenn er mit dir ein paar Tage hier sein könnte. Niemals habe ich geglaubt, daß es wieder zu irgendwelchen Problemen kommen könnte. Aber wir täuschten uns beide.

Wir werden nie mehr eine Gelegenheit haben, miteinander zu sprechen. Weißt du, daß er morgen wegfahren will? Und wenn er geht, werde ich ihn nie wiedersehen. Das weiß ich.«

Sie strich über die weiche Seide der Vorhänge. Ihre Blicke hingen an einem imaginären Punkt in der Dunkelheit draußen.

»Ich weiß nicht, was ich tun soll. Ich habe noch nicht darüber nachzudenken gewagt. Wie soll ich dir nur alles erklären? Es ist so kompliziert, daß ich mich sehr primitiv ausdrücken muß.

Ich kann ohne Jon nicht leben, er ohne mich jedoch recht

gut. Das habe ich schon immer gewußt. Mit Liebe hat das nichts zu tun. Er hat mich zwar gern und ich ihn, doch das ist unwichtig. Diese Beziehung zwischen uns würde auch bestehen, wenn wir einander haßten. Wenn ich es mit Farben ausdrücke, wird es wohl am verständlichsten. Ist er nicht da, dann ist die Welt grau; ich lebe nur halb und bin schrecklich einsam. Ist er aber da, dann wird die Welt bunt und strahlend, ich lebe, und das Wort Einsamkeit existiert nicht für mich. Mir geht es jedenfalls so, Jon leider nicht. Er lebt in einer ganz anderen Welt. Auch wenn ich nicht in seiner Nähe bin, lebt er ein volles, erfülltes Leben. Deshalb konnte er heiraten und glücklich sein. Ich kann nie wieder heiraten. Ich hätte auch Michael nicht heiraten dürfen. Aber Jon sagte mir damals, ich sollte es tun. Ich war unglücklich, immer unglücklich.

Ich weiß nicht, wann ich dieses Gefühl für Jon entdeckte. Es muß aber kurze Zeit nach der Scheidung seiner Eltern gewesen sein. Damals wurde ich von Jon getrennt und in ein Internat gesteckt. Die Welt war plötzlich so seltsam ohne ihn. Als ich dann vierzehn war, kam Jons Vater nach London zurück, nahm mich aus dem Kloster und brachte mich in sein Haus. Und damit war ich wieder bei Jon. Ja, damals entdeckten wir beide diese merkwürdige Anziehungskraft. Diese Entdeckung war so erregend, als hätten wir eine neue Dimension gefunden. Sein Vater verstand unsere Beziehung falsch und dachte das Schlimmste. Er trennte uns wieder. Und damit begannen meine Männergeschichten.

Ich konnte nie genug haben, denn ich wollte wieder Farbe in meine graue Welt bringen. Jon heiratete indessen Sophia und war glücklich. Ich war froh darüber, obwohl es für mich entsetzlich war, ihn zu verlieren. Es wäre vielleicht nur halb so schlimm gewesen, wenn ich sie gemocht hätte, aber sie war ein stupides Luderchen. Ich wußte gar nicht, was er an ihr fand. Ich machte also mit meinen Affären weiter, bis eine dann schiefging. Damals haßte ich die Männer, das Leben, die ganze Welt.

Jon hat mich geheilt. Ich ging nach Clougy, und er erweckte mich wieder zum Leben und versprach, mit mir in Verbindung zu bleiben. Kurz danach heiratete ich Michael. Armer Michael! Er war immer sehr gut zu mir, und ich konnte es ihm nie vergelten.

Auch Michael konnte diese Anziehungskraft nie verstehen. Auch er glaubte an eine unerlaubte Beziehung zu Jon. Aber es war nichts. Jon und ich haben niemals eine Zärtlichkeit ausgetauscht, die irgendwie auch nur im entferntesten als ungehörig ausgelegt werden könnte. Was uns verbindet, hat nichts mit Sex zu tun. Es ist etwas ganz anderes und bestimmt nicht schlecht.

Sophia begriff natürlich überhaupt nichts. Mein Gott, war sie eine dumme Gans!«

Irgendwo schlug eine Tür zu. Auf der Treppe waren Schritte zu hören. Jemand rief nach Sarah. Marijohn schloß die Tür auf, als Jon auf die Klinke drückte.

»Sarah«, begann er, stockte aber, als er Marijohn sah.

»Ich wollte es ihr erklären«, sagte Marijohn leise. »Ich versuchte es ihr zu erklären.«

»Sie weiß es schon. Du bist zu spät gekommen.«

Marijohn wurde blaß. »Aber wie...?«

»Ich sagte es ihr selbst«, erklärte Jon. »Ich dachte, Michael hätte es ihr ohnehin schon gesagt. Wahrscheinlich vermutet sie, daß wir beide ein erstklassiges Motiv hatten, Sophia zu ermorden.«

## 22

Zum Glück hatte der Mechaniker eine Taschenlampe dabei. Justin war schrecklich ungeduldig und blickte sich dauernd hilfesuchend um. Und plötzlich bemerkte er Licht in einem Bauernhaus, das wenige hundert Meter entfernt war.

»Ich bleibe nicht lange aus«, rief er und machte sich auf den Weg. »Muß nur telefonieren.«

Die Frau, die ihm öffnete, war ziemlich abweisend, doch

als er höflich bat, das Telefon benützen zu dürfen, führte sie ihn zum Apparat und ließ ihn allein.

Er rief Clougy an. Am anderen Ende läutete es ununterbrochen, aber niemand hob den Hörer ab.

»Tut mir leid, Sir«, sagte die Dame von der Vermittlung schließlich, »das Telefon scheint nicht besetzt zu sein.«

## 23

Beide sahen Sarah unverwandt an. In diesem Augenblick wurde ihre innere Verwandtschaft so klar und deutlich erkennbar wie nie zuvor.

»Womit hat Sophia gedroht?« hörte sie sich sagen.

Ihre Stimme klang erstaunlich kühl.

»Das kannst du dir doch vorstellen«, antwortete Jon. »Sie wollte Marijohns Namen in den kommenden Scheidungsprozeß hineinziehen. Kannst du dir vorstellen, wie gemein ihr eifersüchtiger Racheplan war? Kannst du dir vorstellen, wie sehr sie nach Zerstörung dürstete? Wie sehr sie verletzen und mit Schmutz um sich werfen wollte?«

»Ja, ich verstehe.«

Und sie verstand auch. So sehr, daß ihr übel wurde. Sie fühlte sich ganz benommen.

»Marijohn ist illegitim«, erklärte er. »Wir haben den gleichen Vater. Ihre Mutter starb kurz nach der Geburt, und mein Vater nahm sie trotz der Proteste meiner Mutter in die Familie auf. Nach der Scheidung mußte er sie natürlich weggeben. Sie hätte unter Mutter allzu viel gelitten.«

»Jon«, sagte Sarah nach einem langen, bedrückenden Schweigen, »Jon, hast du...?«

Er wußte, was sie fragen wollte, er spürte es geradezu.

»Nein«, antwortete er. »Ich habe Sophia nicht getötet. Du mußt mir das glauben, denn ich schwöre, es ist die Wahrheit. Ich will dir jetzt auch sagen, warum ich dich belog, als ich behauptete, Sophias Tod wäre ein Unfall gewesen. Ich dachte,

Marijohn hätte sie hinuntergestoßen. Alles, was ich tat, diente nur dem einen Zweck: Marijohn zu schützen. Natürlich ahnte ich nicht, daß Marijohn glaubte, ich hätte Sophia ermordet. Trotz unserer sonstigen Einfühlungsgabe litten wir zehn Jahre lang unter diesem Irrtum. Ist das nicht eine Ironie?«

Sie sah ihn nur an, konnte aber nicht antworten. Nicht einmal bewegen konnte sie sich.

Jon trat auf sie zu. Marijohn stand an der Tür.

»Nach dem Abendessen hatte ich eine große Szene mit Sophia«, fuhr er fort. »Auch Michael war da. Anschließend ging ich in den Garten hinaus, setzte mich in einen Schaukelstuhl und dachte nach. Dann kehrte ich ins Haus zurück, um mit Marijohn zu sprechen. Sie war jedoch weder unten noch in ihrem Zimmer. Unten traf ich nur Eve in der Halle. Sie sagte mir, Sophia wäre zu den Flat Rocks gegangen, um dort Max zu treffen. Und da kam mir die Idee, Marijohn könnte Sophia nachgegangen sein, um ihr vernünftig zuzureden. Ich rannte also auch hinunter und den Pfad zur Klippe hinauf.

Ich hörte Sophia kreischen: ›Laß mich los!‹ Und dann folgte ein mörderischer Schrei. Ich war noch etwa hundert Meter von den Flat Rocks entfernt. Als ich außer Atem ankam, sah ich Marijohn am Rand der Klippe stehen und hinunterstarren. Auch sie keuchte, als wäre sie gerannt oder – hätte gekämpft.

Sie erzählte, sie hätte den Schrei gehört, als sie einen Spaziergang über die Klippen nach Sennen machte.

Wir gingen dann hinunter. Max beugte sich über Sophia. Er hatte unten auf sie gewartet. Das hat er wenigstens behauptet.«

Sarah wandte sich an Marijohn. »Welch ein Zufall, daß du gerade in der Nähe warst! Was veranlaßte dich, gerade in jenem Augenblick, als Sophia getötet wurde, über die Klippen zu gehen?«

Jon war blaß vor Zorn.

»Sarah!« knirschte er.

Doch Marijohn unterbrach ihn und erklärte: »Ich fühlte, daß Jon mich brauchte, ahnte, daß er nach mir Ausschau hielt. Deshalb blieb ich auch stehen.«

»Oh, wie interessant!« meinte Sarah ironisch. »An Telepathie habe ich allerdings noch nie geglaubt.«

»Was meinst du damit?« fuhr Jon auf. »Daß ich lüge? Daß Marijohn lügt? Daß wir beide lügen?«

Sarah ging an ihm vorbei und öffnete die Tür.

»Einer von euch muß lügen«, erwiderte sie. »Das ist doch klar. Sophia schrie, ehe sie fiel: ›Laß mich los!‹ Das heißt, daß sie sich gegen jemanden wehrte, der sie hinunterstieß. Jemand hat sie umgebracht, und jeder von euch beiden – das hast du selbst gesagt, Jon – hatte ein ausgezeichnetes Motiv.«

»Sarah!«

»Jon, laß sie gehen! Laß sie in Ruhe!«

Draußen auf dem Korridor holte Sarah tief Luft, als wäre sie lange Zeit in einer dumpfen Zelle eingesperrt gewesen. Sie eilte die Auffahrt hinunter. Die Nachtluft war köstlich frisch. Ein Stück vom Haus entfernt fühlte sie sich plötzlich wundervoll frei, unbeschreiblich erleichtert nach der ungeheuren Anspannung.

Er wartete am Gartentor auf sie. Sie war so mit ihren eigenen Gefühlen und ihrem Wunsch, allem zu entfliehen, beschäftigt, daß sie nicht einmal merkte, wie er ihr über den Klippenpfad folgte.

## 24

»Komisch!« sagte der Mechaniker, als Justin zurückkam. »Der Vergaser ist's nicht. Ich krieg' den Burschen nicht zum Laufen. Kann beim besten Willen im Moment nicht sagen, was da nicht stimmt.«

Justin überlegte. Bis zum Flughafen St. Just würde ihn sicher jemand mitnehmen. Von dort aus hatte er nur noch eineinhalb Meilen bis nach Clougy, und von St. Just aus konnte er auch noch mal anrufen.

»Gut. Ich werde versuchen, mitgenommen zu werden«, sagte er dem Mechaniker. »Können Sie dafür sorgen, daß der Wagen abgeschleppt wird? Sie können dann in der Werkstatt nachsehen, was fehlt.«

»Kann ich auch jetzt, wenn Sie wollen.«

»Ich habe keine Zeit. Ich muß zusehen, daß ich weiterkomme.« Er drückte dem Mann ein gutes Trinkgeld in die Hand. »Und vielen Dank für Ihre Mühe. Gute Nacht.«

## 25

Der Klippenpfad machte einen Bogen um einen Felsen. Die erleuchteten Fenster waren nun nicht mehr zu sehen. Sarah blieb einen Augenblick stehen, um dem Rauschen des Wassers zu lauschen und ein wenig zu verschnaufen. Unwillkürlich warf sie einen Blick über die Schulter, und da erst sah sie den Mann. Wie versteinert vor Angst blieb sie stehen. *Und Sie spielen Sophias Rolle*, klang es in ihren Ohren.

Die würgende Angst benahm ihr den Atem. Wellen der Benommenheit überfluteten sie, aber sie taumelte weiter, wagte nicht mehr stehenzubleiben, wagte auch nicht zu fragen, weshalb jemand ihren Tod wünschen konnte. Sie wußte nur mit schmerzhafter Klarheit, daß sie in Gefahr war und daß sie ihr entrinnen mußte. Aber wo sollte sie sich verstecken? Es gab hier kein Versteck.

Da fielen ihr die Felsen unten ein. Am Fuß der Klippen gab es unzählige Möglichkeiten, sich zwischen den Felsen zu verstecken. Und vielleicht führte sogar ein Pfad am Strand entlang zur Bucht und zurück zum Haus.

Sie folgte also dem nach abwärts führenden Pfad und kletterte die Stufen hinunter zu den Felsen. Das Meer dröhnte in ihren Ohren. Ihre Beine drohten unter ihr nachzugeben.

Der Mann rannte jetzt. Sie beschleunigte ebenfalls ihr Tempo. Vor Angst zitternd, klammerte sie sich an die steilen Vorsprünge und rutschte schließlich das letzte Stück einfach hinunter. Als sie zu laufen begann, stolperte sie und fiel. Mühsam richtete sie sich auf. Der Mann stand auf den Stufen über ihr. Sie rückte hinter den Felsen, neben dem sie lag, und wagte dann nicht mehr, sich zu rühren. Inbrünstig betete sie, er möge sie nicht gesehen haben.

»Sarah?« rief er.

Es klang besorgt. Sie antwortete jedoch nicht.

Vorsichtig stieg er die Stufen hinab.

Er soll fallen, wünschte sie, ausrutschen und fallen.

Der Mann fluchte laut vor sich hin. Es regnete Sand und Kieselsteine, weil er so ungeschickt herunterkletterte.

»Sarah?« rief er wieder. »Ist doch alles gut, Sarah. Ich bin's doch.«

Sie rückte noch näher an den Felsen heran. Ihre Schulterblätter schmerzten von dem Druck. Ihr ganzer Körper schmerzte.

Als er unten war, blieb er lauschend stehen. Über die Flat Rocks spielten die Wellen.

Und dann sah er sie. Langsam kam er auf sie zu.

Sie begann zu schreien.

## 26

Justin rannte. Er rannte an der Farm vorüber nach Clougy. Er wußte nicht, was er befürchtete, er wußte nur, daß der Mörder seiner Mutter sich im Haus befand und daß niemand die Wahrheit kannte außer ihm und dem Mörder. Er wußte nicht einmal, weshalb seine Mutter ermordet worden war. Die Sinnlosigkeit der Tat quälte ihn, aber er zweifelte nicht daran, daß er den Mörder kannte. Nach dem, was Eve gesagt hatte, konnte es nur einer gewesen sein.

Er hörte das Wasser am Mühlrad, und dann war er endlich in Clougy. Atemlos stolperte er durch die offene Tür in die beleuchtete Halle.

»Vater!« brüllte er.

Zum erstenmal seit zehn Jahren sprach er dieses Wort bewußt und selbstverständlich aus.

»Vater, wo bist du?«

Er stürmte in das Wohnzimmer, in das Musikzimmer. Nirgends sah er jemanden.

»Sarah!« schrie er.

Doch auch Sarah antwortete nicht.

Eine unheilvolle Ahnung überkam ihn, ein warnender Blitz. Er lief die Treppe hinauf, den Korridor entlang und riß die Tür zum Schlafzimmer seines Vaters auf.

Sie saßen nebeneinander am Fenster. Sein Vater sah unglücklich, fast verstört aus, und Marijohns stilles, schönes Gesicht war von Tränen überströmt.

»Justin, was, um Himmels willen...?«

»Wo ist Sarah?« Er keuchte vor Anstrengung und Erschöpfung. »Wo ist sie?«

Im Korridor waren Schritte zu hören. Eine Gestalt erschien unter der Tür.

»Sie ist mit Michael auf einem Spaziergang«, sagte Max Alexander.

## 27

»Schon gut, Sarah, schon gut. Ich bin's ja nur.«

Michael Rivers' Stimme klang beruhigend, aber sie kam wie aus weiter Ferne.

Sie zitterte noch immer. In ihrem Kopf drehte sich ein Karussell. Sarah ließ sich von Michael weiter nach unten führen, bis sie am Rand des Wassers auf den Flat Rocks standen.

»Warum – sind Sie mir gefolgt?« konnte sie endlich fragen, als sie auf dem Felsen saß.

»Ich sah Sie weggehen und konnte mir einfach nicht vorstellen, wohin Sie wollten, noch was Sie vorhatten. Ich rechnete schon damit, daß Sie Selbstmord begehen wollten.«

»Selbstmord? Warum?«

Sie starrte ihn entgeistert an. Der Gedanke, all ihren Schwierigkeiten und ihrem Unglück durch Selbstmord zu entfliehen, war ihr nie gekommen.

»Wie lange sind Sie verheiratet? Zwei Wochen? Oder drei? Und nun entdecken Sie bereits, daß Ihr Mann mit einer anderen Frau ein – recht merkwürdiges Verhältnis hat und...«

»Wir reisen morgen ab«, unterbrach sie ihn. »Marijohn hat es mir gesagt. Jon wird sie nie wiedersehen.«

»Vor zehn Jahren hat er das schon mal gesagt. Ich würde nichts darauf geben, wenn ich Sie wäre. Und wie soll Ihre Ehe weitergehen? Er gehört Ihnen nie ganz. Ein Teil seines Herzens wird immer bei Marijohn sein. Guter Gott, ich muß doch schließlich wissen, wovon ich rede! Ich versuchte mit Marijohn weiterzuleben, nachdem Jon unsere Ehe zerstört hatte, aber es ging nicht. Es war nichts mehr rückgängig zu machen.«

»Hören Sie auf!« fuhr Sarah ihn an.

»Warum sollten Sie also nicht an Selbstmord denken, wo Sie doch wissen, daß Ihre Dreiwochenehe vorbei ist? Wenn Sie auch noch jung sind – der Schock war zu groß. Zur Zeit der Ebbe sind die Strömungen besonders gefährlich...«

Sie versuchte, sich von ihm loszureißen, doch er hielt sie fest.

»Ich dachte damals auch an Selbstmord, an jenem Wochenende«, fuhr er fort. »Ich ging zum Fischen und überlegte, was ich tun könnte. Ich war außer mir. Später kam der Junge und redete und redete auf mich ein, bis ich mit ihm zum Haus zurückging. Marijohn war im Schlafzimmer. Mir wurde erneut bewußt, wie sehr ich sie liebte, daß ich sie nie mit einem anderen Mann würde teilen können, selbst wenn ihre Beziehung zu ihm absolut unverdächtig sein sollte. Das wollte ich Jon sagen. Ich rechnete mit einer Szene. Nun, die kam dann auch nach dem Abendessen. Aber ich gewann. Jon war erschüttert. Ich sehe sein Gesicht noch genau vor mir. Und dann, o dann mußte Sophia dazukommen und mit Scheidung und Skandal drohen. Du lieber Gott! Wenn ich mir vorstellte: Marijohns

Name durch sämtliche Skandalblätter gezerrt, und wie meine Freunde und Kollegen nur noch ›armer Michael‹ sagen würden – scheußlich, einfach unerträglich scheußlich! Sophia war dabei, meine ganze Welt zu zerstören.«

»Und deshalb haben Sie Sophia ermordet?«

Er sah sie voll an.

»Ja, ich habe sie ermordet«, sagte er gedehnt. »Jon ging nach dem Tod Sophias weg und versprach, sich nie wieder mit Marijohn in Verbindung zu setzen. Ich glaubte, Marijohn gehörte nun wieder mir, hoffte, wir könnten wieder glücklich sein.« Sein Gesicht verzerrte sich. »Aber sie wollte nicht zu mir zurückkehren. Ich hatte einen Mord begangen, um sie vor der Vernichtung zu bewahren, und ihre Antwort darauf war: Sie könne nicht mehr mit mir zusammenleben.«

Eine Welle spülte über den Felsen, auf dem sie saßen. Der weiße Schaum versprühte in der Finsternis.

»Sophia wußte, daß Jon und Marijohn Geschwister waren«, fuhr er nach einer Pause fort. »Hätte sie nichts davon gewußt, dann wären ihre Anschuldigungen in ihrer Tragweite nicht ganz so fürchterlich gewesen. Diese Blutsverwandtschaft war nur ganz wenigen Leuten bekannt. Man hatte sie immer geheimgehalten, um Jons Mutter Unannehmlichkeiten zu ersparen. Der alte Towers hatte anfangs behauptet, Marijohn wäre das Kind eines verstorbenen jüngeren Bruders, und später wollten sie nicht, daß Marijohn unter ihrer Illegitimität litt. Ich war immer der Meinung gewesen, Sophia hätte gar nichts davon zu wissen brauchen, aber Jon sagte es ihr bald nach der Hochzeit, und so wußte sie es von Anfang an.«

Sarah überlegte inzwischen fieberhaft, wie sie Rivers entrinnen konnte. War es möglich, die nächsten Felsen zu erreichen? Und wenn sie sich unauffällig nach rückwärts zurückzog?

Vorsichtig sah sie sich um und rutschte ein Stückchen zurück. Rivers sprach indessen weiter.

»Ja, sicher werden Sie sich bald von Jon scheiden lassen.

Denn selbst wenn Ihre Ehe diese Krise überlebt – es folgen neue. Sie kennen jetzt – wie Sophia seinerzeit – die Wahrheit. Und darum wird Marijohns Name eines Tages in den Schmutz gezogen werden. Wenn es zur Scheidung kommt, werden Sie so verbittert sein, daß Ihnen jede Waffe recht sein wird, um zurückzuschlagen. Darin liegt die Gefahr für Marijohn. Und das will ich vermeiden, denn ich liebe sie noch immer, und ich gebe die Hoffnung nicht auf, daß sie eines Tages zu mir zurückkehrt. Doch auch wenn sie das nicht tut – ich werde sie immer lieben. Das weiß ich sicherer als sonst irgend etwas auf der ganzen Welt.«

Sarah hatte inzwischen festgestellt, daß ein Entkommen nicht möglich war. Der Pfad war so eng und steil, daß sie in der Dunkelheit leicht danebentreten und in eine Lagune stürzen konnte.

»Es wäre also wirklich sehr passend, wenn Sie Selbstmord begingen«, erklärte er nachdrücklich. »Die Schuld könnte ich auf Jon schieben, falls ein Mord vermutet würde. Auch bei Sophia hatte ich Jon die Rolle des Verdächtigen zuerkannt. Deshalb zog ich auch den roten Pullover von ihm an, damit im Zweifelsfall jeder bezeugen konnte, daß Jon zur fraglichen Zeit zu den Klippen gegangen war. Daß Sophia sich mit Max an den Flat Rocks verabredet hatte, hörte ich zufällig, als Sophia Max an den Treffpunkt erinnerte.

Nach dem Abendessen ging jeder seine eigenen Wege. Jon in den Garten, Marijohn ins Wohnzimmer und Sophia hinauf, um andere Schuhe anzuziehen. Diesen Moment nützte ich aus. Ich nahm Jons Pullover von der Truhe in der Halle und eilte vor Sophia zu den Klippen. Ich mußte nicht lange warten.

Ein Mord wurde nie vermutet. Die Polizei war dumm. Sie redeten von Selbstmord und Unfall, nie aber von Mord. Sehen Sie, niemand vermutete irgendwelche Motive.«

»Michael!« flehte Sarah.

Er drehte sich zu ihr um. Sie erkannte die düstere Trauer in seinen Augen.

»Michael, wenn ich nun verspreche, daß ich mich nicht von Jon scheiden lasse und das Geheimnis sicher aufbewahre...«

»Mein liebes Kind, Sie verschwenden Ihren Atem. Ich habe Ihnen einen Mord gestanden, und so ein Geheimnis behält kein Mensch für sich. Das ist ausgeschlossen.«

Sie wandte sich um und fragte: »Was ist das?«

Instinktiv drehte auch er sich um. Der Trick war geglückt. Blitzschnell war sie auf den Füßen und rannte zu den Felsen, um sich zu verstecken. Er schrie etwas, dann stürzte er hinter ihr drein.

Die Felsen sahen aus wie riesige Grabsteine. Die See rauschte noch lauter als das Blut in ihren Ohren. Der Granit zerschrammte ihre Hände, riß ihre Strümpfe in Fetzen und bohrte sich schmerzhaft durch die dünnen Sohlen ihrer Schuhe. Sie kletterte, quetschte sich zwischen Felsen hindurch, stolperte, fiel in ein Wasserloch und sprang wieder auf. Michael kam von Minute zu Minute näher. Als sie am Fuß der Klippen war, blieb sie mit dem Schuh in einer Spalte hängen und verstauchte sich den Knöchel. Unwillkürlich gab sie einen Schmerzenslaut von sich, und im selben Moment sah sie ein Lichtpünktchen oben auf dem Klippenpfad.

»Jon!« schrie sie. »Jon, Jon!«

Dann war Rivers neben ihr. Sie mußte um ihr Leben kämpfen. Verzweifelt biß, kratzte, schlug sie ihn, bis alles vor ihren Augen verschwamm. Noch ein letztes Mal versuchte sie zu schreien, doch sie brachte keinen Ton hervor. Seine Finger umschlossen ihren Hals.

Rote Lichter flammten durch ihr Gehirn. Sie versuchte zu atmen, doch es ging nicht. Ihre Hände wurden schlaff. Sie konnte sich nicht mehr gegen seinen Würgegriff wehren. Aber sie hörte noch den Ruf von oben und dann den klappernden Sturzbach aus Kieselsteinen.

Rivers keuchte, ließ dann los, fiel gegen die Felsen zurück und war im nächsten Augenblick verschwunden.

Eine Sekunde später hüllte wohltuende Dunkelheit sie ein und löschte Angst und Entsetzen aus.

## 28

Später erfuhr sie, daß ihre Ohnmacht kaum länger als eine Minute gedauert hatte. Als sie wieder zu sich kam, beugte sich ein Mann über sie. Der Mann war außer sich. Auf seiner Stirn perlte Schweiß, und seine Augen drückten Angst und Besorgnis aus.

»Sarah, Sarah, Sarah!« sagte er immer wieder, als würde es außer diesem Wort kein anderes mehr geben.

Sie hob eine Hand und legte ihm den Finger auf den Mund.

»Geht es ihr gut?« fragte eine andere bekannte Stimme.

»Wo, zum Teufel, ist Rivers?«

Der Mann, dessen Lippen sie eben berührt hatte, stand auf.

»Bleib hier bei Sarah, Max! Hast du verstanden? Laß sie keine Sekunde allein. Bleib bei ihr!«

»Jon!« flüsterte sie. »Jon!«

Er beugte sich nochmals über sie.

»Ich suche ihn«, sagte er leise. »Justin ist schon hinter ihm her. Max wird sich um dich kümmern.«

»Er – hat Sophia – ermordet. Jon, er hat es – selbst gesagt.«

»Das weiß ich, Sarah«, sagte er und rannte los.

Max Alexander atmete schwer, als sei diese unerwartete sportliche Übung zu anstrengend für ihn gewesen.

»Max!« flüsterte Sarah.

»Ja, ich bin da.«

Er setzte sich neben sie und tätschelte beruhigend ihre Hand. Sie hatte das Gefühl, daß er sich ehrlich um sie sorgte und sie gern hatte. Doch dieses Gefühl war im Moment zu beunruhigend. Sie zog es daher vor, sich auf die Erleichterung zu konzentrieren, daß sie noch lebte. Jon sprang inzwischen über die flachen Felsen am Ufer und leuchtete mit seiner Taschenlampe die Riffe und Lagunen ab.

»Justin!« rief er mehrmals.

Weit weg antworteten ihm ein Lichtzeichen und ein gedämpfter Schrei.

Jon sprang von Felsbrocken zu Felsbrocken, rutschte hin und wieder aus oder stolperte in kleine Tümpel. Er brauchte mehr als zwei Minuten, bis er seinen Sohn erreichte.

»Wo ist er denn?« fragte er Justin.

»Ich weiß es nicht.«

Justins Gesicht sah im Licht der Taschenlampe sehr weiß aus. Seine dunklen Augen waren von tiefen Ringen umgeben.

»Hier war er vorhin!«

Er deutete und lenkte den Strahl seiner Lampe auf eine Stelle unter dem Felsen, auf dem sie standen. Das Wasser gurgelte und schmatzte.

»Er kletterte über diesen Felsen, ließ sich hinuntergleiten und verschwand.«

Jon leuchtete die ganze Umgebung ab. Doch sie sahen nur dunkles Wasser und weißen Brandungsschaum.

»Könnte er versucht haben, zur Bucht zu schwimmen?« fragte Justin.

»Sei doch kein Narr!« brummte Jon. »Aber er könnte in der Finsternis gestürzt sein. Wenn man die Spitze eines Felsens erreicht, sieht man sich meist etwas um. Er könnte entweder durch diesen Kanal geflüchtet sein – oder er hat sich den Schädel auf dem Felsgrund eingeschlagen. Dann müßten wir aber seine Leiche sehen. Vielleicht ist er doch weggeschwommen. Wir müssen unbedingt diese Felsen hier absuchen. Du suchst auf dieser Seite, ich auf der anderen.«

Doch ihre Suche blieb ergebnislos. Erst nach Wochen gab die See die Leiche von Michael Rivers frei.

## 29

»Und was tun wir jetzt?« fragte Justin seinen Vater. »Was wird passieren?«

Sie saßen im Wohnzimmer von Clougy. Mitternacht war vorbei. Justins Körper schmerzte vor Erschöpfung. Selbst als er sich setzte, schwankte der Raum noch um ihn.

»Wir müssen die Polizei holen«, erklärte Jon.

»Das ist Wahnsinn«, brummte Alexander, der auf dem Sofa saß. »Was willst du ihnen sagen? Daß Michael tot ist? Das wissen wir ja noch gar nicht bestimmt. Oder willst du angeben, daß er Sarah umbringen wollte? Die erste Frage der Polizei wäre, wieso ein angesehener Anwalt wie Michael Rivers, eine Stütze der Gesellschaft, plötzlich deine Frau zu ermorden versuchte. Mein lieber Jon, die Polizei würde in uns nur eine üble Verschwörergruppe sehen. Und wenn du erzählst, deine erste Frau wäre von Michael ermordet worden, dann wird man dich fragen, wieso du das nicht schon damals gesagt hast und wieso du Marijohn hast beschützen wollen. Fragen über Fragen nach Motiven...«

»Um Himmels willen, Max!«

»Nun, dann hör auf, solchen Quatsch zu reden.«

»Hast du Angst um deine eigene Haut?«

»O Gott!« sagte Alexander und wandte sich an Justin. »Sag deinem Vater, wenn er jetzt zur Polizei geht, dann sind Sophia und Michael umsonst gestorben. Frag ihn, ob er Sarahs Namen in Balkenlettern auf allen Sonntagsblättern sehen will. *Horror und Honigmond* – eine treffende Schlagzeile, was? Oder: *Sensation! Erste Frau eines Millionärs ermordet! Millionär hilft der Polizei bei ihren Ermittlungen* – So etwas wäre für euch alle unerträglich, oder?«

Die Tür öffnete sich, und Marijohn kam herein.

»Wie geht es ihr?« fragte Jon besorgt. »Hat sie nach mir gefragt?«

»Sie schläft jetzt. Ich gab ihr zwei von meinen Schlaftabletten.« Marijohn ging zu Justin, der in der Ecke saß. »Justin, du siehst ja ganz erschöpft aus. Warum gehst du nicht schlafen? Jetzt kannst du doch nichts mehr tun.«

»Ich – wollte nur noch wissen, was jetzt geschieht.« Er sah seinen Vater an. »Wenn du die Polizei...«

»Polizei?« fragte Marijohn entgeistert und drehte sich zu Jon um. »Polizei?«

»Sag ihm, daß er wahnsinnig ist, Marijohn«, riet Max.

»Schau, Max...«

Oh, jetzt geht der ganze Zirkus wieder von vorn an, dachte Justin. Polizei oder nicht – was gesagt wird und was nicht – ob Michael verschwunden oder tot ist. Oh, bin ich müde!

Er schloß die Augen. Die Stimmen wurden immer leiser, entschwanden. Jemand beugte sich über ihn, und er spürte den Rand eines Glases an den Lippen. Er trank, hustete und öffnete die Augen.

»Armer Justin!« hörte er die Stimme sagen, die er vor zehn Jahren über alles geliebt hatte. »Du gehst jetzt zu Bett. Trink den Rest hier aus, dann bringe ich dich nach oben.«

»Mir geht es ganz gut«, murmelte er. »Hab nur schlappgemacht.«

Aber es waren unzählig viele Stufen, und seine Beine waren wie ausgeleierter Gummi. Doch schließlich lag er im Bett, und das Bett war weich und frisch, eine Zuflucht.

»Es geht schon«, murmelte er, als er vorsichtig ausgezogen und in seinen Schlafanzug gesteckt wurde.

»Ich fürchte, ich bin sehr selbstsüchtig gewesen«, sagte sein Vater. »Ich habe noch nicht einmal ein Wort des Dankes gefunden, und unten war ich so kurz angebunden. Aber ich werde nie vergessen, daß du es warst, der Sarah gerettet hat. Ich möchte, daß du das weißt. Wenn Sarah etwas passiert wäre...«

»Es geht ihr doch gut, ja? Es ist ihr doch nichts geschehen?«

Das Bett war so angenehm, das Kissen so weich. Widerstandslos ließ sich Justin zurücksinken. Er hörte nicht mehr, wie sein Vater das Zimmer verließ.

Als er wieder aufwachte, war es noch dunkel, aber von der Diele her fiel ein Lichtschimmer auf sein Bett.

»Wer ist da?« murmelte er schläfrig.

Marijohn beugte sich über ihn.

»Was ist denn los?« fragte er plötzlich hellwach. »Habt ihr die Polizei geholt?«

»Nein.«

Sie setzte sich zu ihm aufs Bett und strich ihm mit den Fingerspitzen sanft über das Gesicht. »Tut mir leid, daß ich dich aufgeweckt habe. Ich wollte nur nach dir sehen. Jon ist eben zu Bett gegangen, und Max trinkt noch den Rest Whisky aus. Wir haben drei Stunden lang miteinander geredet.«

»Und was habt ihr beschlossen?«

»Du fährst mit Sarah und Jon morgen weg«, erklärte sie, und ihre Stimme klang ein wenig schwermütig. »Von London aus nehmt ihr das erste Flugzeug nach Kanada. Ich kümmere mich mit Max um die Polizei.«

»Wie? Was wollt ihr ihnen denn sagen?«

»Sehr wenig. Max wird Michaels Wagen in der Nähe des Flughafens im Heidekraut stehenlassen. Morgen oder übermorgen rufe ich dann die Polizei an und sage, daß wir uns wegen Michael Sorgen machen würden, daß wir fürchten, er könnte vielleicht Selbstmord begangen haben, da wir seinen Wagen auf der Heide gefunden hätten, nachdem ihr alle nach London abgefahren wart. Ich erzähle, Michael wäre gekommen, um mich zur Rückkehr zu ihm zu überreden, aber ich hätte mich endgültig geweigert, so daß es zu einer Szene kam, nach der er mit dem Wagen wegfuhr. Außerdem hätte er seinen Selbstmord angedroht. Die Polizei kann, wenn sie will, nach ihm suchen. Findet sie ihn, dann stützt das nur unsere Geschichte.«

»Und falls Michael nicht tot ist?«

»Das ist er sicher. Jon ist auch davon überzeugt. Michael hat nichts mehr, für das zu leben es sich lohnen würde.«

»Aber – warum ist es denn so wichtig, daß die Polizei nicht die volle Wahrheit erfährt?« platzte er ärgerlich heraus. »Ich meine – der Skandal wäre ja wirklich entsetzlich – aber…«

»Es gibt Gründe«, antwortete sie. »Dein Vater erklärt sie dir.«

»Weshalb wollte Michael denn Sarah umbringen? Und warum brachte er meine Mutter um? Ich verstehe nicht…«

»Er wollte mich schützen.« Ihre Stimme klang farblos. »Er tat es meinetwegen. Dein Vater wird dir in Kanada alles erklären.«

Justin sah sie noch immer an.

»Ich wußte, daß er der Mörder sein konnte; aber ich fand kein Motiv«, sagte er und schüttelte den Kopf.

»Was hat Eve dir gesagt, daß du plötzlich so von Michaels Schuld überzeugt warst?«

»Ich brachte sie dazu, mir ihre Erinnerungen von jenem Wochenende zu schildern. Zusammen mit meinen eigenen rekonstruierte ich den wahren Ablauf der Geschichte. Früher hatte ich gedacht, mein Vater hätte meine Mutter getötet, weil ich einem Mann mit rotem Pullover zum Klippenpfad gefolgt war. Ich sah, wie dieser Mann meine Mutter hinunterstieß, und rannte über die Hügel nach Clougy zurück, weil ich fürchtete, mein Vater könnte mich auf dem Klippenpfad entdecken. Damals ahnte ich ja noch nicht, daß der Mann im roten Pullover nicht mein Vater war. Michael muß auf dem gleichen Weg wie ich nach Clougy zurückgekehrt sein, denn weder du hast ihn auf dem Rückweg von Sennen gesehen noch mein Vater, der über den Klippenpfad kam. Vater erzählte mir heute, daß ihr beide euch kurz nach dem Sturz meiner Mutter an den Felsstufen getroffen hättet.

Unterwegs stieß ich dann auch auf Eve. Ich versteckte mich, damit sie mich nicht sah. Heute erzählte sie mir nun, daß sie, als sie wieder ins Haus zurückkam, meinen Vater getroffen hätte. Sie erinnerte sich, daß er keinen Pullover trug. Also konnte der Mann im roten Pullover nicht mein Vater gewesen sein. Er hatte ihn wahrscheinlich ausgezogen und auf die Truhe gelegt. Somit mußte der Mann im roten Pullover entweder Max oder Michael gewesen sein. Nach Eve konnte es Max aber auch nicht gewesen sein, denn sie hatte ihn über den Klippenpfad zu den Flat Rocks gehen sehen, kurz bevor ich mich vor ihr versteckte. Sie sagte mir, sie hätte mit Max an der Weggabelung gestritten, und er wäre dann zu dem Treffpunkt mit meiner Mutter gegangen. Sie selbst hat sich an der Weggabelung auf einen Stein gesetzt, um nachzudenken. Sie hätte Max sehen müssen, wenn er von den Klippen nochmals zurückgekommen wäre. Der Mann im roten Pullover aber, dem ich folgte, hatte das Haus erst wenige Minuten, bevor ich Eve zurückkommen sah, verlassen. Also muß jener Mann Michael gewesen sein, denn mein Vater war noch im Haus, und Max war zu den Flat Rocks unterwegs.«

»Ja, ich verstehe«, sagte sie und stand auf und ging zur Tür. »Du schläfst jetzt besser wieder.«

Als sie sich umwandte, um die Tür zu schließen, fiel der Lichtschein voll auf ihr Gesicht. Etwas in ihrer Miene veranlaßte ihn, sie zurückzurufen. Doch sie hörte ihn nicht mehr.

## 30

Marijohn ging hinunter, um die Lichter auszuknipsen und abzusperren.

»Hallo«, sagte Max, der eben mit dem Whisky fertig geworden war, aber nicht betrunken zu sein schien. »Wie geht's meinem Mitverschwörer?«

Sie antwortete nichts, sondern schob nur die Vorhänge zurück, um die Verandatüren zu verriegeln.

»Du weißt doch, weshalb ich's tue?« fragte er düster. »Nicht für dich oder für Jon. Ihr beide habt einen guten Mann vernichtet, und ihr seid indirekt auch für Sophias Tod verantwortlich. Ich tu's des Mädchens wegen. Sarah kann nichts für das alles. Warum soll sie noch mehr leiden, als sie schon gelitten hat? Du hältst mich jetzt wohl für einen Don Quichotte? Amüsant, was? Aber für Frauen habe ich mich von jeher zum Narren gemacht. Du lieber Himmel, welch ein Narr war ich mit Sophia! Sie tat mir leid, sicher, aber ich hätte sie mir andererseits auch am liebsten tot gewünscht. Ich habe Sarah heute nicht erzählt, daß Sophia mich zwingen wollte, sie mit nach London zu nehmen, daß ich dieses Rendezvous an den Flat Rocks vorgeschlagen hatte, um sie zur Vernunft zu bringen. Damals sagte ich selbstverständlich auch nichts, denn ich hatte ja auch ein Mordmotiv. Du brauchst keine Angst zu haben, daß ich quatsche, Marijohn. Ich habe nicht mehr lange zu leben, und wenn ich tot bin, seid ihr alle in Sicherheit – du, Jon, Sarah und Justin. Der Junge muß natürlich die Geschichte in allen Einzelheiten erfahren. Ich beneide Jon nicht, wenn er es ihm erklären muß. Du hast doch den Jungen gern, nicht wahr? Er erinnert dich an Jon?«

Ja, sagte sie sich voll Kummer, und ich werde ihn immer mit anderen zu teilen haben, wie Jon.

»Mit Justin habe ich keine seelische Verbindung«, sagte sie laut. »Er erinnert mich nicht an Jon.«

»Und was wirst du jetzt tun, Marijohn?« fragte Alexander. »Du bleibst sicher nicht länger hier als unbedingt nötig.«

»Nein«, antwortete sie. »Jon will, daß ich Clougy verkaufe. Er sagt, er will dieses Haus nie wiedersehen.«

»Armer alter Jon!« sagte Alexander ganz unlogisch und trank den letzten Rest des Whiskys aus. »Wer hätte gedacht, daß er Clougy einmal niemals mehr würde sehen wollen! Schließlich behauptet er auch noch, er will dich nie mehr wiedersehen.«

»Das braucht er nicht erst zu sagen«, erwiderte Marijohn, und Tränen brannten in ihren Augen wie heiße Nadeln. »Das weiß ich schon.«

## 31

Als Sarah erwachte, hing weißer Nebel vor den Fenstern. Sie drehte sich um und griff nach Jon. Instinktiv zog er sie an sich und küßte sie. »Nun, wie fühlst du dich?« erkundigte er sich besorgt.

Sie kuschelte sich in die Geborgenheit seiner Arme. »Jon!«

»Wir fahren mit Justin nach dem Frühstück weg«, sagte er. »In London nehmen wir das nächste Flugzeug nach Kanada. Später erkläre ich dir, wie Marijohn und Max es mit der Polizei halten werden. Du brauchst dir keine Sorgen zu machen.«

Sie folgte mit sanften Bewegungen den Umrissen seines Gesichtes. Dann küßte sie ihn.

»Jon, ich liebe dich«, flüsterte sie. »Hörst du? Ich liebe dich.«

»Ich verspreche dir, mein Liebling, daß du niemals mehr durch eine solche Hölle gehen mußt«, sagte er. »Wir werden niemals mehr nach England zurückkehren.«

»Oh!« Sie seufzte erleichtert und war erstaunt, daß sie kein bißchen Traurigkeit verspürte. »Wir müssen uns aber noch von deiner Mutter verabschieden. Sie tut mir leid. Justin wird ihr sehr fehlen.«

»Sie wird drüber wegkommen«, meinte er, und sein Mund wurde hart. »Sie ist wie die meisten schönen Frauen sehr exzentrisch und selbstsüchtig und sorgt sich um keinen Menschen, nur um sich selbst.«

»Unsinn, Jonny!« wandte sie trotzig ein. »Auch ein Außenstehender spürt, daß sie dich liebt. Nein! Widersprich mir nicht! Ich weiß, was ich sage. Wir müssen sie nach Kanada einladen. Sie hat genug Geld und kann uns besuchen, sooft sie mag. Justin soll auf jeden Fall mit seiner Großmutter in Verbindung bleiben. Schließlich hat sie ihn aufgezogen. Er muß sehr an ihr hängen. Ehe wir abfliegen, müssen wir uns unbedingt noch mit ihr treffen.«

Er wollte ihr widersprechen, doch sie legte ihm eine Hand auf den Mund.

»Bitte, Jon!« flüsterte sie und küßte ihn auf den Mund.

Seine Augen wurden weich, und er lächelte. Sie wußte nun, daß sie in Zukunft seine Abstandslaune nicht mehr zu fürchten brauchte.

Und sie wußte auch, daß er niemals mehr einer anderen Frau gehören würde.

# EPILOG

Als alle gegangen waren und Marijohn allein im Haus war, setzte sie sich im Wohnzimmer an den Schreibtisch und legte ein Blatt Papier vor sich hin. Der Himmel draußen war tiefblau, und am Ende der Zufahrt rauschte das Wasser über das Mühlrad.

*Mein lieber Jon*, schrieb sie rasch und entschlossen. *Wenn Du diesen Brief bekommst, bist Du in Kanada und in Deinem neuen Leben. Ich weiß, es wird Dir vieles bieten, mehr als das zuvor, denn Sarah und Justin werden bei Dir sein, und bald wird Sarah eigene Kinder haben. Du sollst wissen, wie glücklich ich darüber bin, denn ich wünsche mir nichts auf Erden sehnlicher als Dein Glück, als ein erfülltes, reiches Leben für Dich.*

*Ich habe beschlossen, in jene Welt zurückzukehren, in der ich glaube leben zu können: in die von Anselm's Cross oder in die eines anderen Klosters. Ich dachte daran, Deinem Vorschlag zu folgen und auf Reisen zu gehen, aber ich glaube, ich würde nirgends den ersehnten Frieden finden, den ich hier in Clougy nicht mehr finden kann.*

*Wenn ich zurückschaue, dann verstehe ich, daß alles meine Schuld war. Auf irgendeine Weise habe ich Sophia getötet, dann Michael, schließlich fast Sarah. Ich habe Michaels Leben zerstört, fast auch Deines. Ich glaube, beides könntest Du mir verzeihen, niemals aber das, was Sarah in jener Nacht geschah. Max sagte immer, du wärst derjenige, der seiner ganzen Umgebung Gefahr bringt, aber das stimmt nicht. Ich war die Ursache aller Gefahren, ich und nicht Du. Wenn Du ehrlich vor Dir selbst bist, wirst Du es ebenso klar sehen wie ich.*

*Beim Abschied sagtest Du, wir könnten einander in ferner*

*Zukunft einmal wiedersehen. Nein, Jon, das wird nie der Fall sein. Du hast das nur gesagt, um meinen Schmerz zu lindern. Ich werde Dich niemals mehr sehen, nicht deshalb, weil Du glaubst, es wäre besser für uns beide oder für Sarah oder Justin, sondern weil Du mich gar nicht mehr wiedersehen willst, weil Du ebenso gut weißt wie ich, daß Sarah fast meinetwegen ihr Leben verloren hätte, daß Deine zweite Ehe beinahe so zerbrochen wäre wie Deine erste, und Du weißt, daß Du kein weiteres Risiko eingehen darfst. Ich tadle Dich deshalb nicht, mein lieber Jon. Das Wissen, daß ich Dich niemals wiedersehen werde, hilft mir, den für mich richtigen Weg einzuschlagen.*

*Drei Dinge habe ich Dir noch zu sagen: Bemitleide mich nicht, mach Dir selbst keine Vorwürfe und versuche niemals, mit mir wieder Verbindung aufzunehmen, auch nicht aus Herzensgüte, auch nicht, wenn viele Jahre vergehen.*

*Für Dich, mein Liebster, alle Liebe und alles Glück der Welt, alles, was Du Dir je erträumst.*

*Immer Deine*

*Marijohn.*

# Das Schloß am Meer

Aus dem Englischen
von Uta Szyszkowitz

# Prolog

Manchmal mußte Rachel noch an Daniel denken. Sie dachte an ihn, wenn die Stadt im Hochsommer unter einem dunstigen Himmel brütete und sie sich an den kühlen Sommer in Schottland erinnerte, wo ein frischer Seewind weiße Gischt über einsame Küsten sprühte. Sie dachte an ihn, wenn sie nachts ohne Grund aufwachte und nichts zu hören war als die Geräusche der ruhelosen Stadt. Und sie dachte an ihn, wenn ihre Freundinnen über aufregende Liebesabenteuer mit Happyend schwatzten. Dabei war sie so sicher, ihn nie geliebt zu haben.

Sie lebte jetzt schon fast fünf Jahre in New York. Ihre Heimat war England, genau gesagt Surrey, eine Grafschaft südlich von London; sie war das einzige Kind eines ältlichen anglikanischen Pfarrerehepaares, und die ersten zweiundzwanzig Jahre ihres Lebens hatte sie in der wohlbehüteten und altmodischen Atmosphäre eines ländlichen Pfarrhauses verbracht. Nach der Pflichtschule hatte sie eine Sekretärinnenschule besucht, wo sie die nötigen Kenntnisse ohne große Schwierigkeiten erworben hatte, und war danach für sechs Monate nach Genf gegangen. Nach ihrer Rückkehr hatte sie sich in London ihren Lebensunterhalt selbst verdient. Ihr Lebenslauf glich dem vieler anderer junger Mädchen. Sie hatte eine Menge guter Freunde, fuhr oft und gern nach Hause, spielte Tennis und war im allgemeinen mit ihrem Leben zufrieden. Wenn ihr damals jemand prophezeit hätte, daß sie eines Tages England verlassen würde, um ihr Leben radikal zu ändern, dann wäre sie sicher sehr erstaunt, ja entrüstet gewesen. Das einzig Außergewöhnliche in ihrem sonst so normal verlaufenden Leben war ihre Freundschaft mit Rohan Quist.

Es kam ihr oft vor, als sei die Beziehung zu Rohan das festeste Band in ihrem Leben. Denn Rohan war immer dagewesen. Sie sah sich noch ängstlich in ihrer Spielecke hocken, während er schon stolz auf seinem Dreirad strampelte.

Aber später hatte er ihr dann das Dreiradfahren beigebracht, sie an der Hand in den Kindergarten geführt und sie in all die verworrenen Spiele der Kindheit eingeweiht, in Geheimbünde, Schwüre und Pakte, in lauter wunderbare Abenteuer. »Wer sagt, daß Rachel zu klein ist, kriegt es mit mir zu tun!« schrie er seine Anhänger an. »Rachel ist mein Freund!« Sie sah ihn deutlich vor sich, acht Jahre alt, dünn und drahtig, mit starkem strohblondem Haar und großen strahlenden, grauen Augen.

Rachel ist mein Freund.

Und Rohans Freunde hatten es gut. Viel später, als sie schon erwachsen waren, bot er von sich aus immer wieder seine Begleitung an, wenn sie ausgehen wollte, machte mit ihr in seinem kleinen roten Volkswagen Wochenendausflüge in die Umgebung, nahm sie mit zum Mai-Ball in Cambridge, wo sie eine Menge netter junger Männer traf. »Wir sagen einfach, ich bin dein Vetter«, hatte er kategorisch erklärt. »Dann kommt niemand auf den Gedanken, daß ich irgendwelche Vorrechte bei dir habe.« Und es war auch niemand auf den Gedanken gekommen. Sie hatte die ganze Nacht getanzt und ein bißchen zuviel Heidsieck '59 getrunken, und nach dem Frühstück im Morgengrauen war sie ganz erschöpft gewesen. Da hatte Rohan ein Boot genommen und sie über den Fluß gefahren.

Natürlich hatten sie manchmal Krach und konnten plötzlich nicht mehr miteinander reden. Rohan war emotionell und extravertiert und reagierte seinen Ärger meist in einem rhetorischen Bravourakt ab. Rachel fand diesen Exhibitionismus lächerlich. Aber diese Ärgerlichkeiten gingen vorüber. Die beiden vergaßen ihren Streit, als sei nichts geschehen.

Dann wurden sie älter, und Rohans Kummer über ihre Beziehung ließ sich nicht mehr verbergen.

»Das ist alles schön und gut«, sagte er verdrossen, »aber warum mache ich das eigentlich alles? Ich führe dich überall herum und stelle dich lauter gutaussehenden Männern vor, und was tust du für mich? Wann hast du mich je einem hübschen Mädchen vorgestellt? Wann bitte?«

»Das ist nicht fair!« protestierte sie und suchte nach einem Gegenbeweis. »Und was ist mit meinen Schulfreundinnen? Ich habe sie dir alle vorgestellt!«

»Kaum mein Typ darunter, oder?«

»Helen ist aber sehr hübsch!«

»Die arme Helen«, sagte er gelangweilt und wußte, daß sie sich darüber ärgern würde. »Sie hat doch nicht den geringsten Sexappeal!«

»Wie, zum Teufel, kann ich wissen, was du unter Sexappeal verstehst?«

»Bitte fluch nicht. Ich mag Frauen nicht, die fluchen.«

»Du bist unmöglich!« Rachel war wütend, aber zugleich hatte sie ein schlechtes Gewissen.

Und dann in Genf, wo sie sechs Monate Französisch studierte, lernte sie Decima kennen, und Decima war ganz anders als die Mädchen, die Rachel von der Schule her kannte.

Als die sechs Monate vorbei waren, kehrten Rachel und Decima gemeinsam nach England zurück, und Rachel stellte Rohan bei der ersten Gelegenheit ihre neue Freundin vor. Decima blieb einige Tage bei Rachel, bevor sie zu ihrem Vater nach Schottland fuhr. Vor ihrer Abreise, so hatten die drei geplant, wollten sie noch ein gemeinsames Wochenende verbringen. »Wir werden uns herrlich amüsieren«, hatte Rohan gesagt, und sein energisch vorgeschobenes Kinn betonte seine aggressive Entschlossenheit, das Leben zu genießen. »Mein Vetter Charles kommt von Oxford her, dann sind wir zu viert. Erinnerst du dich an Charles, Rachel, an diesen Professor für mittelalterliche Geschichte? Der ist genau richtig für dich, du sagst doch immer, wie sehr du ältere Männer magst . . . Ja, das kann ein recht gutes Doppel werden. Du und Charles, Decima und ich . . .«

Decima und Charles heirateten nach kaum vier Monaten. Als die Verlobung verkündet wurde, war alles, was Rohan sagte: »Es ist schon gut so, mein Typ war sie sowieso nicht, sie paßt viel besser zu Charles, ich bin sicher, sie werden glücklich. Ob sie wohl das ganze Jahr in Oxford leben wollen? Charles hat doch bisher seine ganzen Semesterferien immer in Edinburgh verbracht.«

»Vielleicht fahren sie nach Roshven«, sagte Rachel. Roshven . . . Rachel war nie dort gewesen, aber Decima hatte so oft von ihrem Zuhause erzählt, daß Rachel sich ein deutliches Bild von diesem Haus machen konnte, zu dem keine Straße führte: graue Mauern, zwischen Berg und Meer, an der wilden Küste Westschottlands, einsam, weit, zeitlos. Mehr als einmal hatte sie mit dem Gedanken gespielt, wie schön es sein könnte, Decima dort zu besuchen.

Aber Decima und Charles waren schon über zwei Jahre verheiratet, bevor eine Einladung kam. Und da hatte Rachel längst den Gedanken, eingeladen zu werden, aufgegeben, auch weil Decima sich nicht im geringsten bemüht hatte, in Verbindung mit ihr zu bleiben. Ihr Briefwechsel war bald eingeschlafen. Rohan fand nichts dabei, sich dann und wann selbst in Roshven einzuladen, um einige Tage mit seinem Vetter Charles zu fischen und zu jagen, und konnte nicht verstehen, warum Rachel nicht einfach mitfuhr, aber Rachel war zu stolz. Wenn Decima sie sehen wollte, dann sollte sie schreiben und sie einladen. Rachel hatte nicht die Absicht, irgendwo aufzukreuzen, wo sie nicht erwünscht war.

Dann endlich nach zwei Jahren kam die Einladung. Es war Spätsommer. Rachel war gerade von einer Reise nach Florenz zurückgekommen, hatte ihre alte Stellung aufgegeben und die neue noch nicht angetreten. So konnte die Einladung kaum zu einer besseren Zeit kommen. Sie betrachtete den Brief. Es war Decimas Handschrift, der Poststempel von Kyle of Lochalsh. Rachel öffnete den Umschlag in angenehmer Vorfreude und begann neugierig den Brief zu lesen, bald jedoch wich ihre Neugierde einer tiefen Bestürzung.

»Liebste Raye«, schrieb Decima, »es tut mir leid, daß ich so ein miserabler Briefpartner war, bitte denk nicht, ich hätte Dich vergessen. Ich habe sehr oft an Dich gedacht, besonders da ich hier mit niemandem reden kann. Und jetzt möchte ich Dich fragen, ob Du nicht für ein paar Tage nach Roshven kommen kannst. Am nächsten Sonntag ist mein einundzwanzigster Geburtstag, und es würde mich sehr beruhigen, wenn Du nach der Geburtstagsparty, die Charles für mich am Samstagabend gibt, noch etwas bleiben könntest. Komm bitte, Raye. Vielleicht bin ich hysterisch, aber ich würde viel weniger Angst haben, wenn ich wüßte, Du bist am Samstag nach Mitternacht bei mir in Roshven. Ich kann jetzt nicht mehr sagen, da ich gleich nach Kyle of Lochalsh muß, um Rohan zu holen, aber bitte komm so bald wie möglich. Ich werde Dir alles erklären, wenn Du hier bist. Bis dahin, herzlichst

Decima.«

# 1. Teil

# Roshven

# 1. Kapitel

Bevor Decima Mannering die Einladung an Rachel schrieb, war sie am Fenster ihres Schlafzimmers gesessen und hatte aufs Meer gesehen. Rohan Quist sollte heute für zwei Ferienwochen nach Roshven kommen, und immer wenn sie Rohan erwartete, mußte Decima an Rachel denken. In ihrer Vorstellung waren die beiden unzertrennlich, wie Mann und Frau, oder besser gesagt, wie Bruder und Schwester. Es war seltsam: Ein unverheirateter Mann und ein Mädchen kannten sich seit ihrer Kindheit, waren fast immer zusammen, waren nahezu unzertrennlich, und offensichtlich spielte sich nichts Sexuelles zwischen ihnen ab. Wirklich sehr merkwürdig. Aber wenn man Rachel kannte, konnte man eigentlich nichts anderes erwarten. Rachel hatte Männern gegenüber eine unglückliche Art. Sie schreckte ihre Verehrer regelrecht ab, indem sie besonders kalt und zurückhaltend war. Sicher war da irgendein Minderwertigkeitskomplex; sie mußte sich wohl ständig vergewissern, daß sich ein Mann wirklich für sie interessierte, und stellte daher dauernd zu hohe Ansprüche. Auf diese Weise war es ihr gelungen, einen Verehrer nach dem anderen zu verjagen. Möglicherweise gab es aber auch gar keinen Minderwertigkeitskomplex, und Rachel war bloß altmodisch und träumte von irgendeinem reinen Ritter, der ihr von ferne den Hof machte. – Arme Rachel . . .

Sie konnte sich noch genau erinnern, wie sie Rachel zum ersten Mal in Genf getroffen hatte. Rachel hatte ein sehr englisches Tweedkostüm angehabt, das ihr ein bißchen zu weit gewesen war. Ihre schwarzen Zöpfe hatte sie aufgesteckt. Altmodisch, hatte Decima gedacht. Irgendwie ganz hübsch. Das heißt, wenn man so etwas mag.

Komisch, daß sie so gute Freundinnen geworden waren, wo sie doch gar nichts gemeinsam hatten; aber Decima hatte sich damals einsam und unglücklich gefühlt, und Rachel, die ebenfalls zum ersten Mal von ihren Eltern getrennt lebte, hatte mehr Verständnis für sie als alle anderen. Rachels freundliche Welt, wo man sich zum Tee im Pfarrhaus traf und am Wochenende Tennis spielte, war so verschieden von allem, was Decima kannte. Decima kam aus einer ganz anderen Gesellschaftsschicht, sie war die Tochter eines schottischen Adeligen und einer italienischen Prinzessin.

Ihre Eltern waren allerdings längst geschieden. Bis zu ihrem vierzehnten Jahr hatte sie mit ihrer rastlosen Mutter kreuz und quer den Kontinent bereist und war zweimal mit ihr rund um die Welt gefahren. Ihre Mutter war ein aktives Mitglied des internationalen Jet-set, bevor sie an einer Überdosis Schlaftabletten starb. Daraufhin wurde Decima von ihrem Vater an die Westküste Schottlands gebracht.

Sie liebte Roshven vom ersten Augenblick an. Ihr Vater hatte gefürchtet, sie würde Roshven nach dem Glanz der vielen Großstädte als das Ende der Welt ansehen und verachten, aber Decima war so übersättigt von ihrem hektischen Stadtleben, daß ihr Roshven wie ein Märchenschloß vorkam; es war ihr der liebste Platz auf der Welt.

Ihr Vater freute sich auch über ihre Heirat mit Charles Mannering, einem Professor in Oxford, der schon mehrere Bücher über mittelalterliche Geschichte veröffentlicht hatte. Er mochte Charles auf den ersten Blick und hatte sogar seinem Testament eine Klausel angefügt, in der Charles als Mitverwalter von Roshven genannt wurde, im Falle, daß Decima noch vor ihrer Volljährigkeit den Besitz erben sollte. Das Testament enthielt sogar noch eine weitere Klausel, die besagte, daß der Besitz im Falle von Decimas Tod vor ihrem einundzwanzigsten Geburtstag auf ihre

Kinder und, falls noch keine Nachkommenschaft da sei, direkt auf Charles übergehen sollte. Von ihrem einundzwanzigsten Geburtstag an sollte sie hingegen voll und ganz über Roshven verfügen können. Das Haus selbst hatte ja, da es so abgelegen war, keinen großen finanziellen Wert, aber die Wälder stellten ein Vermögen dar und brachten jährlich einen erheblichen Pachtzins.

Als Decimas Vater sechs Monate nach ihrer Hochzeit starb, war Decima eine reiche Erbin – mit neunzehn Jahren. Jetzt war sie fast einundzwanzig.

Lange saß sie an diesem Morgen an ihrem Fenster und starrte auf das dunkle Meer. Sie war sich völlig klar über ihre Probleme. Schwer war nur, die richtige Lösung zu finden. Es mußte einen Ausweg geben. Schade, daß Rohan ihr nicht helfen konnte, aber er war schließlich der Vetter von Charles.

Rohan . . .

Rachel.

Rachel könnte ihr helfen. Konventionell, solide und zuverlässig, wie Rachel war. Sie mußte kommen.

Rasch ging sie hinüber zu ihrem kleinen Sekretär in der einen Ecke ihres Zimmers und begann zu schreiben, mit ihrer sauberen, klaren Handschrift.

Charles Mannering saß in seinem Studierzimmer, das nach Osten gegen die Berge lag. Er dachte über seine Frau nach. Vor ihm auf seinem Tisch stand ein Hochzeitsbild von Decima. Er nahm es in die Hand und betrachtete es lange. Es war kaum zu glauben, daß es erst zweieinhalb Jahre her war, daß er sie zum ersten Mal getroffen hatte. Und doch waren es sehr ereignisvolle zweieinhalb Jahre gewesen.

Er lehnte sich in seinem Stuhl zurück und schloß die Augen. Er sah sich selbst mit sechsunddreißig, ein angesehener Gelehrter, ein behaglich hausender Junggeselle. Er hatte damals fast alles, was er sich wünschte, Erfolg in seiner Arbeit, Unabhängigkeit und einen großen Freundeskreis. Es wäre alles noch perfekter gewesen, wenn er genug Geld gehabt hätte, um keine Vorlesungen mehr halten zu müssen, die ihm viel Zeit wegnahmen. Er hätte reisen können, mehr Zeit zum Forschen gehabt und mehr Zeit zum Bücherschreiben. Aber schließlich konnte man nicht erwarten, daß das Leben vollkommen war, und im großen und ganzen hatte er viel Glück gehabt. Kein Grund zum Klagen. Und dann war er an einem Wochenende nach London gefahren, zu seinen Verwandten, den Quists, und da war Rohan plötzlich mit zwei Mädchen aufgetaucht, triumphierend wie ein Magier, der soeben zwei weiße Kaninchen aus einem Hut hervorgezaubert hat. An Rachel konnte er sich vage von früher erinnern, aber das andere Mädchen mit ihren schrägen, blauen Augen und dem seidenen, schwarzen Haar war ihm unbekannt.

Sie kam ihm schrecklich jung vor. Für einen sechsunddreißigjährigen Mann ist ein Mädchen von achtzehn natürlich noch ein Kind. Aber nach ein paar Worten schon war er fasziniert von ihrer Intelligenz und diesen wissenden Augen. Dieses Mädchen war nicht so jung, wie man ihren Jahren nach hätte annehmen können.

Charles war verwirrt. Bisher hatte er sich nur für ältere Frauen erwärmen können, zum ersten Mal interessierte er sich für ein derart junges Mädchen.

Als er seiner Sache ganz sicher war, bat er sie darum, mit ihm zu schlafen.

Noch nie hatte er sich so verrechnet. Einen schrecklichen Augenblick lang dachte er, nun alle Aussichten bei ihr mit einem Schlag zerstört zu haben, aber sie vergab ihm sofort und schien im Gegenteil darauf bedacht, ihn wiederzusehen. Nur kam für sie ein Abweichen von der konventionellen Moral nicht in Frage. Wenn er bloß daran interessiert war, konnte er sich eine andere suchen.

Charles hielt sich wie die meisten Männer für unwiderstehlich, wenn er es darauf anlegte; jetzt hatte sein Selbstbewußtsein einen schweren Schlag erlitten. Er war so angeschlagen, daß er sich nach seiner Rückkehr nach Oxford kaum auf seine Arbeit konzentrieren konnte und unfähig war, eine einzige Zeile für sein Buch über Richard Löwenherz zu schreiben. Statt dessen schrieb er einen Brief nach Roshven und erhielt eine charmante Einladung zum Wochenende. Kaum hatte er die letzte Vorlesung gehalten, saß er auch schon im Flugzeug nach Inverness.

Roshven gefiel ihm. Hoffnungslos primitiv und natürlich entsetzlich unpraktisch (es gab ja noch nicht einmal eine Straße zur nächsten Stadt!), aber ein ausgezeichneter Ferienplatz und ganz ideal, um in aller Ruhe zu schreiben oder konzentriert zu arbeiten. Decimas Vater, der nur wenige Jahre älter war als Charles, schien ein netter Kerl zu sein. Gerade damals war er besonders gut gelaunt, weil er den Pachtvertrag für seinen Wald erneuert hatte. Damit war das Einkommen für die nächsten Jahre gesichert. Der Holzpreis stieg von Jahr zu Jahr, und damit war auch der Wert Roshvens von zweitausend auf über hunderttausend Pfund gestiegen.

»Warum verkaufen Sie eigentlich nicht?« hatte Charles ihn gefragt. Seiner Meinung nach hätte man so viel Geld besser anlegen können, zum Beispiel in einer Villa an der Costa Brava oder in einem Haus auf den Kanarischen Inseln. »Aber da es Ihr Elternhaus ist«, fügte er höflich hinzu, »hat es natürlich einen Gefühlswert für Sie.«

»Da haben Sie recht«, sagte Decimas Vater; er freute sich, von seinem Gast verstanden zu werden. »Decima und ich sind uns da ganz einig.«

»Ich verstehe«, meinte Charles, der diese Haltung gar nicht verstand. »Das kann ich sehr gut begreifen.«

Er hielt es für unmöglich, daß Decima wirklich so sehr an einem alten, abgelegenen, baufälligen Gemäuer hängen sollte. Decima mit ihrem gesellschaftlichen Hintergrund, ihrer Ausbildung in Paris, Rom und Genf! Warum sollte sie hier in der hintersten Ecke von Westschottland ihr Leben verbringen wollen? Wenn sie eines Tages den Besitz erbt, wird sie anders darüber denken und ihn verkaufen, meinte er bei sich.

Aber das schien ein Irrtum zu sein. Er stellte ihre Fotografie vorsichtig auf den Tisch zurück und sah wieder hinaus auf die öde Moorlandschaft, die Berge und den fernen Wald. »Ich verkaufe nicht«, hatte sie ihm schlicht erklärt. »Das kannst du dir aus dem Sinn schlagen. Das hier ist mein Zuhause und bleibt es auch.«

»Aber es ist doch so einsam hier, Decima!« hatte er eingewandt, »so abgeschnitten von aller Welt! Eine junge Frau wie du sollte reisen und interessante Leute treffen und . . .«

»Ich bin als Kind genug gereist«, unterbrach sie ihn, »das hat mir gereicht. Ich habe auch genug von den sogenannten interessanten Leuten. Lieber Gott, ich muß doch sowieso mit dir in Oxford den langweiligen gesellschaftlichen Zirkus mitmachen, oder etwa nicht? Nach ein paar Wochen sind wir doch froh, wenn wir wieder hier sind.«

»Ich weiß, du lebst nicht gern in Oxford«, hatte er behutsam gesagt. »Weiß Gott, ich würde auch lieber die Vorlesungen an den Nagel hängen, wenn wir nicht das Geld nötig hätten. Aber wenn ich, ich meine, wenn du Roshven verkaufst, hätten wir genug Geld, um den Lehrstuhl aufzugeben und uns hier in der Nähe irgendwo niederzulassen.«

Doch darauf hatte sie nur verächtlich erwidert: »Ich werde doch Roshven nicht verkaufen, damit du von meinem Geld irgendwo leben kannst.«

Es tat ihm jetzt noch weh, wenn er sich an den Tonfall ihrer Stimme erinnerte. Ich verkaufe Roshven nicht, damit du von meinem Geld irgendwo leben kannst. Als wäre er irgendein Gigolo oder Schmarotzer und nicht ein stolzer Engländer.

Danach sprachen sie eine ganze Woche lang nicht mehr miteinander. Er fühlte sich miserabel, konnte weder schreiben noch lesen und mochte nicht einmal mehr zum Bach fischen gehen. Decima schien das kaltzulassen. Sie ritt wie immer täglich über das Moor, schwamm im eisigen Meer, sobald die Sonne einmal für kurze Zeit wärmer schien als sonst, und als die Zeit für den monatlichen Einkauf kam, fuhr sie allein mit dem Motorboot nach Kyle of Lochalsh. Er sah sie noch genau vor sich, als sie aus der Stadt zurückkam. Sie trug eine blaue Wolljacke, die ihre Augen noch blauer erscheinen ließ. Ihr schwarzes Haar flatterte im Wind. Nie war sie ihm so schön vorgekommen wie jetzt und nie so weit weg von ihm. Als er zur Mole kam, um ihr beim Ausladen zu helfen, sagte sie zum ersten Mal seit einer Woche wieder etwas zu ihm:

»Da ist ein Brief für dich. Aus Cambridge. In geschnörkelter altmodischer Schrift.«

Es gab nur einen Menschen auf der Welt, der ihm aus Cambridge in altmodischer Schrift schreiben konnte. Mitten in seiner Depression traf ihn ein freudiger Schock.

»Von wem ist der Brief?« fragte Decima, »ich habe noch nie eine solche Schrift gesehen.«

»Ein ehemaliger Student von mir«, sagte er mechanisch. »Er ist mit einem Stipendium von Oxford nach Cambridge gegangen, um dort seine Studien fortzusetzen. Jetzt arbeitet er über die ökonomische und gesellschaftliche Situation der Mönchsorden in England im 13. Jahrhundert.« Und während er noch sprach, riß er schon den Briefumschlag auf und nahm den Briefbogen heraus.

»Mein lieber Charles«, stand da mit eleganter schwarzer Tinte geschrieben. »Meine Schwester und ich fahren demnächst nach Edinburgh zu den Festspielen, und ich würde Dich dort gerne treffen, wenn es geht. Wenn Du aber nicht die Absicht hast, nach Edinburgh zu fahren, würde ich Dich auch sehr gerne in Roshven besuchen. Rebecca und ich wollen nämlich nach den Festspielen ein Auto mieten und durch Schottland fahren, so wäre es ganz einfach für uns, nach Kyle of Lochalsh zu kommen. Wenn aber der Besuch Dir oder Deiner Frau nicht genehm sein sollte, schreib es mir bitte ganz offen. Ich würde Dich gern wiedersehen, und da Du Dich immer so begeistert über Roshven geäußert hast, bin ich sehr begierig, es kennenzulernen. Bis bald hoffentlich! Dein . . .«

Charles faltete den Brief zusammen und steckte ihn in seine Brieftasche.

»Wie heißt er?« fragte Decima so nebenbei. »Kenne ich ihn?«

»Nein«, antwortete Charles, »er ging von Oxford weg, bevor ich dich kennenlernte. Er heißt Daniel Carey.«

Das war vor zwei Monaten gewesen. Jetzt waren die Careys schon sechs Wochen in Roshven, und es gab nicht das geringste Anzeichen, daß sie in Kürze abzureisen gedachten.

Charles saß noch immer in seinem Zimmer, als es leise an die Tür pochte. Im nächsten Augenblick trat eine junge Frau herein. Sie mochte etwa vierundzwanzig Jahre alt sein. Als sie sah, daß er in Gedanken war, blieb sie zögernd stehen. Erst als er aufschaute und sie anlächelte, trat sie näher.

»Nein«, sagte er lächelnd. »Setz dich und erzähl mir was. Ich dachte gerade darüber nach, wie ich König Johanns Leidenschaft für die junge Isabella von Angoulême schildern kann, ohne daß sich das liest wie eine mittelalterliche Version der ›Lolita‹.«

Rebecca lachte. »Ich glaube, da ist bei dir keine Gefahr!«

»Warum? Meinst du, mein Stil ist zu trocken? Etwa so: ›Aber diese ungewöhnliche Schwäche hatte weitreichende Folgen‹ . . .«

Er lachte auch. Eigentlich, dachte er, während er sie betrachtete, war sie ein ungewöhnliches Mädchen. Möglicherweise für den normalen Männergeschmack zu intelligent, aber deshalb nicht weniger attraktiv: dunkel, feine Gesichtszüge, apart . . . Es gefiel ihm, einmal mit einer Frau zu reden, die genau wußte, daß Isabella von Castilien und Isabella von Angoulême ganz und gar nicht dieselbe Person waren.

Aus irgendeinem Grund mußte er an seinen Cousin denken. Vielleicht würde Rohan Gefallen an ihr finden. Nein, lieber nicht. Rohan war ein viel zu extravertierter Philister, um die Qualitäten einer Frau wie Rebecca Carey schätzen zu können.

»Hast du Decima heute morgen schon gesehen?« fragte er.

»Ich hoffe, sie hat nicht vergessen, daß Rohan heute kommt.«

»Nein, sie weiß es. Sie holt ihn heute nachmittag in Kyle of Lochalsh ab. Ich glaube, sie will bei der Gelegenheit auch noch etwas einkaufen.«

»Aha. Und Daniel?«

»Fährt mit, glaube ich.«

»Aha«, meinte Charles und überlegte, was er mit dem langen friedlichen Nachmittag nun anfangen könnte.

Nachdem Rebecca Charles verlassen hatte, stieg sie die Treppe zu ihrem Zimmer hinauf, warf sich auf ihr Bett und vergrub ihr Gesicht in den Kissen. Sie zitterte am ganzen Körper, und bald hielt sie es nicht mehr aus. Sie lief aus ihrem Zimmer, die Treppe hinunter, aus dem Haus hinaus und zum Meer. Die Sonne schien warm; kein Mensch weit und breit, und wäre nicht das Boot an der Mole gewesen, dann hätte sie geglaubt, Decima und Daniel wären schon nach Kyle of Lochalsh gefahren. Charles saß sicher noch in seinem Studierzimmer. Als sie etwa zweihundert Meter vom Haus entfernt war, ließ sie sich an einer windgeschützten Stelle hinter einem Felsen nieder und holte Atem. Eigentlich hatte sie Lust zu schwimmen. Das Wasser würde im ersten Augenblick eisig sein, aber dann würde sie sich daran gewöhnen und es genießen, in der Brandung gegen die hohen Wellen zu kämpfen, die mit Macht auf den Strand aufschlugen. Sie wollte gerade zurück ins Haus gehen, um sich Handtuch und Badeanzug zu holen, als sie Daniel über den Strand kommen sah.

Daniel war ihr einziger Bruder, andere Geschwister hatte sie nicht. Ihre Eltern waren kurz nach ihrer Geburt gestorben; sie konnte sich nicht mehr an sie erinnern, nur an ihre entfernten Verwandten, die sie in Bury St. Edmunds in Suffolk aufgezogen hatten. Es war nicht weiter verwunderlich, daß ihr das Zusammensein mit Daniel, der ihr doch der nächste war, alles bedeutete und daß sie alles daransetzte, seine Interessen zu teilen. Als sie älter wurde, richtete sie sich bewußt nach ihm aus, bemühte sich, ihm in allem folgen zu können und mit seinem Denken Schritt zu halten. Er sprach gerne mit ihr, und ihr einziger Wunsch war, ihm bei solchen Gelegenheiten ein guter Gefährte zu sein. Sie bewunderte seinen Verstand so sehr, daß sie es als Kompliment verstand, wenn er ihr etwas erklärte. Schließlich war sie ja nur seine jüngere Schwester. Ein anderer hätte seine kleine Schwester ignoriert oder nur in mehr oder weniger väterlichem Ton mit ihr gesprochen, aber Daniel behandelte sie wie einen Partner.

In solchen Augenblicken fühlte sie sich wichtig und

konnte vergessen, daß sie nur ein blasses junges Mädchen war, nicht besonders hübsch und von mäßiger Intelligenz, jedenfalls nicht wirklich brillant. Ihr Aussehen verbesserte sich allerdings, als sie Anfang Zwanzig war. Sie bemerkte, daß die Männer sich für sie zu interessieren begannen. Aber sie hatte keine Geduld im Umgang mit ihnen, da sie meistens weniger intelligent waren als sie, und daher dauerten ihre Freundschaften nie sehr lang. Charles Mannering jedoch war sehr verschieden von den jungen Männern, die sie bisher enttäuscht immer kurzerhand abgeschoben hatte. Sie merkte schnell, daß Charles nicht nur hochintelligent war, sondern auch der erste Mann, den sie wirklich bewunderte, ausgenommen Daniel natürlich. Sie wunderte sich eigentlich, warum Daniel noch nicht verheiratet war. Gelegenheiten hatte er genug gehabt, das wußte sie, aber es schien ihn keine Frau länger zu halten.

Als Daniel in Hörweite war, rief sie ihm einen Gruß zu, und er winkte. Er versuchte zu antworten, aber der Wind wischte ihm seine Worte von den Lippen. Sie sah ihn lächeln und resignierend die Schultern hochziehen, die dunklen Augen gegen die Sonne zusammengekniffen, die Hände lässig in den Hosentaschen.

»Kommst du mit uns nach Kyle of Lochalsh?« fragte er, als er bei ihr war. »Wir fahren in zehn Minuten.«

»Nein«, antwortete sie. »Ich habe dort nichts zu tun.«

Er sah sie einen Augenblick an, und sie hatte das Gefühl, er lese ihre Gedanken und wüßte ganz genau, warum sie nicht mitkommen wollte.

»Du bist gern hier, nicht wahr?« fragte er. »Schade, daß du nicht die Frau von Charles bist und hier mit ihm leben kannst.«

»Roshven gehört doch nicht Charles.«

»Wenn Decima stirbt, bevor sie einundzwanzig ist, gehört es ihm.«

»Kaum anzunehmen, daß sie in den nächsten acht Tagen stirbt!« Dann: »Wie hast du denn das herausbekommen?«

»Sie hat es mir erzählt.« Er wandte sich zum Gehen. »Bist du sicher, daß du nichts brauchst aus Kyle of Lochalsh?«

»Ganz sicher. Danke, Danny.«

»Dann also bis später«, sagte er und ging zur Mole. Sie blickte ihm nach und sah Decima mit einem Korb am Arm aus dem Haus kommen und in das wartende Motorboot steigen.

Decima verstand es, sich gut anzuziehen. An diesem Nachmittag trug sie schwarze Hosen und eine hellblaue Wolljacke mit Kragen. Daniel würde sicher auch finden, daß sie nett aussah. Rebecca wußte, was ihm an Frauen gefiel.

Nach einer Weile ging sie langsam zum Haus zurück. Der Himmel hatte sich bezogen. Für heute war es vorbei mit dem Schwimmen. Zum ersten Mal fragte sie sich, wie wohl der Vetter von Charles sein würde. Aber als sie das Haus betrat, hatte sie Rohan Quist vergessen. Einige Stunden später kam er.

Rohan saß bei einem Scotch mit Soda in einer Hafenkneipe, als er sie kommen sah. Er war in seinem roten Volkswagen eine Stunde früher in Kyle of Lochalsh eingetroffen und hatte den Wagen schon in eine Garage gefahren. Er erkannte sofort das Motorboot, wie es sich seinen Weg durch die Fischerboote zum Quai bahnte. Decima saß am Steuer, aber der dunkle Mann in der schwarzen Windjacke war ihm fremd.

Sofort stellte er so etwas wie Eifersucht bei sich fest. Decima und der Fremde machten das Boot fest und sprangen an Land. Der Mann war nicht so groß, wie er angenommen hatte, aber breit und kräftig gebaut. Rohan kam sich schmächtig gegen ihn vor; er reckte sich, und instinktiv begann seine Kopfhaut zu jucken. Wäre er ein Hund gewesen, hätten sich womöglich seine Nackenhaare aufgestellt. Und dabei war ihm seine Reaktion selbst ganz unverständlich.

Der Mann berührte Decimas Arm, faßte sie jedoch nicht unter, und Seite an Seite gingen sie den Quai entlang. Sie redeten miteinander. Rohan sah Decima lachen.

Wer war dieser Mann?

Nach ein paar Minuten waren sie an der Tür der Kneipe und kamen herein, um ihn zu suchen. Aber er war so beschäftigt mit seiner für ihn unerklärlichen Antipathie, daß er sich nicht von seinem Stuhl erhob. Es war ihm plötzlich kalt und unbehaglich.

»Hallo, da bist du ja!« rief Decima. »Warum machst du dich denn nicht bemerkbar, du komischer Kerl? Wie geht es dir? Du warst ja schon endlos lang nicht mehr bei uns!«

»Das stimmt«, sagte er. Aber er sah sie gar nicht an. Er sah starr über ihre Schulter. Und als sie sich umdrehte, um den Fremden vorzustellen, trat dieser selbst vor und streckte seine Hand aus.

»Ich bin Daniel Carey«, sagte er unerwartet freundlich. »Willkommen in Roshven, Mr. Quist.«

## 2. Kapitel

Am Donnerstag kam Rachel nach Roshven. Rohan holte sie am frühen Abend in Kyle of Lochalsh am Bahnhof ab. Er hatte zwei Pullover an, dicke Tweedhosen und ein Jakkett und schien immer noch zu frieren.

»Decima ist im Boot geblieben. Es ist nämlich saukalt hier«, sagte er ihr. »Ich hoffe, du hast Wintersachen mit, sonst kannst du dich hier innerhalb von vierundzwanzig Stunden zu Tode frieren. Seit gestern ist es geradezu antarktisch, mir war noch nie so kalt in meinem Leben. Ist das dein Gepäck? Gut, gehen wir . . . Ja, bis gestern war es ganz warm, und dann kam ein Seewind mit kaltem Regen, und das Thermometer fiel um zwanzig Grad. Oder so. Schlimmer als die Kälte ist diese Feuchtigkeit, die einem in alle Knochen kriecht, bis das Fieber sie wieder rausschüttelt. Wie war die Reise?«

»Danke gut.« Er ging vor ihr her aus dem Bahnhof hinaus, einen Koffer in jeder Hand, und als sie auf die Straße kamen, blies ihnen ein feuchtkalter Wind ins Gesicht. »Ich kann es immer noch nicht fassen, daß Decima wirklich hier draußen lebt«, sagte sie zu Rohan und schlug den Kragen ihres Regenmantels hoch. »Gerade Decima! Ich kann sie mir eigentlich nur in der Großstadt vorstellen, mit dem entsprechenden versnobten Hintergrund. Charles sehe ich schon eher in der Rolle des Landedelmannes. Aber Decima als wetterfester Tweed-Typ, das übersteigt meine Vorstellungskraft.«

»Hm«, machte Rohan ziemlich unbeteiligt, »komischerweise scheint sich Charles in seiner Rolle sehr schlecht zu fühlen, während Decima einen völlig gelösten und zufriedenen Eindruck macht. Da drüben ist das

Boot! Decima sitzt am Steuer, man sieht ihre blaue Jacke.«

Bald waren sie an der Landungsstelle. Fischer flickten ihre Netze, Möwen segelten kreischend im Wind, ab und zu tuckerte ein Motor, dazwischen gälisches Stimmengewirr. Rachel kam sich wie im Ausland vor. Diese hinterste Ecke des Landes schien ihr tausend Meilen von dem England entfernt, das sie kannte, von den sanften grünen Hügeln von Surrey, mit den Pfirsichbäumen voller Früchte und den lodernden Ginster- und Rhododendronbüschen. Weltweit entfernt schienen ihr die hübschen Häuser und die hellen Straßen. Vielleicht, dachte sie, war es doch nicht so seltsam, daß sich Decima hier zu Hause fühlte und Charles nicht. Decima war ja kosmopolitisch aufgewachsen und empfand dieses Land vielleicht nicht als fremd und feindlich, während Charles sich wahrscheinlich immer wie ein Engländer im Ausland vorkam, voll Heimweh nach Oxfords spitzen Türmen, ein Zivilisierter unter lauter Barbaren.

»Fühlt sich Charles wirklich so wenig wohl hier?« fragte sie Rohan neugierig.

»Nun ja, vielleicht habe ich etwas übertrieben, denn ich weiß ja anderseits, wie gern er fischt und in Ruhe arbeitet, aber ich glaube, nach einer Weile sehnt er sich immer nach Oxford zurück. Ich kann ihn, weiß Gott, verstehen. Für die Ferien ist Roshven prima, für länger ist es zuviel des Guten. Ich finde es schon merkwürdig, daß die Careys so lange geblieben sind. Sie sind jetzt schon sechs Wochen hier.«

Über ihnen kreischte eine Möwe und tauchte ins Wasser. Die Sonne blitzte für einen kurzen Augenblick aus den Wolken; über die graue Landschaft zog ein roter Abendschein, doch schon verfinsterte sie sich wieder, und die Sonne war weg.

»Wer sind die Careys?« fragte Rachel.

»Hat Decima sie nicht in ihrem Brief erwähnt? Komisch!«

»Wer sind sie? Freunde von Charles?«

»Ja. Ein merkwürdiges Paar. Ich würde mich wundern, wenn du mit ihnen was anfangen kannst. Rebecca Carey ist eine von diesen intellektuellen Frauen, die mich ennervieren. Mir kommt vor, sie steht ständig unter Überdruck. Eine anstrengende Person.«

»Scheint nicht dein Typ zu sein!«

»Wenn sie nur einen Hauch Humor hätte, aber leider nimmt sie alles viel zu wichtig. Vor allem sich selbst.«

»Du meinst«, sagte Rachel, »sie findet dich nicht witzig.«

»Das meine ich keineswegs! Nur . . .«

»Ich sehe schon. Und ihr Mann? Steht er auch unter humorlosem Überdruck?«

»Er ist nicht ihr Mann, sondern ihr Bruder, ein ehemaliger Schüler von Charles, der jetzt in Cambridge ist.«

Sie waren jetzt zwei Minuten vom Boot entfernt, und Rohan sah, daß Decima ihnen zuwinkte.

»Warum hat Charles sie eigentlich nach Roshven eingeladen?« sagte Rachel und winkte zurück. »Ah, da kommt Decima. Himmel, sie wird immer schicker. Dagegen komme ich mir ganz zerknittert vor . . .«

Decima sprang schon aus dem Boot und kam ihnen rasch entgegen. Der Wind fuhr in ihr schwarzes Haar, sie streifte es lachend aus dem Gesicht. Sie hatte kein Make-up aufgetragen. Und die vielen Wochen in dem feuchten Hochlandklima waren ihr gut bekommen, ihre Haut war glatt, ihr Teint leicht gebräunt, die Wangen rosig. Sie hatte alte Hosen an und einen weiten Anorak und sah trotzdem höchst verführerisch aus.

»Raye! Wie schön, dich zu sehen!« Sie hatte eine weiche,

tiefe Stimme mit einem leichten, undefinierbaren fremden Akzent.

»Ich bin so froh, daß du gekommen bist.«

Kein Anzeichen von Nervosität oder von dieser Angst, die so deutlich aus ihrem Brief gesprochen hatte. Sie wirkte ruhig und ausgeglichen. Mehr wie eine Frau um dreißig als ein Mädchen von nicht einmal einundzwanzig.

»Ich habe mich sehr über deine Einladung gefreut«, sagte Rachel höflich; ihr Minderwertigkeitskomplex begann sich wieder zu regen. »Ich bin noch nie im Hochland gewesen.«

»Alle Mann an Bord!« rief Rohan vergnügt. Er merkte an ihrer Stimme, was in ihr vorging, und kam ihr sofort zu Hilfe.

»Nächste Landung ist Roshven! Willst du ans Steuer, Decima?«

»Ich muß wohl!« gab sie zurück. »Mit dir am Steuer wären wir bald gekentert!« Sie lachten, und die kleine Verlegenheit war vergessen. »Ist dir kalt, Rachel? Willst du nicht hinunter in die Kabine gehen? Du mußt furchtbar müde sein.«

Rachel zögerte. Sie wollte nicht ungesellig erscheinen, anderseits fürchtete sie sich vor dem feuchtkalten Wind. Da schlug Rohan vor: »Ich rufe dich, wenn Roshven in Sicht kommt. Geh, setz dich in die Kabine und trink einen Scotch.«

»Ja«, sagte Decima, »gib ihr einen Drink, Rohan. Ich werde hier schon allein fertig, wenn wir aus dem Hafen raus sind.«

»Das glaube ich gern, daß du ohne mich fertig wirst«, meinte Rohan. »Decima steuert ihr Boot genausogut wie ihren Wagen, besser als die meisten Männer«, sagte er zu Rachel.

Decima lachte: »Das bringt auch nur ein Brite fertig.

Sagt, eine Frau sei maskulin, und hält das noch für ein Kompliment!«

»Liebe Decima«, sagte Rohan, »nur ein taubstummer Blinder kann an deiner Feminität zweifeln. Ich komme gleich nach, Rachel. Geh schon hinunter und mach es dir bequem.«

Die Kabine war warm und gemütlich, mit zwei Bettbänken rechts und links. Als sie sich niedersetzte, merkte sie plötzlich, wie müde sie war. Sie lehnte sich zurück und schloß die Augen, gerade als der Motor anlief. Sie konnte Rohans Stimme hören, der irgend etwas schrie, dann einen dumpfen Schlag, und sie spürte, daß das Boot sich bewegte und von der Anlegestelle hinaus auf die offene See fuhr. Sie beugte sich vor und lugte durch die Bullaugen. Der Hafen wurde immer kleiner, und Kyle of Lochalsh war nur noch ein wirres Durcheinander von grauen Häusern vor kahlen, grauen Bergen.

Sie hörte Schritte über sich. »Hast du den Whisky gefunden?« fragte Rohan, als er mit einem kalten Luftzug in die Kabine trat. »Nein? Du willst doch einen, nicht?«

»Bitte.« Sie sah ihm zu, wie er die Flasche aus einem Schränkchen über dem Bett nahm und dann aus der kleinen Kombüse ein Glas und Wasser holte. Eine Minute später brannte ihre Kehle wie Feuer, und sie fühlte sich besser.

Sie versuchte wieder hinauszuschauen. Da war nun nichts mehr zu sehen außer einer Felsküste und schwarzen Mooren und Bergen landeinwärts. Dann kam plötzlich wieder die Sonne heraus und beleuchtete für einen Augenblick die düstere Landschaft.

»Wie eigenartig«, sagte sie, »daß man keine Häuser, keine Bäume, keine Straßen sieht. Das macht mich direkt nervös. Anscheinend bin ich mehr Stadtmensch, als ich dachte.«

»Ich glaube, das ist ganz normal«, sagte Rohan, »auch

die Hochländer zieht es ja immer wieder in den Süden, in die Ebene und in die Städte. Und man kann's verstehen. Von diesem Land zu leben, muß hart sein. Auch von Roshven sind sie mit ihren Schafen in den Süden gezogen.«

»Und doch ist es auch schön hier.«

»O ja, für eine Weile.« Rohan ging noch einmal in die Kombüse, um sich ebenfalls einen Drink zu mixen. Als er zurückkam, rückte sie auf der Bank ein wenig zur Seite, so daß er sich neben sie setzen konnte. Sie dachte bei sich, wie merkwürdig es sei, daß sie, die sonst in Gesellschaft von Männern so verklemmt war, sich bei Rohan immer so wohl fühlte.

»Nun erzähl mal, was hier alles passiert ist«, sagte sie.

Er zuckte die Achseln. »Nicht viel eigentlich. Ich war ein paarmal allein fischen. Charles kam einmal mit, aber er steckt sehr in der Arbeit an seinem Buch, so daß er, glaube ich, mehr aus Höflichkeit mitkam.«

»Bist du ausgeritten mit Decima?«

»Nein«, meinte er und trank einen Schluck Whisky, »mit ihr nicht. Aber allein bin ich einmal bis Cluny geritten und habe gar nicht gemerkt, daß ich schon so weit war. Reite um Gottes willen nie allein aus, Rachel, im Inland kann man sich leicht im Moor verirren, und am Strand gerät man plötzlich in Schwemmsand. Und das merkst du erst, wenn dein Pferd schon strauchelt. Es sieht nämlich alles gleich weiß und einladend aus.«

»Warum ist denn Decima nicht mitgeritten? Sie kennt sich doch aus an den gefährlichen Stellen?«

»Sie reitet anscheinend nicht mehr so gern.«

»Da hast du ja ganz trübselige Ferien verbracht«, neckte sie ihn. »Charles wollte nicht mit dir fischen und Decima nicht reiten. Und die Careys?«

»Die reiten und fischen nicht.«

»Nein? Was haben die denn die ganzen sechs Wochen hier getrieben?«

»Rebecca schwimmt gern.«

»Schwimmt? Bei dem Wetter?«

»Bis gestern war es sehr viel wärmer. Und den Rest der Zeit liest sie Sartre und hält sich für eine zweite Simone de Beauvoir.«

»Und ihr Bruder?«

»Daniel? Ich weiß eigentlich nicht. Ich habe ihn nicht viel gesehen.« Er bot ihr eine Zigarette an und gab ihr Feuer.

»Ich schau mal nach, was Decima macht«, sagte er plötzlich und stand auf. »Wir können nicht mehr weit von Roshven sein. Ich bin gleich wieder da.«

Sie schloß schläfrig die Augen. Als er dann durch die Luke nach ihr rief, raffte sie sich mühsam auf und ging an Deck. Der Wind schlug ihr von der Seite ins Gesicht, und sie merkte, wie sich ihr Körper in der Kälte zusammenkrümmte. Auf der tobenden, grauen See tanzten weiße Flecken. Am Steuer sah sie Decimas glühendes Gesicht, ihr langes Haar flatterte hinter ihr im Wind, ihre Augen blitzten. Neben ihr Rohan, jetzt rief er etwas, was sich im Rattern des Motors und im Wind verlor.

Rachel drehte ihr Gesicht gegen den Wind. Da bog das Boot um die Halbinsel, und sie sah Roshven.

Der Wind peitschte ihr vom Bug her immer wieder Gischt in die Augen, ihre Lippen schmeckten schon ganz salzig, aber zwischendurch sah sie die Türme und Türmchen von Roshven näherkommen, klar standen die hellgrauen Mauern vor dem schwarzen Hintergrund der Moor- und Berglandschaft.

Plötzlich war Decima an ihrer Seite, Rohan hatte das Steuer übernommen.

»Ist das nicht herrlich?« rief sie, und ihre Augen glänzten begeistert. Rachel konnte sich nicht erinnern, daß Decima je für einen Mann so viel Feuer aufgebracht hatte. »Für mich ist das der schönste Platz der Welt!« Und als sie ihre Hand auf Rachels Arm legte, spürte Rachel, wie die schlanken Finger vor Erregung zitterten.

»Phantastisch, Decima«, hörte sie sich sagen. »Ich habe so etwas noch nie gesehen.«

Die wilde Schönheit der Landschaft war fast bedrükkend. Rachel hatte sich noch nie so einsam gefühlt. Sie hatte plötzlich Angst. Dann kam ihr das selber lächerlich vor, und sie riß sich zusammen.

Decima war wieder am Steuer. Sie näherten sich der Küste, und Rachel konnte das Haus nun deutlicher sehen, den rauhen Stein, die blanken dunklen Fenster, den stellenweise sehr gepflegten Garten, eine Anlegestelle mit einem Bootshaus, Ställe und andere Nebengebäude. Eine Kuh graste friedlich auf einer Wiese, und sechs kleine Schweine tummelten sich in einem Gehege neben der Kuh. Vor der Haustür liefen Hühner hin und her, und ein riesiger Bernhardiner, der auf der Schwelle ein Nickerchen gemacht hatte, öffnete beim Tuckern des Motorbootes langsam die Augen und trottete zum Steg hinunter.

Nach der Wildheit der Küste wirkte die aus der Nähe besehene Szenerie des Hauses und die Umgebung sehr beruhigend.

Das Boot kurvte bis knapp an die Anlegestelle und blieb mit einem letzten Schwanken stehen, der Motor setzte aus. Der große Hund hob seine Pfote und tappte auf das Boot.

»Vorsicht, George«, sagte Decima, sprang auf die Mole und drehte sich um, um Rachel zu helfen. »Rohan, kannst du die Koffer nehmen? Da kommt Charles, der kann dir helfen.«

Rachel kletterte auf den Steg. Jetzt, wo sie aus dem Wind waren, fand sie die feuchte Luft angenehm erfrischend. Sie holte mit halbgeschlossenen Augen tief Atem, und als sie aufblickte, sah sie Decimas Mann über den Strand auf sie zukommen. Neben ihm ging eine dunkelhaarige junge Frau in einer dicken grünen Wolljacke und einem Tweedrock.

»Das ist Rebecca Carey«, hörte sie Decima so nebenbei sagen. »Ich habe dir, glaube ich, noch nicht gesagt, daß wir Gäste in Roshven haben, oder?«

»Rohan hat es mir erzählt.«

Der Bernhardiner erhob sich würdevoll und schritt auf Charles zu. Er war so breit wie der Landesteg.

»Aus dem Weg, George«, hörte Rachel Charles gutmütig sagen. »So ist es gut . . . Hallo, Rachel . . . schön, Sie wiederzusehen! Haben Sie eine gute Reise gehabt? Ja? Fein . . . Darf ich Sie unserem Gast vorstellen? Rebecca, das ist Rachel Lord. Rachel, das ist Rebecca Carey.«

Die Hand des Mädchens lag schlaff in der ihren. Schnell ließ Rachel diese Hand wieder los. »Sehr erfreut«, murmelte sie steif.

Etwas anderes fesselte jetzt die Aufmerksamkeit des Bernhardiners. Majestätisch bewegte er sich wieder auf das Haus zu, sein langer Schwanz schwang bei jedem Tritt elegant hin und her.

»Kann ich dir helfen, Rohan?«

». . . gehen wir ins Haus, ja?«

». . . das Meer ist ziemlich stürmisch . . .«

». . . Heute ist es nichts mit dem Schwimmen, Rebecca! Decima, warum kommst du nicht?«

Ein Mann war aus dem Haus getreten und kam auf sie zu. Bei dem Bernhardiner blieb er stehen, legte leicht einen Finger auf dessen Kopf, und der Hund schaute zu ihm auf, als ob diese Liebkosung für ihn eine große Ehre bedeute.

»Komm, Rachel«, sagte Decima und ging voraus.

Der Mann und der Hund kamen ihnen gemeinsam entgegen. Der Hund lief sehr schnell und bewegte sich kaum dabei. Der Mann ging langsam, aber er machte den Eindruck, als bewege er sich sehr schnell. Er hatte einen dunklen Pullover an und schwarze Hosen. Sein Haar war so schwarz wie seine Augen.

»Ach, da bist du ja!« rief Decima laut über den Strand. »Ich habe mich schon gefragt, wo du wohl sein kannst!« Sie drehte sich zu Rachel um, ihre Augen blitzten so blau wie ein südlicher Sommerhimmel. »Das ist Rebeccas Bruder, Raye«, sagte sie. »Daniel Carey.«

Daniel sah ein großes, schlankes Mädchen mit weichem, braunem Haar, schüchternen Augen und einem weichen Mund. Weil er ein guter Beobachter war, bemerkte er auch, daß sie schlecht gekleidet war. Der Regenmantel stand ihr nicht, und ihre Schuhe waren häßlich und altmodisch. Ihr Lächeln kam zögernd, aber herzlich. Jede Unaufrichtigkeit mußte ihr verhaßt sein. Decimas kalkulierte Brillanz wirkte dagegen künstlich und kalt.

»Haben Sie viel Gepäck, Miß Lord?« fragte er höflich. »Darf ich es Ihnen ins Haus tragen?«

»Charles und Rohan sind schon dabei«, sagte Decima, bevor Rachel antworten konnte. »Komm mit uns, Daniel.«

Vielleicht war es der Ton, in dem sie das sagte, der ihm plötzlich den Wunsch eingab, genau das Gegenteil zu tun, oder aber er wollte ihr in diesem Augenblick nur aus dem Weg gehen. Jedenfalls ging er weiter auf die Mole zu und rief über die Schulter zurück: »Ich sehe nach, ob ich helfen kann.«

Der Bernhardiner tapste hinter ihm her, sein Schwanz streifte Rachels Regenmantel.

»George!« rief Decima scharf.

Aber der Hund tat so, als hörte er sie nicht.

»Ich weiß gar nicht, warum George dich so liebt, Daniel«, meinte Charles, der mit einem der Koffer von der Mole kam. »Du beachtest ihn doch gar nicht.«

»Bist du eifersüchtig?« fragte Rohan hinter ihm. Er lachte, aber seine Augen blieben ernst. »Ich dachte, über das Gefühl bist du erhaben.«

Mein Gott, dachte Daniel, ist der Mann dumm.

Eine kalte Wut stieg in ihm hoch.

Aber Charles lachte nur. Er schien taub für alle Angriffe und schien die emotionellen Schwingungen in der Atmosphäre nicht zu bemerken. »Oh, ich neide keinem Menschen die Zuneigung eines Hundes! Aber ich habe George noch nie so freundlich mit einem Fremden gesehen. Daniel muß einen Trick angewandt haben.«

»In Tricks kennt er sich aus«, sagte Rohan Quist, aber Charles war schon den Steg hinaufgegangen und hörte ihn nicht.

Rebecca fuhr herum. »Was soll das heißen?«

»Er hebt nur eines meiner zahlreichen Talente hervor«, sagte Daniel schnell, bevor Quist noch den Mund aufmachen konnte. »Gehen wir!« Rebecca wollte etwas zu ihm sagen, aber er schnitt ihr mit einer Handbewegung das Wort ab, und sie war sofort still. Wirklich, Rebecca reagiert momentan zu empfindlich, dachte er gereizt. Er mußte mit ihr reden. Das war ja schon gefährlich.

Im Haus ging er gleich in das Wohnzimmer und mixte sich einen Drink, während die anderen das Gepäck hinauftrugen. Er war gerade mit dem Glas in der Hand ans Fenster getreten, als seine Schwester ins Zimmer kam.

»Mach bitte die Tür zu.«

Sie schloß die Tür. »Danny . . .«

»Was ist denn los mit dir?« fragte er ärgerlich. »Warum ignorierst du Quist nicht einfach? Du spielst ihm doch genau in die Hand!«

»Aber Danny, als er sagte . . .«

»Hör nicht hin. Vergiß es. Und such nicht in allem, was er sagt, einen Doppelsinn!«

»Aber . . .«

»Er möchte gern Unruhe stiften, der Mann, darüber sind wir uns doch klar. Warum zeigst du ihm so deutlich, daß es ihm gelungen ist?«

»Aber Danny, denk doch an Charles . . .«

»Zum Teufel mit Charles!« sagte Daniel und brach ab. Denn Charles trat gerade ins Zimmer. Hinter ihm Quist.

»Kann ich euch einen Drink geben?« hörte er sich sagen und setzte sein charmantestes Lächeln auf.

»Danke, nein«, sagte Rohan.

»Charles? Trinkst du einen Scotch mit mir?«

»Gerne«, sagte Charles vergnügt, »das ist genau das, was ich jetzt brauche.« Er setzte sich in einen Sessel vor dem Kamin und streckte behaglich die Beine aus. »Und du, Rebecca? Magst du etwas trinken?«

»Im Augenblick nicht, Charles«, sagte sie gepreßt.

Keiner sprach. Daniel füllte Eiswürfel in ein Glas und schüttelte den Whisky vorsichtig, ohne daß man ihm die geringste Spannung anmerkte.

»Bitte, Charles«, sagte er und reichte seinem Gastgeber den Scotch. Dabei fragte er sich, ob Charles wirklich nicht merkte, wie sich Rohan benahm, wie nervös Rebecca war und wie desillusioniert und voller Verachtung er selber. Daniel erinnerte sich schmerzlich an frühere Tage, da er als frischgebackener Student in Oxford ungeduldig vor dem Saal auf Einlaß gewartet hatte, wo der berühmte Historiker Charles Mannering seine Vorlesungen hielt. Er konnte es nicht fassen, daß er noch vor kurzer Zeit Charles so sehr bewundert hatte. Wäre er nicht mit Rebecca nach Roshven gekommen, wäre es wohl immer noch so.

Aber in Roshven hatte sich ihre Beziehung total verändert.

Niemand sprach ein Wort. Die Stille war bedrückend. Da öffnete sich die Tür, und Decima kam herein.

»Ihr seid aber still!« Sie wirkte so heiter und schien fest davon überzeugt, jeder müsse sich in diesem freundlichen Raum wohl fühlen, daß die Spannung wich, und Rohan sagte: »Jetzt hätte ich doch ganz gern einen Drink.« Charles holte seine Pfeife heraus, Rebecca blätterte in einer Ecke in einer Illustrierten, und Daniel ließ sich gegenüber von Charles beim Kamin nieder, mit dem Bernhardiner zu seinen Füßen.

»Wir essen erst in einer Stunde«, sagte Decima. »Ich dachte, Rachel will vielleicht ein Bad nehmen und sich nach ihrer langen Reise ein wenig ausruhen.«

Man sprach über dies und das. Dann ging Decima in die Küche, um nach der Köchin zu sehen, und als sie kaum wieder da war, kam auch Rachel herunter. Sie trug ein graues Kleid, das sie viel zu alt machte, und eine einfache, sehr elegante Brosche, die auch die bestangezogene Frau der Welt mit Vergnügen getragen hätte. Ihr kurzes braunes Haar glänzte im Abendsonnenschein. Sie wirkte noch immer schüchtern.

Alle bemühen sich auffällig um sie, dachte Daniel. Charles bot ihr sofort einen Drink an. Rohan bestand darauf, daß sie sich zu ihm aufs Sofa setze. Decima spielte die Rolle der perfekten Hausfrau, die ängstlich darauf bedacht ist, daß sich ihr Gast wohl fühlt.

Er konnte immer noch nicht verstehen, warum Decima sie plötzlich nach Roshven eingeladen hatte.

»Ich bin noch gar nicht dazu gekommen, dir von der Geburtstagsparty zu erzählen«, sagte Decima gerade lebhaft. »Ich bin schon ganz aufgeregt. Und ich freue mich so, daß du kommen konntest, Raye, hoffentlich gefällt es dir hier . . .«

Mit der Geburtstagsparty schien Decima ihre überraschende Einladung zu erklären. Doch warum hatte sie Rachel wirklich hierher gebeten?

»... Wir haben sechzehn Leute eingeladen. Da werden wir den großen Tisch in die Halle schieben, und wenn Willie, unser Wildhüter, und die Herren hier Glück haben, können wir das Wild am Spieß braten ...«

Daniel dachte an seinen eigenen einundzwanzigsten Geburtstag vor fünf Jahren, kurz vor dem Abschluß seines letzten Semesters in Oxford. Damals hatte es eine Party gegeben, die den Dekan zum Erbleichen gebracht und die Nachbarn verärgert hatte. Und fast hätte er sich verlobt. Aber trotz des vielen Champagners hatte er sich im letzten Moment noch zurückgehalten. Am nächsten Morgen war von den Rechtsanwälten seiner Eltern ein Brief gekommen, der ihm mitteilte, daß das gesamte, seit seiner Kindheit für ihn verwaltete Vermögen ihm nun voll zur Verfügung stünde.

Auch Decima würde jetzt ihr Vermögen ausgehändigt bekommen. Dann konnte sie mit Roshven machen, was sie wollte.

»Wer sind die Gäste?« fragte Rachel.

»Rebecca und Daniel, naturlich du und Rohan, die MacDonalds und die Camerons aus Kyle of Lochalsh und die Kincaids aus Skye sowie der Anwalt meines Vaters, der alte Mr. Douglas aus Cluny Gualach mit seiner Tochter Rosalinde. Mit Mr. Douglas haben wir noch einige Fragen zu klären. Er hat mir neulich einen schrecklich langen Brief geschrieben, über das Testament und all diesen lästigen Kleinkram.«

»Meinst du damit Roshven?« konnte sich Daniel nicht verbeißen zu fragen.

»Nein, nein«, sagte sie lachend und trank einen Schluck. »Aber die Anwälte stehlen einem die ganze Romantik und machen aus dem Einundzwanzigsten eine reine Geldangelegenheit ... Bitte kann ich noch Wein haben, Charles?«

Ob sie weiß, daß sie zuviel trinkt, fragte sich Daniel? Man merkt ihr aber kaum etwas an.

Das andere Mädchen dagegen nippte kaum an seinem Wein. Dafür schien ihr das Essen zu schmecken, denn sie lächelte und wirkte viel weniger zurückhaltend. Ein-, zweimal warf sie ihm einen schnellen Blick zu und wurde rot, als sie merkte, daß er sie beobachtete. Was für eine Beziehung hatte sie wohl zu Rohan Quist? Vielleicht war wirklich nicht mehr zwischen ihnen als eine platonische Freundschaft, dachte Daniel. Quist kam ihm, obwohl er nur um ein Jahr jünger war als er selbst, wie ein Kind vor, übererregbar und unreif. Diese Eigenschaften konnten doch unmöglich anziehend wirken auf eine Frau, schon gar nicht auf ein so natürliches Mädchen wie Rachel Lord.

Als sie sich mit Decima erhob und die Männer noch bei einem Drink sitzen blieben, stellte er erstaunt fest, daß er den ganzen Abend eigentlich nur an sie gedacht hatte. Und während er ihr nachsah, hätte er gern gewußt, ob sie sich auch ein wenig mit ihm beschäftigt hatte.

Rachel stieg mit einer Lampe in der Hand die gewundene Treppe hinauf in ihr Zimmer. Irgendwer, wahrscheinlich die Haushälterin, hatte Feuer im Kamin gemacht, der Raum hatte sich schon erwärmt, aber der Regen schlug gegen die Fensterscheibe, und sie hörte den Wind um die Mauern pfeifen, als sie niederkniete, um ihre Hände zu wärmen.

Und dabei war es erst September, und weit im Süden trugen die Menschen noch Sommerkleider und genossen die Abendsonne.

Der Wind ratterte in den Dachtraufen. Sie fror und kauerte sich näher ans Feuer.

Die Flammen flackerten. Lange starrte sie ins Feuer. Sie dachte an Daniel. Warum nur war sie Männern gegenüber so schüchtern? Wo war da ihr sonstiges Selbstvertrauen? Mit einem fremden Mann fühlte sie sich immer höchst unbehaglich.

Diesem Carey war sie sicher sehr unbeholfen vorgekommen. Wie gelassen benahm sich dagegen Decima! Sie sagte sich gerade, daß Schönheit das Selbstvertrauen wohl sehr stärke, als es an die Tür klopfte. Sie glaubte zuerst, sie hätte sich durch den Wind täuschen lassen, aber als sie unsicher zur Tür sah, klopfte es wieder.

»Rachel?« flüsterte es draußen, und im nächsten Augenblick öffnete sich die Tür einen Spalt und Decima schlüpfte ins Zimmer. »Ach, da bist du!« Sie schloß die Tür und ließ sich neben Rachel am Kamin nieder. »Endlich kann ich mit dir allein reden.«

Rachel schaute sie einen Augenblick lang verständnislos an, dann erst fiel ihr der Brief ein, den Decima ihr geschrieben hatte. Sie war so mit sich selbst beschäftigt gewesen, daß sie alles andere vergessen hatte.

»Ich wollte auch schon längst mit dir reden«, sagte sie leichthin. »Was um Himmels willen hast du in deinem Brief gemeint? Ich konnte mir keinen Vers darauf machen, außer daß du dich in einer schrecklichen Verfassung befinden mußt. Und hier wirkst du so kühl wie ein Fisch und so ausgeglichen wie eh und je! Was gibt's also?«

Decima zog ihre Pelzstola, die sie über einem dunkelblauen Kleid trug, enger um die Schultern. Ihr Gesicht sah plötzlich ganz weiß und spitz aus, der flackernde Feuerschein beleuchtete die violetten Ringe unter ihren Augen. Sie antwortete nicht.

»So sag doch was, Decima!«

Nach einer langen Pause flüsterte Decima: »Ich glaube, Charles will mich umbringen.«

# 3. Kapitel

Das Feuer zündelte noch immer gierig an den Holzscheiten, ein unruhiges Licht tanzte auf Decimas Gesicht, das vor Angst verzerrt war.

»Charles?« fragte Rachel.

»Seit einiger Zeit habe ich Angst vor ihm.«

Rachels Gedanken wanderten zurück nach Genf, wo sie Decima kennengelernt hatte; damals hatte sie nicht geahnt, daß sie sich einmal in einem so düsteren Augenblick wiedersehen würden. Sie sah die Turmspitzen von Oxford vor sich und einen jungenhaften Rohan, der mit seinem berühmten Vetter Charles angab. Sie dachte an das Wochenende mit Charles Mannering, als er Decima zum ersten Mal sah. Sie dachte an seinen Charme und seine Bildung, sein Wissen und seinen Witz, an seine Eitelkeit und seinen Stolz. Es war ein Schock für sie, als ihr plötzlich bewußt wurde, wie unsympathisch er ihr immer war!

»Du kannst es nicht glauben, nicht wahr?« sagte Decima. »Du kannst nicht glauben, daß das möglich ist. Du kennst Charles als angesehene akademische Berühmtheit, als eine Säule der Oxforder Gesellschaft, als den vollkommenen englischen Gentleman. Du kannst nicht glauben, daß er jemals anders als charmant, freundlich und großzügig sein könnte.«

»Ich . . .«

»Ich hätte es auch nicht geglaubt. Als ich ihn heiratete, war er für mich die Erfüllung aller meiner Wünsche: ein älterer Mann, dem ich vertrauen konnte, ein kluger Mann, den ich respektieren konnte, ein liebevoller Ehemann, der mich sicher glücklich machen würde. Aber ich habe mich geirrt. Er hat mich nie geliebt. Er hat mich geheiratet, weil ich gut aussah und in Oxford Aufsehen erregen würde. Er wollte sich in meinem Glanz sonnen und sich von anderen Männern zu seiner Frau beglückwünschen lassen. Bald merkte ich, wie egoistisch und eitel er eigentlich ist. Er interessierte sich nur für sich selbst. Aber da auch ich meinen Stolz hatte, bin ich nicht zu meinem Vater gelaufen und habe nicht zugegeben, daß ich einen schrecklichen Fehler gemacht hatte. Ich sagte nichts und tat so, als liefe alles prächtig, während eine Enttäuschung auf die andere folgte. Wäre ich ihm doch nie begegnet!«

Sie schwieg. Die behagliche Wärme des Feuers stand in krassem Gegensatz zu der stürmischen Nacht draußen und zu Decimas verängstigter Stimme.

»Aber erst als mein Vater gestorben war, entdeckte ich den wahren Grund, warum Charles mich geheiratet hatte. Ich verstehe nicht, warum ich vorher so blind war. Erst als Vater tot war und die Anwälte uns das Testament erklärt hatten, merkte ich, daß Charles mich nur wegen meines Geldes geheiratet hatte.

Charles ist faul. Er mag keine Vorlesungen halten und haßt regelmäßige Arbeit. Er behauptet, er brauche viel freie Zeit zum Schreiben und Studieren, aber er schreibt gar nicht viel. Er genießt es vielmehr, den eleganten Müßiggänger zu spielen. Und wenn ich Roshven verkaufen und den Ertrag günstig anlegen würde, dann könnte er den Lehrstuhl aufgeben. Er dachte, ich würde Roshven gleich nach meinem einundzwanzigsten Geburtstag verkaufen; er konnte nicht verstehen, daß ich hier wirklich leben wollte und daß ich das Haus nie und nimmer selbst für alles Geld der Welt verkaufen würde. Er begriff nicht, was es für mich heißt, endlich ein Zuhause zu haben, nachdem ich so viele Jahre mit meiner Mutter von einem Hotel zum anderen gezogen war. Er wollte es auch gar nicht verstehen. Er ärgerte sich, weil er das Geld haben wollte, und ich war entschlossen, es nicht in seine Hände geraten zu lassen.

Nun weißt du ja noch gar nicht, was in Vaters Testament steht. Mein Vater hatte sich wie alle anderen von Charles' oberflächlichem Charme täuschen lassen. Er hielt ihn für die ideale Person, seine Interessen zu vertreten, wenn ich noch vor meiner Großjährigkeit zur Waise werden sollte. Mein Vater ernannte Mr. Douglas und seinen Partner zu Vormundschaftsverwaltern und empfahl ihnen, in allen Fragen Charles zu Rate zu ziehen. Sterbe ich vor meinem einundzwanzigsten Geburtstag, geht der Besitz auf meine Kinder über, wenn ich kinderlos bin, auf Charles. Deshalb konnte er auch nicht Charles zum Verwalter machen, weil er das als eventueller Erbe nicht sein darf. Wenn ich volljährig sterbe, ohne ein anderslautendes Testament zu hinterlassen, erbt Charles Roshven.«

»Hast du ein Testament gemacht?«

»Ja, aber ich kann es erst unterzeichnen, wenn ich einundzwanzig bin. Vorher bin ich nicht dazu berechtigt. Und wenn ich vorher sterbe, bekommt Charles Roshven, und ich kann nichts dagegen tun.«

»Hat er versucht, dich zum Verkauf zu zwingen?«

»Gleich nach Vaters Tod versuchte er die Anwälte zu überreden. Aber sie lehnten ab, als sie hörten, ich sei dagegen. Denn sie haben zwar die Vollmacht dazu, aber sie würden nie ohne meine Zustimmung verkaufen. Mr. Douglas ist ein alter Freund meines Vaters.«

»Aber . . .«

»Charles will Roshven haben, das heißt das Geld, das er dafür bekäme. Er weiß ganz genau, daß ich ihm nicht einen einzigen Quadratmeter vermachen werde, wenn ich erst einmal einundzwanzig bin. Er hat nur eine Chance, in den Besitz zu kommen: Ich muß vor meinem Geburtstag sterben.«

»Aber, Decima, dein Geburtstag ist Samstag, und jetzt haben wir schon Donnerstagabend!«

»Mein Geburtstag ist erst Sonntag. Die Party ist am Samstagabend, damit alle, wenn die Uhr Mitternacht schlägt, auf mich anstoßen können. Das war die Idee von Charles, nicht von mir.«

»Das heißt, ihm bleiben nur noch achtundvierzig Stunden.«

»Ja, und deshalb habe ich dich nach Roshven eingeladen. Ich konnte es nicht mehr allein ertragen. Ich kann ja keinem Menschen hier vertrauen.«

»Rohan auch nicht?«

»Charles' Vetter?« fragte Decima ironisch. »Nein, Rohan auch nicht.«

»Und den Careys?«

»Zu den Careys habe ich auch kein Vertrauen.«

»Warum nicht? Weil sie Freunde von Charles sind?«

»Weil sie ohne Grund schon viel länger hier sind, als mir lieb ist; weil sie unbedingt bis zu meiner Geburtstagsparty hierbleiben wollen; weil Charles sie gern hat und sie gebeten hat zu bleiben; weil . . . ach, da gibt's noch so manches . . .« Sie starrte ins Feuer, ihre Augen hatten einen harten Ausdruck. »Rebecca gehört zu den Frauen, die ich nicht ausstehen kann, und Daniel . . .« Sie brach ab.

»Daniel?«

»Daniel interessiert sich nur für seine Wissenschaft. Meinst du, er würde überhaupt zuhören, wenn ich ihm von meinem Verdacht erzählte? Nein! Er würde höflich lächeln und mich für eine Neurotikerin halten, mit der er seine Zeit nicht vergeuden will . . . Nein, Daniel kann ich nichts sagen.«

»Aber Decima, hat Charles dir den geringsten Anlaß gegeben, daß du . . .«

»Seit die Careys hier sind, hat er nicht mehr vom Verkauf gesprochen«, unterbrach sie Decima, »das allein ist schon merkwürdig genug. Und er ist so ungewöhnlich nett zu mir geworden. Er gibt sich schrecklich viel Mühe mit meiner Geburtstagsparty. Er will mir einen Halsschmuck aus Diamanten zum Geburtstag schenken, von dem ich gar nicht weiß, wie er ihn bezahlen will. Und er hat mich gebeten ...« Sie biß sich auf die Lippen. »Wir schlafen seit einem Jahr nicht mehr zusammen, seit kurzem schließe ich sogar meine Tür ab, wenn ich ins Bett gehe. Und jetzt bat Charles mich plötzlich, doch wieder wie früher in seinem Zimmer zu schlafen.«

»Aber ...«

»Und er hat Schulden«, sagte sie schnell, als wollte sie das Thema wechseln. »Ich habe in seinen Papieren nachgeschaut, als er einmal fischen war ... Wir haben nach unserer Heirat weit über unsere Verhältnisse gelebt. Wahrscheinlich hat er sich auf den Verkauf verlassen mit all seinen Rechnungen ... Er hat sich sogar Geld geliehen, um alte Schulden zu begleichen. Und da will er mir Diamanten kaufen, als wäre er ein reicher Mann. Übrigens streiten wir ständig über Geldangelegenheiten. Bevor die Careys kamen, haben wir fast täglich gestritten, und immer wieder drängte er mich zu verkaufen.«

»Warum sollen ihn die Careys von dem Thema abgebracht haben?«

»Ich weiß nicht, vielleicht hat er einen Plan, und die Careys spielen darin eine Rolle. Er wird sich überlegt haben, daß es nutzlos ist, mit mir zu streiten, und daß er sich etwas anderes ausdenken muß.«

»Hat du nie daran gedacht, von ihm wegzugehen? Du mußt doch während der letzten Tage eine furchtbare Angst ausgestanden haben.«

»Natürlich habe ich daran gedacht! Aber zwei Dinge haben mich davon abgehalten. Erstens habe ich noch keinen

Beweis, daß Charles mich wirklich umbringen will; es ist ja möglich, daß ich mich täusche . . . Nicht in dem Punkt, daß er mich nur wegen des Geldes geheiratet hat und es gern in seine Hand bringen würde. Aber einen Beweis für Mordabsichten habe ich nicht. Wenn ich ihn jetzt verlasse, wo er gerade dabei ist, eine große Geburtstagsparty für mich zu organisieren und mich reich zu beschenken, wird kein Richter mein Scheidungsgesuch unterstützen. Charles würde außerdem nicht in die Scheidung einwilligen. Sein Stolz würde es schwer verkraften, wenn er, der große Erfolgsmensch, zugeben müßte, daß seine Ehe gescheitert und ihm seine Frau, mit der er so geprahlt hatte, davongelaufen ist. Er wird sich hüten, sein Ansehen zu beschmutzen, indem er mir einen Vorwand für eine Klage auf Ehebruch liefert. Meine einzige Hoffnung, zu einer Scheidung zu kommen, wäre der Beweis, daß er mich zur Flucht gezwungen hat. Aber wer weiß. Sollte er unschuldig sein, bessert sich vielleicht unser Verhältnis, wenn ich erst einmal einundzwanzig bin. Dann muß er die Hoffnung begraben, an mein Geld heranzukommen. Aber so, wie die Dinge jetzt stehen, ist das hoffnungslos optimistisch.«

»Ich . . .«

»Der zweite Grund, hierzubleiben, ist weniger wichtig, aber auch zu bedenken. So komisch es ist, ich habe gar kein Geld und könnte schon deshalb nicht weggehen. Meine ganzen Einkünfte aus dem Pachtvertrag werden von den Anwälten zur Erhaltung des Hauses verwendet, ich bekomme nur ein lächerliches Taschengeld. Was übrig bleibt, kommt in einen Fond, an den ich erst darf, wenn ich einundzwanzig bin.«

»So kann sich Charles noch nicht einmal etwas leihen von dir?«

»Nein, er kriegt jetzt keinen Penny und wird nie einen kriegen, wenn ich nicht vor Samstag mitternacht sterbe.«

Rachel starrte sie an. »Aber Decima . . .« Sie versuchte, ihre Gedanken zu ordnen und ruhig zu bleiben. Aber der heulende Wind und das Trommeln des Windes unterhöhlten ihre Widerstandskraft und machten ihr bewußt, daß sie zehn Meilen von der nächsten Ortschaft entfernt war, eingeschlossen zwischen Bergen und dem stürmischen Meer. Die Gefahr in diesem stillen Haus kam ihr plötzlich entsetzlich drohend und lebendig vor. Das war keineswegs nur eine neurotische Vorstellung von Decima, das war die Wirklichkeit, in der auch sie lebte. »Was kann ich bloß tun?« flüsterte sie. »Sag mir, was ich für dich tun kann.«

»Bleib bei mir. Laß mich nicht allein mit Charles. Paß auf mich auf.«

»Ja . . . ja, natürlich. Am Sonntag ist die Gefahr ja vorüber, nicht? Nach deinem Geburtstag nützt ihm ja dein Tod nichts mehr.«

Decima antwortete nicht. Sie schaute auf ihre Uhr. »Ich muß hinunter. Sie wundern sich sonst, warum ich so lang wegbleibe. Ich werde sagen, daß ich auch müde bin und ins Bett gehe.«

»Willst du nicht bei mir schlafen? Einer von uns könnte auf der Couch schlafen. Aber . . . das würde vielleicht Verdacht erwecken, wenn es bemerkt wird.«

»Ja, das glaube ich auch. Charles darf nicht merken, daß ich Angst vor ihm habe.«

»Fand er es nicht schon verdächtig, daß du mich eingeladen hast, obwohl wir doch kaum noch Verbindung miteinander hatten?«

»Nein. Da du mit Rohan befreundet bist, fand er es sehr schlau von mir, auf diese Art für eine gerade Zahl bei Tisch zu sorgen . . . Vielleicht hoffte er auch, du würdest Rohan von mir ablenken.« Sie stand auf und glättete mit nervösen Händen ihr Kleid. »Charles ist überzeugt, daß Rohan und ich etwas miteinander haben«, sagte sie mit einem Lachen, das nicht sehr heiter klang. »Komisch, nicht? Rohan und ich! Jedenfalls wäre ich froh, wenn du Rohan ein bißchen beschäftigen könntest, damit Charles seine lächerliche Eifersucht aufgibt ... Jetzt muß ich gehen. Magst du nicht morgen früh mit mir frühstücken? So um halb zehn? Mrs. Willie, unsere Haushälterin, bringt mir das Frühstück immer aufs Zimmer. Ich danke dir fürs Zuhören, Raye, ich fühl' mich schon besser, endlich konnte ich einmal über meine Angst reden ... Bis morgen also, hoffentlich schläfst du gut. Hast du alles, was du brauchst?«

»Ja, danke! Gute Nacht, Decima – und mach dir nicht zu große Sorgen.«

Ein gequältes Lächeln war Decimas Antwort. Als sie die Tür öffnete, kam ein kalter Luftzug herein. Rachel hörte sie den Gang hinuntergehen. Sie war wieder allein. Sie warf noch ein Scheit in den Kamin. Funken stoben auf. Rachel sah noch eine Weile zu, wie die Scheite verglimmten. Dann begann sie sich langsam auszuziehen. Als sie endlich im Bett lag und die Decke fest um sich zog, grübelte sie noch immer darüber nach, welche Rolle wohl Daniel Carey in dem Plan spielte, den Charles sich angeblich ausgedacht hatte.

Als Rachel aufwachte, schien die Sonne durch die Vorhänge. Sie lief zum Fenster und sah hinaus: Eine leicht bewegte blauschwarze See, ein heller, wolkenloser Himmel, bis zum Horizont keine Spur vom Sturm der vergangenen Nacht. Der weiße Sand glänzte einladend in der frühen Morgensonne.

Es war erst acht Uhr. Sie hatte noch viel Zeit bis zum Frühstück mit Decima um halb zehn. Der Gedanke an Decima und ihre gestrige Unterhaltung ließ sie einige Augenblicke bewegungslos am Fenster stehen, bis ihr kalt wurde und sie noch einmal in ihr warmes Bett kroch.

Aber es gelang ihr nicht, wieder einzuschlafen. So stand sie auf, suchte ein paar Hosen und eine dicke Wolljacke heraus und zog sich an. Zehn Minuten später ging sie den Gang hinunter. An der Treppe blieb sie stehen und lauschte. Aber es war ganz still im Haus, alle schienen noch zu schlafen. Unten in der Halle hörte sie Geräusche, aber die kamen aus der Küche, wo die Haushälterin wohl schon am Werk war. Sie ging in die andere Richtung, öffnete die Haustür und trat hinaus in die kühle Morgenluft.

Jetzt im Sonnenschein sah die Landschaft ganz anders aus. Sie ging hinunter zur Anlegestelle. Die Berge über dem Haus schimmerten grün und purpurn. Sie erkannte jetzt auch, da keine Regenwolken mehr die Sicht nahmen, den dunklen Strich des Waldes jenseits der Moore. Auf dem Steg blieb sie stehen. Links von ihr erstreckte sich der Strand an schwarzen Felsen entlang gegen Süden, rechts ragte der felsige Arm einer Halbinsel ins Meer.

Rachel wandte sich nach Süden.

Die Brise war kühl, aber nicht mehr feuchtkalt wie gestern. Die fahle Morgensonne wärmte schon. Möwen schossen über der tosenden Brandung hin und her und stiegen hoch auf über die schwarzen Klippen. Der Wind trug ihre schrillen Schreie weiter, die Felswände warfen sie als Echo zurück.

Rachel fühlte sich plötzlich sehr einsam. Sie schaute zurück zum Haus, aber Roshven war verschwunden, verdeckt durch eine vorstehende Klippe. Sie zögerte, aber dann fand sie sich selbst lächerlich und ging weiter.

Die Klippen waren hier größer, wie riesige zernarbte Mauern aus Granit standen sie eingerammt im Sand. Dann sah sie Höhlen, manche so groß wie Kirchenhallen, andere kaum so hoch, daß man aufrecht darin stehen konnte. Rachel wagte sich näher heran und entdeckte zwischen den Felsen lauter tiefe Wasserlöcher, die die Flut hinterlassen hatte; ein ganzes Sortiment von Meerestieren hatte sich da angesammelt.

Sie wollte sich gerade bücken, um eine besonders große Muschel zu betrachten, als sie plötzlich das Gefühl hatte, beobachtet zu werden. Sie drehte sich abrupt um, aber da war nichts als das Tosen der Brandung und das Kreischen der Möwen. Ihr Herz klopfte heftig, und ihre Füße wollten ihr kaum gehorchen, als sie sich von den Klippen abwandte, aber in der Nähe der Brandung und weg von den klaffenden Höhlen in ihrem Rücken fühlte sie sich besser. Sie ging weiter und kam bald um eine felsige Halbinsel herum, wo sie wieder einen ausgedehnten weißen Strand vor sich hatte, unberührt und unbeschreiblich schön. Mit schnellen Schritten ging sie darauf zu. Sie hatte ihre unverständliche Nervosität von eben völlig vergessen und fühlte sich ganz unbeschwert.

Da hörte sie plötzlich lautes Rufen hinter sich. Ein dunkelkehliges Gebell wurde von den Felswänden als Echo zurückgeworfen, und als sie sich voller Schrecken umwandte, sah sie den großen Bernhardiner auf sie zustürmen, mit offenem Maul, die Zähne gebleckt.

Wie die meisten Menschen, die keine Hunde, und schon gar nicht so große, gewöhnt sind, konnte sich Rachel vor Schreck nicht bewegen. Erst als der Hund sie erreicht hatte, trat sie automatisch einen Schritt zurück, spürte, wie ihre Fersen einsanken und wußte augenblicklich, daß sie in den Schwemmsand von Cluny geraten war.

Sie bewegte sich nicht, starr vor Schrecken, und auch der Hund blieb stehen. Er bellte sie aber immer noch warnend an. Dann kam er vorsichtig ganz an sie heran, sein Schwanz schwang hin und her, und er nahm das umgeschlagene Ende ihres Ärmels zwischen die Zähne, um sie auf sicheren Boden zurückzuführen. Rachel befreite mit einiger Mühe ihre Schuhe aus dem wegrutschenden Sand und folgte dem

Hund. Der Hund ließ ihren Ärmel los und schaute sie mit traurigen Augen an, als könne er nicht begreifen, wie jemand so dumm und unvorsichtig sein konnte.

Sie streichelte gerade seinen großen Kopf, als sie Daniel sah. Er stand im Eingang einer der Höhlen und kam jetzt zu ihr herüber. Er ging langsam, die Hände in den Taschen seiner alten Hose vergraben. Als er nahe bei ihr war, sah sie, daß er nicht lächelte, sondern sehr ernst aussah.

»Hat niemand Sie vor dem Schwemmsand gewarnt?«

»Doch, ja« – sie stolperte über ihre eigenen Worte wie einst in der Schule. »Ja, Rohan hat mir davon erzählt. Aber ich . . . ich habe nicht daran gedacht . . . ich hab's vergessen . . .«

Er pfiff dem Hund. »Hierher, George.«

Der Bernhardiner trottete gehorsam zu ihm hin und setzte sich mit wedelndem Schwanz auf den Sand.

»Warum haben Sie nicht früher gerufen?« hörte sich Rachel fragen. »Warum ließen Sie mich bis zum Rand gehen, bevor Sie mir den Hund nachschickten?«

»Ich dachte, Sie wissen von dem Schwemmsand und würden stehenbleiben. Im übrigen ist jetzt Ebbe, da ist es nicht so gefährlich wie bei Flut.« Seine Augen blickten sie fast gleichgültig an, und etwas an diesen Augen versetzte Rachel zurück in die Hilflosigkeit jugendlicher Verwirrungen, in eine Welt, aus der sie doch längst herausgewachsen war.

Sie wandte den Blick ab und sah aufs Meer. »Ich finde trotzdem, Sie hätten früher rufen sollen«, meinte sie.

Plötzlich war er verändert. Er lächelte, seine Stimme war voller Wärme.

»Ich bitte um Verzeihung«, sagte er. »Es war dumm von mir, ich sehe es ein. Sie müssen einen schönen Schreck bekommen haben. Ich bringe Sie jetzt nach Hause und braue Ihnen einen Kaffee als Wiedergutmachung.«

Rachel warf ihm einen schnellen Blick zu, senkte ihn aber sogleich, bevor sie zu lächeln begann und leise sagte: »Danke, mir geht es ganz gut.«

»Aber meinen Kaffee trinken Sie doch trotzdem, hoffe ich.«

»Ich . . . ich habe Decima versprochen, mit ihr zu frühstücken.«

»Decima frühstückt doch nicht vor halb zehn«, sagte Daniel, »und bis dahin ist noch lang Zeit. Aber wie Sie wollen.« Er hob einen Kiesel auf und schleuderte ihn ins Wasser. »Wie finden Sie übrigens Decima? Hat sie sich verändert?«

»Nein, sie hat sich nicht verändert. Aber ich habe sie kaum gesehen, seit ich hier bin.«

»Sie kennen sie auch nur sehr flüchtig, oder?«

Rachel warf ihm einen überraschten Blick zu. »Eigentlich kenne ich sie recht gut! Wir waren sechs Monate zusammen auf einer Schule in Genf und die dicksten Freundinnen.«

»Wirklich?« fragte Daniel. »Das hätte ich nicht gedacht.«

»Wieso nicht?« konnte sie sich nicht zurückhalten zu fragen.

»Weil Sie so verschieden sind.«

»Mich kennen Sie doch kaum«, sagte sie, »und Decima kennen Sie erst seit sechs Wochen, habe ich mir sagen lassen.«

»Ich sehe, ich habe mich schlecht ausgedrückt«, meinte er. »Sagen wir so: Ich habe genug von Decima gesehen, um mir von ihr eine Meinung bilden zu können. Und mir genügen fünf Minuten mit Ihnen, um sicher zu sein, daß Sie zu einer ganz anderen Kategorie Menschen gehören.«

»Und welche Kategorie wäre das? Oder sollte ich besser nicht fragen?«

»Besser nicht. Denn Sie würden sich vielleicht verpflichtet fühlen, es Ihrer guten Freundin Decima zu erzählen.«

»Da Sie das nicht für empfehlenswert halten«, meinte Rachel, »nehme ich an, daß Sie keine sehr gute Meinung von ihr haben.«

»Das will ich nicht sagen. Decima ist sehr schön und sehr charmant und eine vorzügliche Gastgeberin. Ich glaube, darüber sind wir uns alle einig.«

»Ja . . . Sie muß in Oxford ziemliches Aufsehen erregt haben nach ihrer Heirat.«

»Ja, sicher. Ich hatte Oxford gerade verlassen, so daß ich sie dort nie gesehen habe, obwohl ich mit Charles immer in Verbindung blieb.« Er schaute dem Bernhardiner zu, der im Wasser herumplanschte. »Kannten Sie Charles, bevor er Decima heiratete?«

»Ja, durch Rohan, als wir, Rohan und ich, noch sehr jung waren. Aber ich habe ihn nicht oft gesehen. Er kam nur selten zu Rohans Familie.«

»Charles ist ein außergewöhnlicher Mensch«, sagte Daniel. Er beobachtete immer noch den Hund. »Der begabteste Wissenschaftler, den ich kenne.«

Rachel schwieg.

»Komisch, nicht«, meinte Daniel, »daß ein so kluger Mann so dumm sein kann. Wie konnte er nur Decima heiraten. Ich verstehe nicht, daß er damals nicht gemerkt hat, wie schlecht sie zusammenpassen. Das muß doch deutlich genug gewesen sein.«

Rachel zögerte. »Bereut er es?« fragte sie dann.

»Hat Decima Ihnen nicht erzählt, daß ihre Ehe nur noch auf dem Papier besteht?«

»Ja, aber . . .«

»Das ist der Hauptgrund, warum meine Schwester und ich so lang hiergeblieben sind. Die Mannerings haben uns mehrmals gebeten, doch zu bleiben! Sie hatten beide so genug voneinander, daß sie uns mit offenen Armen aufnahmen. Hat Decima Ihnen nichts davon gesagt? Tut mir leid, wenn ich zuviel erzählt habe, aber ich dachte, Sie wüßten Bescheid.«

Erst jetzt merkte sie, daß er herausbekommen wollte, wieviel sie wußte und warum sie nach Roshven gekommen war.

»Wir hatten noch so wenig Zeit«, antwortete sie. Sie war verwirrt. »Decima hat kaum von Ihnen gesprochen.«

»Sollen wir uns ein bißchen hinsetzen?« Er zeigte auf eine flache Felsplatte bei den Klippen. »Wissen Sie, Rebecca und ich waren diesen Sommer in Edinburgh. Rebecca hat gerade ihre Lehramtsprüfung bestanden und will sich noch einen längeren Urlaub gönnen, bevor sie die erste Stelle antritt. Und da Charles in seinen Briefen so viel von Roshven geschwärmt hat, wollte ich ihn schon lange dort einmal besuchen. Ich habe ihm geschrieben, daß wir nach den Festspielen ins Hochland und an die Westküste fahren wollten, und er hat uns postwendend nach Roshven eingeladen.

Ich war hingerissen, als ich Roshven das erste Mal sah. Wahrscheinlich träumt jeder zivilisierte Mensch von Zeit zu Zeit davon, sich von seinem verstädterten Leben ganz zu befreien, aber meistens kommt er nicht einmal auf tausend Meilen an einen solchen Platz heran. Und da stand ich plötzlich am Ort meiner Träume.« Er beugte sich vor, um dem Hund zu seinen Füßen mit dem Finger sanft über den Rücken zu streichen. Der Seewind zauste in seinem dunklen Haar.

»Aber irgend etwas passiert hier mit den Leuten«, meinte er nach einer Weile. »Irgend etwas passiert mit ihnen hier zwischen den Bergen und dem Meer, wo sie, von der Umwelt abgeschnitten, mehr als anderswo aufeinander angewiesen sind. Man wird in einen bösen Strudel hineingezogen, jeder reizt jeden, man kennt einander so gut, daß es schon unangenehm ist.

Rebecca und ich hätten schon längst wieder abreisen sollen. Aber wir sind geblieben. Decima hat uns gebeten, bis zu ihrem Geburtstag zu bleiben, und ... nun ja, Charles bat uns auch zu bleiben, da haben wir schließlich nachgegeben.«

Sie schwiegen beide, bis Rachel endlich langsam sagte: »Ich verstehe nicht ganz, was Sie damit meinten, daß man hier in einen Strudel hineingezogen wird. Wie auch immer, durch Rohans und jetzt durch mein Dazukommen wird sich wohl die Spannung etwas lockern.«

»Es wäre besser, Quist hätte sich hier nie blicken lassen«, sagte Daniel abrupt. »Und Sie ... Ich kann Ihnen nur raten, so schnell wie möglich abzureisen. Hier gehen Dinge vor, die ich Ihnen nicht erklären kann. Reisen Sie ab, bevor auch Sie in den Strudel geraten und nicht mehr herauskommen.«

Die Brandung sprühte ihnen Salzwasser ins Gesicht. Die Flut kroch näher zu ihnen hinauf, und auch von Süden her, wo Cluny lag, hörte sie das Tosen der Gegenströmung.

»Ich verstehe Sie nicht«, sagte sie hölzern. »Was meinten Sie?«

Da hörten sie eine rufende Stimme. Als sie sich beide umdrehten, sahen sie Rebecca kommen. Sie hob grüßend die Hand.

»Sagen Sie bloß nichts zu Charles oder Decima oder Quist. Ich habe mit Ihnen gesprochen, nur mit Ihnen.«

»Das ist doch selbstverständlich«, erwiderte sie scharf. Sie ärgerte sich, daß er es für nötig hielt, sie zu warnen. Dann merkte sie erst, daß sie einen ganz trockenen Mund und steife Glieder hatte.

Rebecca war schon in Hörweite.

»Der schönste Morgen, den wir seit langem hatten!« rief

sie ihnen entgegen. »Sie haben Schönwetter mitgebracht, Rachel.« Der Wind blies ihr das kurze Haar in die Augen, sie strich es ungeduldig zurück. Sie trug einen Tweedrock und eine olivgrüne Wolljacke. Die einfache Kleidung paßte sehr gut zu ihrem strengen Gesicht und den dunklen Augen. Ein gutgeschnittenes Gesicht, fand Rachel, aber es hatte einen aggressiven Zug. Rebecca war wohl von klein auf gewohnt, sich das zu nehmen, was ihr gefiel, notfalls auch mit Gewalt, da ihr nichts in den Schoß fiel. Rachel hatte in der Schule und auch später die verschiedensten Mädchen kennengelernt und war sich bei der Beurteilung von Rebecca ziemlich sicher. Rebecca war die, die in der Klasse ganz vorne sitzt und immer alles weiß, ein Mädchen, deren Zunge genauso scharf wie ihr Verstand ist und die sich genauso schnell Feinde macht, wie sie immer wieder versuchen wird, neue Freundschaften zu schließen. Eigentlich war sie arm, trotz ihres so militant vorgezeigten Selbstbewußtseins.

Rachel glich ihre Abneigungen meistens durch Mitleid wieder aus.

»Sie sind früh aufgestanden«, sagte sie freundlich zu Rebecca. »Machen Sie immer einen Spaziergang vor dem Frühstück?«

»Jedenfalls liege ich nicht bis zehn mit einem Frühstückstablett im Bett herum, wenn Sie das meinen. Danny, Charles will heute früh nach Kyle of Lochalsh fahren. Er braucht noch einiges für die Party morgen. Wolltest du nicht ein Geschenk für Decima kaufen?«

»Ja, natürlich.« Er wandte sich an Rachel. »Haben Sie schon etwas für Decima?«

»Ja, ich habe eine Kleinigkeit in London gekauft.«

»Wollen Sie nicht mit uns in die Stadt fahren und mir helfen, etwas für Decima auszusuchen? Sie haben sich mit dem Problem schon beschäftigt, und ich habe keine Ahnung, was ich ihr kaufen soll.«

»Es wird wohl nicht so schwierig sein, etwas zu finden«, sagte Rebecca scharf, bevor Rachel noch antworten konnte. »Und ich nehme an, Rachel will heute nicht schon wieder nach Kyle of Lochalsh fahren.«

»Ich ... ich bin sicher, Rebecca kann Sie genausogut beraten wie ich, Daniel.«

»Wie Sie meinen.« Er wandte sich abrupt ab und ging mit langen Schritten über den Strand in Richtung Roshven. Der Hund trabte hinter ihm her.«

»Vielleicht finden Sie in der Stadt einen schönen keltischen Schmuck«, hörte Rachel sich sagen, um die peinliche Situation zu retten.

»Genau daran habe ich auch gedacht«, sagte Rebecca lebhaft. »Ich verstehe nicht, daß er Sie darum bittet mitzufahren, wo er doch wissen muß, daß Sie heute müde sind und sicher nicht viel unternehmen wollen. Wie fühlen Sie sich übrigens? Sie sehen tatsächlich müde aus.«

»Ich ...«

»Da Sie so früh aufgestanden sind, nehme ich an, Sie haben schlecht geschlafen?«

»Ja, ich ...«

»An jeden fremden Ort muß man sich erst gewöhnen, nicht wahr? Und Roshven muß einem, wenn man aus London kommt, schon sehr merkwürdig vorkommen ... Sagen Sie, wo haben Sie Daniel heute früh aufgetrieben? Ich habe ihn überall gesucht.«

Rachel wunderte sich einen kurzen Augenblick lang, warum sie es so unangenehm fand, wenn Leute ihre Fragen mit »Sagen Sie ...« begannen. »Ich traf ihn hier am Strand«, antwortete sie kurzangebunden. Sie fühlte sich immer unbehaglicher. Dabei ließ sie sich sehr selten durch anderer Leute Benehmen aus der Fassung bringen. Aber Rebecca übte eine höchst unglückliche Wirkung auf sie aus.

»Aber warum gingen Sie so weit nach Süden? Cluny ...«

»Ich weiß«, sagte Rachel höflich. »Ich habe davon gehört.«

»Ja? Dann ist es gut . . . Cluny erinnet mich an diesen Roman von Walter Scott, welcher war es doch, wo der Held im Schwemmsand versank? Ich glaube ›Bride of Lammermoor‹, nicht? Oder ›Redgauntlet‹? Jedenfalls spielt es an der Küste des Firth of Forth.«

»Ja, das stimmt«, sagte Rachel, die keinen dieser Romane gelesen hatte.

»Ah, Sie kennen Scott? Charles hat eine Gesamtausgabe. Er hat überhaupt eine herrliche Bibliothek! Und es ist so traurig, daß Decima nur diese gräßlichen Frauenzeitschriften liest . . . Sie muß eine sehr oberflächliche Erziehung gehabt haben.«

»Decima selbst hält sie für ausreichend.«

»Wirklich? Dann kann sie aber nicht sehr intelligent sein, oder? Außerdem geht es ihr auch sehr schlecht, meiner Überzeugung nach.«

Die kühl dahinplätschernde Unterhaltung erstarrte plötzlich im Eis der versteckten Anspielung.

»Wie meinen Sie das?« fragte Rachel scharf. »Decima geht es so gut wie Ihnen oder mir!«

»Sie haben Decima nicht erlebt in den letzten Wochen, ich schon. Sie hat sich wirklich sehr seltsam benommen, deshalb haben wir sie ja alle ermuntert, Sie einzuladen. Besonders Charles dachte, Sie könnten einen beruhigenden Einfluß auf sie ausüben . . . Sie ist auf dem besten Weg . . . nun ja, neurotisch zu werden, obwohl ich dieses verfängliche Wort nicht sehr schätze. Jedenfalls hat sie dem armen Charles das Leben schwer gemacht.«

»Ich verstehe nicht . . .«

»Wissen Sie, ich rede so offen mit Ihnen, weil ich finde, Sie sollen wissen, wie es um Decima steht. Sie werden dann so mit ihr umgehen, wie Sie es für richtig halten. Ah, da ist

Roshven! Wie schnell Daniel gegangen ist! Er ist schon bei der Anlegestelle. Und da steht Rohan im Hauseingang... Sehen Sie, er winkt Ihnen zu. Ein komischer Mensch, so anders irgendwie. Sagen Sie, seine Eltern sind keine Engländer, oder?«

»Sein Vater ist Schwede. Aber was Decima angeht...«

»Schwede? Ach, deshalb... Ja, es ist traurig mit Decima. Ich habe mich so bemüht, mit ihr gut auszukommen, aber sie gibt sich nicht die geringste Mühe. Ja, sie behandelt uns geradezu feindselig, was sehr unangenehm für Charles ist. Es gab immerzu Ärger deswegen.«

»Dann wundert es mich aber, daß Sie so lang geblieben sind«, sagte Rachel. »Wenn Sie sich so schlecht mit Ihrer Gastgeberin verstehen.«

»Aber meine Liebe, ihr Benehmen war ja völlig grundlos. Charles hat mir anvertraut, daß Decima unter einer Art Verfolgungswahn leidet. Sobald sie wieder in Oxford sind, will er sie zu einem Arzt bringen, verstehen Sie? Ihr Verhalten ist nicht normal, das ist sicher richtig. Sie will sich am liebsten hier im hintersten Winkel vor der Welt verkriechen. Und sie will auch nicht mehr nach Oxford zurück. Stellen Sie sich das vor! Nicht mehr nach Oxford zurück zu wollen! Sie hat einfach Angst, mit Menschen zusammenzutreffen. Ein nervöser Angstzustand, würde ich sagen.«

»Mir kommt Decima ganz normal vor«, sagte Rachel, »und ich bin auch anderer Meinung als Sie, was ihre Intelligenz angeht. Decima war sehr gut in der Schule. Und wenn sie auch nicht intellektuell ist, so heißt das noch lange nicht, daß sie nicht intelligent ist.«

»Wenn Sie länger hierbleiben«, sagte Rebecca, als hätte sie die letzten Worte von Rachel nicht gehört, »dann wird Ihnen der Zustand Ihrer Freundin Decima bald nicht mehr normal vorkommen.«

Es gab eine kleine, peinliche Pause. Dann sagte Rebecca: »Rohan scheint Ihnen etwas sagen zu wollen.«

Sie sahen Rohan zum Strand herunterkommen und ihnen zuwinken. »Entschuldigen Sie mich? Ich möchte Daniel fragen, wann er nach Kyle of Lochalsh fährt.« Und sie ging rasch über den Strand auf die Anlegestelle zu.

Daniel war schon im Boot. Rachel sah, wie er von unten auf Deck kam und am Steuerhaus wartete, als er seine Schwester sah. Er kam ihr sehr weit weg und winzig vor in der Grenzenlosigkeit von Himmel und Wasser.

»Ach, *da* bist du!« rief Rohan, als hätte er sie nicht schon seit mindestens fünf Minuten beobachtet. »Was ist denn mit dir los, daß du so früh aufstehst?« Er war noch ziemlich weit weg, aber rief so laut, daß sie jedes Wort verstehen konnte. »Und warum triffst du dich heimlich mit Daniel?« fragte er, als er näher herangekommen war. »Ich habe gesehen, wie er hinter dir aus dem Haus kam und dir nachging! Rebecca machte ein ganz beleidigtes Gesicht, als sie etwas später feststellen mußte, daß ihr geliebter Bruder ohne sie davonspaziert war. Sonst machen sie nämlich immer einen gemeinsamen Morgenspaziergang. »Was hat Carey denn zu dir gesagt?«

»Ach, nichts«, sagte Rachel automatisch, während ihre Gedanken noch bei dem Gespräch mit Rebecca waren. Als sie an Daniel dachte, sagte sie ein bißchen zu nachdrücklich: »Wirklich, gar nichts.«

»Soso!« meinte Rohan. »Mein liebes Mädchen, sag mir jetzt nur nicht, daß du Carey unwiderstehlich findest. Sag nur nicht . . .«

»Ich sag ja gar nichts. Es stimmt nämlich nicht! Hör auf, Rohan. Es ist noch zu früh am Morgen für solchen Unsinn . . . Du, ich möchte mit dir reden. Können wir uns nicht einen Augenblick hier niedersetzen, bevor wir reingehen?«

»Aber natürlich«, sagte Rohan liebenswürdig und ließ sich auf einem Felsen nieder. »Was ist los? Hat Carey dir . . .«

»Denk jetzt mal nicht an Carey, ja? Ich möchte über Rebecca reden.«

»Muß das sein? Na, bitte! Na, bitte! Aber mach nicht so ein Gesicht! Es war nur Spaß! Also, was ist mit Rebecca?«

»Rebecca hat mir eben so unglaubliche Sachen erzählt, daß ich sprachlos bin.«

»Nämlich?«

»Daß . . . daß Decima an Verfolgungswahn leidet . . .«

»O Gott!«

». . . und nicht ganz normal ist.«

»Was hast du darauf gesagt?«

»Na, was werde ich gesagt haben! Daß *sie* einen Psychiater braucht und nicht Decima.«

»Das hast du sicher nicht gesagt.«

»Nein, du hast recht. Ich habe nur gesagt, daß Decima meiner Ansicht nach genauso gesund ist wie wir.«

»Hm.«

»Ja, ist sie es etwa nicht? Rohan, sag doch was! Warum behauptet Rebecca so etwas? Was war hier los, bevor ich kam?«

Rohan antwortete nicht. Die gute Laune verschwand aus seinem Gesicht, er sah plötzlich ernst aus. »Es gibt mehrere Gründe dafür, daß Rebecca so etwas sagt«, meinte er schließlich. »Erstens kann Decima Rebecca nicht ausstehen und gibt das jedem offen zu verstehen. Zweitens kann Rebecca Decima nicht leiden, unter anderem wohl, weil sie jede Frau verachtet, die weniger intellektuell ist als sie selbst. Und drittens hat sich Decima wirklich sehr sonderbar benommen.«

»Mir kam sie aber ganz normal vor.«

»Ja, natürlich«, sagte Rohan. »Es ist ihr gestern ausgezeichnet gelungen, eine normale Atmosphäre vorzutäuschen.«

»Wie soll ich das verstehen?« fragte Rachel nach einer kleinen Weile.

»Daß es hier in Wirklichkeit ganz und gar nicht normal zugeht, Rachel. Und das liegt an Decima. Ich würde dir das nicht sagen, wenn wir beide nicht schon so lange befreundet wären. Ich weiß, Ihr wart einmal sehr gute Freundinnen, und vielleicht denkst du, ihr seid es immer noch, aber glaube mir, Rachel, Decima sollte die letzte sein, die du dir als Freundin aussuchst.«

»Ich dachte, du magst Decima gern! Als du sie kennenlerntest . . .«

»Da kannte ich sie noch nicht, so wie du sie jetzt nicht kennst. Es ist schlimm mit ihr, Rachel. Sie macht Charles das Leben zur Hölle. Und er ist manchmal am Ende seiner Weisheit mit ihr. Soundso oft habe ich ihm schon geraten, sich von ihr scheiden zu lassen, aber sie sind ja noch keine drei Jahre verheiratet, da ist es nicht so einfach, eine Scheidung durchzusetzen. Außerdem ist er gegen eine Scheidung vom gesellschaftlichen Standpunkt aus. Heutzutage ist eine Scheidung zwar nichts Besonderes mehr. Aber in den Kreisen, in denen er zu Hause ist, herrschen noch strenge Moralbegriffe. Eine Scheidung würde ihm sicher schaden. Trotzdem wird es wohl dazu kommen. Denn ich glaube nicht, daß sie mit ihm nach Oxford zurückkehrt, wenn das Semester beginnt. Und damit wäre ihre Trennung publik.«

»Und Decimas Geld? Wird ihm das nicht fehlen, wenn sie sich scheiden lassen?«

»Charles hat genug Geld. Darum braucht er sich keine Sorgen machen.«

»Niemand hat genug Geld«, sagte Rachel ironisch. »Wieviel man auch hat, man hat nie genug.«

»Aber Charles hat Decima nicht ihres Geldes wegen geheiratet, Rachel! Sondern wegen ihrer Schönheit, ihrem Charakter, ihrem Sexappeal, nenn es, wie du willst. Jedenfalls war er verliebt bis über beide Ohren. Du hast ihn wohl nie gesehen während seiner Verlobungszeit. Ein Mann, der es nur auf ein Bankkonto abgesehen hat, geht nicht wie ein Mondsüchtiger herum und kann weder essen noch schlafen.«

»Aber wann kam dann die Desillusionierung? Als er merkte, daß sie Roshven nicht verkaufen wollte?«

»Hat sie das gesagt? Hat sie dir nichts über ihre Ehe erzählt?«

»Ja. Daß sie unglücklich ist.«

»*Sie* ist unglücklich! Du lieber Himmel! Und Charles? Ich weiß nicht, warum sie ihn geheiratet hat, aber sicher nicht aus Liebe. Vielleicht weil er älter war und ein bekannter Mann. Vielleicht fand sie ihn charmant und stellte sich die Ehe mit ihm amüsant vor. Aber geliebt hat sie ihn nicht. Sie mag schön und exotisch und verführerisch sein, aber sie ist so kalt wie die Nordsee und so steril wie die kahlen Berge hier. Jede Art von physischer Intimität ist ihr verhaßt. Wer von ihnen bestand auf getrennten Schlafzimmern? Was glaubst du? Sicher nicht Charles! Charles ist ein Mann wie jeder andere, wenn es um Sex geht. Er würde sogar gern Kinder haben, glaube ich. Aber interessiert sich Decima vielleicht für Kinder? Natürlich nicht! Sie interessiert sich nur für sich selbst. Charles war für sie etwas Neues, aber dann war er ihr bald langweilig. Bei gesellschaftlichen Anlässen gähnte sie, brachte ihn durch Extravaganzen in Verlegenheit und demütigte ihn durch ihre Verachtung aller Dinge, die ihm etwas bedeuteten. Sie flirtete sogar mit Studenten, nur um ihn zu ärgern. Und schließlich flirtete sie mit jedem. Decima fliegt auf Männer, die sie bewundern.«

Beide schwiegen. Dann sagte Rachel langsam:

»Jedes Ding hat zwei Seiten, also überrascht es mich nicht weiter, daß auch die Ehe von Charles und Decima zwei Seiten hat, wenn man euch so hört. Aber die Diskrepanz ist so groß, daß eine Partei offensichtlich lügt. Wenn ich Decima höre . . .«

»Was sagt Decima? Du hast ja schon mit ihr gesprochen, nicht?«

»Ja, gestern nach dem Abendessen. Sie deutete an, daß sie unglücklich sei. Charles hätte sie nur wegen ihres Geldes geheiratet. Sie sagte, *er* benähme sich sonderbar und . . .«

»Charles? Das ist doch Unsinn!«

»Ja? Meinst du? Sie sagte dann noch, sie sei froh, daß ich da sei, denn ich würde dich hoffentlich von ihr ablenken. Charles glaubt nämlich, ihr beide habt etwas miteinander.«

Rohan wurde blaß. »Decima und ich . . . aber das ist ja lächerlich! Blödsinnig! Absurd!« Er starrte sie mit seinen großen, grauen Augen entsetzt an. Und ihr schien, als hätte er eine lachende Maske abgelegt und zeigte ihr zum ersten Mal in Roshven sein wahres Gesicht. So war also auch Rohan in den bösen Strudel geraten. Daniels Warnung kam ihr wieder in den Sinn, aber bevor sie sprechen konnte, sagte Rohan mit gepreßter Stimme, die sie gar nicht an ihm kannte: »Decima hat dich angelogen. Warum soll Charles mich verdächtigen, etwas mit ihr zu haben, wenn sie sich doch offensichtlich nur für Daniel Carey interessiert?«

# 4. Kapitel

Daniel beobachtete Rohan und Rachel vom Steuerhaus des Bootes aus. Jetzt saßen sie schon zehn Minuten zusammen auf dem Felsen. Sie mußten sich viel zu sagen haben.

»Ich mag dieses Mädchen nicht«, sagte Rebecca neben ihm.

»Das merke ich.« Er zündete sich eine Zigarette an, und einen Augenblick lang funkelte der Widerschein der Flamme in seinen Augen. Er dachte über Quist nach. Er fragte sich, welches Spiel der Mann spielte und was er wohl Rachel Lord alles erzählte dort am Strand, keine hundert Meter von ihm entfernt.

»Warum um Himmels willen hast du sie eigentlich gebeten, dir beim Geschenkaussuchen zu helfen?«

»Warum nicht?« fragte er plötzlich verärgert. Wenn sie doch ins Haus ginge und ihn hier allein ließe! »Ich mag sie eben.«

»Sie ist doch gar nicht dein Typ.«

»Dann habe ich wohl genug von meinem Typ.« Er ging an Deck, aber sie folgte ihm. Als sie Kinder waren, dachte er, war Rebecca ihm auch überallhin vertrauensvoll nachgetrippelt. Aber eigentlich, fand er plötzlich, war er es jetzt leid, daß sie ihn ständig wie ein Schatten aus der Kindheit begleitete.

»Ich gehe ins Haus«, sagte er kurzangebunden.

»Ich komme mit.«

Sie gingen schweigend nebeneinander her. In der Halle sagte er kühl über die Schulter: »Ich rufe dich, wenn wir fahren«, und stieg schnell die Treppe hinauf in sein Zimmer. Oben warf er aufatmend die Türe zu. Er merkte nicht gleich, daß jemand im Sessel am Kamin auf ihn wartete.

»Danny ...«

Er drehte sich schnell um. Sie stand auf, anmutig und damenhaft wie immer. Die Falten ihres blaßblauen Morgenmantels schwangen noch einen Augenblick nach. »Danny, ich mußte dich sehen ...«

»Wir haben uns nichts zu sagen.«

Aber sie war nicht so demütig wie Rebecca und nicht so schnell bereit, seine Ablehnung zu akzeptieren. »Daniel, ich habe es mir anders überlegt ...«

»Zu spät, Decima. Tut mir leid.« Sie war nähergekommen und machte noch einen wohlüberlegten Schritt, so daß er bemerken konnte, wie aufreizend dünn ihr Morgenmantel aus Spitzen war. »Bitte, Danny«, sagte sie, und ihre blauen Augen bekamen einen feuchten Schimmer. »Bitte ...« Sehr gerissen, dachte er. Auf ihre Art war sie eine Künstlerin. Und sehr zu seinem Ärger spürte er seinen Puls schneller schlagen, als er sie einen Augenblick zu lang anschaute. Er wollte sich abwenden, aber sie legte ihre Hand auf seinen Arm und hielt ihn fest. »Ich habe dich schlecht behandelt, ich weiß, Danny. Das war sehr dumm von mir. Aber ich hatte solche Angst ...« Sie suchte in seinem Gesicht nach einem Anzeichen beginnender Kapitulation.

»Du hattest gar keine Angst«, hörte er sich sagen. »Du warst nur geschmeichelt und amüsiert. Geschmeichelt, weil jede Frau gern so beachtet wird, wie ich dich beachtet habe, amüsiert, weil ich für dich eine Abwechslung im Einerlei von Roshven bedeutete und weil du viel zu kalt bist, um etwas anderes als Amüsement zu empfinden.«

»Das ist nicht wahr!« brauste sie auf, so leidenschaftlich und zornig, als wollte sie zeigen, zu welchen Gefühlen sie fähig war. »Eben weil ich nein sagte, ist es nicht wahr. Eben weil ich mir erlaubte, loyal zu Charles zu sein, eben weil ich einen Augenblick lang Angst hatte ...«

»Das stimmt doch alles nicht, Decima. Du kannst dich

noch so sehr bemühen, mir die Rolle der loyalen Ehefrau vorzuspielen, die dauernden Versuchungen ausgesetzt ist, mich überzeugst du damit nicht. Du hast nein gesagt, weil du keine Lust hattest. Ich habe auch keine Lust mehr.«

»Aber ich will doch! Ich tu, was du willst, Danny, ich schwör's!«

»Du hast mich nicht verstanden«, sagte er kalt, während er spürte, daß ihm der Schweiß ausbrach. »Du machst es komplizierter, als es ist. Es war doch so: Ich sah dich und wollte mit dir schlafen, wie mit jeder attraktiven Frau. Aber nachdem du nur mit mir gespielt hast und mich erfolgreich auf Armeslänge hieltest und ich sah, wie du dich amüsiert hast, während ich immer frustrierter wurde, da dämmerte mir, daß du niemals so weit gehen würdest, ja zu sagen, und wenn du es tätest, du im Endeffekt womöglich gar nichts zu bieten hättest. Kalte Frauen interessieren mich nicht. Ich kann dir nur raten, das nächstemal deine Trümpfe besser auszuspielen, wenn du willst, daß der Spaß länger dauert.«

Sie war blaß geworden. Er dachte plötzlich, daß er ihr möglicherweise unrecht tat und daß sie ihm jetzt nichts vorspielte.

Im nächsten Augenblick war sie in seinen Armen, und er spürte ihren Mund. Dieser Mund war alles andere als kalt.

»Bring mich weg von Charles«, sagte sie endlich.

Er sah sie an. Ihre Bitte kam ihm gar nicht unsinnig vor, sondern ganz logisch, ganz natürlich. Da klopfte es an die Tür. Sie fuhren auseinander.

»Daniel?« fragte Charles. »Kann ich reinkommen?«

Es dauerte einige Sekunden, bevor Daniel antwortete. Charles wunderte sich etwas, aber bevor er weiter darüber nachdenken konnte, ging die Tür auf und Daniel stand auf der Schwelle.

»Entschuldige, Charles, ich war mir nicht ganz sicher, ob ich richtig gehört hatte. Komm doch herein.«

»Nein, ich wollte dir nur sagen, daß ich um zehn Uhr dreißig nach Kyle of Lochalsh fahren möchte, wenn es dir paßt.«

»Sehr gut. Ich werde es Rebecca sagen.«

»Ich habe es ihr schon gesagt«, meinte Charles und ging den Gang hinunter. »Bis später, Daniel.«

Daniel schloß die Tür. Im gleichen Augenblick kam Decima aus ihrem Versteck hinter den Vorhängen.

»Ich glaube sicher, er hat einen Verdacht«, sagte sie.

»Angenommen, er weiß oder vermutet etwas . . .«

»Wie soll er? Da gibt es nichts zu vermuten.« Er hatte sich jetzt vollkommen unter Kontrolle und glaubte die Situation zu beherrschen. Das Erscheinen von Charles hatte die Hitze in seinem Körper in Eis verwandelt. »Da ist nichts zwischen uns, Decima, und was mich angeht, wird auch nie etwas sein.«

»Aber eben . . .« Ihre Augen blitzten zornig, ihr Gesicht war weiß vor Wut. »Eben noch . . .«

»Eben noch war ich ein Dummkopf, Decima, aber ich bin nicht so dumm, daß ich denselben Fehler noch einmal mache. Wenn du dich aus deiner Ehe befreien willst, mußt du dir einen anderen suchen, der dir dabei hilft. Von mir erwarte dir keine Hilfe.«

Sie stand da und schaute ihn an. »Aber warum?« sagte sie endlich. »Warum sagst du das? Vor ein paar Tagen hast du doch ganz anders gedacht.«

»Tut mir leid, wenn dich mein Benehmen getäuscht hat«, sagte er schroff und wandte sich ab, um das Gespräch zu beenden. »Ich wüßte nicht, was wir uns noch zu sagen hätten.«

Er erwartete, daß sie noch etwas sagen würde, um eine Erklärung bitten oder ihre Fassung verlieren würde, aber es kam nichts. Erst dann sagte sie langsam: »Bist du sicher, daß du das nicht bereuen wirst?«

Er drehte sich schnell um: Ihr Gesicht war noch immer weiß, aber ihr Mund lächelte.

»Was bereuen?« Seine Stimme klang kühl und gleichgültig.

»Du willst doch in akademischen Kreisen nicht in schlechten Ruf geraten, nicht?« sagte sie und öffnete die Tür. »Ich habe gehört, sie sollen so heikel geworden sein mit den Dozentenstellen.«

Sie schloß behutsam die Tür hinter sich. Daniel war allein.

Decima war nicht in ihrem Zimmer, als Rachel um halb zehn zum Frühstück erschien. Der große helle Raum wirkte aufgeräumt, das Bett war schon gemacht, und vom Fenster aus hatte Rachel den weiten Blick nach Südosten auf die Moore und Berge, und nach Südwesten aufs Meer. Sie überlegte gerade, ob sie Decima unten suchen gehen sollte, als die Tür aufging und Decima rasch hereinkam.

»Ah, da bist du schon!« Sie hatte glühende Wangen, und ihre Augen blitzten, als sei sie sehr erregt oder ärgerlich. »Ich rufe Mrs. Willie, daß sie das Frühstück heraufbringen kann. Hast du gut geschlafen?«

»Ja, danke. Ich bin früh aufgewacht und habe schon einen Spaziergang gemacht ... Ist etwas los, Decima? Du bist so unruhig.«

»Ach, ich bin nur nervös ... Da übrigens heute vormittag alle in die Stadt fahren, hoffe ich, du kommst auch mit und hilfst mir, ja? Daniel und Rebecca haben für sich etwas zu besorgen, und ich muß mit Charles das Essen für morgen abend bestellen. Da die Herren nicht auf der Jagd waren, müssen wir leider das Wild kaufen. Kommst du mit?«

»Sehr gerne. Ein herrlicher Morgen für eine Bootsfahrt. Wann will Charles losfahren?«

»So um halb elf, wenn ich bis dahin fertig bin. Ich brauche in der Früh immer so lange.«

Damit hatte sie recht. Es war schließlich nach elf, bis alle auf dem Boot waren und Charles den Motor anließ.

Die Sonne schien warm. Rachel saß hinten im Heck. Der weiche Wind liebkoste ihre Haut. Jetzt bei Tageslicht erschien ihr die Furcht von gestern abend unverständlich. Und auch das Gespräch mit Daniel vorhin am Strand bei Cluny kam ihr nicht mehr so beängstigend vor. Alle machten einen ganz normalen Eindruck. Charles und Rohan waren im Steuerhaus, Decima saß neben ihr, und die Careys waren am Bug und sahen stumm aufs Meer. Rachel betrachtete lange Daniels Hinterkopf, und dann kam Rohan aus dem Steuerhaus zu ihnen, und sie sah schnell aufs Wasser.

»Geht es dir nicht gut, Decima? Du siehst verfroren aus.«

»Im Gegenteil, mir geht's prima!«

Irgend etwas stimmte tatsächlich nicht mit Decima. Rohan und Rebecca hatten wohl doch recht. Rachel beobachtete verstohlen ihre Freundin, wie sie nervös an ihrem Rock herumfingerte und unruhig hin und her schaute. Jede Faser ihres schlanken Körpers schien gespannt zu sein. Zum Frühstück hatte sie nur eine Tasse Kaffee getrunken und hatte ruckweise und hastig über lauter belanglose Dinge gesprochen, wie sie ihr gerade in den Sinn kamen. Rachel fand das Frühstück unbehaglich und war froh, als es vorbei war.

Jetzt stand Rebecca auf. Sie ging von Daniel weg ins Steuerhaus, sagte etwas zu Charles und ging hinunter.

Rachel sah wieder zu Daniel.

»Gehen wir in die Kabine«, sagte Rohan. »Ich mache dir einen Kaffee, Decima.«

»Nein, danke.«

»Wirklich nicht? Und du, Rachel?«

»Bitte?«

»Willst du einen Kaffee?«

»Danke nein, Rohan.« Daniel kam auf sie zu. Der Wind blies ihr plötzlich eisig ins Gesicht. Oder waren ihre Wangen so heiß?

»Warte, Rohan«, sagte Decima scharf, »ich komme mit.«

»Ja? Das ist nett. Du nicht, Raye?«

Sie hörte ihn kaum. Daniel lächelte sie an und setzte sich neben sie auf den Platz, auf dem gerade noch Decima gesessen hatte. »Es tut mir leid, daß ich heute früh so heftig war«, sagte er. »Ich fürchte, ich habe Sie ziemlich plötzlich mit meiner Schwester allein gelassen.«

Er streckte lässig seine Beine aus, legte die Füße übereinander und hatte einen Ellbogen auf der Rücklehne aufgestützt, um sein Rückgrat zu entlasten. So war sein Körper ihr leicht zugedreht. Sie fühlte sich sofort steif und unbeholfen. Sie wollte sich entspannen, wagte aber nicht die geringste Bewegung zu machen, wollte ihn ansehen, traute sich aber nicht, seinen Blick zu erwidern. Sie spürte seine Nähe so intensiv, daß sie in seinen Armen kaum einem größeren Gefühlstumult ausgeliefert gewesen wäre. Und Rachel, die immer stolz gewesen war auf die klugen Ratschläge, die sie ihren verliebten Freundinnen geben konnte, fand ein solches Wegrutschen ihrer Selbstbeherrschung einfach beschämend.

Sie sah ihn plötzlich an, fest entschlossen, ihn die Wirkung, die er auf sie ausübte, nicht spüren zu lassen, und sagte treuherzig: »Decima scheint heute morgen ganz durcheinander zu sein. Ich weiß nicht, was los ist mit ihr. Sie behauptet, es sei alles in Ordnung.«

»Sie ist ein Nervenbündel«, sagte er achselzuckend ... »Wie ruhig heute die See ist! Und auch die Landschaft sieht so friedlich aus. Waren Sie schon einmal in Schottland, oder ist das Ihr erster Besuch?«

Sie antwortete ihm bereitwillig. Ihr war nicht entgangen, wie geschickt er das Gespräch von Decima wieder abgelenkt hatte. Er stellte ihr dann einige Fragen über ihr Leben in London und über ihren Aufenthalt in Florenz. Und während sie antwortete, fragte sie sich, ob er etwas mit Decima hatte und also die Gastfreundschaft von Charles so gemein mißbrauchte. Aber Rohan hatte ja nicht gesagt, daß Daniel und Decima etwas miteinander hatten, sondern nur, daß Decima sich sehr, er fand zu sehr, für ihren Gast interessierte ... Aber Decima hatte ihr doch gestern gesagt, daß sie Daniel Carey nicht mochte und kein Vertrauen zu ihm habe.

Entweder irrte Rohan, oder Decima hatte gelogen. Vielleicht brauchte sie Rachels Unterstützung gegen Charles und fürchtete, Rachel würde einen Ehebruch mißbilligen. Sie wollte vielleicht nicht riskieren, Rachels Sympathie in diesem Augenblick zu verlieren.

Es war doch gut möglich, daß sie etwas miteinander hatten. Decima blieb sicher nicht kalt und abweisend, wenn sie sich wirklich für einen Mann interessierte, und Daniel hätte sicher Roshven längst verlassen, wenn er nicht bekommen hätte, was er wollte. Es war sehr wahrscheinlich, daß ein Mann wie Daniel Carey nicht viel Schwierigkeiten bei Frauen hatte.

»Ich fahre oft von Cambridge für ein Wochenende nach London«, sagte er. »Wir müssen uns einmal treffen. Sagten Sie nicht, daß Sie gern ins Theater gehen?«

Und da hörte sie nicht mehr auf die kühle, klare Stimme ihrer Vernunft und gab es auf, die Situation zu analysieren. Ja, sie ging gern ins Theater, so oft wie möglich, so oft sie es sich leisten konnte ...

»So oft Sie es sich leisten können?« wiederholte Daniel erstaunt. »Heißt das, daß Ihre Verehrer Sie selbst zahlen lassen?«

Normalerweise wäre sie zu stolz gewesen zuzugeben, daß sie nur selten ausgeführt wurde, aber ihr Instinkt zwang sie, ehrlich mit ihm zu sein, gerade jetzt, da sie so gern geschwindelt hätte.

»Nur Mädchen wie Decima können sich jeden Abend von einem anderen Verehrer ausführen lassen«, sagte sie leichthin. »Unsereiner ist nicht so glücklich dran. Wenn ich immer auf einen Verehrer warten würde, um mir eine interessante Aufführung anzusehen, dann wäre manches Stück schon wieder abgesetzt, bevor ich es gesehen hätte.«

Er machte ein so erstauntes Gesicht, daß sie beinahe lachen mußte. »Sie gehen also ganz allein?«

»Ja, natürlich, warum nicht? Jedenfalls meistens, oder manchmal auch mit einer Freundin. Ich hocke doch nicht wie ein Aschenbrödel zu Hause herum und warte, bis mich einer mitnimmt.«

Jetzt mußte sie wirklich lachen, als sie sein Gesicht sah. »Sie werden gleich fragen, ob ich auch für ›Woman's Lib‹ demonstriere!«

»Möglich ist alles bei Ihnen!« gab er lachend zurück. Er sah zur Seite, und sie merkte nicht sogleich, daß er sich vergewisserte, ob jemand in Hörweite war. »Jedenfalls hat sich mein erster Eindruck von Ihnen bestätigt.«

»Und der war?«

»Daß Sie eine ungewöhnliche und interessante Frau sind.« Er war aufgestanden und ging hinüber zum Steuerhaus. Der Wind fuhr durch sein dunkles Haar.

»Kannst du mir eine Zigarette geben, Charles? Ich habe keine mehr . . . Danke.«

Sie beobachtete ihn, registrierte jede seiner Bewegungen, und in ihrem Kopf lief wie auf einem Tonband noch einmal das Gespräch ab, das sie soeben mit ihm geführt hatte. Sie sah, wie Charles ihm eine Zigarette gab und er sie im Schutz des Steuerhauses anzündete. Und dann, bevor er zu ihr zurückkehren konnte, tauchte von unten Rebecca auf, und damit war die Chance, das Gespräch fortzusetzen, vorbei.

Rachel wandte sich zur Seite und starrte über das Wasser.

Es war nach ein Uhr, als sie Kyle of Lochalsh erreichten. Als sie einen Platz für das Boot gefunden und es festgemacht hatten, schlug Charles vor, erst einmal essen zu gehen, aber da Daniel von der Idee nicht sehr begeistert war, trennten Rebecca und er sich von den anderen und gingen allein in die Stadt. Daniel fragte Rachel noch einmal, ob sie nicht mitkommen wolle, aber Decima sagte schnell dazwischen, Rachel hätte versprochen, ihr beim Einkaufen für das Abendessen zu helfen. Daniel zuckte die Achseln und sagte nichts weiter.

Es war seltsam, dachte Rachel, wie alle erleichtert zu sein schienen, als die Careys weg waren. Charles wurde sichtlich freundlicher, Rohan gesprächiger, und auch Decima wirkte gelöster. Selbst Rachel fühlte sich plötzlich entspannt, als Daniel gegangen war, aber sie war noch so durcheinander, daß es ihr schwerfiel, sich wieder auf Decimas Probleme zu konzentrieren. Mit großer Anstrengung beantwortete sie die Fragen, die man an sie richtete. Die ganze Zeit dachte sie an Daniel und an seinen Vorschlag, sich in London zu treffen. Und plötzlich war es ihr ganz gleichgültig, was er mit Decima hatte oder gehabt hatte. Erschreckt stellte sie fest, daß ihr auch Decima gleichgültig geworden war. Ich bin nicht länger Zuschauer bei einem Stück, das die anderen für mich spielen, dachte sie. Ich spiele mit.

Und mitten in ihrer Verwirrung wußte sie, daß jetzt auch sie in den Strudel geraten war.

Daniel sagte zu seiner Schwester: »Langsam wird es gefährlich.«

»Mit Decima?«

»Ich beherrsche die Situation nicht mehr. Wie konnte ich nur so dumm sein, mich mit ihr einzulassen.«

Rebecca erschrak. Daniel hatte sich noch nie dumm mit Frauen benommen. »Was meinst du damit, Danny? Warum sagst du das?«

Er erzählte ihr, was vorgefallen war. Sie gingen die Hauptstraße hinauf, an Geschäften vorbei, wo Tweed und karierte Wollstoffe verkauft wurden, kamen beim Fleischer vorbei, beim Bäcker und beim Gemüsehändler. Aber Rebecca achtete nicht mehr auf die Umgebung. Dann hatten sie den kleinen Laden erreicht, wo keltischer Silberschmuck verkauft wurde.

»Mein Gott, Danny . . .«

»Das kann ziemlich gefährlich werden.«

»Aber dagegen muß man doch etwas tun.«

»Reg dich nicht auf, das ist meine Sache.«

»Wie kannst du so etwas sagen! Sie kann dich ruinieren, und ich soll dabeistehen und zusehen?«

»Du hast genug eigene Probleme. Brauchst dich nicht noch um meine zu kümmern. Halte dich da lieber heraus.«

»Das kann ich doch gar nicht mehr! Du glaubst, Decima könnte dir die Dozentenstelle . . .«

»Das glaube ich.«

»Was sollen wir machen?«

»Du machst gar nichts«, sagte Daniel ruhig. »Und was ich mache, werden wir erst sehen.«

Nachdem sie in einem der Gasthäuser am Hafen zu Mittag gegessen hatten, ging Rachel mit Decima das Wild einkaufen und was sie sonst noch zum Essen brauchten, während

Rohan mit Charles den Champagner und die anderen Getränke besorgte. Als sie alles an Bord hatten, war es halb vier, und von den Careys war nichts zu sehen.

»Ich setze mich da drüben hin und beschwatze den Wirt, daß er mir ein Bier ausschenkt. Auch wenn er jetzt keine Erlaubnis dazu hat«, sagte Rohan. »Von dort habe ich das Boot im Auge. Kommt jemand mit?«

»Ich vielleicht«, sagte Charles. »Du auch, Decima?«

»Nein, ich bin müde. Ich warte hier.«

»Ich bleibe bei Decima«, sagte Rachel, bevor sie gefragt werden konnte. »Geht nur und trinkt euer Bier.«

Sie gingen. Decima klagte über Kopfweh und ging in die kleine Küche, um sich einen Kaffee zu kochen.

»Willst du auch einen, Raye?«

»Nein, danke. Ich gehe hinauf, wenn du mich nicht brauchst.«

»Ich trinke meinen Kaffee und lege mich ein bißchen hin. Hoffentlich kommen die Careys bald. Ich möchte gern nach Hause.«

»Ich geb dir Bescheid, wenn ich sie sehe.« Rachel stieg hinauf und setzte sich ins Steuerhaus. Der Wind blies kälter als am Vormittag, der Himmel hatte sich bewölkt, der beste Teil des Tages war vorbei. Eine unruhig hin und her schwappende See kündigte Sturm und Regen an.

Sie wunderte sich, wo Daniel blieb und was er so lange zu tun hatte.

Nach kaum fünf Minuten sah sie ihn. Er kam mit Rebecca auf die Anlegestelle zu, und als sie an der Wirtschaft vorbeikamen, mußten Rohan und Charles sich ihnen bemerkbar gemacht haben, denn sie blieben an einem der ebenerdigen Fenster stehen, und Rebecca ging hinein. Daniel blieb draußen kurz stehen, dann ging er weiter zum Boot.

Sie saß ganz still und sah ihn den Bootssteg entlangkommen. Es war ihr, als hätte sie schon Jahre auf etwas gewartet, ohne zu wissen worauf. Das Warten wurde immer beklemmender. Dann war er beim Boot, sah sie und lächelte ihr zu. Das Boot schwankte, als er sich hinaufschwang.

»Ich dachte doch, daß ich Sie hier finden würde«, sagte er. »Wo ist Decima?«

»Unten in der Kabine, sie hat sich hingelegt.«

»Ach so.« Er trat neben sie ins Steuerhaus. Von den anderen war noch nichts zu sehen. »Sie werden gleich kommen«, meinte er.

»Ja, ich habe gesehen, daß Rebecca hineinging, um sie zu holen.«

Sie schwiegen.

Rachel starrte unverwandt auf die grauen Mauern der kleinen Wirtschaft mit dem hin und her schwingenden Schild über dem Eingang. Da spürte sie plötzlich Daniels Hand auf ihrem Arm. Sie sah zu ihm hin.

»Glauben Sie bitte nicht . . .« Der Satz wurde nicht beendet. Später konnte sie sich nur noch an den Griff erinnern, mit dem er ihre Handgelenke umklammerte, an rauhe, warme Lippen, an eine Explosion von Leidenschaft, an einen harten muskulösen Körper. Dann war es vorbei, der Schwindel verebbte, und sie sah an Daniel vorbei aufs Deck. Da stand Decima unbeweglich, wie angewurzelt, und beobachtete sie.

Rachels Lippen bewegten sich.

Daniel drehte sich mit einem Ruck um.

»Oh, oh«, sagte Decima mit ihrer sanftesten Stimme, »ich habe dich unterschätzt, Raye. Du hast keine Zeit verloren, mein Kompliment. Tut mir leid, daß ich euch gestört habe. Das ist euch sicher schrecklich peinlich, aber ich wollte euch ja nur sagen, daß die anderen gleich da sind. Da sind sie schon.«

Es regnete, als sie nach Roshven kamen. Schwere Wolken hingen über dem Moor und hüllten die Bergspitzen ein. Rachel begab sich so schnell sie konnte auf ihr Zimmer. Dort war schon das Feuer im Kamin entzündet, und die Haushälterin hatte ihr sogar eine Kanne mit heißem Wasser hingestellt.

Sie zog sich rasch aus. Ihre Sachen waren auf dem kurzen Weg von der Anlegestelle bis zum Haus ganz durchnäßt worden. Sie wickelte sich für ein paar Minuten in ihre Bettdecke, bevor sie sich mit dem heißen Wasser wusch.

Gerade als sie ihr Wollkleid anzog, hörte sie ein Klopfen an ihrer Tür.

»Wer ist da?«

»Decima.«

O Gott, dachte Rachel. Sie spürte deutlich, daß sie glühendrot wurde vor Verlegenheit. Decima war die letzte, mit der sie sich jetzt unterhalten wollte.

»Ich ziehe mich gerade um, Decima. Ist es dringend?«

»Ja, ich muß mit dir reden.«

Ihre heißen Finger zerrten an dem Reißverschluß ihres Kleides. »Einen Augenblick.«

Der Reißverschluß klemmte und ging weder hinauf noch hinunter. »Verdammt«, fluchte Rachel, ließ den Reißverschluß und riß die Tür heftiger auf, als sie eigentlich wollte.

Decima war schon umgezogen fürs Abendessen. Sie trug ein einfaches schwarzes Kleid. Über ihrer linken Brust funkelte eine Diamantenbrosche.

»Was ist?« fragte Rachel unfreundlich.

Decima antwortete nicht und trat ins Zimmer. Dann, als Rachel die Tür schloß, sagte sie: »Ich muß mit dir über Daniel reden.«

Jetzt ärgerte sich Rachel wirklich. Wieso kam Decima dazu, über Daniel zu reden, als hätte sie ein Recht auf ihn?

Als verheiratete Frau hatte Decima weit weniger Anspruch auf ihn als sie und ganz gewiß nicht das Recht, Rachels Benehmen zu kritisieren. »Ich habe dir nichts zu sagen über Daniel«, sagte sie kalt. »Ich wundere mich nur, daß du über ihn reden willst.«

Decima zog die Augenbrauen hoch. »Bist du nicht ein bißchen zu empfindlich, Rachel? Hast du etwa ein schlechtes Gewissen, weil ich dich bei einem Kuß überrascht habe? Küßt du so selten, daß du dich danach noch tagelang schämst?«

»Ich . . .«

»Ich wollte dich ja nur warnen von Daniels Taktik mit Frauen. Charles hat mir erzählt, wie Daniel als Student . . .«

»Ich interessiere mich absolut nicht für altes Geschwätz«, sagte Rachel wütend. »Es ist mir auch ganz egal, wieviel Frauen Daniel schon gehabt hat, und es geht mich auch gar nichts an. Ich möchte nur eines wissen! Warum hast du mich gestern abend angelogen? Du hast behauptet, Daniel interessiere sich nicht für Frauen und du könntest ihm nicht vertrauen. Und dabei hattest du wochenlang einen Flirt mit ihm!«

Trotz der schwachen Beleuchtung sah sie, wie Decima blaß wurde. »Ich . . . ich habe mich nicht getraut . . . ich wollte es dir verschweigen . . .«

»Was hast du mir noch alles verschwiegen, Decima?«

Pause. »Was meinst du?«

»Ich meine damit, ob du nicht auch schuld bist am Scheitern eurer Ehe, nicht nur Charles?«

Wieder eine Pause. »Ich . . .«, begann Decima zögernd, »ich glaube, wir haben beide Fehler gemacht. Ich war so wütend, als ich merkte, daß Charles mich nur wegen meines Geldes geheiratet hatte, daß ich mich in Oxford sehr schlecht benommen habe. Nicht wirklich schlimm, aber auf ein, zwei Cocktailpartys, auf denen es immer so steif zugeht, habe ich eben zuviel getrunken, das reichte Charles schon. Und aus purer Langeweile habe ich hin und wieder mit Studenten geflirtet. Aber ich bin ihm nie untreu geworden! Auch jetzt nicht mit Daniel, obwohl er mir keine Ruhe gelassen hat. Irgendwie ist es mir immer gelungen, einen kühlen Kopf zu bewahren. Aber du weißt nicht, wie schwer mir das gefallen ist. Ich war sehr verliebt in Daniel, aber ich hatte auch eine entsetzliche Angst, daß Charles das herausfinden könnte. Dann habe ich mir plötzlich gedacht, ob Charles womöglich Daniel ermutigte, um einen Beweis meiner Untreue in die Hand zu bekommen und sich dementsprechend rächen zu können. Denn ich konnte mir einfach nicht vorstellen, daß sich Daniel, der doch Charles sehr schätzt und gerne hat, sich ihm gegenüber so gemein benehmen könnte.«

»Das kann man sich auch nur schwer vorstellen, aber vielleicht hast du ihn dazu ermuntert?«

»Überhaupt nicht, ich schwöre es dir! Obwohl ich ihn sehr attraktiv fand, das gebe ich zu. Und es war auch nicht immer leicht, ihn auf Distanz zu halten. Vielleicht kannst du das nicht verstehen, aber . . .«

Rachel konnte es nur zu gut verstehen. Sie spürte einen dumpfen Kopfschmerz. »Ich verstehe nicht, daß Charles nichts davon bemerkt hat.«

»Deshalb habe ich ja vermutet, daß er heimlich Daniel unterstützt. Er hat ihn ja geradezu gedrängt, so lange wie möglich in Roshven zu bleiben! Ich denke manchmal, die haben sich alle gegen mich zusammengetan. Die treiben mich so weit, daß ich nicht mehr zurück kann. Ich habe eine solche Angst ausgestanden, Raye, es war wie ein Alptraum.« Sie zitterte so, daß sie sich setzen mußte. »Es tut mir leid, daß ich mich heute nachmittag so schlecht benommen habe, als ich dich mit Daniel sah, aber ich war mit meinen Nerven so am Ende, daß ich nicht mehr klar denken konnte. Ich sah nur, wie sie mir den einzigen Menschen, dem ich noch vertrauen kann, Schritt für Schritt entziehen und zum Gegner machen. Und der Gedanke war so niederschmetternd, daß ich meine ganze Selbstbeherrschung verlor. Du glaubst mir doch, Raye, ja? Du bist doch nicht gegen mich, oder?«

»Natürlich nicht«, sagte Rachel nur. »Sei nicht kindisch.« Aber hinter ihren beruhigenden Worten verbarg sich ein Sturm von Zweifeln und widerstreitenden Gefühlen.

Es stimmte, daß jeder heute versucht hatte, sie zum Gegner von Decima zu machen. Es stimmte möglicherweise auch, daß es Daniel so leicht bei Frauen hatte, daß er nicht widerstehen konnte, sich auch mit ihr zu amüsieren. Ohne Zweifel fand er sie reichlich altmodisch und machte sich einen Spaß daraus, sie aus der Fassung zu bringen und ihre konventionellen Prinzipien zu zerstören.

Ein heftiger Schmerz pochte gegen ihre Schläfen.

»Hast du zufällig ein Aspirin, Decima?«

»Aspirin? Ja, natürlich. Sag einmal, warum essen wir nicht zusammen in meinem Zimmer? Ich mag die anderen nicht schon wieder sehen. Wir könnten ungestört miteinander reden und bald schlafen gehen.«

»Würde das nicht komisch aussehen? Mein Kopfweh ist nicht so schlimm. Es ist besser, ich esse mit den anderen.«

Der wahre Grund war, daß sie sich keine Gelegenheit entgehen lassen wollte, Daniel zu sehen. Als sie fünf Minuten später mit dem Aspirin aus Decimas Zimmer kam, fragte sie sich, wieso Daniel immer noch eine so große Anziehungskraft auf sie ausübte, obwohl sie jetzt doch wußte, daß sie ihm ganz gleichgültig war.

Daniel ging es doch nur um Decima. Die Szene im Steuerhaus heute nachmittag hatte nur den Zweck gehabt, Decima eifersüchtig zu machen und damit gefügiger.

Zwanzig Minuten später war der Kopfschmerz vorbei, und sie ging ins Speisezimmer hinunter.

Decima erschien nicht zum Essen, aber Rohan und Charles sorgten für gute Laune. Sie besprachen das morgige Geburtstagsfest und erinnerten sich dabei an ihren eigenen Einundzwanzigsten vor einigen Jahren. Im Gegensatz dazu sagte Rebecca sehr wenig, und auch Rachel war nicht sehr gesprächig. Daniel schaute sie während des ganzen Essens nicht einmal an und sprach kein einziges Wort. Bei der ersten Gelegenheit entschuldigte er sich und zog sich zurück.

Nach einiger Zeit erhob sich auch Rebecca und ging in die Bibliothek. Und Charles zog es an seinen Schreibtisch. So saßen sich Rachel und Rohan allein gegenüber. Rohan beugte sich vor, um den Leuchter zur Seite zu stellen. »Warum kam Decima nicht zum Essen?«

»Sie sagte, sie sei müde.«

»Und was sagst du, was sie war?«

»Sie sah wirklich müde aus. Sie macht mir Sorgen, Rohan. Sie ist so nervös.«

»Selbst schuld.«

»Kannst du mir das vielleicht näher erklären?«

»Sie kann ja weggehen, wenn sie will.«

»Red doch nicht so dummes Zeug. Wie kann sie jetzt weg, wo morgen abend diese Party ist. Sie muß wenigstens bis Sonntagmorgen hierbleiben. Und außerdem hat sie gar kein Geld.«

»Daniel hat genug.«

»Ich glaube nicht, daß Daniel so kopflos ist, mit ihr auf und davon zu gehen.«

»Sag lieber, du hoffst, daß Daniel nicht so kopflos ist.«

»Ach, Rohan!«

»Du hast dich in ihn verliebt, Rachel. Nein, nein, sag nicht wieder, das sei Unsinn! Ich kenne dich viel zu gut. Ich weiß genau, wann du einen Mann magst und wann nicht. Aber Daniel solltest du vergessen. Er hat nur Augen für Decima.«

»Das . . .«, begann Rachel, aber Rohan hörte gar nicht zu.

»Glaubst du vielleicht, ich hätte nicht sofort gewußt, wie es zwischen den beiden steht, als ich nach Roshven kam?« unterbrach er sie. »Mir war sofort klar, daß er sie haben wollte und jeden Trick versuchte, damit sie mit ihm mitkäme.« Seine Stimme klang nicht ganz sicher. Als wollte er seine mangelnde Beherrschung überspielen, langte er nach der Karaffe und goß sich ungeschickt Wein ein. Aber seine Hand zitterte; der Wein lief über, dunkelrote Lachen bildeten sich auf dem weißen Tischtuch. »Ich habe es Charles gesagt«, meinte er. »Aber er wollte es nicht glauben. Kannst du dir das vorstellen? Heute morgen, als ich die Treppe hinaufging, sah ich Decima in Daniels Zimmer verschwinden, um dort auf ihn zu warten, und ich weiß verdammt gut, worauf sie wartete. Ich bin sofort zu Charles gegangen und . . .«

»Dazu hast du kein Recht, Rohan. Das geht dich nichts an«, unterbrach Rachel scharf.

»Charles ist doch mein Vetter.«

»Das spielt keine Rolle. Du darfst dich da nicht reinmischen.«

»Allmächtiger Herr«, rief Rohan laut und stellte sein Glas so heftig auf den Tisch, daß es klirrte. »Halt mir keine Predigten! Komm schön runter von deiner kleinen viktorianischen Kanzel. Ich brauche keine Sermone über richtiges Verhalten! Was weißt du überhaupt über das Leben? Du warst noch nie verliebt, du warst noch nie mit einem Mann im Bett, du . . .«

»Was hat denn das damit zu tun, daß ich es widerlich finde, wenn du dich zu Charles schleichst, um ihm ins Ohr zu flüstern, sein Gast versuche, ihm seine Frau wegzunehmen? Du lieber Himmel, wenn Charles nicht selber merkt, daß einer seiner Gäste sich danebenbenimmt, dann verdient er es, betrogen zu werden! Ich wundere mich gar nicht, daß er dich hat abfahren lassen!«

»Aber wenn er es gemerkt hat, warum hat er dann Daniel nicht längst an die Luft gesetzt? Außerdem hat er es ja gar nicht geglaubt! Er war so eitel, so unglaublich aufgeblasen und selbstzufrieden, daß er es einfach für unmöglich hielt, von Decima je betrogen zu werden! Immer wieder hat er die Careys gedrängt, doch ja hierzubleiben!«

»Dann ist er entweder blind, oder er hat besondere Gründe, die Careys hierzubehalten.«

»Welche Gründe?« fragte Rohan. »Nenn mir einen Grund, warum man den Liebhaber seiner Frau im Hause behalten soll!«

»Aber Decima behauptet, er ist nicht ihr Liebhaber.«

»Er hat aber oft genug versucht, es zu werden!«

»Woher weißt du das?«

Er sah sie erstaunt an. »Weil ich sie beobachtet habe.«

»Ausspioniert, meinst du.«

»Ich ...«

»Rohan, was treibst du denn eigentlich? Hast du dich selbst zum Privatdetektiv von Charles ernannt? Oder warum interessierst du dich so dafür, ob Decima mit Daniel ins Bett geht oder nicht?«

Rohan stieß seinen Stuhl zurück und stand so heftig auf, daß der Stuhl umkippte. »Ich sehe, du hast die Situation hier überhaupt noch nicht erfaßt.«

Sie gab ihm dreißig Sekunden, um seinen Zorn abzukühlen, dann folgte sie ihm in den kleinen Salon nebenan. Er stand beim wärmenden Kaminfeuer und hatte ein Papiermesser aus Elfenbein in der Hand, das er in seiner Aufregung anscheinend vom Tisch genommen hatte. Es war ein gebogener Elfenbeinzahn, dessen oberer Teil die Scheide für die Messerklinge bildete, der untere Teil das Heft. Rachel konnte sich nicht erinnern, es schon vorher gesehen zu haben.

»Woher hast du das?«

»Es gehört Rebecca. Sie hat es in Edinburgh gekauft.« Er legte es abrupt auf den Tisch zurück. Rachel sah, daß die Elfenbeinschnitzereien chinesische Figuren darstellten, jede einzelne sorgfältig ausgeführt. Sie nahm es in die Hand, um es genauer zu betrachten.

»Vielleicht kannst du mir zwei Fragen beantworten«, sagte Rohan plötzlich. »Erstens, warum wirft Charles Daniel nicht einfach hinaus, sondern bittet im Gegenteil die Careys zu bleiben. Zweitens, warum hat sich Decima entschlossen hierzubleiben, obwohl sie die Gelegenheit und die Mittel hätte, wegzugehen?«

»Roshven ist ihr Zuhause, Rohan. Warum sollte sie sich vertreiben lassen?« Sie zog das Messer aus der Scheide und glitt mit ihrem Zeigefinger abwesend die Klinge entlang. »Herrjeh, ist das scharf! Das reinste Seziermesser!« Sie saugte an ihrem Finger, wo sich schon ein feiner roter Strich zeigte, und legte das Messer auf den Tisch zurück.

»Aber wenn Decima die Beziehung zu Daniel oder zu Charles oder zu beiden nervlich so belastet«, sagte Rohan, »dann wäre es doch für sie eine Erleichterung, Roshven eine Zeitlang zu verlassen.«

»Aber wie denn?«

»Daniel . . .«

»Daniel wird sich niemals auf diese Weise kompromittieren.«

»Woher weißt du das?« fragte Rohan. »Du kennst ihn doch kaum. Wie kannst du wissen, was er niemals tun würde?«

Rachel griff abwesend wieder nach dem weißen Messer

auf der dunklen, glänzenden Tischoberfläche. Ihre Finger glitten über das kühle Elfenbein. Rohan hatte mit allem recht. Was wußte sie schon von Daniel? Was wußte sie, ob Daniel nicht längst Decima gebeten hatte mitzukommen und nach ihrem Nein seine Aufmerksamkeit Rachel zugewandt hatte, um Decima eifersüchtig zu machen? Hatte die Szene im Steuerhaus nicht nur dazu gedient, daß Decima ihre Gefühle für ihn neu überprüfte? Ein erfolgreiches Manöver jedenfalls, denn am selben Abend noch hatte Decima versucht, Rachel gegen Daniel aufzuhetzen, um ihn wieder für sich zu gewinnen.

Decima, mit ihrem Geld und ihrer Schönheit und Eleganz ... Man konnte sie sich so leicht mit Daniel vorstellen, besser als mit Charles. Mußte man nicht annehmen, Decima arbeitete nur darauf hin, mit Daniel wegzugehen?

»Ist dir nicht gut, Rachel? Du bist ganz blaß.«

Decima hatte immer alles bekommen, was sie sich gewünscht hatte. Für Menschen, die wie sie immer mit Sympathie und Aufmerksamkeit, Bewunderung und Komplimenten rechnen können, ist das Leben ja so einfach. Daniel war für sie nur wieder ein neuer Mann, ein neuer Name, den sie auf die lange Liste setzen konnte all derer, die im Lauf der Zeit bei ihr stehengeblieben waren. Daniel war für sie ein Mittel, um etwas zu erlangen. Mehr nicht.

Aber für Rachel war er mehr. »Nein«, sagte sie, »es ist nichts Besonderes.«

»Hat Daniel ...«

»Ich mag nicht mehr reden über Daniel.« Das Messer glitt ihr aus der Hand und schlug laut auf dem Tisch auf. »Ich gehe heute früh ins Bett. Mein Kopfweh wird immer stärker.«

»Willst du ein Aspirin?«

»Nein, danke, ich habe schon eines von Decima bekommen. Gute Nacht, Rohan.«

»Gute Nacht«, sagte er langsam, und sie wußte, auch wenn sie nicht zurückschaute, daß seine grauen Augen sie genau beobachteten, während er ihren Rückzug registrierte und sich über ihr Benehmen seine Gedanken machte. Rohan sah immer viel zuviel.

Ohne nach rechts und links zu schauen, ging sie eilig durch die Halle und die Treppe hinauf in ihr Zimmer. Sie war froh, endlich allein zu sein.

Kurz nach Mitternacht wachte sie plötzlich auf. Sie hörte den Wind um ihr Fenster streichen und an den Dachtraufen rütteln und den Regen gleichmäßig gegen die Scheiben schlagen. Es war stockfinster. Alles, was sie sehen konnte, war das Leuchtzifferblatt ihres kleinen Reiseweckers und der weiße Streifen des über die Decke umgeschlagenen Bettuchs. Sie horchte.

Es war ganz still im Haus, aber irgend etwas hatte sie geweckt. Vielleicht hatte sie auch nur geträumt. Sie horchte angestrengt, aber es war nichts zu hören. Sie schlüpfte aus dem Bett und ging zur Tür, ohne die Lampe anzuzünden. Gerade wollte sie leise die Tür öffnen, als draußen im Gang eine Diele knackte. Starr vor Schrecken blieb sie stehen, unfähig, die geringste Bewegung zu machen, die Kopfhaut prickelnd vor Angst.

Sie wußte nicht, wie lange sie so in der Dunkelheit stand, aber nach ungefähr einer Minute gelang es ihr, sich lautlos ihrem Nachttischchen zu nähern und die Lampe anzuzünden. Das Licht wirkte beruhigend. Mit der Lampe in der Hand ging sie zur Tür zurück. Kein Zweifel, sie war hysterisch und würde am nächsten Morgen über sich lachen, aber sie wußte genau, sie würde nicht wieder einschlafen können, bevor nicht die Türe verschlossen war.

Erst an der Tür stellte sie fest, daß kein Schlüssel steckte. Vielleicht steckte er draußen.

Sie brauchte wieder mindestens zwei Minuten, bevor sie es fertigbrachte, den Griff umzudrehen und die Tür nach innen zu öffnen. Kein Schlüssel. Sie trat auf den Gang hinaus. Niemand.

Sie zögerte. Da sah sie am Ende des Ganges einen schwachen Lichtschimmer, in der Halle mußte noch eine Lampe brennen. Plötzlich blies sie entschlossen ihre Lampe aus, stellte sie in ihr Zimmer und ging den Gang entlang, nach rechts, zu Decimas Tür.

Sie klopfte leise an und rief Decimas Namen. Keine Antwort. Sie drehte am Griff, aber die Tür war verschlossen. Wenigstens hatte Decima einen Schlüssel.

Rachel ging weiter bis zur Galerie, die ganz dunkel war, aber als sie sich über die Balustrade beugte, sah sie, daß unten in der Halle tatsächlich noch eine der großen Lampen auf dem Tisch brannte. Sie kannte sich zwar noch nicht sehr gut aus in diesem Haus, aber sie wußte, daß ihr Zimmer im Südflügel lag und Decimas Zimmer im Südostturm mit dem Blick nach Osten auf die Berge und Moore, nach Süden auf Strand und Klippen. Charles hatte offensichtlich seine Zimmer im Westflügel mit Blick auf das Meer hinaus, und sie erinnerte sich, daß auch Rohan erwähnt hatte, daß sein Zimmer dort lag. Der Nordflügel wurde nicht mehr benutzt, da der Wildhüter mit seiner Frau lieber in einem kleinen Anwesen, hundert Meter entfernt, wohnte. Das hieß, daß die Careys wahrscheinlich ihre Zimmer im Ostflügel hatten, zur Berg- und Moorseite hin. Und im Ostflügel befand sich Rachel jetzt. Hier war der Gang auf einer Seite offen, so daß man über eine Balustrade in die große Halle sehen konnte. In der Mitte dieser Balustrade trafen sich die beiden Treppen, die von der Halle zum ersten Stock heraufführten. Am Ende der Galerie verband eine schmale Wendeltreppe die Halle mit den unbewohnten Räumen im Nordostturm. Hier im Ostflügel zählte Rachel sechs Türen. Als sie auf die Mitteltreppe zuging, sah sie, daß eine der Türen nur angelehnt war.

Sie blieb stehen.

Hinter der Tür war es dunkel. Sie zögerte einen Augenblick, dann klopfte sie an; als niemand antwortete, öffnete sie die Tür einen Spalt und sah ins Zimmer.

Das Bett war unbenutzt, die Vorhänge waren nicht zugezogen, aber im Kamin glimmten noch ein paar Scheite und gaben genügend Licht, um sich zurechtzufinden.

Daniels Zimmer wirkte sehr ordentlich. Ein Paar Herrenschuhe standen neben dem Bett, ein Dressinggown hing über der Rückenlehne eines Sessels, sein Besitzer hatte ihn offensichtlich dort hingelegt, nicht hingeworfen. Auf einem stummen Diener lagen zwei silberne Kleiderbürsten, daneben ein großer Kamm, und am Waschtisch lag ein altmodisches Rasierzeug neben einer modernen Rasiercremetube.

Sie entschloß sich, nicht weiter zu schnüffeln, obwohl sie neugierig genug war, mehr über ihn zu erfahren. Nach dem Kuß im Steuerhaus wünschte sie nichts so sehr wie ihn besser kennenzulernen. Was tat er, wenn er nicht über seinen Büchern saß? Wie war seine Kindheit, seine Jugend gewesen? Hatte er Enttäuschungen erlebt? Oder kannte er von Anfang an nur den Erfolg und hatte sich nie mit bitteren Niederlagen herumschlagen müssen? Hatte er Freunde in Cambridge? Lebte er allein oder . . .

Aber diesen Gedanken wollte sie lieber nicht ausspinnen. Sie hatte Decima so entrüstet erklärt, sie interessiere sich nicht für Daniels Liebesleben, daß sie sich schon jetzt wie eine Heuchlerin vorkam.

Eilends verließ sie sein Zimmer, als wollte sie damit auch ihren Grübeleien ein Ende bereiten, und ging zur Treppe zurück.

Noch immer war niemand zu sehen.

Wo war Daniel? Und wer hatte das Licht brennen lassen?

Als sie auf halber Treppe war, fragte sie sich plötzlich, ob Decima wirklich so fest schlief hinter ihrer verschlossenen Tür. Sie blieb stehen, die Hand auf dem Geländer, und sah noch einmal hinauf zur Galerie.

Da hörte sie Stimmen. Ein leises Gemurmel, das sich in der riesigen Halle fast verlor. Aber als sie die unterste Stufe erreicht hatte, war ihr klar, daß die Stimmen aus einem der Zimmer links von der Treppe kamen. Sie ging auf die Bibliothek zu. Aber die Stimmen kamen aus dem Arbeitszimmer von Charles, aus dem Südostturmzimmer.

Sie trat näher. Die Tür war nicht fest geschlossen. Rachel wollte gerade anklopfen und eintreten, um herauszufinden, wer so spät noch auf sei, als sie die ersten Gesprächsfetzen hörte.

»Nein«, sagte Charles Mannering energisch, »das kommt gar nicht in Frage. Du weißt genau, wie es auf der Universität zugeht. Wenn ich frei wäre, ja, das wäre natürlich etwas anderes.«

Eine Frauenstimme antwortete. Es war Rebecca, die, anders als sonst, sehr leise sprach. »Aber Charles, wenn Decima . . .«

»Decima weiß nichts und ahnt nichts . . .«

»Warum hat sie dann dieses Mädchen hierher eingeladen?«

»Nur, um die allgemeine Aufmerksamkeit von sich selbst abzulenken.«

»Wenn Decima aber doch etwas ahnt . . .«

»Mein liebes Kind, Decima ist doch viel zu sehr mit sich beschäftigt und wird es immer sein. Sie hat doch gar keine Zeit für Vermutungen.«

»Charles . . .«

Das Gespräch brach ab. Rachel hörte nur noch einen erstickten Aufschrei und Sekunden später einen Seufzer. Da zog sie sich schnell zurück.

Nachdem sie den anfänglichen Schrecken überstanden hatte, war ihre erste klare Reaktion, daß Charles und Rebecca sie keinesfalls hier finden durften. Auch durfte sie sich niemals anmerken lassen, daß sie Charles von »frei sein« hatte reden hören und so verächtlich über Decima.

Sie mußte sich verstecken. Und nachdenken. Ihr war ganz wirr im Kopf. Nur eines war klar. Charles kümmerte sich nicht um die Aktivitäten seiner Frau und würde nichts gegen Daniel unternehmen, weil er damit riskierte, Rebecca zu verlieren.

Sie öffnete die Tür zum kleinen Salon, wo sie mit Rohan gesprochen hatte, und stolperte hinein. Irgend etwas bewegte sich am Kamin. Als sie zurückfuhr und unterdrückt aufschrie, ließ ein Windstoß im Kamin das sterbende Feuer noch einmal aufflammen, und sie sah, daß der Bernhardiner auf dem Teppich vor dem Kamin geschlafen hatte und durch sie aufgeweckt worden war.

Er knurrte.

»Ist schon gut«, flüsterte sie. »Ich bin's.«

Er knurrte noch immer, bewegte aber seinen Schwanz dabei hin und her. Im Feuerschein glänzten seine Augen gläsern und gefährlich.

Sie ließ sich in einen Sessel fallen. Auch der Hund streckte sich wieder aus, aber er ließ sie nicht aus den Augen. So beobachteten sie einander. Hinter dem Hund stand der Tisch mit der polierten Platte. Darauf lag eine rote Schreibunterlage aus Leder, ein Kalender, der ein drei Tage altes Datum trug, und in einem gläsernen Briefbeschwerer spiegelte sich vielfarbig der Feuerschein.

Rachel stand plötzlich auf und korrigierte das falsche Datum. Es war Samstag früh, der 12. September. Heute abend um acht würden sie Decimas Geburtstag zu feiern beginnen, und beim Glockenschlag um zwölf Uhr Mitternacht würden sie auf ihre Großjährigkeit trinken. Wenn ihr etwas zustoßen sollte, dann müßte es in den nächsten vierundzwanzig Stunden passieren.

Sie stellte den Kalender auf den Tisch zurück, dann stutzte sie. Da fehlte doch etwas. Sie rief sich das Gespräch mit Rohan vor ein paar Stunden wieder ins Gedächtnis.

Plötzlich wußte sie es. Das weiße Papiermesser mit der rasiermesserscharfen Klinge war nicht mehr da.

Ihr wurde übel.

Nur ruhig, sagte sie sich. Nur keine vorschnellen Schlüsse. Rohan hat es vielleicht anderswo hingelegt, als ich weg war. Sie rekonstruierte noch einmal ihr Zusammensein mit ihm hier in diesem Zimmer. Das Messer hatte dort auf dem Tisch beim Briefbeschwerer gelegen. Rohan hatte es in seiner Aufregung genommen, um es einen Augenblick später wieder hinzulegen. Dann hatte Rachel es ergriffen und eine Weile damit gespielt. Aber sie konnte sich genau erinnern, es auf den Tisch zurückgelegt zu haben.

Sie schaute sich suchend um, sie sah auf dem Kaminsims nach, sie zog die Laden des Tisches auf, sie ging hinüber zum Fenster. Und gerade als sie den Krimskrams in einem Schränkchen am Fenster untersuchte, spürte sie, daß sie nicht mehr allein im Zimmer war.

Sie drehte sich mit einem Ruck um. In der Tür stand eine dunkle Gestalt.

»Suchen Sie etwas, Rachel?« fragte Daniel ruhig.

# 5. Kapitel

Er trat herein, vollkommen lautlos auf dem weichen Teppich, und schloß die Tür hinter sich. Der Hund schlug zur Begrüßung mit dem Schwanz gegen den Kamin, aber Daniel beachtete ihn nicht.

»Was tun Sie denn noch so spät hier unten?« Er sagte es höflich, aber eine gewisse Schärfe war nicht zu überhören.

Rachel kam sich sofort unterlegen vor. Er beherrschte schon wieder die Situation allein durch sein Erscheinen.

»Ich konnte nicht schlafen.« Ihre Finger zogen automatisch ihren Morgenmantel fester zusammen. »Ich kam herunter, um ein Buch zu lesen, das ich hier liegengelassen haben muß.«

»Ach so«, meinte er, und sie wußte, daß er ihr nicht glaubte. »Haben Sie es gefunden?«

»Nein. Nein, ich . . .«

»Wie heißt es denn?«

Tödliche Pause. Ihr fiel weit und breit kein Titel ein.

»Ein Roman«, stammelte sie. »Ich habe den Titel vergessen. Ein dunkelgrüner Umschlag mit schwarzer Schrift.«

»Ich helfe Ihnen suchen.«

»Nein, bitte nicht . . . Ich bin noch nicht einmal sicher, ob ich es wirklich hier liegengelassen habe.« Sie fühlte sich immer unbehaglicher. Am liebsten wäre sie aus dem Zimmer gerannt. Eine panische Angst ließ sie dem Ausgang zustreben, aber er war um drei Schritte schneller als sie an der Tür. Sie blieb stehen.

»Was ist los mit Ihnen?« fragte er. »Sie sehen sehr mitgenommen aus. Ist etwas passiert?«

Weil sie ihm unmöglich sagen konnte, daß sie Charles und Rebecca belauscht hatte, sagte sie das erstbeste, das ihr in den Sinn kam: »Und was tun Sie hier? Warum sind Sie noch auf?«

»Ich gehe nie vor Mitternacht schlafen«, sagte er kurzangebunden. »Ich habe in der Bibliothek gelesen. Und gerade als ich jetzt hinaufgehen wollte, hörte ich Geräusche aus diesem Zimmer.«

Sie war unfähig, irgend etwas zu äußern. Sie spürte nur, wie sie über und über rot wurde. Noch nie in ihrem Leben war sie so verwirrt und verlegen gewesen. Der Messinggriff der Tür fühlte sich kalt in ihrer heißen Hand an. Sie wollte ihn herumdrehen, aber er legte seine Hand auf die ihre und hinderte sie daran. »Ich möchte mit Ihnen reden.«

Das war jetzt keine Szene, die für Decima gespielt wurde. Decima war oben hinter ihrer verschlossenen Tür. So zweideutig er sich möglicherweise heute nachmittag im Steuerhaus benommen hatte, hier allein mit ihr in dem kleinen Salon bestand kein Grund für Zweideutigkeiten.

»Hat es nicht Zeit bis morgen?« fragte sie. »Ich bin müde.« Die übliche Mischung von Stolz, Furcht und anderen wirren Gefühlen überkam sie wieder und ließ sie diesen Rückzieher machen, obwohl sie sich sehnlichst wünschte, er würde ihr widersprechen und sie zu bleiben zwingen.

Dies war stets der Augenblick gewesen, wo die Männer, mit denen sie bisher zu tun gehabt hatte, sie beleidigt oder entmutigt allein ließen und sie ihre Worte bitter bereute. Keiner war bisher so zäh gewesen, ihre Zurückweisung einfach zu übergehen, oder hatte bemerkt, daß hinter ihrer ablehnenden Haltung nur eine große Unsicherheit verborgen war.

»Müde?« fragte Daniel. »Ich dachte, Sie können nicht schlafen und haben hier nach einem Buch gesucht? Setzen Sie sich doch und erzählen Sie mir, warum Sie so verschreckt aussehen.«

»Ach, es ist nichts«, meinte sie und ließ sich zögernd auf

einem Sofa neben dem Kamin nieder. »Es war so still im Haus, daß ich anfing, Gespenster zu sehen.«

Er setzte sich neben sie. Die Federung des alten Sofas quietschte leise unter seinem Gewicht.

»Hat Decima etwas gesagt?«

»Über die Szene im Steuerhaus? Nein, nichts.«

»Gar nichts?«

»Nein.«

Er war also nur an Decima interessiert, an ihrer möglichen Reaktion auf die Szene im Steuerhaus. Blind vor Enttäuschung stand sie auf und ging schnell zur Tür. »Entschuldigen Sie, ich muß wirklich gehen, das Buch wird sich schon finden.«

Aber er war auch aufgestanden und folgte ihr. Nur weg von ihm, war ihr einziger Wunsch. Eilends wollte sie die Halle durchqueren, als sie zu ihrem Schrecken Charles und Rebecca aus dem Arbeitszimmer von Charles kommen sah.

Sie blieb stehen.

Auch Daniel hinter ihr rührte sich nicht. Sie hörte seinen Atem. Charles und Rebecca waren gegenüber stehengeblieben. Charles hatte seine Hand noch am Türgriff, Rebeccas Gesicht glühte. Sie starrte auf Rachel.

Keiner sagte etwas. Dann meinte Charles:

»Sieh einer an, ihr seid auch noch auf! Oder bist du schon im Bett gewesen, Rachel?« Er hatte ihren nicht sehr eleganten Morgenmantel bemerkt.

Rachel spürte, daß ihre Wangen noch von der Unterhaltung mit Daniel glühten, und ihr wurde noch heißer bei dem Gedanken, daß Charles und Rebecca zweifellos annehmen würden, sie und Daniel hätten soeben ein zärtliches Rendezvous im Salon gehabt.

»Rachel hat ein Buch gesucht, das sie am Abend irgendwo hat liegenlassen«, sagte Daniel ruhig und ging lässig auf seine Schwester zu. Wieder einmal beherrschte er auf unaufdringliche Weise die Situation. »Gehst du mit hinauf, Rebecca, oder sehen wir uns erst morgen früh?«

In dem sanften Ton der Frage lag die Nuance einer Schärfe, die Charles nicht überhören konnte.

»Was soll das heißen?« fragte Charles etwas zu schnell. »Was willst du damit sagen?«

»Nichts. Nur, daß ich jetzt ins Bett gehe und wissen wollte, ob Rebecca auch schon schlafen geht. Was sollte ich sonst meinen?« Er mokierte sich über Charles, verwickelte ihn in Wortspielereien. »Gute Nacht.«

»Warte!«

»Ja, bitte?«

Charles schwieg, nach einem Blick auf Rachel. Alle waren peinlich berührt.

»Gute Nacht«, murmelte Rachel und hastete, ohne die anderen noch einmal anzusehen, die Treppe hinauf und den Gang entlang. Sie spürte die fragenden Blicke in ihrem Rücken, bis sie endlich ihr Refugium erreicht hatte. Sie riß die Tür auf und warf sie dann erleichtert hinter sich ins Schloß.

Sie fiel in einen Sessel und wartete, bis sich ihr Atem beruhigt hatte. Dann trat sie wieder leise auf den Gang hinaus. Sie mußte Decima von dem Gespräch zwischen Charles und Rebecca erzählen. Vor Decimas Zimmertür blieb sie stehen und lauschte auf die Stimmen von unten. Vorsichtig beugte sie sich über die Balustrade, aber es war niemand in der Halle. Sie mußten zurück in das Zimmer von Charles gegangen sein oder in die Bibliothek. Sie hörte zwar, daß sie ziemlich laut diskutierten, aber sie verstand kein Wort. Rachel zögerte, aber die Gelegenheit, ungestört mit Decima zu reden, war jetzt sicher günstig. Sie ging zurück zu der verschlossenen Tür.

»Decima! Decima! Wach auf!« Sie pochte an die Tür.

Dann hörte sie ein Geräusch und sah einen Lichtschein unter der Tür.

»Rachel?« fragte Decima leise von innen.

»Ja. Machst du auf?«

»Einen Augenblick.«

Wieder Geräusche, das Näherkommen von Schritten, der Schlüssel drehte sich im Schloß, Decima stand auf der Schwelle. »Was ist?« Ihre Stimme klang feindselig. »Was willst du?« Diese Begrüßung hatte Rachel nicht erwartet. »Kann ich einen Augenblick hereinkommen?« fragte sie etwas gezwungen.

Decima öffnete wortlos die Tür.

»Ist etwas passiert, Decima?«

»Nein, nichts.« Sie wandte sich ab und ging zu ihrem Bett.

»Ich habe mir nur vorgenommen, keinen mehr in mein Zimmer zu lassen vor der Party.«

»Mich auch nicht?«

»Dich auch nicht.«

»Dann hast du also kein Vertrauen mehr zu mir?« fragte Rachel ziemlich ärgerlich. »Decima! Doch nicht wegen Daniel!«

»Hast du dich etwa nicht in ihn verliebt?« brauste Decima auf und wandte sich ihr mit einem Ruck wieder zu. »Na, stimmt's oder stimmt's nicht? Es stimmt! Und deshalb habe ich kein Vertrauen mehr zu dir.«

»Du bist verrückt!« sagte Rachel kühl. »Um Himmels willen, Decima, nimm dich zusammen! Sei nicht melodramatisch!«

»Ausgerechnet du wirfst mir Melodramatik vor?« schrie Decima wütend. »Du mit deiner jungfräulichen Schwärmerei . . .«

Rachel drehte sich abrupt um und ging auf die Tür zu. »Das reicht, danke!«

»Langsam glaube ich, Rohan ist der einzige, dem ich noch vertrauen kann«, sagte Decima mit zornig blitzenden Augen. »Er haßt Daniel.«

Aber Rachel hörte nichts mehr. Sie war so wütend, daß sie die Tür heftig hinter sich warf. Und erst in ihrem Zimmer fiel ihr ein, daß sie nun zu Decima kein Wort über Charles und Rebecca gesagt hatte.

Bei dem Gedanken an Charles und Rebecca erinnerte sie sich an den Streit, den sie vor ein paar Minuten von unten gehört hatte, und sie grübelte darüber nach, was sie sich wohl alles an den Kopf geworfen hatten, unten in der Bibliothek.

Am nächsten Morgen wachte Rachel wieder sehr früh auf. Eine Weile lag sie wach und lauschte. Es war noch still im Haus. Sie ertrug es nicht länger liegenzubleiben, sprang aus dem Bett und zog die Vorhänge auseinander. Der Morgen war kühl und etwas diesig. Eine bleiche Sonne behauptete sich noch gegen die vom Atlantik heraufziehenden Wolken. Jetzt lag über dem Moor noch ein grüner Hauch, und das Meer schimmerte blauschwarz, bald würde alles grau in grau sein.

Rachel ging die Treppen hinunter. In der Küche war die Haushälterin schon tätig und gab Rachel heißes Wasser. Denn sie hatten zwar hier im Erdgeschoß fließendes Wasser, aber zum Baden und Waschen mußte es in der Küche erhitzt und in die Baderäume nebenan transportiert werden. Während Rachel zwei riesige Krüge voll von dampfendem Wasser ins Bad schleppte, dachte sie, daß alle Menschen, die sich so geringschätzig über die Errungenschaften des zwanzigsten Jahrhunderts zu äußern pflegten, eine Zeitlang in so einem Haus ohne fließendes heißes Wasser und ohne Elektrizität leben müßten. Als sie schließlich fertig angezogen war, war es noch immer sehr früh, für Decima sicher zu früh. Wahrscheinlich war überhaupt noch niemand auf. Sie ging wieder in die Küche hinunter. Auch die Haushälterin war verschwunden. Auf dem Herd kochte auf kleiner Flamme ein Haferbrei. Rachel aß ein wenig davon und setzte dann Wasser für Tee auf. Sie konnte ungestört ihr Frühstück beenden und wollte gerade das Geschirr abwaschen, als sie Schritte hörte und Charles in die Küche kam.

Er sah sie und blieb fast erschrocken stehen. Charles wirkte müde, dachte sie. Um seinen Mund waren scharfe Falten, und dunkle Ringe lagen unter seinen Augen. Er sah wie ein Fünfzigjähriger aus und nicht wie knapp vierzig.

»Ach, Sie sind's!« sagte er. »Ist Mrs. Willie nicht da? Ich muß wegen heute abend mit ihr reden.«

»Vorhin war sie noch da.«

»Vielleicht ist sie noch einmal nach Hause gegangen, um Willie sein Frühstück zu machen.«

Er trat zum Herd und sah ohne Begeisterung in den Topf mit Haferbrei. Dann starrte er wortlos zum Fenster hinaus.

Rachel war es unbehaglich zumute. Sie hätte sich gern zurückgezogen, wollte aber anderseits nicht unhöflich sein. Sie ging gerade langsam auf die Tür zu, als Charles plötzlich sagte: »Ich würde gern mit Ihnen reden. Machen Sie mit mir einen Spaziergang übers Moor?«

»Ja . . . ja, gerne«, sagte sie überrascht. »Jetzt gleich, meinen Sie?«

»Wenn Sie nichts dagegen haben.«

»Nein, natürlich nicht. Ich laufe nur hinauf und hole meinen Mantel.«

Es schien noch immer niemand aufgestanden zu sein. Kein Laut war zu hören. Sie nahm ihren Regenmantel, warf ihn um die Schultern und ging wieder hinunter in die Küche. Was mochte Charles ihr zu sagen haben?«

Er stand immer noch beim Fenster, die Hände in den Hosentaschen. Als er sie kommen hörte, drehte er sich um. »Fertig?«

Sie nickte.

»Gut, gehen wir!« Er ging voran; die weiche Hochlandluft strich ihr angenehm über die Wangen, als sie ins Freie hinaustrat. Sie holte tief Atem und folgte Charles über den Hof an der Nordseite des Hauses. Sie gingen einen Hang hinauf an einer weidenden Kuh und einer Sau mit sechs Ferkeln vorbei. Dann kamen sie zu dem kleinen Haus, in dem Willie mit seiner Frau wohnte. Sie hatten dort einen kleinen Kartoffelacker angelegt und ein paar Kohlköpfe gepflanzt. Und dann führte Charles sie hinaus aufs Moor und hinüber zu einer Klippe über dem Strand.

»Ich wollte aus dem Haus heraus«, sagte er. »Hier kann uns keiner belauschen.«

Da sie sofort an den gestrigen Abend dachte, wurde Rachel dunkelrot vor Verlegenheit. Glücklicherweise ging er vor ihr und bemerkte nichts. Der Weg führte jetzt auf der Klippe entlang, von links kam das Tosen der Brandung, rechts ragte der Berg auf, kahl und felsig.

Charles hielt plötzlich an. Sie standen inmitten von Felsbrocken, Relikten einer alten Wohn- oder Kultstätte. Charles setzte sich auf einen der Steine.

»Zigarette?«

»Danke, nein.«

Sie sah ihm zu, wie er die Zigarette anzündete und das Streichholz über die Klippe warf. Das Flämmchen erstarb in einer zart gekräuselten Rauchfahne.

Charles ließ sich Zeit. »Warum hat Decima Sie eingeladen?« fragte er endlich.

Verzweifelt suchte Rachel nach einer plausiblen Erklärung. »Wir sind alte Freundinnen . . . Sie wollte mich wieder einmal sehen, und jetzt an ihrem Geburtstag . . .«

»Das glaube ich nicht«, sagte Charles. »Nicht daß Sie lügen, aber ich glaube, Sie irren sich. Ihr seid zu verschieden. Ich kann mir nicht vorstellen, daß sie nur diese alte Schulfreundschaft erneuern wollte.«

»Aber . . .«

»Decima hat Sie doch seit ihrer Hochzeit nicht mehr gesehen, nicht? Warum sollte sie plötzlich jetzt das Bedürfnis haben?«

»Tut mir leid, Charles, ich weiß nicht, worauf Sie hinaus wollen. Soweit ich weiß . . .«

»Aber Sie wissen ja so wenig, nicht wahr?« sagte er. »Sie wissen im Grunde gar nichts.« Sie sah erschreckt, daß seine Hand mit der Zigarette zitterte. Sie sagten beide nichts. »Ich habe mich sehr dumm benommen«, meinte er schließlich. »Ich war verrückt. Aber es ist nicht immer leicht, sich so klug und so weise zu verhalten, wie es der Vorstellung entspricht, die man von sich hat. Und manchmal merkt man erst, wie dumm man war, wenn es zu spät ist.«

Ihr fiel nichts ein, was sie darauf hätte sagen können. Unterhalb der Klippen dröhnte die See, und am Horizont ballten sich die Regenwolken.

»Ich habe ein Verhältnis mit Rebecca gehabt«, sagte er plötzlich. »Sie wissen es ja ohnedies. Daniel hat mir gesagt, er hat Sie gestern an meiner Tür stehen sehen.«

»Ich . . .« Vor Verlegenheit und Scham kam sie nicht weiter. Sie konnte ihn nur entsetzt anstarren. Wie konnte Daniel nur . . .

»Daniel war sehr erregt«, sagte Charles, als ob er damit alles erklärte. »Wir waren alle sehr erregt. Wir haben uns bis zur totalen Erschöpfung gestritten. Am Ende wußte ich, daß ich Narr mir sechs Wochen lang etwas vorgemacht hatte. Jetzt möchte ich nur eins wissen, was hat Decima Ihnen gesagt, und warum sind Sie hier? Und ich will Ihnen sagen, wie es wirklich um uns steht.«

Seine Aufrichtigkeit tat Rachel fast weh. Sie konnte ihn kaum ansehen.

»Ich liebe Decima«, sagte er. »Ich glaube, ich liebe sie jetzt sogar mehr als vor unserer Heirat. Sie werden das nicht glauben wollen, denn wir haben ja wirklich wenig Gemeinsames, wir haben verschiedene Interessen, kommen aus verschiedenen Gesellschaftsschichten, gehören sogar verschiedenen Generationen an. Aber das ist alles unwesentlich. Nach dem entsetzlichen Streit letzte Nacht mit den Careys wurde mir klar, daß sich trotz allem Vorgefallenen nichts zwischen uns geändert hat. Ich würde nie und nimmer einer Scheidung zustimmen. Warum sollte ich? Unsere Ehe ist zwar ein reiner Hohn, aber ich habe Decima lieber so als gar nicht.« Er saß da, wie zusammengesunken, und starrte regungslos auf die Zigarette in seiner Hand. »Unser Verhältnis ist aber momentan so schlecht, daß es kaum noch schlechter werden kann. Ich habe die ganze Nacht darüber gegrübelt, was ich tun könnte. Wenn ich mit Decima eine Zeitlang aus England fortgehen könnte, vor allem von hier weg, aus diesem schrecklichen Gefängnis, dann könnte es vielleicht wieder besser werden mit uns. Denn hier vergißt man ja völlig, was ein normales Leben unter normalen Bedingungen heißt. Anderswo könnten wir uns vielleicht wieder aneinander gewöhnen und sogar daran denken, Kinder zu haben. Und dann könnten wir uns vielleicht in der Nähe von Oxford auf dem Land niederlassen. Es gibt dort so schöne Häuser nördlich von Banbury.«

»Decima wird Roshven niemals verlassen«, sagte Rachel.

»Sie will nicht, sie will nicht mit dem normalen Leben konfrontiert werden, verstehen Sie? Sie hatte eine so furchtbare Kindheit und Jugend, als sie mit ihrer verrückten Mutter durch die ganze Welt reisen mußte, daß sie alles vermeiden will, was nur von ferne daran erinnert. Aber wenn man ihr nur zeigen könnte, daß das Leben unter Menschen gar nicht so entsetzlich sein muß, dann würde sie vielleicht zustimmen, in der Nähe von Oxford zu leben. Im Augenblick will sie von der Welt nichts wissen und vergräbt sich hier in diesem Grab, indem sie sich selbst zerstört, mich zerstört und alles zerstört, was mir am Herzen liegt.«

»Aber Charles, Sie sprechen von Decima, als ob sie nicht ganz bei Verstand wäre!«

»Ist sie es denn?« Er sah angestrengt aus. »Welches einundzwanzigjährige Mädchen, dem die Welt zu Füßen liegen könnte, würde sich in ein solches Gefängnis zurückziehen? Welche normale junge Frau will schon nach sechs Monaten nichts mehr von ihrem Mann wissen? Ich habe sie gebeten, einen Arzt zu konsultieren, aber das hat sie abgelehnt. Sie zog sich immer weiter von mir zurück und verschanzte sich hinter einer Mauer von Vorwürfen. Und dennoch liebe ich sie! Ich habe immer wieder versucht, sie davon zu überzeugen, aber vergeblich. Ich erfülle ihr jeden Wunsch, ich gab viel zuviel Geld für sie aus, und der Erfolg war, daß sie nur jammerte, über das Leben in Oxford und über meinen Freundeskreis dort. Es schien ihr Spaß zu machen, mich in Verlegenheit zu bringen und mich so unglücklich wie möglich zu machen. Letzten Winter ließ ich sie nach Roshven vorausfahren, um alles für Weihnachten vorzubereiten, aber dann habe ich sie so vermißt, daß ich mir geschworen habe, mich niemals mehr von ihr zu trennen. Ich kann Ihnen gar nicht sagen, wie traurig und hoffnungslos unsere Situation oft war. Ich wußte nicht, daß man so unglücklich sein kann.

Aber wir blieben zusammen, manche Tage waren schlechter, manche besser. Und als Daniel diesen Sommer schrieb, er und Rebecca kämen nach Schottland, lud ich sie nach Roshven ein und hoffte, die beiden könnten Decima durch ihr normales, natürliches Verhalten helfen.

Ich glaube, es ist nicht weiter erstaunlich, daß mir Rebecca gefiel. Sie ist genau das Gegenteil von Decima, intellektuell, leidenschaftlich, stark. Sie interessiert sich für meine Arbeit, genießt es, mit mir zusammen zu sein, und bewundert mich offensichtlich. Sie können sich vorstellen, was das für mich hieß nach dem Leben, das ich mit Decima führte. Natürlich ist das keine Entschuldigung, aber Rebecca gab mir alles, was ich zwei Jahre lang vermißt hatte. Da verlor ich einfach den Verstand. Ich sah auch nicht mehr, was um mich herum vorging. Ich bemerkte nicht, daß Daniel sich in Decima verliebte und daß sie mit ihm zu spielen begann. Ich war von Oxford her gewöhnt, ihre Flirts nicht zu beachten, und ich war gewöhnt daran, daß die meisten Männer meine Frau attraktiv fanden. Selbst wenn ich es gemerkt hätte, ernst genommen hätte ich es wahrscheinlich nicht. So wurde das Spiel zwischen Decima und Daniel immer ernster, ernster als sie wollte. Daniel war nicht wie diese jungen Studenten, die sie in Oxford an der Nase herumführte. Daniel war nicht der Mann, der nach ihrer Pfeife tanzte. Er wußte genau, was er wollte, und wenn sie sich weigerte, das Spiel nach seinen Regeln zu spielen, war er sicher der letzte, der dann nachgab!«

»Dann hatte also Daniel gar kein Verhältnis mit Decima«, sagte sie erleichtert.

Charles hob erstaunt die Augenbrauen. »Sie haben mich mißverstanden. Ich muß mich schlecht ausgedrückt haben. Decima wollte mit Daniel flirten und sich mit ihm amüsieren, ohne mit ihm ins Bett zu gehen. Aber Daniel war nicht daran interessiert, lediglich Decimas Eitelkeit zu befriedigen. Deshalb übernahm er die Führung und stellte ihr seine Bedingungen. Und Decima war darüber so fassungslos, daß sie seine Bedingungen annahm.«

»Aber Decima ist doch immer so beherrscht und kühl! Sie haben es selbst gesagt! Ich kann nicht glauben, daß sie mit Daniel ein Verhältnis hat! Ich kann es nicht glauben!«

»Aber meine Liebe, er hat es mir doch letzte Nacht gesagt, daß sie zusammen geschlafen haben!«

Die Brandung dröhnte ihr plötzlich so unerträglich laut in die Ohren, daß sie sich instinktiv abwandte und starr den Berg fixierte.

»Gestern nacht, als Sie hinaufgegangen waren, haben wir uns noch einmal in mein Zimmer gesetzt. Mir war nun klar, daß Daniel alles über Rebecca und mich wußte, und ich ärgerte mich über meine Ahnungslosigkeit. Und dann sagte er, daß nicht nur er, sondern alle es wüßten, sogar auch Sie, denn er hätte Sie an meiner Tür lauschen gesehen. Darüber wurde ich natürlich noch ärgerlicher, und schon begannen wir zu streiten. Rebecca versuchte meine Partei zu ergreifen, aber er ließ sie nicht zu Wort kommen, sie würde sich ja auch eher mit dem lieben Gott als mit ihm auseinandersetzen, und so sprach nur mehr er allein. Ich kam mir vor wie auf der Anklagebank.

Anfangs war ich so wütend, daß ich kaum ein Wort von dem verstand, was er sagte. Dann wurde mir langsam bewußt, daß er in vielem recht hatte, und ich begann mich sehr scheußlich zu fühlen. Er sagte, ich sei schuld an der Situation in Roshven und daran, wie sich Decima benahm. Ich hätte mich seiner Schwester gegenüber wie ein alter Esel benommen. ›Du jammerst meiner Schwester vor, wie unverstanden du bist, aber was hast du denn getan, um das Verhältnis mit deiner Frau zu verbessern?‹ fragte er mich. ›Du hast dich begnügt, sie ihren Weg gehen zu lassen, und bist den deinen gegangen. Du beklagst dich über die mangelnde Gegenliebe deiner Frau, aber was hat sie denn von dir bekommen außer der Ehre, deinen Namen zu tragen und in deinen akademischen Zirkeln verkehren zu dürfen.

Ein zweifelhaftes Vergnügen. Hast du etwas unternommen gegen ihre Flirts in Oxford? Nein, wie ein Voyeur hast du genußvoll ihren Spielereien zugesehen und wie sie ihre Bewunderer am Ende abfahren ließ. Das hat dir sehr gefallen, denn du warst so selbstzufrieden, so sicher, daß deine schöne Frau dich nie betrügen würde! Du sonntest dich in der Bewunderung der anderen Männer. Und dabei hat sie sich nur mit anderen amüsiert, weil sie sich bei dir langweilte.‹

Da konnte ich mich nicht länger zurückhalten und schrie Daniel an: ›Wie kommst du dazu, mir Strafpredigten zu halten. Du bist hier als mein Gast und hast auf die abscheulichste Weise meine Gastfreundschaft mißbraucht, oder glaubst du, ich hätte deinen Flirt mit Decima nicht bemerkt?‹ Ehrlich gesagt, ich hatte nichts bemerkt. Erst Rohan hat es mir gestern morgen gesagt. Aber auch dann hielt ich es noch immer für einen unwichtigen Flirt und wollte wegen Rebecca keinen Krach mit Daniel anfangen. ›Willst du etwa leugnen, daß du nicht versucht hast, mit Decima zu schlafen?‹ schrie ich ihn an. ›Na, stimmt es etwa nicht?‹

›Es stimmt‹, hat er mir darauf kalt und höhnisch erwidert. ›Ich denke gar nicht daran, es zu leugnen. Warum sollte ich? Ich hoffe, ich habe euch beiden damit eine Lehre erteilt, Charles! Es war höchste Zeit, daß Decima am eigenen Leib erfuhr, was es heißt, als Spielpuppe benutzt zu werden, höchste Zeit, daß sie einmal selbst die Medizin kostet, die sie sonst immer anderen verabreicht. Und es war auch höchste Zeit, daß endlich deine Mauer aus Eitelkeit und Egoismus fällt, die du so schön um dich herum aufgebaut hast; daß du endlich merkst, daß deine Frau keineswegs so kalt ist, wie du gerne behauptest!‹

Ich begriff nicht gleich, was er damit meinte, und fragte: ›Was meinst du damit?‹

Und er sagte: ›Du nimmst wohl selbst nicht an, daß mich

irgendeine Frau als Spielzeug benutzen kann, nicht? Ich pflege meine Bedingungen zu stellen, und Decima hat nicht lange gezögert, sie anzunehmen. Und jetzt ist sie meine Geliebte.‹ Ich muß ihn ziemlich fassungslos angestarrt haben. Dieser Mann hatte mir meine Frau weggenommen, und ich hatte es nicht bemerkt, weil ich nur noch Augen hatte für eine andere Frau. Mir kam vor, als hätte er mir mit einer groben Axt meine Welt zertrümmert. Erst nach einer Weile brachte ich es fertig zu sagen: ›Ihr werdet dieses Haus am Sonntagmorgen verlassen, und ich will euch nie wieder sehen.‹ Ich habe sie stehengelassen und bin, ich weiß nicht wie, in mein Zimmer getaumelt.

Natürlich konnte ich nicht schlafen. Je mehr ich über Daniels Worte nachdachte, um so wahrer kamen sie mir vor. Sobald die Careys abgereist sind, will ich mit Decima weg von hier und noch einmal ganz neu mit ihr beginnen. Gestern nacht wurde mir erst richtig bewußt, wie sehr ich sie liebte und wie seicht dagegen die Beziehung zu Rebecca war.«

Er schwieg. Die Wolken hatten sich jetzt vor die Sonne geschoben und hüllten auch schon die Bergspitzen ein.

»Wie hat Rebecca reagiert, als Sie sagten, beide müßten Roshven am Sonntag verlassen?« hörte sie sich fragen. »War sie nicht sehr aufgebracht?«

»Ich habe mich nicht darum gekümmert.« Er vergrub das Gesicht in seinen Händen. »Rohan hat recht gehabt«, sagte er und schaute auf. »Er konnte sie von Anfang an nicht leiden. Es gibt solche Menschen, die müssen immer etwas zerstören, überall, wo sie auftauchen, und sie hinterlassen überall, wo sie waren, eine Spur von Unheil. Aber wenn sie erst einmal von hier verschwunden sind, finden wir vielleicht zum normalen Leben zurück.«

Es fing zu regnen an. Der leichte Sprühregen tat gut auf der Haut. Rachel hielt ihr Gesicht in den Wind.

Charles stand auf. »Wir gehen besser nach Hause.«

Sie gingen über die Klippen zurück. Eine Zeitlang schwiegen sie.

»Vielleicht hätte ich Sie nicht mit all dem belasten sollen«, sagte Charles dann, »aber ich hielt es für wichtig, daß Sie die Wahrheit kennen und sich kein falsches Bild machen.«

»Ja«, sagte Rachel, »ich danke Ihnen.«

»Mit mir redet sie ja momentan nicht. Hat sie Ihnen etwas gesagt?«

»Nein, sie wollte auch mit mir gestern nicht reden. Sie hatte sich über Daniel geärgert, glaube ich.«

»Das kann ich mir denken«, sagte Charles. »Wenn die Careys nur schon weg wären. Und wenn wir diese verdammte Party heute abend ausfallen lassen könnten. Aber wir haben so viele Leute von auswärts eingeladen, daß wir ihnen nicht mehr absagen können.«

»Wenn Sie sofort anrufen?«

»Wir haben kein Telefon in Roshven.«

»Wie dumm von mir, das habe ich vergessen.« Nach ein paar Schritten fragte Rachel: »Sie fragten mich vorhin, warum Decima mich nach Roshven eingeladen hat. Was glauben Sie?«

»Vielleicht hat sie daran gedacht, mich zu verlassen und Daniel zu heiraten. Sie mußte aber annehmen, daß ich mich nicht scheiden lassen würde, deshalb brauchte sie einen Zeugen für meinen Ehebruch mit Rebecca. Da Rohan niemals gegen mich aussagen würde, ist sie auf Sie gekommen.«

»Aber wußte sie denn von Rebecca? Ich dachte, sie hat keine Ahnung.«

»Doch, sie wußte es von Anfang an. Das hat mir Daniel gestern gesagt. Und sie hat sich heimlich darüber amüsiert«, fügte er bitter hinzu. »Ich muß mich ziemlich blöd benommen haben, daß sogar Decima es bemerkt hat, die sonst nie merkt, was um sie her vorgeht.«

In Decimas Augen, dachte Rachel, hätte Charles somit ein Motiv mehr, sie umbringen zu wollen, denn dann würde er ihr Geld erben und Rebecca heiraten können. Seltsam war nur, daß sie Rachel gegenüber nichts davon erwähnt hatte. Vielleicht aus Stolz. Daß ihr Mann sie betrügt, muß sie schwer getroffen haben, und wenn sie sich noch so amüsiert darüber geäußert hat.

Trotzdem konnte sich Rachel jetzt unmöglich vorstellen, daß Charles sie ermorden wollte. Vielleicht war es doch nur eine fixe Idee von Decima. Vielleicht war sie wirklich nicht ganz bei Verstand.

Sie werden dich aufhetzen gegen mich, hatte Decima gesagt. Sie werden dich zu meinem Gegner machen, weil du die einzige bist, der ich trauen kann.

»Ich weiß nicht, was nun wirklich wahr ist«, sagte Rachel plötzlich verzweifelt. »Was soll ich nur tun?«

Charles sah sie erschreckt an. Täuschte sie sich, oder betrachtete er sie plötzlich mißtrauisch? Vielleicht hatte er ihr die ganze Szene nur vorgespielt, um sie zu täuschen?

»Es ist nichts«, sagte sie schnell, »ich bin nur etwas durcheinander.«

»Das glaube ich, es tut mir leid. Ich habe nicht daran gedacht, daß Sie wahrscheinlich sehr an Decima hängen und ungern Negatives über sie hören.«

Rachel antwortete nicht.

Sie sahen schon das Haus und gingen an Willies Anwesen vorbei den Weg hinunter zum Hinterhof. Dort nahm Mrs. Willie gerade Wäsche ab. Als sie Charles kommen sah, ging sie zum Hintereingang und wartete auf ihn.

»Mrs. Willie will mir anscheinend etwas sagen«, meinte Charles. »Hoffentlich ist nichts passiert.«

Sie gingen über den Hof zur Tür. »Gut, daß Sie da sind,

Herr Professor«, rief ihnen Mrs. Willie entgegen. Durch die Aufregung wurde ihr weicher Hochlandakzent so breit, daß er irisch klang. »Was soll ich jetzt für das Abendessen vorbereiten? Mrs Mannering ist mit dem Boot weggefahren, ohne mir zu sagen, was ich tun soll, und ich muß ja ...«

»Weggefahren?« rief Charles bestürzt. »Wann denn, um Himmels willen?«

»Ungefähr vor zehn Minuten, Herr Professor. Ich hörte den Motor, aber da war sie schon vom Steg weg.«

»Allein?«

»Nein, Herr Professor, mit Mr. Quist.«

Charles faßte sich schnell und ging mit Mrs. Willie in die Küche. Sie schauten durch, was für abends eingekauft worden war, und besprachen die Zubereitung des Wildbrets. Rachel zögerte einen Augenblick, dann ging sie ums Haus herum nach vorne. Weit und breit war kein Motorboot zu sehen. Bis zum Horizont nur Wasser, kein Punkt, nichts. Rachel konnte sich nicht erklären, wo Decima und Rohan hingefahren sein mochten und warum sie sich gerade diesen Morgen vor der Party für einen Ausflug gewählt hatten, da man sie zu den Vorbereitungen doch dringend brauchte. An der Stelle von Charles wäre ich sehr ärgerlich, dachte Rachel.

Sie hörte ihren Namen rufen. Als sie sich umdrehte, kam Charles hinter dem Haus hervor, und sie ging ihm entgegen.

»Nichts zu sehen?« fragte er. Und als sie den Kopf schüttelte, sagte er mühsam beherrscht: »Ich weiß nicht, wo, zum Teufel, sie hin sind, ich kann nur hoffen, sie sind bald zurück. Das beste ist, wir bereiten schon alles vor, soweit wir eben können.«

»Ja, ja, natürlich . . . Was kann ich tun?«

»Sonst bitte ich ja meine Gäste nicht um Hilfe, aber heute . . . Ich würde Sie bitten, vielleicht ein paar Blumen zu pflücken und damit die Halle zu schmücken, ja? Wir wollen ja heute in der Halle essen. Ich werde Daniel fragen, ob er mir hilft, den Tisch aufzustellen . . . Können Sie die Blumen übernehmen?«

»Natürlich, Charles. Und sagen Sie mir dann, was Sie noch brauchen.«

Er ging ins Haus hinein, und sie schaute sich die Blumenbestände in dem etwas verwilderten Garten an. Es war schon spät im Jahr, der Sommer hatte das Hochland schon verlassen, so fand sie nur noch wenige blühende Blumen. Im Schutz einer Mauer blühten noch ein paar blaue Stauden. Aber die Stengel waren so fest, daß sie in der Küche eine Schere holen mußte. Es regnete ein wenig, der Himmel hing voll schwerer Wolken, die der Seewind heranblies, und die wenigen hellen Streifen waren von einem kalten Blau.

Charles und Mrs. Willie waren in der Speisekammer. Rachel fand eine große Schere in einer der Schubladen des Küchentisches und ging zurück durch die Halle. Sie bewegte sich wie in einem Traum. Sie fühlte sich vollkommen hilflos und hatte Angst vor dem, was ihnen die nächsten Stunden bringen würden. Mitten in der großen Halle blieb sie stehen, denn sie hatte ein Weinen gehört.

Die Tür des kleinen Salons stand einen Spalt offen. Mit leichtem Fingerdruck verbreiterte sie den Spalt und sah in den Salon.

»Danny?« fragte Rebecca, als sie sah, daß jemand an der Tür war; dann bemerkte sie Rachel, drehte sich wortlos zur Seite und vergrub ihr Gesicht in den Armen.

Rachel wußte nicht, ob sie nähertreten oder lieber weggehen sollte. Zögernd blieb sie an der Tür stehen, die Hand am Türgriff, und sagte nur: »Kann ich etwas für Sie tun? Soll ich Daniel suchen gehen?«

Rebecca blitzte sie so wütend an, daß Rachel erschrak. »Sie!« schrie Rebecca. »Sie haben genug Schaden angerichtet! Lassen Sie Daniel in Ruhe! Ständig müssen Sie herumspionieren! Hat Decima Sie deshalb eingeladen? Damit Sie Charles und mich beobachten, ja? Damit Decima seinen Namen durch den Dreck ziehen kann, wenn sie endlich einen Zeugen hat für eine Scheidungsklage, ja? Und jetzt haben Sie auch noch Charles gegen mich aufgebracht und Decima gegen Daniel, denn Daniel wollen Sie selber haben, oder etwa nicht? Sie dumme Närrin! Meinem Bruder sind Sie doch alle beide ganz gleichgültig! Meinen Sie, er findet was an Decima, dieser kalten, oberflächlichen Person, dieser Nymphomanin! Oder etwa an Ihnen? Glauben Sie das wirklich? Dazu sind Sie ihm viel zu altmodisch und altjungferlich und viel zu ungebildet!«

Rachel fand endlich ihre Sprache wieder. »Sie sind ja völlig übergeschnappt«, brachte sie schließlich stockend und heiser heraus. »Sie sind dermaßen verliebt in Ihre Rolle als tragische Heldin, daß Sie gar nicht sehen wollen, was um Sie her wirklich vorgeht!« Sie preßte vor Erregung ihre Hände so fest zusammen, daß die Nägel sie schmerzten. »Ich habe nie hinter Charles und Ihnen herspioniert! Mir ist doch ganz egal, ob Sie es wirklich für nötig halten, einen verheirateten Mann zu verführen, im Namen der freien Liebe oder einer anderen Pseudophilosophie. Was geht mich das an? Wenn Sie wirklich denken, Decima hätte mich gebeten, hinter Ihnen herzuspionieren, sind Sie total verrückt. Decima war ja viel zu beschäftigt mit Daniel, um sich darum zu kümmern, was Sie inzwischen mit ihrem Mann trieben. Sie hat mich nur hierher eingeladen, um Rohan von ihr abzulenken. Und wenn Sie glauben, ich interessiere mich für einen Mann, der mit der Frau seines Gastgebers schläft und so nebenbei auch noch mit jeder anderen, die ihm zur Verfügung steht, dann sind Sie auf dem Holzweg! Sie können Ihren geliebten Bruder für sich behalten! Ziehen Sie mit ihm so schnell wie möglich ab, ich bin froh, wenn ich Sie nie wieder sehe!«

Rebecca war aufgesprungen. Sie war aschfahl im Gesicht, und ihre dunklen Augen glühten. »Das waren auch Charles' Worte!« flüsterte sie. Und dann schrie sie mit verzerrtem Gesicht und vor Wut ganz schmalen Augen: »Ich hasse Sie alle miteinander! Ich hasse Decima und ich hasse Sie und ich hasse diesen blöden Quist und ich hasse Charles, am meisten hasse ich Charles! Charles Mannering, der berühmte, vornehme Professor, dieser verlogene, schwache, feige Lump, dem alles so leid tut, ja, so leid, aber es sei ein Fehler gewesen, ein Irrtum, er will sich doch nicht scheiden lassen und mich heiraten, es tut ihm ja so leid, aber jetzt will er mich nicht wiedersehen, denn ich habe ja meinen Zweck erfüllt, als wäre ich irgendso eine alberne kleine Studentin aus Oxford! Es tut ihm so leid, sagt er! Mein Gott, es soll ihm leid tun! Ich will ihm zeigen, was leid tun heißt. Ich will . . .«

Sie brach ab.

»Du solltest in dein Zimmer gehen, Rebecca!« sagte Daniel ruhig und schloß die Tür. »Wir fahren ja erst morgen. Das scheinst du vergessen zu haben.«

Keiner sagte etwas. Rebecca starrte Daniel an. Rachel mußte sich plötzlich setzen. Daniel hielt plötzlich seiner Schwester die Hand hin.

»Komm, ich bring dich hinauf.«

»Es geht schon.« Sie weinte. Daniel öffnete ihr die Tür.

»Ich komm gleich nach.«

Sie antwortete nicht. Rachel hörte sie schluchzen, während sie zur Treppe ging. Dann schloß Daniel die Tür, und es war still.

»Ich habe mich anscheinend geirrt«, sagte er nach einer Weile.

Sie sah ihn verständnislos an. Draußen schien der Sturm loszubrechen, Regen peitschte gegen das Fenster.

»Ich habe Sie falsch eingeschätzt.« Er ging zum Kamin, blieb dort stehen und sah sie an. »Sie haben Charles etwas über Decima und mich gesagt, nicht?«

Sie war wie magnetisiert durch seine Ruhe. Entsetzt spürte sie, wie sehr er seine Wut beherrschte. »Nein«, hörte sie sich sagen. »Charles weiß es von Rohan. Ich habe nichts damit zu tun.«

»Rohan oder Sie, das ist doch dasselbe. Ich habe lange darüber gerätselt, warum Sie hierher eingeladen wurden, jetzt weiß ich, daß Rohan es arrangiert hat. Er hoffte, Sie würden ihm nützlich sein, und Sie waren es.«

»Nützlich?« Sie war ganz verwirrt. »Ich verstehe nicht.«

»Sie wissen doch, daß Quist sich um Decima bemüht und alles tut, um keinen anderen an sie heranzulassen. Das wissen Sie doch?«

»Ich . . .«

»Er hat mich von Anfang an gehaßt, aber er stand der Situation machtlos gegenüber. Dazu kam, daß Charles so mit Rebecca beschäftigt war, daß er überhaupt nicht merkte, was seine Frau mit mir unternahm! Deshalb kam er auf die Idee, Sie als Außenseiter einzuladen und mit Ihrer Hilfe uns vier gegeneinander auszuspielen. Mit dem Resultat, daß Decima und Charles sich wieder versöhnen und Rebecca und ich verabschiedet werden. Und genau das ist eingetreten.«

»Aber was Sie sagen, stimmt ja gar nicht!« sagte Rachel laut. Wie sollte sie nur aus diesem Netz von Lügen herausfinden? »Decima hat mich ja hierher eingeladen, Rohan hat nichts damit zu tun! Nichts! Nur Decima, Decima! Begreifen Sie doch! Und Rohan ist überhaupt nicht in sie verliebt.

Sie sind es, und zwar so sehr, daß Sie lauter Gespenster sehen!«

»Dann sind Sie also eifersüchtig«, sagte er. »Ich habe es mir doch gedacht. Sie haben Charles erzählt, daß Decima ein Verhältnis mit mir hatte. Und Rohan hat Ihnen den Rücken gestärkt. Und Charles ist so schwach und beeinflußbar, daß er euch glaubte, es sei das beste, uns hinauszuwerfen.«

»Das ist nicht wahr, nicht wahr!«

»Sie müssen einen unbändigen Haß auf Decima haben, die vor Ihren Augen einen Mann nach dem andern verspeist. Am liebsten würden Sie Decima umbringen.«

»Nein, um Gottes willen, das stimmt doch alles nicht . . .«

»Jedenfalls haben Sie sich mit Ihrer Eifersucht unnötig verausgabt! Decima und ich haben nie miteinander geschlafen. Ich habe Charles gestern nur eine Lehre erteilen wollen. Er war so verdammt eitel und selbstsicher, so hundertprozentig überzeugt, seine Frau würde ihn nie betrügen! Als ich sah, daß er sich entschlossen hatte, uns hinauszuwerfen, packte mich eine ungeheure Lust, ihn zu verletzen und von seinem selbsterbauten Podest zu stürzen. Ich hatte längst genug davon, wie er meine Schwester behandelte, genug von seiner Heuchelei und Selbstgefälligkeit!«

»Sie hassen ihn, weil er Decimas Mann ist!«

»Decima! Mir liegt nichts an Decima! Ich möchte sie loswerden, sonst nichts. Sie ist eine Gefahr für mich. Sie kann mich ruinieren. Wenn sie Charles dazu bringt, daß er aus Rache seinen Einfluß geltend macht . . .«

»Ich glaube Ihnen nicht«, sagte Rachel, sie konnte kaum sprechen, so erregt war sie. »Sie hatten ein Verhältnis mit Decima und sind jetzt wütend, weil sie mit Rohan einen Flirt angefangen hat oder gar zu Charles zurückkehren will. Das sind Sie nicht gewöhnt, daß eine Frau Sie verläßt, bevor Sie selber das Interesse verloren haben. Und deshalb erfinden Sie so absurde Märchen, nur deshalb.«

»Sie wissen ja gar nicht, wovon Sie reden.«

»Ich glaube Ihnen nicht, das ist alles.«

»Na bitte, glauben Sie mir eben nicht! Das ist doch ganz gleichgültig. Was bedeuten Sie mir denn schon! Zuerst habe ich gedacht, Sie seien anders, aber Sie sind genauso wie alle Frauen, kleinlich, eifersüchtig, eitel. Zum Teufel! Gehen Sie zurück zu Ihrem sogenannten Freund Rohan Quist und lassen Sie an ihm Ihre Eifersucht aus. Mir können Sie gestohlen bleiben.«

Und er ging so geräuschlos hinaus, wie er gekommen war. Sie hörte nur den Regen, der gegen die Scheibe schlug.

Sie ging hinauf in ihr Zimmer, schloß die Tür und stellte einen Stuhl dagegen, denn abschließen konnte sie ja nicht. Sie zog die Vorhänge vor, als könne sie dadurch das böse Wetter von sich fernhalten, legte sich auf ihr Bett und weinte, bis sie merkte, daß ihre Augen angeschwollen waren und ihr weh taten und ihr auch kalt wurde in dem ungeheizten Zimmer. Sie stand auf und ging zum Kamin, aber die Asche war kalt, und in dem Korb daneben lagen nur noch ein paar kleine Scheite. Fröstelnd zog sie die Vorhänge zur Seite. Der Regen hatte aufgehört, auch der Sturm hatte sich gelegt, aber in den Bergen hingen noch schwere, nasse Regenwolken. Ihr war kalt. Vielleicht gab es in Decimas Zimmer mehr Holz und Streichhölzer, um Feuer zu machen. Sie hätte auch gern gewußt, ob Decima und Rohan zurückgekehrt waren, aber da mußte sie wieder an Daniel denken, und schon füllten sich ihre Augen mit Tränen. Sie versuchte sie wegzuwischen, da mußte sie noch mehr weinen, und erst am Gang draußen konnte sie sich beruhigen.

Es war sehr still. Decimas Zimmer war nicht verschlossen, und im Kamin lagen noch glimmende Scheite. Decima hatte offensichtlich in der Früh Feuer gemacht, so war der Raum warm und gemütlich. Rachel schloß die Tür ab, legte neue Scheite nach, und in einigen Minuten züngelten die Flammen den Kamin hinauf. Langsam wurde ihr warm.

Sie versuchte ihre Gedanken zu ordnen, aber sie fühlte sich wie paralysiert. Da war nur das brennende, undeutliche Gefühl eines Verlustes, der nie wieder gutzumachen war. »Ich habe ihn ja gar nicht geliebt«, sagte sie sich immer wieder. »Er hatte recht, ich war nur eifersüchtig, eitel und blöd. Er muß mich ja verachten.«

Sie wußte, sie log sich etwas vor. Sie hatte ihn geliebt. Ihre Liebe war gerade so weit gewesen, ihre Schüchternheit zu besiegen, als sie ihr entrissen und entstellt wurde und eine grausame Hand ihr dieses häßliche Ding, das einmal ihre Liebe war, ins Gesicht zurückwarf. Sie fühlte sich zu verletzt und gedemütigt, um sich einzugestehen, daß sie noch nie ein so tiefes Gefühl empfunden hatte, sie sah nur die häßliche Entstellung und kam sich verhöhnt und lächerlich vor.

»Ich habe ihn nicht wirklich geliebt, es war nur Eitelkeit und Dummheit.«

Aber der Verlust schmerzte wie eine offene Wunde, und sie konnte sich nicht vorstellen, daß diese Wunde sich je schließen würde.

»Ich habe ihn nicht geliebt«, wiederholte sie sich. »Es war ein Irrtum.«

Sie stand auf und ging zum Fenster. Die öde, triste Landschaft kam ihr wie ein Bild ihres eigenen Zustands vor. Sie ließ sich auf dem Sessel nieder, der hier stand. Dabei verrutschte das Sitzkissen, und sie sah, daß unter dem Kissen ein dünnes, ledereingebundenes Buch lag.

Ein Tagebuch.

Sie nahm es auf, aber ihre Hände zitterten so, daß es auf den Boden fiel und offen dalag. Sie bückte sich, um es aufzuheben. Da sah sie, daß es nicht Decimas Schrift war, sondern eine stürmische, unregelmäßige Schrift.

Ihre Augen lasen schon einzelne Worte, bevor sie sich daran hindern konnte. »Charles hat mir gesagt . . . Ich erzählte Charles, daß ich so . . . Wir liebten uns . . . Charles hat mir versprochen . . . Charles . . .«

Intime Beschreibungen, Liebeserklärungen, Lobeshymnen. Rachel schlug das Buch zu und schob es unter das Kissen. Erst als sie sich wieder zum Feuer setzte, dachte sie, wie seltsam es sei, daß Rebeccas Tagebuch in Decimas Zimmer versteckt worden war.

# 6. Kapitel

Rohan und Decima kamen nicht zurück. Der lange Vormittag ging in einen kalten, grauen Nachmittag über, und immer noch war nichts von ihnen zu sehen. Irgendwann nach drei Uhr war Rachel auf dem breiten Sofa in Decimas Zimmer eingeschlafen. Niemand störte sie, niemand kam sie suchen.

Als sie aufwachte, war es dunkel, und die Scheite im Kamin waren fast verglimmt. Eine Weile blieb sie so mit steifen Gliedern liegen, dann erst erinnerte sie sich schmerzhaft an den Vormittag und richtete sich auf. Ihre Augen brannten. Heute war der Vorabend von Decimas einundzwanzigstem Geburtstag, um halb neun würden die Gäste kommen, um unten in der großen Halle zu speisen. Heute war der letzte Abend mit den Careys in Roshven, der letzte Abend mit Daniel. Niemand durfte wissen, welche offene Wunde sie mit sich herumtrug.

Niemand durfte das je erfahren, sagte sie sich, niemand.

Mühsam stand sie auf und trat auf den Gang hinaus. Es war so finster, daß sie sich erst einmal orientieren mußte, dann tastete sie sich an der Wand entlang zu ihrem Zimmer und zündete ihr Licht an.

Mrs. Willie war heute wohl zu beschäftigt in der Küche gewesen, um in den Schlafzimmern Feuer zu machen. Es war kalt und feucht im Zimmer. Rachel zog ihren Mantel an und blickte in den Spiegel.

Eine Fremde starrte ihr entgegen, mit wirrem Haar und geröteten, verweinten Augen. Ihre Haut war fleckig, der Blick ausdruckslos. Schließlich wandte sie sich ab und ging mit der Lampe in der Hand zurück in Decimas Zimmer, um Holz und Streichhölzer zu holen.

Es war sechs, als es ihr endlich gelungen war, das Feuer anzuzünden. Sie sehnte sich nach heißem Wasser, um ihr Gesicht zu baden, aber sie fürchtete sich davor, Mrs. Willie in der Küche zu begegnen oder sonst jemandem, bevor sie nicht wieder menschenwürdig aussah. So goß sie nur kaltes Wasser in die Waschschüsel, wusch das Gesicht und kämmte sich lang und sorgfältig, bevor sie es wagte, die Treppe hinunter in die Küche zu gehen, um heißes Wasser zu holen.

In der Halle sah es schon ganz festlich aus. Der lange Eßtisch war weiß gedeckt, mit funkelndem Silberbesteck und roten Kerzen. Irgend jemand hatte die Aufgabe übernommen, die Charles eigentlich ihr übertragen hatte, denn da waren Blumen in großen Vasen auf der Truhe und auf kleinen Seitentischen, und auch der Eßtisch war mit Blumen geschmückt. Vier Lampen brannten, und zwei große Feuer loderten in den zwei einander gegenüberliegenden Kaminen.

Charles trat gerade aus der Bibliothek und sah sich prüfend um. Es war zu spät, ihm auszuweichen.

»Hallo, wo waren Sie denn?« fragte er. »Ich habe Sie gesucht vorhin.«

»Charles, es tut mir leid, daß ich Sie mit den Blumen im Stich gelassen habe ... Ich ... ich habe mich nicht wohl gefühlt.«

»Das macht nichts. Ich habe selbst welche geschnitten, und Mrs. Willie hat dann in einer freien Minute die Halle geschmückt. Aber Ihnen geht es nicht gut, oder? Sie sehen sehr blaß aus.«

»Es geht mir schon besser, danke. Ich wollte mir gerade etwas heißes Wasser holen, bevor ich mich umziehe. Sind Decima und Rohan zurück?«

»Nein. Weiß der Teufel, wo die stecken. Ich kann mir nur erklären, daß der Sturm sie gezwungen hat, in Kyle of

Lochalsh anzulegen. Und vielleicht ist es dort noch so stürmisch, daß sie nicht loskommen. Ich hoffe nur, sie sind zurück, bevor die Gäste eintreffen. Es war jedenfalls verdammt unüberlegt von den beiden, gerade heute so einen Ausflug zu unternehmen, wenigstens Decima hätte hier sein müssen, um uns zu helfen ... Aber, Rachel, geht es Ihnen wirklich gut? Sie sehen nicht besonders aus.«

»Ach, es geht schon, Charles ...« Sie flüchtete in die Küche, holte das heiße Wasser und gelangte wieder in ihr Zimmer, ohne jemandem begegnet zu sein. Unter Daniels Tür hatte sie einen Lichtschimmer gesehen, Rebeccas Zimmer schien dunkel zu sein. Vielleicht schlief sie und hatte nicht vor, am Abend zu erscheinen.

Erst als Rachel allein in ihrem Zimmer war, packte sie die Panik. Wie würde sie all diese fremden Leute ertragen? Wie würde sie es schaffen, freundlich und gesprächig zu sein, als wäre nichts geschehen? Der Gedanke allein, Daniel bald wieder gegenüberzutreten, war nach allem, was sie sich gesagt hatten, geradezu unerträglich.

Aber niemand durfte etwas merken. Sie würde nicht so feig sein und sich in ihr Zimmer verkriechen aus Angst vor den anderen. Nein, niemand durfte etwas merken.

Der Abend lag wie ein unüberwindlicher Berg vor ihr. Morgen würde sie sich ausruhen können und wieder zu sich finden. Sie wußte nicht, wie sehr sie sich in diesem Punkt irren sollte. Aber zurückblickend sagte sie sich später, daß es gut so war, denn hätte sie gewußt, was an diesem Abend alles passieren würde, wäre sie niemals aus ihrem Zimmer gegangen.

»Wo bleiben sie bloß?« rief Charles verzweifelt. »Warum sind sie noch nicht hier? Ist ihnen vielleicht etwas zugestoßen?«

Die Uhr schlug halb acht. Rachel saß verkrampft vor

einem der großen Feuer in der Halle und antwortete nicht. Charles, der kaum noch Fassung bewahren konnte, ging zur Haustür und starrte hinaus auf die See.

»Da kommt ein Boot . . .« Er trat hinaus, schloß die Tür hinter sich, und Rachel war allein in der großen stillen Halle. Irgendwo hörte sie jetzt eine Tür, dann Stimmen, dann Schritte auf der Treppe.

Rachel drehte sich nicht um. Aber dann ertrug sie es nicht länger, schaute auf und murmelte ein steifes »Guten Abend«, aber Daniel ging an ihr vorbei, ohne sie zu beachten, und Rebecca betrachtete interessiert das Silber auf der Tafel.

Rachel starrte wieder ins Feuer.

»Da kommt jemand«, sagte Daniel zu seiner Schwester. »Ein Boot hat an der Mole angelegt.«

»Ich weiß nicht. Jetzt kommt noch ein Boot. Ich glaube, es sind Gäste.«

»Wenn nun Decima nicht zurückkommt?«

»Dann wird Charles schön dumm dastehen«, sagte Daniel und trat auf die Türschwelle.

Der Bernhardiner, der in der Küche eingesperrt gewesen war, bis er sich zur Hintertür hinausschleichen konnte, trottete würdevoll in die Halle und ließ sich behaglich zu Rachels Füßen vor dem Feuer nieder. Im gleichen Augenblick kam eilig Mrs. Willie mit zwei großen Aschenbechern in die Halle, sah den Hund und rief ärgerlich:

»George, was machst du denn hier! Komm sofort her, du Lausekerl!« Und sie bückte sich, gab ihm einen Klaps auf den Kopf und faßte energisch sein Halsband.

Der Bernhardiner knurrte.

»Lassen Sie ihn nur«, rief Daniel von der Tür. »Ich passe schon auf, daß er nichts anstellt.«

»Wenn Sie meinen, Mr. Carey«, sagte Mrs. Willie, zuckte mit den Achseln und verschwand in Richtung Küche, während der Hund es sich wieder vor dem Kamin gemütlich machte. »Es ist weder Decima noch Rohan«, sagte Rebecca, die zum Fenster hinausgesehen hatte. »Es sind wahrscheinlich die ersten Gäste.«

Gleich darauf kam Charles in die Halle mit den MacDonalds und den Camerons aus Kyle of Lochalsh.

Rachels spätere Erinnerungen an dieses letzte Abendessen in Roshven waren höchst nebelhaft und zerfielen in einzelne Kurzszenen, die nur wenig oder gar keinen Zusammenhang miteinander hatten. Sie konnte sich erinnern, daß Charles mehrmals – wie oft? drei-, viermal? – sagte, Decima sei nach Kyle of Lochalsh gefahren, um in letzter Minute noch etwas zu besorgen, und sei dort offensichtlich mit Rohan aufgehalten worden. Sie konnte sich erinnern, daß Robert Cameron darauf sagte, er habe das Roshven-Boot im Hafen von Kyle gesehen, und sie erinnerte sich, wie erleichtert Charles aussah, als er das hörte, und wie verärgert einen Augenblick später, als er sich sagen mußte, daß Decima absichtlich zu spät kam.

Kurz nach acht kamen die Kincaids aus Skye und zum Schluß Decimas Anwalt, der alte Conor Douglas aus Cluny Gualach mit seiner Tochter. Nur von Decima und Rohan war immer noch nichts zu sehen. Die Uhr schlug halb neun, dann Viertel vor neun.

»Ich denke, wir gehen essen«, sagte Charles plötzlich. »Es hat keinen Sinn, alles verkochen zu lassen, und Sie sind sicher alle hungrig nach Ihrer Fahrt hierher.«

Rachel konnte sich erinnern an den warmen Lichtschein der roten Kerzen in den silbernen Leuchtern und an die schönen Gläser, in denen der Champagner funkelte. Aber wie das Essen geschmeckt hatte und was es überhaupt gab, das hatte sie vergessen. Sie saß zwischen dem jungen MacDonald, er mochte siebenundzwanzig Jahre alt sein, und dem alten Mr. Douglas, und die ganze Zeit dachte sie an

Decimas leeren Stuhl an der einen Schmalseite der langen Tafel. Rohans leeren Platz hatte sie direkt gegenüber. Daniel war weit weg, ihrem Blick fast ganz entzogen, aber manchmal in einer Gesprächspause hörte sie seine Stimme vom anderen Ende der Tafel.

Endlich war das Essen vorbei, die Reden blieben ungesagt. Die Unterhaltung plätscherte ziellos dahin, die Gäste trödelten über ihrem Kaffee und Likör. Sie hatten gut gespeist und viel getrunken und fast vergessen, daß die Hauptperson nicht erschienen war. Für Rachel, die sich nach ihrem Zimmer sehnte und dem Zwang der Konversation endlich entfliehen wollte, schien das Essen kein Ende zu nehmen.

Es war kurz nach zehn, als Decima und Rohan erschienen. Sie kamen lachend den Weg von der Anlegestelle herauf, und erst als Rohan die Türe aufriß und in die Halle torkelte, sah Rachel, daß die beiden betrunken waren.

»Guten Abend allerseits«, sagte Decima spöttisch. »Wie nett, daß Sie gekommen sind. Bitte entschuldigen Sie, daß ich nicht hier war zur Begrüßung, aber Rohan wollte unbedingt mit mir schlafen, und ich mußte ihm leider klarmachen, daß ich unmöglich meinen Mann betrügen kann, auch wenn er in den letzten Wochen mit Rebecca Carey geschlafen hat. Aber er will sich ja mit mir versöhnen und hat versprochen, die Careys morgen wegzuschicken. Nicht wahr, Charles? Wie wundervoll du die Halle geschmückt hast! Es tut mir so leid, daß ich dir nicht helfen konnte. Rachel, du siehst ja schrecklich aus! Was ist denn los mit dir? Hat dir Daniel heute kein Küßchen gegeben? Daniel, du könntest wirklich etwas rücksichtsvoller sein!«

»Charles«, sagte Daniel zu seinem Gastgeber, »deine Frau ist betrunken wie ein Matrose. Du solltest sie besser hinaufbringen.«

»Hör mal, Charles«, höhnte Rohan, »ich will dir einen Rat geben. Dieser Herr hat doch versucht, unter deinem Dach deine Frau zu verführen. Warum läßt du ihn nicht Decima ins Bett bringen? Weil du zu stolz bist? Weil du keine Hörner aufgesetzt bekommen willst? Du denkst, du bist der liebe Gott, nicht wahr, Charles? Der liebe Gott, der sich an die Kultur verschenkt, an die Studenten, an die Frauen, an die ganze Welt, Teufel noch mal, Charles, nur für deine Frau bist du nicht mehr der liebe Gott!«

Charles wurde kreidebleich. Er sagte nichts.

Daniel war aufgesprungen und hatte Rohans Arm gefaßt, um ihn wegzubringen. Rund um den Tisch saßen die entsetzten Gäste, stumm und bewegungslos, wie aus Stein.

»Laß mich los«, schrie Rohan, aber gegen Daniel kam er nicht an.

Der Bernhardiner begann laut zu bellen.

»Charles, mein Lieber, hast du George Champagner zu trinken gegeben?« fragte Decima.

Das Gebell weckte Rachel plötzlich aus ihrer Hypnose. Sie stand auf und ging um den Tisch auf Rohan zu, der laut Daniel beschimpfte. Plötzlich kam ihr Daniel ganz inexistent vor, nur Rohan war wirklich.

»Rohan, du Wahnsinnsmensch, hör auf mit dem Unsinn!« sagte sie streng. »Hör sofort auf! Hörst du?« Und als er sie nicht beachtete, gab sie ihm eine Ohrfeige.

Den Knall hörten alle. Keiner bewegte sich, keiner sagte etwas. Dann endlich gähnte Decima und sagte: »Mein Gott, bin ich müde! Gute Nacht, meine Herrschaften!« Und schon lag sie auf dem Teppich vor einem der Kamine und schlief. Ihr Kopf ruhte auf dem breiten Körper des Bernhardiners.

»So«, sagte der alte Conor Douglas und erhob sich so energisch vom Tisch, als sei nichts geschehen. »Wir machen uns jetzt auf den Weg, Rosalinde!«

»Ja, wir auch«, sagte Robert MacDonald, als sei dies das übliche Ende eines Abendessens. »Herzlichen Dank, Charles, für das ausgezeichnete Essen!«

»Es war wundervoll!«

»Wir haben uns sehr gut unterhalten . . .«

»Vielen Dank für die Einladung . . .«

So tröpfelte es endlos weiter in unerbittlicher Formvollendung, bis endlich das letzte »Auf Wiedersehen« gesagt war und die Tür sich hiner dem letzten Gast geschlossen hatte. In Roshven waren nur noch die versammelt, die hier wohnten. Wortlos ging Charles in die Bibliothek und warf die Tür hinter sich zu.

»Abgang Charles«, sagte Rohan, »in der Rolle des beleidigten englischen Gentleman.« Er lachte.

»Abgang Rohan«, sagte Rachel, ohne zu lachen, »der sehr betrunken ist und sich wie ein Flegel benimmt. Raus mit dir!«

»Was? Nimm deine Hand da weg, Raye! Was willst du?«

»Ich will dich die Treppe hinaufführen.«

»Aber . . .«

»Red nicht.«

»Ja, aber . . .«

»Komm jetzt.«

»Und Decima?«

»Daniel und Rebecca werden sich um sie kümmern.«

»Nein, nein«, sagte Rohan unglücklich, »laß sie nicht bei den Careys. Nur nicht bei den Careys.«

»Sei nicht albern.«

Auf halber Treppe stehend, stammelte Rohan: »Ich bin verrückt nach ihr, Raye. Ich bin es immer gewesen. Ich habe es dir nur nicht gesagt.«

»Nein, du hast es mir nicht gesagt.«

»Ich tue alles für sie«, sagte er. »Alles.«

»Ja.«

»Ich will sie heiraten, aber Charles wird sich nicht scheiden lassen.«

»Nein, er will sich aussöhnen mit ihr.«

»Aber wenigstens hat sie Daniel verlassen. Sie hat eingesehen, daß sie mir mehr vertrauen kann.«

»Ja.«

»Daniel schert sich nicht um sie. Ich bin der einzige, der sie wirklich liebt. Jetzt weiß sie es.«

»Ja.«

»Sie will mit mir mitkommen. Sie hat es versprochen. Und sie will immer bei mir bleiben!«

»Paß auf die Ecke auf. Es ist dunkel hier.«

». . . bei mir bleiben . . .«

Sie gingen den Gang im Südflügel hinunter am Südwestturmzimmer vorbei und waren jetzt im Westflügel, der zum Meer hinaus lag.

»Welches ist dein Zimmer, Rohan?«

»Das hier, nein das da. Ich weiß nicht mehr.«

Es war das zweite Zimmer. Rachel suchte die Lampe, aber bevor sie sie noch anzünden konnte, hatte sich Rohan quer übers Bett fallen lassen und war fest eingeschlafen. Sie zog ihm die Schuhe aus, deckte ihn so gut sie konnte zu, blies die Lampe wieder aus und ging zurück in ihr eigenes Zimmer am Südwestturm vorbei in den Südflügel. Erschöpft schloß sie die Tür, zündete die Lampe auf dem Tisch an und sank in einen Sessel vor dem Kamin.

Nach etwa zehn Minuten fiel ihr Decima ein. Ob sie noch unten war? Sie sollte sich eigentlich um sie kümmern. Nein, sollte sich einmal jemand anderer um sie kümmern. Sie mußte an Decimas scharfe Zunge und an ihre abfälligen Bemerkungen denken. Was hatte sie gesagt? Rachel, du siehst ja schrecklich aus. Was ist denn los mit dir? Hat dir Daniel heute kein Küßchen gegeben? Diese Bloßstellung vor so vielen fremden Leuten würde ihr Rachel nicht so bald vergeben. Decima könnte von ihr aus zum Teufel gehen.

»Laß Decima nicht mit den Careys allein!« hatte Rohan fast weinend in seinem Rausch gesagt. »Laß sie nicht allein mit ihnen . . .«

»Den Careys traue ich nicht«, waren Decimas Worte. »Sie sind gegen mich, alle sind gegen mich, laß dich nicht von ihnen aufhetzen, Rachel . . .«

Und dann dieser ganze Unsinn über Charles' Mordabsichten, um Roshven zu erben . . . Verrückt. Als ob Charles jemanden umbringen könnte, obwohl ihm sicher danach zumute war, als Decima ihn vor seinen Freunden so demütigte.

Decima mußte eine Menge getrunken haben. Normalerweise konnte sie zahllose Scotch trinken und wirken, als hätte sie nur ein Glas Mineralwasser getrunken. Und auch Rohan war an Alkohol gewöhnt. Sein Junggesellendasein hatte ihn abgehärtet.

Warum also, fragte sich Rachel, waren sie so betrunken? Was hatte sie dazu getrieben, so viel zu trinken?

Sie sehnte sich verzweifelt nach Ruhe und Schlaf, aber in ihrem Kopf arbeitete es wie wild. Nach einer Weile stand sie auf und ging unruhig auf den Gang hinaus. Unter Decimas Tür sah sie einen Lichtschimmer, und als sie nähertrat, hörte sie eine leise Männerstimme. Eine Frauenstimme antwortete.

Sie klopfte an. Drinnen wurde es still.

»Wer ist da?« fragte Decima verschlafen.

»Rachel. Ich wollte nur wissen, ob alles in Ordnung ist.«

»Ja, danke. Daniel hat mich vorhin raufgebracht.«

»Dann gute Nacht«, sagte Rachel. Sie hätte gern gefragt, wen Decima bei sich hatte, aber da sie annahm, daß es Daniel war, fehlte ihr der Mut.

»Gute Nacht«, antwortete Decima kaum hörbar.

Rachel wartete auf die Männerstimme, aber es blieb still. Und da sie nicht als Horcherin überrascht werden wollte, ging sie zur Treppe und schaute in die Halle hinunter. Die Tafel war noch nicht abgedeckt, leere Teller und Gläser standen herum. Die Kerzen waren gelöscht, aber auf der Truhe und den Seitentischen brannten noch die Lampen. In den Kaminen glimmte es noch schwach, und der Bernhardiner hatte seinen Lieblingsplatz am Kamin verlassen und sich vor der Tür des kleinen Salons ausgestreckt.

Rachel ging zur Tür der Bibliothek und klopfte leise an.

»Charles?«

Keine Antwort.

Sie versuchte es noch einmal. »Charles, ich bin's, Rachel. Darf ich reinkommen?«

Keine Antwort. Aber sie sah Licht unter der Tür. Vielleicht war er eingeschlafen. Vorsichtig drehte sie den Türgriff herum, öffnete ein wenig und trat ein. Sie war kaum über die Schwelle, als sie entsetzt stehenblieb. Der Schock nahm ihr den Atem, und erst nach ein paar Sekunden versuchte sie zu schreien. Ihre Kehle aber war trocken. Charles lag zurückgesunken in einem Stuhl. Das Elfenbeinmesser steckte in seiner Brust. Rachel wußte, bevor sie noch nähertrat, daß er tot war.

Sie brachte es nicht über sich, ihn anzufassen. Er lag dort so still, so totenstill, den Kopf geneigt, die Arme schlaff über den Seitenlehnen seines Sessels hinter dem Tisch. Sie konnte nur dastehen und ihn anstarren. Das Elfenbein auf seiner Brust schimmerte so weiß, und auf dem Fensterplatz daneben sah sie die geschnitzte Scheide liegen, die der Mörder da hingelegt hatte.

Der Mörder. Charles war ermordet worden.

Im Kamin flackerte ein schwaches Feuer. Das waren

aber nicht nur die gewohnten dicken Scheite, da waren auch verkohlte Papierfetzen und verbranntes Leder. Rachel kniete nieder. Jemand hatte versucht, Rebeccas Tagebuch zu verbrennen.

Irgendwo schlug eine Tür zu. Schritte kamen näher durch die Halle, wurden immer lauter und lauter. Rachel sprang auf, fast von Sinnen vor Angst, und verbarg sich hinter den bodenlangen roten Vorhängen am Fenster.

Es war höchste Zeit gewesen.

Sie hörte, wie die Tür aufging, wagte aber nicht nachzuschauen, wer hereingekommen war. Es war kurze Zeit völlig still, dann hörte sie die Tür zuschnappen.

Dann war es wieder still. Ihr kam es unerträglich lang vor. Das einzige, was sie sah, war der rote Samt vor ihren Augen. Trotzdem wußte sie genau, wer im Zimmer war. Es konnte nur Daniel sein. Sie sah ihn neben der Leiche stehen, das Messer entdecken, die Scheide, das verbrannte Tagebuch, so wie es ihr selber vorhin ergangen war.

Er war zu ruhig, dachte sie, als wäre er nicht sehr überrascht über das, was er hier vorfand. Aber das war doch unmöglich.

Oder nicht?

Endlich hörte sie ein Geräusch, das Knistern von verbranntem Papier, vermutlich wollte er das Tagebuch oder vielmehr die Reste von der Feuerstelle nehmen. Sie hörte ihn ein Scheit hineinwerfen und den Blasebalg betätigen, damit die Flammen alles vernichteten, was sich nicht mehr entfernen ließ.

Danach war es wieder still. Was tat er wohl jetzt? Sie wagte kaum zu atmen, als sie den Spalt im Vorhang fand und ins Zimmer sah.

Er wischte gerade mit seinem Taschentuch den Griff des Messers ab. Darauf nahm er die Scheide vom Fensterplatz, rieb sie ebenfalls ab und legte sie zurück. Dann legte er sehr vorsichtig Charles' Finger um den Griff des Messers und drückte den Körper mehr nach vorne, so als hätte Charles sich selbst das Messer in die Brust gestoßen.

Rachel wollte vorsichtig wieder vom Vorhangspalt nach rechts rücken in ihre alte Position. Dabei berührte sie den Vorhang, und einer der Vorhangringe oben unter der Decke bewegte sich und gab einen kleinen, fast unhörbaren, quietschenden Ton von sich.

Das Herz blieb ihr fast stehen.

Aber es geschah nichts. Sie horchte angestrengt, ob sie ihn atmen hörte, aber das Zimmer war so still wie ein Grab, sie hörte nur ihren eigenen lauten Herzschlag und das Brausen des Blutes in ihren Ohren. Sie wartete. Vor Angst wagte sie kaum zu atmen. Und gerade, als sie dachte, sie sei gerettet, riß er den Vorhang zurück.

»Was machen Sie da?«

»Ich wollte Charles etwas sagen . . . dann hörte ich Sie und habe mich hier versteckt.«

»Warum?«

»Ich weiß nicht.«

Er sah sie starr an, mit seinen großen, dunklen Augen. Sie lehnte sich zurück gegen das Fenster und begann zu zittern. »Überlegen Sie sich eine bessere Geschichte für die Polizei«, sagte er nach einer Pause. »Diese klingt nicht sehr überzeugend.«

»Vielleicht ist es überzeugender, wenn ich sage, was ich hier sah«, hörte sie sich heiser sagen. »Daß Sie nämlich das Tagebuch Ihrer Schwester aus dem Feuer nahmen, ihre Fingerabdrücke vom Messer rieben und den Körper von Charles so zurechtrückten, daß es aussieht, als hätte er Selbstmord begangen.«

»Rebecca hat ihn nicht getötet«, sagte er.

»Wer dann?«

Er drehte sich um und ging auf die Tür zu. »Decima, natürlich, wer sonst?« Er riß die Tür auf. »Kommen Sie. Suchen wir sie.«

»Decima hat ihn nicht umgebracht.«

»Warum sagen Sie das?«

Instinktiv schwieg sie.

»Warum sagen Sie das?« wiederholte er, aber sie wollte nicht antworten.

Der Bernhardiner stand am Fuß der Treppe, und freundlich mit dem Schwanz wedelnd folgte er Daniel hinauf zur Galerie.

»Sollten wir nicht die Polizei verständigen?« fragte Rachel plötzlich.

»Ja, wir müssen mit dem Boot nach Kyle of Lochalsh. Vielleicht kann Quist fahren, wenn wir ihn wachbekommen. Haben Sie ihn zu Bett gebracht?«

»Ja, so gut es ging. Soll ich ihn aufwecken?«

»Nein, wir müssen erst Decima finden.«

»Warum nicht Rebecca?«

»Weil Decima Charles' Frau war«, sagte Daniel, »und ob sie ihn nun getötet hat oder nicht, sie hat das Recht, als erste davon verständigt zu werden.«

Rachel war so verwirrt, daß sie keinen klaren Gedanken fassen konnte. Nur eins stand fest. Charles war tot, und einer seiner Gäste hatte ihn getötet. Rebecca mußte es gewesen sein. Decima war in ihrem Zimmer. Rohan lag betrunken im Bett. Daniel . . . Aber wo war Daniel gewesen? Mit Decima in ihrem Zimmer? Hatte sie ihm ihren Mord gestanden und daß sie Rebecca belastet hatte? Hatte Daniel daraufhin die Mordszene so arrangiert, daß Rebecca wieder entlastet wurde? Aber Decima war doch so betrunken gewesen. Sie war doch hinaufgebracht worden . . . Von Daniel . . .

Sie standen an ihrer Tür.

»Decima«, sagte Daniel leise und klopfte an.

Keine Antwort.

»Decima?« Er öffnete die Tür einen Spalt und sah ins Zimmer. Im nächsten Augenblick trat er über die Schwelle, und Rachel folgte ihm.

Das Bett war leer. Es war eiskalt im Zimmer, und die Lampe qualmte im Zugwind vom weit aufgerissenen Fenster.

Rachel begriff die Situation so plötzlich, daß sie keine Zeit hatte zu erschrecken. »Mein Gott . . .«

»Nicht rausschauen«, sagte Daniel, aber sie war schon neben ihm und sah hinunter auf Decimas leblosen Körper unten auf der Terrasse.

Irgendwo in der Halle schlug eine altväterliche Uhr Mitternacht.

Decima hatte ihren einundzwanzigsten Geburtstag nicht mehr erlebt.

# 2. Teil

## Der Schwemmsand von Cluny

# 1. Kapitel

Später hatte Rachel nur noch den Wunsch, sich irgendwo in einer Großstadt zu vergraben. Sie sehnte sich nach Straßenlärm, Wolkenkratzern und Menschenmassen, nach irgendeiner fremden Stadt weit weg von Roshven, wo die Sonne heiß auf den Asphalt brannte und die Erinnerung an Sprühregen und weichen Seewind tilgte. Sogar London, das immerhin mehr als 600 Kilometer von Roshvens grauen Mauern entfernt lag, war ihr zu nah. Und obwohl Daniel inzwischen schon weit weg in Afrika war, weckte jeder Gedanke an Roshven auch die Erinnerung an ihn wieder auf.

Sie dachte oft an Roshven. Nie würde sie den Augenblick vergessen, als sie und Daniel sich in Decimas Zimmer gegenüberstanden, während unten in der Halle die Uhr Mitternacht schlug. »Begreifen Sie jetzt?« hatte er zu ihr am offenen Fenster gesagt. Feuchte Nachtluft strich kalt ins Zimmer. »Ich habe Charles so hingesetzt, daß es aussieht, als hätte er sich selbst erstochen. Die Polizei muß denken, er habe zuerst Decima ermordet – sie hat ihn ja weiß Gott heute abend genügend provoziert – und dann Selbstmord begangen. Wenn sie das denken, werden sie uns nicht verdächtigen. Sie müssen glauben, daß Charles zuerst Decima und anschließend sich selbst tötete.«

Sie hatte ihn angestarrt. Was wußte er? Oder wußte er auch nicht mehr als sie? Schließlich sagte sie nur: »Aber das ist ja unmöglich. Ich habe ja noch mit Decima gesprochen, als ich an ihrem Zimmer vorbei nach unten in die Bibliothek ging. Ihre Tür war verschlossen. Aber ich habe von draußen gefragt, ob alles in Ordnung sei, und sie hat ja gesagt. Charles ist vor ihr gestorben.«

»Das weiß aber niemand«, hatte er gesagt. »Niemand

außer uns. Nur wir beide wissen, daß Decima Charles ermordet und den Verdacht auf Rebecca gelenkt hat. Nur wir beide.«

Für sie war es ganz klar gewesen, daß Rebecca Charles ermordet und daß Daniel dann schnell die Indizien entfernt hatte. Möglicherweise hatte *er* vorher Decima ermordet, wenn er nicht sogar . . . Rachel war immer nervöser geworden.

»Verstehen Sie nicht?« hatte er sehr ruhig gesagt. »Das wäre der Ausweg für uns. Sie dürfen nur nicht sagen, daß Sie mit Decima gesprochen haben, bevor Sie die Leiche von Charles fanden, und Sie dürfen nicht erwähnen, daß Sie mich gesehen haben, wie ich die Körperstellung von Charles korrigiert habe. Wenn die Polizei unsere Erklärung des Falles akzeptiert, sind wir aus dem Schneider.«

Aber hin und her gerissen zwischen Angst und Zweifel hatte sie gezögert, ihre Zustimmung zu geben. Sie hatte genau gewußt, was sie tun mußte, und war nicht stark genug gewesen. Denn dann hatte er betont gleichgültig gesagt: »Die Polizei könnte auch Sie verdächtigen, wissen Sie. Man kann annehmen, daß Sie Decima ermordet haben, weil Sie eifersüchtig waren und Decima haßten, nachdem Sie von ihr gedemütigt worden waren. Demnach hätte Decima Charles ermordet und Sie Decima.«

Damit hatte er geglaubt, sie erpressen zu können. Wußte er nicht, daß sie sowieso bereit war, trotz ihres Streites, alles zu tun, um ihn zu beschützen?

»Ich verstehe«, hatte sie endlich mit einer ihr ganz fremden Stimme gesagt. »Es wird für uns alle besser sein, wenn wir uns so verhalten, wie Sie sagen.«

Damit hatte sie sich kompromittiert. Es gab nun kein Zurück mehr. Daniel hatte zwar kein Wort des Dankes verloren, aber er schien immens erleichtert zu sein, als hätte er sich sehr bedroht gefühlt.

Die Polizeibeamten von Kyle of Lochalsh waren langsame, einfache Leute, und als etwas später Scotland Yard eintraf, war die Spur schon kalt und der Fall für sie erledigt. Die Totenschau nahm ein in den Ruhestand getretener Arzt aus Fort Williams vor, die Kommission bildeten hauptsächlich Fischer aus Kyle of Lochalsh, und alle waren überzeugt, daß Charles erst seine Frau und dann sich selbst umgebracht hatte. Auch die Aussage der Partygäste trug wesentlich zu dieser Annahme bei. Einige Tage lang waren die ersten Seiten der Zeitungen voll von der Affäre, und Charles bekam seinen Nachruf in der »Times«, aber dann war der Fall schnell vergessen, ad acta gelegt als eine der modernen Tragödien dieses Jahres, und die Presse fütterte ihre hungrigen Leser mit wieder anderen Geschichten. Da Decima vor ihrer Volljährigkeit gestorben war und Charles sowohl als Mörder als auch als Toter Roshven nicht erben konnte und Decima keine Angehörigen besaß, ging Roshven in den Besitz des Staates über. Der Wald wurde an das Forstamt verkauft, und das große Haus, das sich als unverkäuflich erwies, verfiel. Willie, der Wildhüter, und seine Frau traten zwei Monate später einen Posten auf einem großen Gut weiter im Süden bei Lochaber an und nahmen den Bernhardiner George mit.

Der Fall war abgeschlossen, der Alptraum vorüber. Rohan, Rachel, Rebecca und Daniel gingen getrennte Wege.

Kurze Zeit blieb Rachel noch in London, denn sie hatte diese Stadt lieber als jede andere. Dann traf sie eines Tages zufällig Rebecca in Mayfair. Rachel erfuhr von ihr, daß sie Volkswirtschaft unterrichtete. Und Daniel? Es ging ihm gut. Er war nach Afrika ausgewandert und lehrte in einem der neuen afrikanischen Staaten Englisch und englische Geschichte. Offensichtlich hatte er damit seinen wahren Beruf entdeckt, denn er schien kein Bedürfnis zu verspüren, in sein altes Leben zurückzukehren.

Seit dieser Begegnung kam Rachel ihr Leben in England unerträglich leer und traurig vor. Sie war besessen von dem Wunsch, dem allen zu entfliehen. Sie wußte, sie würde erst wieder in einem anderen Land richtig leben können, in einer anderen Umgebung, unter anderen Menschen. Und sie entschloß sich, nach Amerika zu gehen, wo, wie sie gehört hatte, englische Sekretärinnen sehr gesucht waren. Drei Monate später kam sie in New York an, fand ohne Schwierigkeiten eine Stellung und sehr schnell neue Freundinnen in der Pension, in der nur Damen wohnten. Nach einiger Zeit mietete sie mit drei anderen Mädchen ein Luxusappartement mitten in Manhattan, westlich der Fifth Avenue, und vier Jahre vergingen wie im Fluge.

Dann kam Rohan nach New York. Er hatte in England in einem großen Autokonzern gearbeitet und schrieb ihr jetzt, daß er um Versetzung in die New Yorker Filiale gebeten habe.

Sie holte ihn am Flugplatz ab. Ihr kamen fast die Tränen, als sie endlich wieder jemanden von daheim sah, und auch er zeigte offen seine Freude, sie wiederzusehen. Er wirkte müde nach der langen Reise, aber seine grauen Augen leuchteten wie eh und je. In seiner Aufregung strich er sich mehrmals mit der Hand durch das strohgelbe Haar.

Als die beiden mit dem Bus in die Stadt zurückfuhren, sagte sie: »Ich verstehe immer noch nicht, warum du um die Versetzung gebeten hast.«

»Vielleicht aus demselben Grund, warum du England den Rücken gekehrt hast«, antwortete er und sah durchs Fenster auf die näherkommende Skyline von Manhattan. »Und schließlich bin ich nicht so englisch wie die meisten Engländer. Ich habe ziemlich viel fremdes Blut in mir. Es dürfte mir nicht allzu schwerfallen, eine Zeitlang im Ausland zu leben.« »Komisch«, meinte sie, »ich habe manchmal gedacht, daß du angefangen hast, dich für Rebecca zu interessieren. Als du mir schriebst, du kämst in die Staaten, dachte ich, du würdest mir deine Verlobung mitteilen. Du hast sie nämlich ziemlich oft erwähnt in deinen Briefen.«

»Ja, ja, ich habe sie dann und wann getroffen«, sagte er so nebenbei, fast desinteressiert. »Es war ganz nett, aber ... sie ist eigentlich nicht mein Typ. Und außerdem ...« Er stockte.

Er wandte sich ihr zu, und sie sah, daß sein Gesicht, das sonst so beweglich und ausdrucksvoll wirkte, ganz starr war. »Die Erinnerung, weißt du«, sagte er. »Es war besser, wir trennten uns.«

Sie nickte wortlos. Dies war die einzige Anspielung auf Roshven zwischen ihnen. Sie erwähnten es nie wieder.

Aber sie mußte noch immer an Daniel denken.

Daniel in Afrika, Daniel, der Karriere, Heimat und Vaterland aufgibt, um afrikanische Kinder zu unterrichten, das war für sie ein Daniel, der aus der Rolle fiel. Sie konnte einfach nicht begreifen, was ihn nach Afrika getrieben hatte. Denn Daniel gehörte nicht zu jenen Menschen, die sich in den Dienst einer wohltätigen Organisation stellen für einen Mindestlohn, und es konnte ihm auch unmöglich Spaß machen, Kinder in einem unterentwickelten Land zu unterrichten. Mit seiner Ausbildung hätte er an der Universität alles erreichen können, was er wollte. Sie konnte ihn sich so gut zwischen den schönen alten Gebäuden in Cambridge vorstellen, auf einem bedeutenden akademischen Posten, hochbegabte Studenten unterrichtend, den Professorentitel in absehbarer Zukunft vor sich, ein erfolgreiches Leben in England unter Engländern an einer englischen Universität.

Aber all dem hatte er den Rücken gekehrt. Mit einer Unbedingtheit, die sie an ihm kannte und bewunderte. Daniel war in ihren Augen ein so vitaler und lebensbejahender Mensch, daß sie sich durchaus vorstellen konnte, wie er den einmal gefaßten Entschluß, sein ganzes Leben radikal zu ändern, mutig und bis zur letzten Konsequenz durchstehen würde. Das entsprach seinem Charakter. Warum aber mußte er sich ausgerechnet als Lehrer in Afrika verkriechen, in diesem scheußlichen heißen Klima am Äquator, warum nur so weit weg, diese Frage stellte sie sich immer wieder.

Gerne hätte sie mit Rohan darüber gesprochen, aber Rohan war sorgfältig darauf bedacht, das Thema Roshven zu meiden. Er lebte sich schnell ein in New York, hatte bald ein Heer von Freunden um sich, und es dauerte nicht lang, und er war wieder Mittelpunkt wie einst in England vor langen, langen Jahren. Sie hatte das Gefühl, daß ihr Leben nach einer wirren alptraumartigen Abweichung nun wieder in die vorgeschriebene normale Bahn einschwenkte.

Aber immer, wenn sie einen Mann kennenlernte, dachte sie: Kein Vergleich mit Daniel.

Ihre Mutter schrieb ihr von zu Hause: »Ich bin so froh, daß du so viele Leute triffst, mein Liebling. Es muß auch nett sein, Rohan da zu haben. Spielt sich irgend etwas Ernsthaftes bei dir ab im Moment? Wenn ich denke, daß du im September achtundzwanzig wirst . . .«

Ihre Mutter dachte an morgen, und für Rachel existierte kein Morgen. Morgen war für sie nichts als Leere, eine Wüste rund um die Oase des Heute, und diese Wüste war so deprimierend, daß Rachel lieber nicht hinschaute.

Ich werde nie heiraten, dachte sie. Jedenfalls nicht, solange Daniels Bild so lebendig in mir ist.

Aber Daniel lebte ein anderes Leben. Er hatte sie nie geliebt, so wie sie ihn nie wirklich geliebt hatte. Was sie für ihn empfand, war nichts als romantische Schwärmerei, die Verliebtheit eines jungen Mädchens, mit der sie immer noch nicht ganz fertig war. Am besten vergaß sie die ganze Geschichte. Es mußte ihr doch gelingen, ihn endlich aus ihren Gedanken zu vertreiben.

Es war Abend. Sie hatte eben ein Bad genommen und wollte nun essen gehen. Sie saß vor einem großen Spiegel im Wohnzimmer und wollte gerade ihr Make-up auftragen, denn hier hatte sie das beste Licht dazu. Da klingelte das Telefon.

Gleichgültig nahm sie den Hörer ab. »Hallo?«

»Rachel«, sagte Rohan, und seine Stimme klang brüchig und weit entfernt. »Ich muß dir etwas Wichtiges sagen.«

Rohan war immer so dramatisch. Wahrscheinlich handelte es sich um etwas ganz Nebensächliches.

»Ich will aber gerade ausgehen«, sagte sie. »Kann ich dich nicht später zurückrufen?«

»Nein«, sagte er, »nein, ich muß es dir jetzt sagen. Ich habe heute einen Brief aus England bekommen.«

Zitterte seine Stimme? Der Hörer klebte in ihrer Hand.

»Aus England?«

»Von Rebecca, Rachel. Von Rebecca Carey.«

Sie sah ihr Gesicht in dem großen Spiegel, sah, wie es blaß wurde, sah es an wie ein fremdes Gesicht auf einer Filmleinwand.

»Ich hab den Brief heute früh bekommen«, sagte er. »Ich konnte mir gar nicht denken, was sie mir zu schreiben hatte. Wir hatten die Adressen doch nur der Form halber ausgetauscht.«

»Was schreibt sie denn?«

»Kannst du es dir nicht denken? Daniel kommt aus Afrika zurück.«

Daniel fragte sich oft, warum er nach Übersee gegangen war. Er, der bisher sein Leben im ältesten und englischsten Teil von England verbracht und in einer so typisch englischen Universitätsatmosphäre gearbeitet hatte, warum mußte ausgerechnet er plötzlich ein anonymer und schlecht bezahlter Lehrer in einem fremden Land werden? Als er damals nach Cambridge zurückkehrte, war er fest entschlossen gewesen, sein Leben von früher wieder aufzunehmen und sich ganz den intellektuellen Freuden seiner Arbeit zu widmen. Er ahnte nicht, daß die Welt, die er liebte, sich so sehr verändert hatte, daß sie ihm wie ein zweites steriles Roshven vorkam. Er hätte nie gedacht, daß er einmal auf der Seufzerbrücke über dem sanft dahinfließenden Wasser der Cam stehen und denken würde: »Ich bin hier nicht mehr am richtigen Platz. Ich habe an einer falschen Tür angeklopft. Hier hält mich nichts mehr fest.«

Mechanisch erledigte er weiter seine Arbeit, aber sein Ehrgeiz war erloschen. Eine Zeitlang hoffte er noch, daß seine Apathie nur eine vorübergehende Reaktion auf die Ereignisse von Roshven sei, aber der Zustand hielt an, und schließlich sah er ein, daß er weg mußte, weg aus Cambridge, weg aus England und vor allem weg von Rebecca. Sie hatten nie mehr von Roshven gesprochen, und Rebecca hatte jede Erwähnung von Charles und Decima ängstlich vermieden, aber Daniel, der überzeugt war, daß sie beide in einem Anfall von tödlicher Wut und Rachegefühlen ermordet hatte, ertrug ihre Gegenwart nur noch mit Mühe. Mehrere Male versuchte er sich zu zwingen, mit ihr darüber zu reden. Sie mußte doch wissen, dachte er, daß er den Verdacht von ihr abgelenkt hatte. Sie muß doch wissen, daß er wußte ... Aber wenn sie es wußte, so war sie anscheinend fest entschlossen, nicht davon zu reden. So wurde ihr Verhältnis immer unbehaglicher. Als sie von seinem Entschluß erfuhr, nach Afrika auszuwandern, war sie sehr unglücklich und versuchte ihn davon abzubringen, bis sie einsah, daß es vergeblich war und sie sich mit der Situation abfinden mußte.

Ein freiwilliges Hilfskorps ergriff mit Freuden die Gelegenheit, einen Englischlehrer mit Universitätsausbildung einsetzen zu können, und so unterrichtete er bereits nach drei Monaten eine Klasse von vierzig afrikanischen Kindern in Accra und lernte es, in einem Land zu leben, das einst des weißen Mannes Grab hieß.

Das Unterrichten machte ihm mehr Spaß, als er gedacht hatte, und, was er nie für möglich gehalten hätte, je jünger seine Schüler waren, um so lieber unterrichtete er sie. Sollte ich je nach England zurückkehren, dachte er, dann weiß ich, was ich tun werde. Ich will eine eigene Schule gründen und Kinder unterrichten und nicht mehr an irgendeiner großen Universität Vorlesungen vor sogenannten Erwachsenen halten, die sich alle für ein Geschenk Gottes an die Gesellschaft halten.

Dieser Entschluß gefiel ihm. Er war glücklich. Vielleicht wäre er noch viel länger in Accra geblieben, wenn er nicht mehr und mehr an Rachel Lord hätte denken müssen.

Er wußte selbst nicht ganz genau, warum er so oft an sie denken mußte. Vielleicht, weil er sich nie ganz klar über sie geworden war. Sie war ihm so ehrlich, anständig und unverdorben vorgekommen. Ihm war fast übel geworden, als er entdeckte, daß sie herumspionierte und tratschte, weil sie eifersüchtig auf ihn war. Aber später dann . . . Rohan war es, hatte Rachel gesagt, ich habe Charles nichts gesagt. Das war Rohan. Decima jedoch behauptete, Rachel hätte Charles alles erzählt. »Siehst du nicht, wie sie außer sich ist vor Eifersucht?« hatte Decima ihm zugeflüstert.

Daß Quist es war, hatte er nie ernsthaft in Erwägung gezogen, und doch war es durchaus möglich, denn Quist hatte ständig Unruhe gestiftet. Aber warum hatte Decima gelogen? Weil sie eifersüchtig war und boshaft genug, Rachel zu verletzen und ihr heimzuzahlen, daß Daniel sich mehr und mehr für sie zu interessieren begann. Vielleicht also hatte Rachel die Wahrheit gesagt und war doch so, wie er sie zuerst gesehen hatte. Je mehr er darüber nachdachte, um so sicherer war er, ihr Unrecht getan zu haben, und je sicherer er wurde, um so mehr wollte er sie wiedersehen. Jetzt nach fünf Jahren merkte er, daß er eigentlich ununterbrochen an sie gedacht hatte. Er dachte an sie, wenn seine Schüler ihm Fragen über englische Orte und englische Leute stellten; er dachte an sie, wenn er seine drei Wochen alte »Sunday Times« durchblätterte und die Theater- und Buchkritiken las; er dachte an sie, wenn er einer Frau vorgestellt wurde, und er dachte an sie, wenn sich wieder der Jahrestag jener entsetzlichen Ereignisse in Roshven näherte und in ihm die Erinnerung lebendig wurde, die er bis zu seinem Lebensende nicht mehr würde verdrängen können. Manchmal schien es ihm, als brauche er nur die Augen zu schließen, um ihr wieder an Decimas offenem Fenster gegenüberzustehen.

Dann stand es plötzlich für ihn fest, daß er sie wiedersehen müsse. Möglicherweise war der Brief seiner Schwester daran schuld, denn sie erwähnte, sie hätte Rohan Quist zufällig in London getroffen. Rohan trete demnächst in New York eine neue Stelle an.

»Da auch Rachel in New York lebt, können sie jetzt bald wieder Händchen halten«, schrieb Rebecca. Damals fragte er sich zum ersten Mal, ob Quist und Rachel wohl je miteinander über Roshven redeten, wenn sie sich trafen. Wenn Rachel nicht sehr vorsichtig war, könnte so ein Gespräch sehr gefährlich werden.

Er erinnerte sich an jedes Detail der letzten Stunden in Roshven, und er bekam immer mehr Zweifel, ob sie wirklich so sicher waren, wie er gedacht hatte. Wenn Rachel zum Beispiel Quist verriet, daß das Gutachten des Totenbeschauers falsch war ... Da Quist Decima geliebt hatte, würde er womöglich die ganze Geschichte wieder aufrollen.

Er mußte Rachel wiedersehen, um sie zu warnen. Von diesem Gedanken kam er nicht mehr los.

»Rohan hat angerufen«, schrieb Rebecca im nächsten

Brief, »und lud mich zum Abendessen ein. Ich wollte schon absagen, aber dann dachte ich, warum nicht? Wir gingen in ein sehr gutes Restaurant, und zu meiner eigenen Überraschung habe ich mich sehr gut unterhalten. Er ist viel erwachsener geworden. Ich konnte kaum glauben, daß dies derselbe Rohan Quist war, den wir in Roshven kannten. Über Roshven fiel kein Wort, auch nicht über Charles und Decima, aber ich hatte das Gefühl, und er vielleicht auch, daß die Erinnerung wie eine Mauer zwischen uns stand.«

Im nächsten Brief schrieb sie:

»Gestern war ich wieder mit Rohan zusammen. Es war sein Geburtstag, und da er diesen Anlaß mit mir feiern wollte, gingen wir ins Hotel Dorchester, wo wir einige Wodka tranken und bald einen Schwips hatten. Nach dem vierten Glas begann er über Rachel zu reden, und beim fünften sprach er über Roshven. ›Es ist komisch‹, sagte er, ›ich glaube sicher, daß Rachel etwas weiß.‹ Worauf ich sagte: ›Was weiß sie?‹

›Über Roshven‹, antwortete er. ›Sie wird nicht darüber reden wollen. Sie erwähnt Roshven nie. Aber sie weiß ganz bestimmt etwas.‹

›Warum glaubst du das?‹ fragte ich.

›Weil ich Rachel jetzt schon fünfundzwanzig Jahre kenne, besser als meine eigene Schwester. Und ich weiß, wann sie über etwas den Mund hält und wann nicht.‹

Da konnte ich nicht widerstehen und mußte ihn fragen, ob er nicht immer ein bißchen verliebt in Rachel gewesen sei. Und er sagte: ›Ja, ein bißchen schon.‹ Darauf fragte ich ihn, warum er sie eigentlich nicht heirate.

Er brach in Lachen aus. Er war sehr betrunken. Dann sagte er plötzlich: ›Vielleicht heirate ich sie noch. Es ist sowieso höchste Zeit, daß ich heirate.‹ Dann lachte er wieder, als hätte er etwas sehr Schlaues von sich gegeben, und lachte, bis er über sein Glas kippte. Wir verließen bald das

Lokal. Er sagte, er würde mich anrufen, bevor er nächste Woche nach New York führe, aber irgendwie zweifle ich daran, daß er es tun wird.«

Rebecca behielt recht. Er rief sie nicht mehr an.

Bald nach diesem Brief begann Daniel mit den Vorbereitungen für seine Rückkehr nach England. Es war unmöglich, sofort zu reisen, da das Sommersemester gerade begonnen hatte und er verpflichtet war, bis zum Ende zu bleiben. Aber nach drei Monaten verabschiedete er sich von seinen Schülern in Accra, stieg ins Flugzeug nach London und begann seine lange, gefährliche Reise in die Vergangenheit.

Rachel hatte nur noch einen Gedanken: Daniel kam zurück. Rohan war bereits auf dem Weg zu ihr, aber sie rührte sich nicht von ihrem Platz vor dem Spiegel. Dann endlich nahm sie noch einmal den Telefonhörer ab, um die Verabredung für heute abend abzusagen.

Daniel kam zurück. Fünf Jahre waren seit Roshven vergangen, aber jetzt war ihr, als hätten die fünf Jahre überhaupt nicht existiert. Daniel hatte Afrika verlassen und war schon in London auf seinem Weg zurück in ihr Leben.

»Rebecca schreibt, er will dich sehen«, hatte Rohan ihr am Telefon gesagt. »Ich versteh' das gar nicht. Du warst doch überhaupt nicht mehr mit ihm in Verbindung, oder?«

»Natürlich nicht«, hatte sie bestürzt geantwortet.

»Warum will er dich dann sehen?«

»Ich . . . weiß nicht.«

Darauf gab es eine lange Pause. Und dann hatte Rohan plötzlich gesagt: »Ich komme bei dir vorbei«, und hatte aufgelegt.

Daniel kam zurück. Er wollte sie sehen. Wegen Roshven?

Sie sah das Haus so deutlich vor sich. Sie brauchte nur die Augen zu schließen, um sogar die weiche Seeluft auf ihrer Wange zu spüren. Sie sah die kahle Moorlandschaft vor sich, den dunklen Strich des Forstes, die öden Berge, die bewegte See, und da stand auch Roshven mit seinen Türmen, seinen grauen Mauern und leeren Fenstern.

Die Gedanken liefen ihr davon, als hätten sie sich nach fünfjähriger Unterdrückung endlich befreien können. Sie rief sich jede Einzelheit ihres Aufenthaltes vor fünf Jahren in Roshven ins Gedächtnis zurück, durchlebte noch einmal das Grauen der letzten Stunden, die Entdeckung der beiden Toten, die Übereinkunft mit Daniel ...

Daniel. Daniel wollte sie wiedersehen. Daniel kam nach New York.

Als Rohan einige Minuten später läutete, konnte sie ihm nicht schnell genug die Tür öffnen.

»Wir gehen besser woanders hin«, meinte er, als sie ihn eintreten ließ. »Wo wir mehr Ruhe haben.«

»Die anderen sind weg und kommen so bald nicht wieder heim.«

»Okay, dann bleiben wir hier. Was willst du trinken?«

»Einen Tom Collins, bitte«, sagte sie und holte Sodawasser aus dem Kühlschrank in der Küche. Als er die Drinks gemixt hatte, setzten sie sich aufs Sofa, und er bot ihr eine Zigarette an. Plötzlich sagte er mit gequältem Zynismus: »Vielleicht will er dir einen Heiratsantrag machen.«

»Um Gottes willen, Rohan!« Sie war zu angespannt, um über seine absurde Idee lachen zu können. »Du weißt so gut wie ich, daß das Unsinn ist. Ich weiß wirklich nicht, warum er mich sehen will, jetzt nach fünf Jahren.« Sie schwiegen beide. Rohan beugte sich vor, um die Asche abzustreifen. Dabei blitzten die goldenen Manschettenknöpfe an seinem tadellosen weißen Hemd unter dem eleganten Anzug. Er sah gut aus, fand sie. Die Jahre hatten das

Kantige in seinem Gesicht geglättet, und er war auch sonst fülliger geworden. Dadurch wirkte er nicht mehr so unreif wie früher. Sein Haar aber glänzte immer noch so hell wie in seiner Kindheit und war sauber und gut geschnitten, und in seinem offenen Blick konnte man noch immer seine Gedanken lesen. Und wieder wunderte sie sich, wieso er noch nicht verheiratet war. Vielleicht war Decima noch immer zu lebendig in seiner Erinnerung. So wie sie sich nicht von Daniel lösen konnte . . .

»Raye?«

Erst jetzt wurde ihr bewußt, daß er sie etwas gefragt hatte.

»Entschuldige«, sagte sie verwirrt. »Ich habe an etwas anderes gedacht. Was meinst du?«

»Weißt du wirklich nicht, warum Daniel dich treffen will?«

»Weißt du's?«

»Kann es wegen Roshven sein?«

»Wirklich, Rohan, ich . . .«

»Du hast ihn gedeckt damals, nicht wahr?«

Sie schauten einander stumm an. Dann fragte sie: »Gedeckt?«

»Ich hatte dich immer im Verdacht, daß du der Kommission etwas verschwiegen hast. Etwas, das mit Daniel zu tun hatte, nicht wahr? Niemandem sonst hättest du so geholfen.«

Sie antwortete nicht.

»Hatte Daniel mit den Morden etwas zu tun?«

Sie antwortete nicht.

»Raye . . .«

»Es war so, wie die Kommission festgestellt hat«, unterbrach sie ihn schnell, die Wangen hektisch rot. »Charles hat Decima umgebracht und dann Selbstmord begangen.«

»Ja«, sagte Rohan, »sehr bequem.« Er betrachtete einen Augenblick lang nachdenklich seine brennende Zigarette, dann sah er sie plötzlich fest an, und sie wußte, was er jetzt fragen würde.

»Hat Daniel Decima umgebracht?«

»Rohan . . .«

»Grund genug dazu hatte er ja. Sie hat mir am letzten Abend erzählt, daß sie eigentlich mit ihm fortgehen wollte, aber daß er sich dann plötzlich nicht mehr für sie interessiert hätte. Sie war wütend auf ihn und entschlossen, es ihm heimzuzahlen. ›Ich werde zusehen‹, sagte sie mir, ›daß er den Dozentenposten in Cambridge nicht bekommt.‹ Sie war voller Pläne, wie sie ihn ruinieren wollte. Hat er sie umgebracht?«

»Ich . . .« Die Erinnerung an die schrecklichen letzten Stunden in Roshven machte ihr das Sprechen schwierig. »Ich . . . weiß nicht, Rohan«, sagte sie verzweifelt. »Ich weiß es wirklich nicht. Möglich ist es. Denn er war in Decimas Zimmer, bevor er hinunter in die Bibliothek ging, wo ich Charles fand.«

»Wo war er?«

»In Decimas Zimmer. Ich klopfte bei ihr an, um zu fragen, ob alles in Ordnung sei, und sie sagte ja. Irgend jemand war bei ihr, denn ich hörte Stimmen.«

»Du meinst«, sagte Rohan langsam, »daß Decima da noch lebte?«

»Ja. Da lebte sie noch.«

»Aber das heißt ja . . .«

»Ich weiß. Charles hat Decima nicht umgebracht. Er war schon vorher tot.«

»Aber, mein Gott, Raye, warum hast du das nicht der Polizei gesagt?«

»Es war für uns der einfachste Ausweg, Rohan . . .« Sie erzählte ihm, wie Daniel die Indizien entfernt hatte, die Rebecca belastet hätten. »Er glaubte, daß Decima Charles ermordet hatte.«

»Was?« sagte Rohan erstaunt. »Warum, zum Teufel, sollte Decima Charles töten? Sie hat mir an jenem Abend erzählt, daß sie sich von Charles scheiden lassen wollte, ich hatte ihr angeboten, für sie zu sorgen, so lange sie wollte. Am nächsten Tag wollten wir zusammen Roshven verlassen. Deshalb waren wir beide so betrunken, aus reinem Übermut! Warum sollte sie Charles ermorden? Das hatte sie doch gar nicht nötig. Ist es nicht viel wahrscheinlicher, daß Rebecca ihn ermordete? Sie war doch vor Enttäuschung und Wut ganz von Sinnen.«

»Daniel sagte, Rebecca sei absichtlich belastet worden.«

»Natürlich sagt er das!«

»Aber wer stieß Decima aus dem Fenster?«

»Daniel natürlich! Wer sonst? Als er von Rebecca hörte, was geschehen war, sah er sofort, wie er die Lage zu seinem Vorteil ausnutzen konnte. Er brauchte nur Decima zum Schweigen bringen, dann sah es so aus, als hätte Charles sie ermordet und dann sich selbst. Auf diese Weise zog er Rebecca aus einer ziemlich unangenehmen Situation und beseitigte zugleich die Bedrohung, die Decima für seine Zukunft darstellte. Also ging er zurück in Decimas Zimmer, das er kurz nach deinem Wortwechsel mit Decima verlassen haben mußte, brachte sie um und ging darauf in die Bibliothek, um den Körper von Charles zurechtzurücken und um alles zu entfernen, was den Verdacht auf Rebecca lenken konnte. Stell dir vor, wie ihm zumute war, als er dich dort fand! Seine einzige Chance bestand darin, daß du so ... daß dir so viel an ihm lag, daß du ihn nicht verraten würdest. Er sagte dir, was du der Polizei erklären solltest, und verließ sich auf deine Zuneigung.«

Rachel zerdrückte ihre Zigarette, stand auf und ging unruhig zum Fenster.

Wieder schwiegen sie lange.

»Warum hast du mir das nie erzählt, Raye?«

Was sollte sie antworten? Daß sie einfach nicht an die Möglichkeit hatte denken wollen, Daniel könnte schuldig sein? Daß sie sogar nach fünf Jahren noch immer in die Erinnerung an einen Mann verliebt war, der sie seinerseits nie geliebt hatte? Sie fand keine einleuchtende Antwort. »Es war damals das einfachste«, sagte sie schließlich. »Ich weiß, ich war dumm und schwach. Die Versuchung war zu groß, einfach das zu tun, was er sagte, und keine zusätzlichen Komplikationen zu schaffen. Ich war damals am Ende meiner Kräfte. Ich hatte Angst vor langwierigen Untersuchungen, die mich womöglich noch länger in Roshven zurückgehalten hätten. Ich wollte nur weg und alles vergessen.«

»Damals war es vielleicht der einfachste Ausweg«, sagte Rohan, »aber ich fürchte, jetzt ist es nicht mehr so einfach. Weißt du, warum Daniel dich sehen will?«

Sie sah ihn fragend an.

»Er hat durch Rebecca gehört, daß ich hier in New York bin. Er nimmt mit Recht an, daß ich dich häufig treffe und du mir mit der Zeit alles erzählen wirst. Du bist für ihn eine Bedrohung.«

Sie sagte nichts. Es war unerträglich still in dem großen Zimmer. Rachel sah plötzlich in dem großen Spiegel eine fremde Frau mit weit aufgerissenen Augen in einem weißen Gesicht.

»Was soll ich machen?« fragte sie. Die Jahre fielen von ihr ab, und sie war wieder das kleine Mädchen, das sich um Hilfe und Rat an Rohan wandte. »Was soll ich machen?«

Er stand auf, ging zu ihr und blieb dicht vor ihr stehen. »Mach dir keine Sorgen«, sagte er weich. »Ich bleibe bei dir.« Und dann nahm er sie in seine Arme.

Sie war so überrascht, daß sie sich nicht rührte. Dann überflutete sie eine Welle von Dankbarkeit, und Tränen der Erleichterung sprangen ihr in die Augen. Sie schlang die Arme um ihn und preßte ihr Gesicht gegen seine Schulter. Sie fühlte seine Lippen auf ihrem Haar und dann auf ihrer Stirn. Sie sah zu ihm auf. »Was sollen wir machen?«

»Wir fahren weg. Ich werde in der Firma sagen, daß ich aus familiären Gründen für ein paar Tage nach Hause muß. Ich bin ja so ziemlich mein eigener Herr und kann machen, was ich will. Und du mußt entweder deinen Job aufgeben oder unbezahlten Urlaub nehmen. Ist dein Paß in Ordnung? Morgen abend fahren wir.«

»Und wenn Daniel schon vorher da ist?«

»Er weiß nicht, wo du wohnst. Er weiß nur meine Adresse von Rebecca. Zu dir kommt er nur über mich, und ich werde ihn schon irgendwie abschieben. Jedenfalls bist du sicher vor ihm. Hast du genug Geld für den Flug?«

»Ja, ich glaube schon.«

»Ich werde gleich Flugplätze reservieren lassen.« Seine Hand war schon am Telefonhörer. »Für morgen abend, wenn es geht.«

»Rohan . . .«

»Ja?«

»Wenn er uns folgt? Wo wollen wir hin in England?«

»In irgendeine einsame Gegend, wo wir ihm eine Falle stellen können. Natürlich! Warum habe ich nicht gleich daran gedacht? Wir fahren nach Roshven.«

Rebecca war am Flugplatz, als die Maschine von Accra endlich britischen Boden berührte. Als er nach langer Warterei schließlich die Zollkontrolle passierte, stürzte sie in seine Arme.

»Danny . . . oh, Danny . . .« Sie drückte sich leidenschaftlich an ihn, als wollte sie die fünf Jahre Getrenntsein ausmerzen, und auch er schloß seine Arme eng um sie. Als sie mit glänzenden Augen zu ihm aufsah, mußten sie in ihrer Wiedersehensfreude beide lachen.

»Wie braun du bist!« rief sie. »Du siehst toll aus! Danny, wie herrlich, daß du wieder da bist!«

Als sie sein Gepäck in ihrem Morris verstaut hatten, fuhren sie zu ihrer kleinen Wohnung in Bayswater. Sie bogen gerade von der Stadtautobahn nach Hammersmith ab, als sie ihm die unausweichliche Frage stellte.

»Was wirst du jetzt machen, Danny? Hast du schon einen Plan?«

»Ja«, antwortete er ohne zu zögern, den Blick starr auf die Straße vor ihm gerichtet. »Ich fliege am Montag nach New York, ich habe den Flug schon gebucht. Für ein bis zwei Wochen.«

Sie holte tief Luft. Er sah, wie sich ihre Hände unruhig auf dem Lenkrad bewegten. »Nach New York?« fragte sie ungläubig.

»Ich werde mir morgen ein Visum besorgen.«

Nach einem Augenblick fragte sie: »Warum?«

Er antwortete nicht.

»Etwa wegen Rachel und Rohan?«

Er sah starr aus dem Fenster und nahm undeutlich zahlreiche Veränderungen in Hammersmith wahr, an das er sich noch gut erinnern konnte. Die englischen Straßen, Häuser und Schilder gaben ihm ein Gefühl des Heimkommens.

»Wenn es das ist«, sagte sie, »kannst du dir nämlich den Flug sparen. Sie sind vor kurzem nach England gekommen.«

Er wandte sich ihr mit einem Ruck zu. »Was sagst du da? Die beiden sind hier?«

»Ich wollte es dir vorhin schon sagen.«

»Wo sind sie?«

»Rohan hat mich gestern morgen gleich nach ihrer Ankunft angerufen. Er sagte, sie wollten zwei Wochen Urlaub in Schottland machen.«

»Du hast ihm doch nicht erzählt«, fragte er ungläubig, »daß ich zurückkomme, oder?«

Sie lenkte den Wagen an den Straßenrand und stellte den Motor ab. Der Verkehr brauste an ihnen vorbei.

»Doch«, sagte sie. »Ich habe es ihm letzte Woche geschrieben, ziemlich bald, nachdem ich es wußte.« Sie zögerte, es war ihr unangenehm. »Tut mir leid, Danny. Ich wußte nicht . . .«

»Macht nichts. Jetzt ist es passiert. Ich hätte es dir sagen müssen.« Er startete für sie den Motor. »Komm, fahren wir.«

»Aber ich versteh' nicht«, fragte Rebecca bestürzt, während sie auskuppelte und den Gang einlegte. »Was hast du mit ihnen vor, Danny? Warum willst du sie jetzt nach so langer Zeit wiedersehen?«

»Ich muß mit Rachel etwas klarstellen«, sagte er. »Besser, wir reden darüber nicht mehr. Wohin nach Schottland fahren sie?«

»Nach Kyle of Lochalsh«, sagte Rebecca. »Rohan meinte, sie würden sich Roshven ansehen.«

Sie waren mit dem Nachtzug von London nach Edinburgh gefahren und hatten ihr Mittagessen in einem Restaurant auf der Princes Street eingenommen. Von ihrem Fenster aus sahen sie aufs Schloß. Am Vormittag hatten sie sich für eine Woche ein Auto gemietet und wollten jetzt ins Hochland fahren, Richtung Fort Williams, Inverness und Kyle of Lochalsh. Die Sonne schien. Die Gärten unterhalb des Schlosses waren leuchtendgrün, und die grauen Mauern über den schwarzen vulkanischen Felsen flimmerten im heißen Mittagsglast.

»Ich glaube immer noch nicht, daß es viel Sinn hat, Daniel nach Lochalsh zu locken«, sagte Rachel, als die Kellnerin ihnen den Kaffee brachte.

»Er will uns sicher etwas mitteilen, ganz bestimmt«, sagte Rohan. »Er fährt uns doch nicht den ganzen Weg bis Roshven nach, um dann den Mund zu halten.«

»Aber warum haben wir uns nicht in London mit ihm getroffen?«

»An einem so einsamen Platz wie Roshven wird er sicher offener reden als in London.«

»Das glaubst du. Aber ich möchte am liebsten umkehren.«

»Hör mal, Rachel«, sagte Rohan. »Früher oder später wirst du mit Daniel zusammentreffen, und da ist es doch besser, wenn ich dabei bin, nicht? Und da er ein gefährlicher Mann ist, such ich mir den Ort aus, der mir günstig erscheint, okay? Und das ist eben Roshven.«

»Na gut«, sagte Rachel.

»Ich weiß«, sagte Rohan sofort nachgiebig, »daß dich das alles schrecklich aufregt, Rachel . . .«

»Nein, nein«, sagte sie. »Es ist nicht so schlimm, Rohan.« Sie tranken ihren Kaffee. »Rohan?«

»Ja?«

»Du wirst ihn doch nicht umbringen?«

»Nur, wenn er mich dazu zwingt«, sagte Rohan. »Wenn er dir etwas antun will, dann zerbrech' ich ihm alle Knochen.«

»Hast du deshalb die Pistole gekauft?«

»Ich muß mich ja schützen können. Vielleicht ist er auch bewaffnet.«

»Ja«, sagte Rachel, »das ist leicht möglich.«

Rohans Hand legte sich auf die ihre. »Du liebst ihn doch nicht mehr, oder?«

»Nein. Das ist längst vorbei.«

Er hielt noch immer ihre Hand fest. Dann sagte er nach einer längeren Pause: »Wie lange wollen wir uns noch vormachen, daß wir nur gute Freunde sind?«

Sie sah auf. Die Sonne schien ihr genau in die Augen, und er sah ihr Erstaunen, bevor sie den Blick wieder senkte. »Ich weiß nicht genau, was du meinst«, sagte sie endlich.

»Nein?« sagte er, »das ist doch ganz einfach. Ich weiß jetzt, daß du nicht mehr an Daniel hängst, und frage dich deshalb, ob du mich heiraten willst.«

Sie sah ihn stumm an. Dann schaute sie weg. Ihr Gesicht war ernst. Da wußte er instinktiv, daß sie nein sagen würde.

»Willst du denn dein ganzes Leben unverheiratet bleiben?« fragte er schnell. »Wir kennen uns doch so gut, Rachel, und kommen so gut miteinander aus. Warum sollen wir weiter endlos nach jemand anderem suchen? Ich hätte dich schon längst gefragt, wenn ich nicht gedacht hätte, du hängst immer noch an Daniel. Ich weiß schon lange, daß du die Frau bist, die ich heiraten will.«

»Nein«, sagte sie, »ich bin nur der Typ Frau, den du heiraten willst. Das ist nicht dasselbe.«

»Du verstehst nicht . . .«

»Du liebst mich nicht, Rohan! Doch, vielleicht, in deiner Art liebst du mich. Aber das ist keine richtige Liebe.«

»Du bist ein Perfektionist«, antwortete er. »Du wartest auf eine Leidenschaft, die gar nicht existiert. Du wirst ewig warten, Rachel, siehst du das nicht? Deine Liebe existiert nur in sentimentalen Mädchenbüchern!«

»Lieber warte ich ewig«, sagte sie ruhig, »als daß ich einen Mann heirate, den ich nur mit halbem Herzen liebe. Aber, Rohan«, fuhr sie schnell fort, »das heißt nicht, daß du mir gleichgültig bist, im Gegenteil, das weißt du. Aber du mußt einsehen, die Ehe würde nicht wirklich funktionieren . . . bestimmt nicht, tut mir leid.« Sie kramte in ihrer Handtasche und warf fast die Kaffeetasse um. »Gehen wir? Da warten schon Leute auf unseren Tisch.«

Er stand wortlos auf, half ihr in den Mantel und ging zur Kasse zahlen.

»Es tut mir so leid, Rohan«, sagte sie noch einmal, als sie auf die Straße traten. »Bitte, verzeih mir . . .«

»Da ist doch nichts zu verzeihen«, sagte er lächelnd. »Wenn du solche Skrupel hast, dann heiraten wir besser nicht. Solltest du aber deine Meinung ändern, das Angebot bleibt bestehen.«

Sie gingen die Princes Street hinunter und bogen in die Straße ein, wo sie ihr Auto stehengelassen hatten. Rachel war so mit ihren Gedanken beschäftigt, daß sie kaum wahrnahm, wo sie ging. Rohans Antrag hatte sie vollkommen unvorbereitet getroffen. Zu ihrer Verwirrung über Daniel kam jetzt noch die zusätzliche Verwirrung mit Rohan. Ihr Nein war ganz instinktiv gewesen, jetzt versuchte sie, das Nein logisch zu begründen. Alles, was Rohan für eine Heirat angeführt hatte, war richtig. Mit großer Wahrscheinlichkeit wären sie genauso ein glückliches Ehepaar wie die meisten geworden. Es lag ihm immerhin so viel an ihr, daß er auch jetzt an ihrer Seite war, wo sie ihn so nötig hatte. Er stand ihr eigentlich von allen Menschen am nächsten. Sie war fast achtundzwanzig Jahre alt, und es wäre sicherlich nicht das Dümmste, Rohan zu heiraten, der jetzt einunddreißig war, Erfolg im Beruf und viele Freunde hatte und zudem noch auf seine ungewöhnliche Art sehr gut aussah. Warum hatte sie ihn also so schnell abgewiesen, ohne nachzudenken, fast mechanisch?

Die Antwort darauf schoß ihr sogleich durch den Kopf und ließ sich nicht unterdrücken.

Er war nicht zu vergleichen mit Daniel.

Daniel und Rebecca hatten ein langes Gespräch über Roshven geführt. Das Thema, das so lange von ihnen vermieden worden war, erwies sich für beide so brisant, daß sie jede Einzelheit, jeden noch so kleinen Vorfall durchsprachen, der den Morden vorausgegangen war. Danach war Daniel so erschöpft, daß er ein Bad nahm und ein paar Stunden schlief, bevor er sich rasierte und anzog. Es war Abend geworden. Aus der Küche hörte er Geräusche. Rebecca schien etwas zu kochen. Er nahm den Hörer ab und wählte die Nummer des Londoner Flughafens.

»Wann geht die nächste Maschine nach Inverness, bitte?«

»Bitte, bleiben Sie am Apparat, ich verbinde.«

Er hörte ein Klicken, eine andere Stimme fragte nach seinen Wünschen, er wiederholte.

»Die Nachtmaschine geht heute um zehn Uhr.«

»Haben Sie noch einen Platz frei?«

»Einen Augenblick, bitte.« Wieder ein Klicken, ein Summen in der Leitung, dann Stille, dann: »Ja, es wurde vorhin ein Platz zurückgegeben. Möchten Sie . . .«

»Ja«, sagte Daniel. »Ich nehme ihn. Mein Name ist Carey. Wann muß ich am Flugplatz sein, und wo bekomme ich mein Ticket?«

Rebecca war aus der Küche gekommen, aber er nahm kaum Notiz von ihr. »Danke«, sagte er und legte auf.

»Danny . . .«

»Tut mir leid«, sagte er ihr. »Aber ich muß fahren. Ich werde aber nicht lange wegbleiben, höchstens ein paar Tage. Ich erkläre dir alles, wenn ich wiederkomme.«

»Soll ich mitkommen?« Sie kämpfte gegen die Enttäuschung an, ihn so schnell wieder zu verlieren. »Vielleicht kann ich dir helfen?«

»Nein«, sagte er. »Quist, Rachel und ich haben etwas miteinander zu regeln. Du hast nichts damit zu tun. Du bleibst hier. Ich weiß genau, was ich tue.

Rachel und Rohan verbrachten die Nacht in Kyle of Lochalsh und wußten nicht, daß Daniel zur selben Zeit in einem Hotel in Inverness übernachtete. Sie waren nach Einbruch der Dunkelheit angekommen und hatten zwei Zimmer in einem der kleinen Hotels am Hafen gemietet. Nach einem späten Abendessen hatten sie sich zur Ruhe begeben und schliefen, bis es am nächsten Morgen um neun Uhr Zeit fürs Frühstück war.

Das Wetter war unerwarteterweise genauso schön wie am Vortag in Edinburgh. Der Hafen mit seinen am Quai aufgereihten Booten lag in der hellen Morgensonne. In der Ferne erkannte sie undeutlich die Berghöhen von Skye. Über den Dächern der Stadt kreisten Möwen. Als sie angezogen war, trat sie noch einmal zum Fenster und sah hinaus, bis Rohan an ihre Tür klopfte und sie gemeinsam zum Frühstück hinuntergingen.

»Wie hast du geschlafen?« fragte Rohan.

»Besser, als ich dachte. Ich muß sehr müde gewesen sein.«

»Ich auch.«

Sie aßen schweigend weiter. Dann sagte Rohan: »Ich werde den Wirt fragen, wo wir ein Boot mieten können. Das kann doch nicht sehr schwierig sein.«

»Nein, das glaube ich auch nicht«, sagte Rachel.

Sie fürchtete sich. Es war schlimm genug gewesen, Kyle of Lochalsh wiederzusehen. Sie mußte an das Einkaufen mit Decima denken und an die Szene mit Daniel im Steuerhaus. Aber die Vorstellung, Roshven wiederzusehen, war geradezu unerträglich. Sie versuchte, nicht daran zu denken, goß sich noch eine Tasse Tee ein und nahm sich einen weiteren Toast, aber bald war sie so nervös, daß sie nichts mehr herunterbrachte.

»Fertig?« fragte Rohan endlich. »Dann laß uns gehen.«

Sie brauchten über eine Stunde, bis sie das Boot gefunden hatten, das sie haben wollten. Nachdem sie die kleine Kombüse mit Vorräten aller Art vollgestopft hatten, legten sie vom Quai ab.

Nach zwanzig Minuten war Kyle of Lochalsh außer Sichtweite. Rachel fühlte sich plötzlich so verlassen, daß sie hinunter in die Kombüse ging, um nicht mehr die öde Küstenlandschaft vor Augen zu haben. Aber ihre Angst wurde so übermächtig, daß sie schließlich einen doppelten Scotch zu sich nahm, um ihre Nerven zu beruhigen. Danach wurde ihr besser. Zur Sicherheit trank sie noch einen und ging dann wieder zu Rohan ins Steuerhaus.

»Wie geht's?«

»Ausgezeichnet. Ein herrlicher Tag. Ich habe die See hier noch nie so glatt gesehen.«

Das Boot glitt über das dunkelblaue Wasser. Rachel betrachtete bewundernd die großartige Küste im ungewohnten Sonnenschein. Sie hatte sich beruhigt, und erst als sie die Halbinsel näherkommen sah, hinter der Roshven lag, wurde sie wieder nervöser.

»Seltsam, nichts hat sich verändert«, sagte Rohan, und sie merkte an seiner Stimme, daß auch er sich unbehaglich fühlte. »Man kann sich nur schwer vorstellen, daß Charles und Decima nicht auf uns warten, Mrs. Willie nicht Brot backt in der Küche und George keine Nickerchen hält vor dem Kamin in der Halle.«

Sie bogen um die Halbinsel. Gischt sprühte hoch, als das Boot sich durch die Strömung kämpfte, und vor ihnen lag Roshven in der Sonne. Die Berge und Moore schimmerten grünrot im Mittagsdunst.

»So schön habe ich Roshven noch nie gesehen«, sagte Rohan. »Jetzt weiß ich, warum Decima so gerne hier war.«

Als sie näherkamen, sahen sie, daß viele Fensterscheiben zerbrochen waren, der Garten verwildert und das kleine Haus des Wildhüters schon zusammengefallen war.

Sie hatten die Anlegestelle erreicht, Rohan brachte das Boot längsseits und sprang elastisch auf den Steg, um das Seil am Pfosten zu befestigen.

»Die Bretter sind schon wackelig«, warnte er sie. »Gib acht.« »Danke.« Sie kletterte auf den Steg. Der Wind strich ihr leicht übers Gesicht, über ihr kreischte eine Möwe. Es war ganz still.

»Ich gehe ins Haus«, sagte Rohan. »Du mußt nicht mitkommen. Ich möchte nur sehen, wie es jetzt aussieht.«

Sie war froh, daß er ihr die Chance gab, dazubleiben.

»Ich möchte lieber nicht zurück ins Haus.«

»Okay. Ich werde nicht lang bleiben.«

Sie sah ihm nach, wie er rasch den Weg zum Haus hinaufging. Als er entdeckte, daß die Haustür verschlossen war, ging er ums Haus nach hinten und verschwand aus ihrem Blickfeld. Sie wartete eine Zeitlang in der Sonne, dann regte sich langsam die Neugierde in ihr, und sie wünschte, sie wäre mitgegangen. So sehr sie sich gefürchtet hatte, an diesen Ort zurückzukehren, jetzt im Sonnenschein kam ihr alles nicht mehr so aufregend vor, und in ihrer Erleichterung wollte sie jetzt sogar das Haus besichtigen. Vielleicht konnte sie ihre quälenden Erinnerungen mildern, wenn sie jetzt unter veränderten Umständen die Szenerie noch einmal besichtigte.

Sie verließ die Anlegestelle und betrat den Uferweg. Nach fünf Minuten war sie beim Haus. Rohan war offensichtlich durchs Küchenfenster geklettert. Entweder war es schon kaputt gewesen oder er hatte es eingeschlagen. Da sie Hosen anhatte, war es nicht schwer für sie, ebenfalls hineinzukommen, und schon ging sie durch die leeren Räume und stand in der riesigen verlassenen Halle.

»Rohan?« rief sie unsicher am Fuß der Treppe, aber es kam keine Antwort.

Sofort ging sie die Treppe hinauf und blieb oben stehen, um zu lauschen. Kein Laut. Die Sonne schien durch die hohen Fenster in die Halle. Es roch muffig.

Sie ging den Gang hinunter und stand kurze Zeit vor Decimas Zimmer, aber plötzlich wurde es ihr unheimlich in dem leeren Haus. Sie brachte es nicht fertig, die Tür zu öffnen und hineinzugehen. Sie ging zur Treppe zurück, und plötzlich kam es ihr vor, als wiederholte sie dieselben Bewegungen, die sie in der Mordnacht gemacht hatte. Sie war an Decimas Tür stehengeblieben, um zu fragen, ob alles in Ordnung sei. Jetzt stand sie an der Treppe und schaute in die Halle hinunter.

Sie sah die lange Tafel vor sich, als sei es gestern gewesen, die ausgelöschten roten Kerzen, deren heruntergetropftes Wachs erstarrt war, die leeren Teller und Gläser auf dem weißen Tischtuch, die zwei silbernen Tafelaufsätze, die Blumen, die die Köpfe hängen ließen. An den Wänden brannten die Lampen, und in den zwei Kaminen glimmte noch die Glut. Vor einer Feuerstelle schlief der Bernhardiner. Wirklich? Nein, das war früher gewesen. Als sie das zweite Mal in die Halle kam, um zu Charles zu gehen, hatte George vor der Tür zum kleinen Salon geschlafen. Sie konnte sich erinnern, daß sie sich gewundert hatte, warum er sich diesen zugigen Platz ausgesucht hatte, wo doch noch Feuer in den Kaminen war.

Als sie die Treppen hinunterging, wunderte sie sich wieder, warum sie den Hund da liegen gesehen hatte. Wäre Daniel im Salon gewesen, dann hätte das die Gegenwart des Hundes hier erklärt, denn der Hund folgte Daniel ja überallhin. Aber Daniel war doch oben bei Decima gewesen.

Oder etwa nicht?

Das Herz blieb ihr fast stehen.

Sie rief sich die Szene in der Bibliothek ins Gedächtnis

zurück, als sie Charles gefunden hatte. Sie hatte eine Tür gehört und dann Schritte quer durch die Halle, und kaum hatte sie sich hinter dem Vorhang versteckt gehabt, war Daniel auch schon eingetreten. Er war aus dem Salon gekommen. Die Tür von Decimas Zimmer hätte sie nie hören können. Es war die Tür zum Salon, und der Hund wartete da ja auch auf ihn.

Daniel war demnach gar nicht in Decimas Zimmer gewesen.

Wer war dann bei ihr, als Rachel mit ihr sprach? Rebecca? Aber es war doch eine Männerstimme gewesen. Daniel nicht. Und Charles auch nicht, der war schon tot. Blieb nur Rohan. Rohan war bei Decima, kurz bevor sie starb.

Aber Rohan war doch so betrunken gewesen. Sie mußte ihn ja selbst ins Bett bringen.

Oder hatte er ihnen was vorgespielt? Schon damals war ihr aufgefallen, daß die beiden, wo sie doch an Alkohol gewöhnt waren, erstaunlich betrunken schienen. Sollte alles ein Spiel gewesen sein? ... Mit welchem Ziel und Zweck?

Um den Mord an Charles in Szene zu setzen ...

Rebecca wurde durch ihr Tagebuch belastet. Rohan war, dank Rachels Aussage, viel zu betrunken, um ein Verbrechen zu begehen. Decima ... Daniel hatte sie in ihr Zimmer getragen und würde ebenfalls aussagen, daß sie zu betrunken gewesen sei. Aber Daniel war nicht in ihrem Zimmer geblieben, denn als Rachel zurück in die Halle kam, lag George bereits vor dem Salon und wartete, daß Daniel herauskäme. Und Decima war in dem Augenblick noch am Leben.

Daniel hatte Decima nicht getötet. Rebecca? Nein, denn die Stimme in Decimas Zimmer war die eines Mannes gewesen. Und Charles war schon tot.

Rohan hatte Decima getötet. Und er oder Decima hatten vorher Charles umgebracht.

Rohan war ein Mörder. Der Satz kreiste und kreiste in ihrem Kopf. Rohan war ein Mörder.

Und sie war mit ihm allein in Roshven.

## 2. Kapitel

Daniel stand früh auf, mietete einen Wagen und verließ um neun Uhr Inverness, um über das Hochland nach Kyle of Lochalsh zu fahren. Es regnete. Dunkle Wolken hüllten die Berge ein, und über den nassen Mooren lagen dicke Nebelschwaden. Nur wenige Autos fuhren auf der Straße. Der Regen schlug unbarmherzig gegen die Windschutzscheibe. Es war kein Vergnügen zu fahren. Daniel kam es vor, als seien die fünf heißen, feuchtschwülen Jahre in Accra nur ein Traum gewesen, als habe er nie diese sturmzerfetzte Landschaft unter der fahlen nördlichen Sonne, unter Regenwolken und Nebelschwaden verlassen.

Dies ist das eigentliche Schottland, dachte er. Glasgow gehört dem Geschäftsmann, Edinburgh den Touristen. Aber das Hochland hier im Norden gehört keinem, vor allem keinem Eindringling, dies ist das Schottland, das sogar die Römer umkehren ließ. Kein Wunder, daß sie dachten, sie seien hier am Ende der Welt angelangt, in der hintersten Ecke des von Menschen besiedelten Gebietes. Die Berge schoben sich hier so eng zusammen, als wollten sie alle Sünder in ihren Tälern verschlucken, und die Moore öffneten sich dazwischen wie Gräber.

Der schwere Regen wollte nicht aufhören. Daniel gab gerade jede Hoffnung auf eine Wetterbesserung auf, als die Straße sich über einen Paß quälte und plötzlich die Wolken über den Bergen zerrissen, der Regen nachließ und der Himmel heller wurde. Nach zwanzig Minuten hatte er die hohen Berge hinter sich und fuhr in eine andere Welt. Die Sonne schien, der Himmel war blau, und als er die Hügel hinunter nach Kyle of Lochalsh fuhr, sah er, daß der Atlantik am Horizont dunstig war, ein Zeichen für gutes Wetter.

Er fuhr in die Stadt.

Vor dem kleinen Gasthaus, wo er mit Charles nach ihren Einkäufen oft ein Glas Bier getrunken hatte, parkte er seinen Wagen und ging hinein. Die Wirtin kehrte gerade die Gaststube aus.

»Guten Morgen«, sagte sie freundlich. Dann starrte sie ihn verblüfft an, sie hatte ihn erkannt.

»Guten Morgen«, sagte er und wartete, ob sie ihm etwas über Rohan und Rachel sagen würde.

»So was«, meinte sie erstaunt, »so was!« Und als er stumm blieb, setzte sie hinzu: »Sie sind doch Mr. Carey, nicht wahr?«

»Ja. Sie haben ein sehr gutes Gedächtnis, Mrs. MacCleod.«

Sie freute sich, daß er ihren Namen behalten hatte. »Zu schade!« sagte sie dann mitfühlend, »jetzt haben Sie Ihre Freunde gerade verfehlt. Sie haben dort unten in den ›Stuart Arms‹ übernachtet. Mein Mann war gestern abend gerade beim Wirt, als sie ankamen, und er sagte . . .«

»Sie sind schon weg?«

»Mit einem Boot von Duncan Robertson. Ich sah sie vorhin den Quai raufgehen.«

»Wann war das?«

Sie war etwas erstaunt über seine schnellen Fragen. »Na ja, so vor zwei, drei Stunden vielleicht. Ich hatte gerade Feuer in der Küche gemacht und wollte hier die Wetteransage hören, und siehe da, wen sehe ich, als ich aus dem Fenster gucke, Mr. Quist und seine junge Dame . . . Wie lange werden Sie hier bleiben, Mr. Carey? Ich habe zu meinem Mann gesagt . . .«

»Nicht lang«, sagte Daniel rasch. »Danke vielmals, Mrs. MacCleod.« Und bevor sie noch den Mund öffnen konnte, um »Auf Wiedersehen« zu sagen, war er schnell aus dem Haus und zum Hafen gegangen.

Rachels erster Gedanke war, die Pistole zu suchen. Ohne einen anderen Gedanken ging sie fast blind durch die Halle und durch die Küchenräume zurück zu dem zerbrochenen Fenster. Sie war wie in einem bösen Traum befangen und konnte sich nur mit äußerster Anstrengung weiterbewegen. Das Fenster, durch das sie so leicht hineingeklettert war, wurde jetzt ein gefährliches Hindernis auf ihrem Weg. Und prompt verletzte sie sich ihre Hand an einem scharfen Glas. Ich muß zum Boot zurück, dachte sie. Ich muß die Pistole finden.

Der glitzernde Sonnenschein auf dem Wasser, der blaue Himmel machten keinen Eindruck auf sie, als sie durch den verwilderten Garten zur Anlegestelle lief. Ich muß zum Boot, wiederholte eine Stimme in ihr. Ich muß die Pistole finden.

Der Weg kam ihr lang vor. Wieder wurde sie an einen Traum erinnert, wo man läuft und läuft und nicht zum Ziel kommt. Dornengestrüpp riß an ihren Hosen, riesige Büsche und hochgeschossene Stauden strichen ihr ins Gesicht. Dann plötzlich war sie aus dem Garten heraus und lief den Weg zum Steg hinunter.

Ich muß zum Boot, dachte sie. Ich muß die Pistole finden. Sie stolperte über einen Felsen und wäre fast hingefallen, dann stand sie endlich auf dem morschen Steg und kletterte aufs Boot. Im Steuerhaus war nichts. Er mußte sie unten gelassen haben. Sie fiel fast die Treppe zur Kabine hinunter. Sie war sicher, daß die Pistole obenauf in Rohans Koffer liegen würde.

Sie riß die Kabinentür auf und wollte erleichtert Luft holen, als ihr der Atem stockte.

»Hallo«, sagte Rohan, »ich dachte schon, ich hätte dich verloren. Wo warst du denn?«

Sie hatte plötzlich einen ganz klaren Kopf.

»Ich war im Haus, konnte dich aber nicht finden.« Sie

machte kein Hehl daraus, daß sie gerannt war, und ließ sich atemlos auf die Bank gegenüber fallen. »Plötzlich kam eine Panik über mich, und ich sah nur noch Gespenster in jeder Ecke. Da bin ich den ganzen Weg zurück gerannt.«

»Das merkt man«, er lächelte sie beruhigend an. Er hatte die Pistole in der Hand und sah nach, ob sie korrekt geladen war. Er wirkte ruhig und ausgeglichen und so vertraut wie immer. Dies war der Rohan, den Rachel ihr Leben lang kannte, dies war ihr ältester Freund. Sie vertraute ihm. Rohan würde ihr nichts tun.

Er stand auf. »Daniel wird noch nicht so bald hier sein«, sagte er und steckte die Pistole in seinen Gürtel. »Essen wir was von dem Zeug, das wir eingekauft haben, und dann gehen wir ein bißchen am Strand entlang. Ich will nicht hier sitzen und Roshven anstarren. Es wundert mich gar nicht, daß dich die Panik gepackt hat. Mir ist es genauso gegangen.«

»Wo warst du?« fragte sie. »Ich konnte dich nirgends finden.« Er ging zur Tür. »Ich war in Decimas Zimmer«, sagte er kurz, als wollte er nicht mehr darüber reden. Aber nach einer Pause fügte er hinzu: »Das hätte ich lieber bleibenlassen sollen. Es war schrecklich.«

Er ging aufs Deck, und sie folgte ihm.

»Warum bist du in ihr Zimmer gegangen?« fragte sie.

»Ich weiß nicht. Es war mir, als ob sie dort auf mich wartete. Ich konnte nicht anders.« Er setzte den Fuß auf den Steg und zögerte. »Wir haben das Essen vergessen.«

»Wir können ja gleich zurückkommen«, sagte sie. »Ich bin überhaupt nicht hungrig.«

»Also gut.« Sie gingen über den Steg und dann am Strand entlang. Die Sonne schien warm, man hörte nichts als das Tosen der Brandung. Sie gingen gut auf dem festen ebenen Sand. Lange wanderten sie stumm nebeneinander her. Zu ihrer Seite hatten sie die Klippen mit ihren klaffenden Höhlen. Schwarze Felsbrocken ragten hier und da aus dem weißen Sand. Es war Ebbe. Rohan schien in Gedanken versunken, und Rachel, die ihre Panik überwunden hatte, fühlte sich hellwach und kühl bis ins Herz. Sie bogen um die Halbinsel.

»Da ist der Schwemmsand«, sagte sie scharf.

»Ja, da ist er«, sagte Rohan. Er starrte auf den kilometerlangen weißen Strand, der täuschend einladend in der hellen Sonne lag. »Der Strand von Cluny. So friedlich. Und einladend. Als warte er auf uns.« Er wandte sich ihr zu: »Es ist komisch. Ich habe das Gefühl, als hätte hier alles auf uns gewartet. Seit Jahren. Das Haus, die Küste und dieser Strand.«

Rachel sah schnell weg. »Sei nicht so dramatisch, Rohan. Das ist doch verrückt.«

»Spürst du nichts?« fragte er, »wirklich nicht?«

»Wenn ich will, kann ich mir alles einbilden«, sagte sie scharf. »Man braucht nur eine Zeitlang hierzubleiben, um überall Gespenster zu sehen. Das liegt an diesem Ort.«

Sie hoffte, daß er das starke Pochen ihres Herzens nicht hören konnte.

»Komm, setzen wir uns ein wenig«, sagte er.

»Warum?«

»Warum?« meinte er. »Nun, um auf Daniel zu warten. Jetzt warten wir auch, wie alles hier. Alles wartet auf Daniel.«

Daniel lenkte das Boot weit aufs Meer hinaus, bevor er sich in nördlicher Richtung nach Roshven wandte. Er wollte nicht schon von weitem gesehen werden und überlegte, wo er am besten landen könnte. Den Anlegesteg vermied er besser. Vielleicht sollte er versuchen, irgendwo zwischen Roshven und Cluny an Land zu gehen. Dann würde Rohan ihn nicht sofort bemerken. Das wäre den Versuch wert. Allerdings hatte er fünf Jahre lang kein Motorboot mehr gelenkt und hatte keine Lust, in Untiefen zu geraten.

Das Boot glitt über die glatte See und zog eine weiße Spur durch das dunkelblaue Wasser. Die Luft war warm. Hoch oben im Wind segelten Möwen wie kleine Halbmonde im blauen Himmel.

Er zündete sich eine Zigarette an.

Dann dachte er wieder an Rachel, sah sie in ihrer Ahnungslosigkeit mit Rohan immer tiefer und tiefer in eine gefährliche Situation abrutschend, von der sie sich nicht mehr befreien konnte. Er war sich bewußt, wie sehr sich seine Haltung ihr gegenüber geändert hatte. Als er Accra verließ, wollte er seine Schwester schützen und Rachel davor warnen, Rohan etwas zu verraten. Und dann hatte er entdeckt, daß seine Schwester völlig unschuldig war. Sie hatte ihm ihre Unschuld beteuert, und er mußte ihr glauben, ihr Protest klang echt. Und bevor er noch Zeit hatte, sich seines Verdachts zu schämen, war ihm plötzlich klar geworden, in welcher Gefahr sich Rachel befand. Wenn Quist von ihr erfuhr, was sie alles wußte, mußte er sich von ihr ungeheuer bedroht fühlen. Die Zahl derer, die man verdächtigen konnte, war ja so klein. Als sie Roshven vor fünf Jahren verließ, hatte sie zweifellos Rebecca für die Schuldige gehalten, vielleicht sogar auch ihn, Daniel, für irgendwie daran beteiligt, aber sobald sie draufkäme, daß sie beide unschuldig waren, blieb nur noch Rohan als der einzig Verdächtige übrig.

Quist war ein Mörder. Er hatte getötet und würde wieder töten. Daniel erinnerte sich, wie er sich damals der Ironie des Schicksals bewußt geworden war, daß ausgerechnet die kalte Decima Opfer eines Verbrechens aus Leidenschaft geworden war.

Und jetzt war Rachel mit Quist allein in Roshven. Vielleicht ahnte sie inzwischen die Wahrheit. Wenn sie Quist nur einen Augenblick zu verstehen gab, daß sie ihn im Verdacht hatte . . .

Es war keine Zeit zu verlieren.

Sie war ziemlich sicher, daß Rohan schlief. Er lag auf dem Bauch im Sand, den Kopf auf den Armen, das Gesicht nach unten, sein Atem ging ruhig und regelmäßig. Die Pistole, die er, um bequemer zu liegen, aus dem Gürtel genommen hatte, lag friedlich neben ihm, ihr Lauf glänzte in der Sonne.

Sie hob die Waffe auf. Rohan rührte sich nicht.

Wie entfernt man die Kugel aus einer Pistole? Wenn es ihr gelänge, die Kugeln herauszunehmen, dann wäre Daniel sicher, und sie könnte die Pistole Rohan zurückgeben, ohne daß er merkte, daß sie das Ding ungefährlich gemacht hatte.

Sie erhob sich sehr langsam, die Waffe in der Hand. Langsam kam die Flut wieder herein. Rachel bewegte sich vorsichtig auf die Klippen zu, und dann war sie zwischen den Felsen verschwunden. Rohan konnte sie nicht mehr sehen.

Sie betrachtete die Pistole in ihrer Hand und drehte sie hin und her.

Aber sie war sehr nervös, weil sie Rohan nicht sah und nicht wußte, ob er noch schlief. Plötzlich hielt sie es nicht mehr aus und ging ein paar Schritte zurück. Aber er lag noch immer unverändert da. Erleichtert atmete sie auf.

In diesem Augenblick hörte sie das Saugen des Wassers unter dem Schwemmsand.

Sie versteckte sich wieder hinter einem Felsen und hantierte an der Waffe herum. Und gerade als sie es aufgeben wollte, öffnete sich der Griff, und die Kugeln fielen in ihre

Hand. Sie ging zu Rohan zurück, legte die Pistole neben ihn hin und ging so weit sie sich traute nach vorn, bis zum Schwemmsand hin.

Sie warf die Kugeln einer Welle entgegen, die sie gefräßig schluckte und verschwinden ließ. Erleichtert wischte sie sich den Schweiß von der Stirn und strich ihr Haar zurück, als sie Rohans Stimme hinter sich hörte. »Warum machst du das?« Sie drehte sich hastig um und starrte ihn an. Knapp hinter ihr begann der Schwemmsand.

»Du weißt es also«, sagte er. »Ich habe es mir schon gedacht.«

Er sah sie abwartend an, sein blaues Hemd hob sich leuchtend von dem hellen Sand ab, und sein Haar glänzte in der Sonne. »Wie hast du es erfahren?«

»Vorhin in der Halle«, sagte sie, »wurde mir klar, daß nicht Daniel bei Decima war, bevor sie starb. Daniel mußte unten im Salon gewesen sein, als ich Charles suchen ging. Er war nicht bei Decima, und doch hatte ich eine Männerstimme in ihrem Zimmer gehört. Da wußte ich, daß du nur betrunken gespielt hattest und, nachdem ich dich verlassen hatte, in die Bibliothek gegangen warst.«

»Ich ging zuerst in Decimas Zimmer, um Rebeccas Tagebuch und das Messer zu holen.« Er wandte sich halb von ihr ab, so daß er direkt auf die See hinaussah. Sie bemerkte, daß seine Hände zur Faust geballt waren, als er sie in die Hosentaschen schob. »Es ist schwer für mich«, sagte er, »dir meine Gefühle für Decima zu beschreiben. Das kann ja keine Frau verstehen. Lange Zeit nach ihrer Heirat habe ich versucht, mir einzureden, daß ich sie nicht liebte, aber man kann sich nicht ewig vormachen, daß schwarz weiß ist und weiß schwarz. Und bei jedem Besuch in Roshven haßte ich Charles tiefer, und meine zur Schau gestellte Gleichgültigkeit für Decima fiel mir immer schwerer.

Erinnerst du dich, wie ich früher Charles bewundert habe, als wir jung waren? Meinen berühmten, angesehenen Vetter! Charles war alles, was ich nicht war. Und dann setzte die Ernüchterung ein. Charles war ein brillanter Wissenschaftler, aber ich kam dahinter, wie schwach, eitel und aufgeblasen er eigentlich war. Das Schlimmste aber war, daß es ihm gelungen war, Decima für sich zu gewinnen, die begehrenswerteste Frau, die man sich vorstellen kann, und schon nach kurzer Zeit war sie so unglücklich mit ihm, daß sie nur noch von ihm wegwollte. Kannst du dir vorstellen, wie mir zumute war? Je mehr ich mir meine Liebe zu Decima eingestand, um so mehr haßte ich Charles, und alles, was ich fühlte, mußte ich verbergen. Die heftigsten Leidenschaften mußte ich immerzu unterdrücken. Es war zum Verrücktwerden. Dann kam ich zum letzten Besuch nach Roshven . . .

Ich erinnere mich noch sehr gut daran, wie ich Daniel Carey zum ersten Mal sah. Ich saß in Kyle of Lochalsh bei einem Whisky, als ich Charles' Boot anlegen sah. Daniel war mit Decima mitgekommen. Im Augenblick wo ich ihn sah, wußte ich, daß sich alles verändert hatte. Ich sah beide lachen, als sie den Steg herunterkamen, und ich war fest davon überzeugt, daß sie ihn liebte.«

Die Flut kroch höher. Eine gefräßige Welle leckte am Sand zu ihren Füßen.

»Und dann kamst du«, sagte er, »und es war wie ein Wunder. Daniel ließ von Decima ab und wandte sich dir zu. Und zum ersten Mal schien sich Decima für mich zu interessieren, und endlich konnte ich hoffen, alles zu bekommen, was ich mir wünschte.

Es war der Tag, an dem die Party sein sollte. Sie wollte

mich allein sprechen, deshalb nahmen wir das Boot und fuhren auf die offene See hinaus, um ungestört reden zu können; und nicht nur das.

Dann kam der Sturm und zwang uns, Kyle anzusteuern. Und als wir da warteten, daß das Wetter sich beruhigen würde, sagte sie mir, sie würde mich heiraten, wenn sie frei wäre, aber Charles ließe sich nicht scheiden. Sie wäre also für immer an ihn gebunden.

›Ich würde Charles umbringen‹, sagte sie, ›aber ich weiß nicht wie und bin auch nicht stark genug.‹ Da kam sie mir so jung und schutzbedürftig vor, daß ich sagte: ›Ich würde ihn für dich töten, wenn ich könnte.‹

Ich hätte merken müssen, was dann vorging, aber vielleicht benebelte mich der Alkohol. Denn sie hatte den Plan schon fix und fertig, samt Rebeccas Tagebuch und Messer. Ich hätte merken müssen, daß sie mich nur benutzen wollte, genau wie sie versucht hatte, am Vortag, Daniel zu benutzen. Aber ich konnte nicht logisch und nüchtern denken.

›Es ist ganz leicht‹, sagte sie, ›Rebecca ist ideal für uns, weil sie ein Motiv hat, Charles umzubringen. Wir können ihr Messer benutzen und mit dem Tagebuch vortäuschen, daß sie ihn in einem Anfall von Wut umgebracht hat. Alles spricht dafür. Denn Charles hat gerade mit ihr Schluß gemacht, deshalb war sie so verheult heute früh. Außerdem hat Charles mir gesagt, daß er die Careys hinausgeworfen habe. Wir werden am Ende der Party völlig betrunken aufkreuzen, es wird einen Riesentumult geben, und irgend jemand wird uns ins Bett bringen. Sobald du sicher bist, daß die Luft rein ist, kommst du in mein Zimmer, und ich geb dir das Messer und Rebeccas Tagebuch. Dann, wenn du's gemacht hast, gehst du zurück in dein Zimmer, und niemand wird draufkommen, daß wir gar nicht betrunken waren. Und dann können wir zusammen weggehen.‹«

»Also hat nicht Decima Charles getötet«, sagte Rachel, »sondern du warst es.«

»Ja, ich war es. Nachdem du mich zu Bett gebracht hattest, wartete ich eine Weile und ging dann in Decimas Zimmer. Daniel brachte sie ein paar Minuten später die Treppe hinauf, und ich versteckte mich im Schrank, bis er weg war. Decima fragte ihn, wo Charles sei, und er sagte, in der Bibliothek.

Ich nahm das Messer und ging die Hintertreppe hinab zur Küche. Mrs. Willie war schon weg, und auch in der Halle war niemand mehr außer dem Hund, der vor dem Salon schlief. Ich ging in die Bibliothek. Dort saß Charles und hatte das Gesicht in seinen Händen vergraben. Als er das Messer sah, konnte er nicht mehr ausweichen. Er war sofort tot. Niemand sah mich aus der Bibliothek kommen. Ich ging wieder die Hintertreppe hinauf und sagte Decima, daß alles geklappt hatte, und in dem Moment kamst du und hörtest uns reden. Danach brach eine Welt für mich zusammen. Ich wollte mit Decima Pläne über unsere Zukunft machen, aber sie wollte nichts davon hören. Ich wollte sie küssen, aber sie war so kalt wie eine Statue.

Ich war außer mir. ›Was ist los?‹ fragte ich sie. ›Was habe ich falsch gemacht?‹ Und dann sah ich plötzlich die Wahrheit. Ich war ihr genauso gleichgültig wie alle anderen. Sie war nur an sich selbst interessiert und lebte unerreichbar in ihrer eigenen Welt. Charles war ihr lästig, also wollte sie ihn loswerden. Dazu brauchte sie einen, der ihn für sie umbrachte. Warum nicht? Die Männer taten doch sowieso immer alles für sie. Sie nahm zuerst an, auch Daniel würde dazu zu benutzen sein. Sie hatte sich einen Plan ausgedacht, in dem sie die verängstigte junge Frau spielte, die sich nach dem Mord an der Brust des Kommissars ausweint und ihm gesteht, daß ihr Liebhaber Daniel sie von ihrem schrecklichen Ehemann befreit hatte.

Sie lud dich also nach Roshven ein, um dir die Rolle der armen Ehefrau vorzuspielen, und erzählte dir die Geschichte, daß Charles sie töten wollte. Du solltest ihr Zeuge für die Polizei sein. Und dann ging alles daneben. Du verliebtest dich in Daniel und würdest nie gegen ihn aussagen wollen. Und zur selben Zeit stellte sie fest, daß Daniel sie nicht genügend liebte, um für sie einen Mord zu begehen. Er liebte sie überhaupt nicht.

So kam sie auf mich und mißbrauchte mich für ihren gemeinen Plan. Und das merkte ich erst jetzt.

Dann erinnere ich mich nur noch, daß ich das Fenster aufriß, daß kalte Luft hereinströmte, daß ich ihr den Mund zuhielt, als sie schreien wollte, daß ich sie mit solcher Kraft von mir schleuderte, als wollte ich ihr jeden Knochen zerschmettern. Dann bin ich zurück in mein Zimmer und habe meine Tür verrammelt und wollte mich damit gegen alles abschließen, was geschehen war. Fünf Jahre habe ich versucht, den Alptraum von damals von mir fernzuhalten und mich mit Neuem in einer neuen Welt zu beschäftigen, aber gegen manche Erinnerungen kann man sich nicht abschließen, und heute in ihrem Zimmer wußte ich, daß ich sie nie loswerden würde, bis zu meinem Lebensende nicht.«

Die erste Welle berührte Rohans Schuhe, aber er schien es nicht zu bemerken und ging keinen Schritt zurück.

»Ich bin froh, daß ich dir jetzt alles erzählt habe«, sagte er. »Ich wollte es schon lange. Vielleicht habe ich dich deshalb auch gefragt, ob du mich heiraten willst. Ich hätte mich dann sicherer gefühlt, denn du hättest nicht gegen deinen Mann ausgesagt.«

Er sah noch immer starr auf die See hinaus. »Da kommt ein Boot«, sagte er plötzlich. »Ein kleines Boot, siehst du es?«

Rachel wirbelte herum.

Im gleichen Augenblick rollte eine schwere Welle heran

und riß ihr die Füße weg, und bevor sie das Gleichgewicht verlor, hörte sie wieder das Saugen der Strömung im Schwemmsand unter ihren Füßen.

Daniel sah schon von weitem das blaue Hemd von Rohan und nahm sofort direkten Kurs aufs Land zu. Als er näherkam, erkannte er auch Rachel. Aber obwohl er sich alle Mühe gab und angestrengt hinstarrte, konnte er nicht erkennen, was sie dort am Wasser taten.

Dann fing Rohan zu rennen an. Und im gleichen Augenblick sah Daniel, daß Rachel bis zu den Knien im Wasser stand, dort wo der Schwemmsand von Cluny begann.

Er brachte den Motor auf Höchstgeschwindigkeit.

Rohan sah das Boot näherkommen und blieb stehen. Gerade als er dachte, es würde auf Grund laufen, hörte der Motor auf zu knattern, und aus dem Steuerhaus tauchte Daniel auf, nahm den Anker vom Deck und warf ihn ins Wasser. Dann bückte er sich noch einmal, und als er sich aufrichtete, hatte er ein zusammengerolltes Tau in der Hand.

Rohan dachte, mit etwas Glück würde er leicht mit Daniel fertig werden können, denn dieser war so sehr mit der Rettung von Rachel beschäftigt, daß er nicht auf Rohans Bewegungen achten würde. Und was Rachel anging, könnte er später sagen, er sei nicht mehr in der Lage gewesen, sie zu retten. Zwei Opfer des Schwemmsandes. Er sah die fetten Überschriften in den Zeitungen. Doppelte Tragödie an einem einsamen schottischen Strand. Nur ein Überlebender ... Er stand und wartete.

Daniel hatte das Tau über die Schulter genommen und

ließ sich ins seichte Wasser hinunter. Er watete auf Rohan zu, ohne ein Wort zu sagen. Rohan wurde nervös.

»Ich wollte zum Haus laufen«, sagte er hastig, als sie sich gegenüberstanden. »Um eine Leiter zu holen.«

Daniel watete wortlos an ihm vorbei, dann lief er auf Rachel zu.

»Daniel . . .« Rohan starrte ihm nach. Aber dann riß er sich zusammen und rannte zu der Stelle, wo seine leere Pistole lag.

»Halt«, sagte Daniel zu Rachel, »nicht bewegen. Sonst sinken Sie immer tiefer ein.« Während er sprach, rollte er das Tau auf und knüpfte aus dem einen Ende eine Schlinge.

»Rohan wollte eine Leiter holen«, sagte sie mit zitternder Stimme. »Im Gartenhaus muß eine sein.«

»Er hat es mir gesagt.« Die Schlinge war fertig. »Jetzt passen Sie auf. Ich werf Ihnen das jetzt zu. Nehmen Sie die Schlinge um Ihren Körper und halten Sie sich so gut Sie können an dem Tau fest. Geht das?«

»Ja.«

Wieder kam eine Welle und riß an ihr. Sie spürte, wie ihre Füße tiefer im Sand versanken. Am liebsten hätte sie laut geschrien.

»Fertig?«

»Ja.«

Und als er ihr das Tau zuwarf, sah sie hinter ihm Rohan, der ihn mit der Pistole niederschlagen wollte.

»Daniel . . .«

Bevor sie noch den Satz beenden konnte, hatte er sich umgedreht und war Rohan in den Arm gefallen.

Sie kämpften, das Wasser umspülte ihre nackten Füße.

Die Pistole fiel aus Rohans Hand in den Schwemmsand und war eine Sekunde später weg. Rohan trat einen Schritt zurück. Dann noch einen, und als der Sand unter ihm wegsackte, versuchte er taumelnd festeren Boden unter die Füße zu bekommen. Da traf ihn mit voller Wucht Daniels Faust gegen das Kinn. Er war sofort bewußtlos. Rachel sah ihn wanken, und bevor sie noch schreien konnte, fiel er der Länge nach rückwärts in den Schwemmsand und versank.

Ihr wurde schwindlig. Schon am Rande der Bewußtlosigkeit spürte sie plötzlich, daß sich das Seil fest um ihren Körper schnürte und Daniel ihr etwas zuschrie.

»Am Tau ziehen!« schrie er. »So fest Sie können! Ziehen Sie um Himmels willen!«

Das Seil war rauh und schnitt ihr in die Handflächen. Eine Welle wühlte den Sand unter ihr auf, und plötzlich waren ihre Hüften frei. Sie versuchte ihre Füße zu bewegen, und wieder half ihr eine Welle ein Stück weiter. Sie zog und zog, bis sie nicht mehr konnte, da fühlte sie, daß ihre Füße frei waren, und sie rutschte über den Sand, bis sie seine Hand spürte. Er zog sie heraus aus einem Alptraum, der vor fünf Jahren begonnen hatte, und brachte sie in eine heile, freundlichere Welt.

# Epilog

Drei Tage später bekam Rebecca Carey von ihrem Bruder einen Brief.

»Es sieht so aus, als würde ich doch länger in Schottland bleiben, als ich dachte«, schrieb er. »Die Geschichte ist zu kompliziert, um sie Dir schriftlich zu erklären, ich werde Dir später alles genau erzählen. Um Dich jetzt nur kurz zu informieren: Ich kam mit einem gemieteten Boot gerade noch rechtzeitig nach Roshven, um Rachel aus dem Schwemmsand von Cluny zu retten, wo die Flut sie überrascht hatte. Quist dagegen war nicht mehr zu helfen. Es tut mir leid, Dir das sagen zu müssen, weil ich weiß, daß Du ihn gerne mochtest. Er starb bei dem Versuch, Rachel zu helfen. Ich möchte Dich bitten, dies seiner Familie telefonisch mitzuteilen. Sie ist bereits von der Polizei verständigt worden.

Nun weißt Du den einen Grund, warum ich länger in Schottland bleiben muß – wir haben die Polizei verständigt und wurden gebeten, bis zur Totenschau, die in drei Tagen sein wird, dazubleiben –, und Du ahnst vielleicht schon den zweiten Grund. Wenn die Angelegenheit hier erledigt ist, bringen Rachel und ich meinen Mietwagen nach Inverness zurück und fahren dann per Zug nach Edinburgh, wo wir siebzehn Tage bleiben werden. Du wirst fragen, warum gerade siebzehn Tage. Weil man in Schottland nur heiraten darf, wenn man wenigstens einundzwanzig Tage im Lande war.

Ich nehme an, daß das alles ziemlich überraschend für Dich kommt. Aber Du als intelligenter Mensch wirst sehr schnell merken, was für ein feiner Kerl Rachel ist und wie glücklich ich sein kann, sie zur Frau zu bekommen. Ich rechne fest damit, daß Du zu unserer Hochzeit kommst. Teil mir bitte Deine Ankunft mit. Du erreichst uns im North Briton Hotel.

Rachel bittet mich ziemlich schüchtern (ich hoffe, das ist grundlos), Dich von ihr zu grüßen. Ich hoffe, wir sehen uns sehr bald!

In alter Liebe, Dein Bruder Daniel.«